LINDA WINTERBERG
Unsere Tage
am Ende des Sees

aufbau taschenbuch

Vor einem Jahr ist Hannas Mann gestorben, und es gelingt ihr einfach nicht, ins Leben zurückzufinden. In dieser Situation erhält sie einen Anruf ihrer Mutter – zum ersten Mal seit fünfundzwanzig Jahren, seit jenem Sommer, in dem sie sich jeden Tag mit Alex am Steg am Ende des Sees traf, wo ein Briefkasten stand. An Alex' Seite war Hanna glücklich, mit ihm malte sie sich ihre Zukunft aus. Aber irgendwann hält Hanna es mit ihrer trinkenden Mutter nicht mehr aus und sieht keinen anderen Ausweg, als fortzugehen. Alex und sie geben sich ein Versprechen: Einmal im Jahr soll jeder von ihnen einen Brief in dem Briefkasten am Ende des Sees hinterlegen. Doch dann schickt Hanna ihren Brief an Alex nie ab.
Als Hanna nun ihre Mutter besucht, geht sie zum See und öffnet den alten Briefkasten. Dutzende Briefe fallen ihr entgegen. Alex hat nie aufgehört, sie zu lieben.

Linda Winterberg

UNSERE TAGE AM ENDE DES SEES

ROMAN

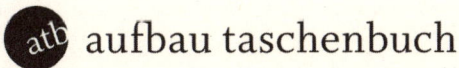 aufbau taschenbuch

ISBN 978-3-7466-3354-1

Aufbau Taschenbuch ist eine Marke
der Aufbau Verlag GmbH & Co. KG

1. Auflage 2017
© Aufbau Verlag GmbH & Co. KG, Berlin 2017
Umschlaggestaltung www.buerosued.de, München
unter Verwendung von Motiven von © plainpicture / Rajkumar Singh
Gesetzt in der Sabon durch Greiner & Reichel, Köln
Druck und Binden CPI books GmbH, Leck, Germany
Printed in Germany

www.aufbau-verlag.de

PROLOG

Die Sonne sank tief hinter die Bäume am anderen Ufer des Sees und zauberte mit ihren warmen Strahlen funkelnde Diamanten auf die Wasseroberfläche. Sie saß neben ihm auf dem Steg und spürte seine Nähe. Sie lehnte sich an ihn, schloss die Augen und atmete seinen vertrauten Geruch ein. Eben erst hatten sie einander geliebt, und sie fühlte diese besondere Art von Zufriedenheit in sich, die es nur in Augenblicken wie diesen gab. Vollkommenes Glück, kaum begreifbar, das einen nach der Liebe erfüllte. So sehr wünschte sie sich plötzlich, für immer hierbleiben zu können.

Sie öffnete die Augen und ließ ihren Blick über den See schweifen. Wolkenfelder, von der untergehenden Sonne rot gefärbt, zogen über den Himmel. Schon bald würde das fahle Licht des Mondes die Wasseroberfläche schimmern lassen. Wie so oft würde sie das Zirpen der Grillen in den Schlaf begleiten. Sie würde in seinem Arm einschlafen, seinem Atem lauschen und sich sicher fühlen. Ein Sommerabend, eine Nacht, die niemals kalt würde, und niemals sollte sie enden. Doch die Zeit lief unaufhaltsam weiter, und nichts würde daran etwas ändern können.

Ihr Blick wanderte zu den Bäumen am anderen Ufer. Hinter ihnen lag der neue Tag, den sie nicht beginnen wollte. Er sollte niemals anbrechen, sie mit all dem Kummer und dem Schmerz, den er mit sich brächte, in Ruhe lassen. Wenn sich die Zeit doch nur anhalten ließe. Und wenn es nur für einen Augenblick wäre.

Sie hob den Kopf und sah ihm in die Augen. Er lächelte sie an, und ihre Lippen suchten die seinen. Sie musste es sich nur fest genug wünschen, dann wäre es möglich.

EINS

Hanna bog in die von Reihenhäusern gesäumte Straße ein, in der sie die übliche Beschaulichkeit empfing. In den Vorgärten der Häuser trotzten Schneeglöckchen und Krokusse dem kalten Hamburger Nieselregen, der die Bewohner der Häuser zum Innehalten zwang. Bald jedoch würden sie in ihre Gärten ausschwärmen, Rasenmäher und Heckenschneider auspacken, abends den Grill anmachen und die Siedlung in einen niemals schlafenden sommerlichen Bienenstock voller Lebendigkeit verwandeln. Vor ihrem Haus blieb sie stehen. Ein einfaches Reihenhaus, wie es viele in Hamburg-Niendorf gab. Der vertraute Anblick ließ sie plötzlich an jenen Tag zurückdenken, an dem sie es zum ersten Mal gesehen hatte. Der Himmel war ebenso grau und wolkenverhangen gewesen wie heute. Gemeinsam mit Maurice hatte sie genau an dieser Stelle gestanden und dem Makler gelauscht, der ihnen die Eckdaten der Immobilie erläutert hatte, die sie beide eigentlich schrecklich altbacken fanden. Wie verliebt sie damals waren. Frisch verheiratet und voller Tatendrang starteten sie in das Wagnis des gemeinsamen Lebens. Der günstige Preis hatte am Ende den Ausschlag gegeben, das renovierungsbedürftige Haus zu kaufen. In den Folgewochen schliffen sie Fußböden, tapezierten und strichen Wände, das Badezimmer fliese Maurice eigenhändig neu. Trotz der vielen Arbeit fühlten sich diese Monate wunderbar leicht, beinahe abenteuerlich an. Dem kalten Frühjahr folgte ein heißer Sommer. Wochenlang lebten sie von Würstchen vom Campinggrill und Fertigkartoffelsalat. Zwei alte Gartenstühle, ein klappriger Tisch auf der mit Waschbetonplatten ausgelegten Terrasse, Zweisamkeit bei Kerzenschein in lauen Sommernächten. Ende August wurde die neue Küche geliefert, und die ersten Spaghetti vom neuen Herd schmeckten so gut, dass sie es nie vergessen würde. Wenige Tage später bemerkte sie ihre Schwangerschaft.

Hanna schob die Erinnerungen beiseite, öffnete die Gartentür und lief an dem Maklerschild vorüber, das ihr mit seiner geradlinigen Schrift die unaufhaltsame Veränderung vor Augen führte. Im Haus empfing sie der vertraute Geruch, da waren seine Schuhe im Flur, an der Garderobe seine Jacke. Als würde er gleich kommen, als wäre er noch da. Sie lehnte den Kopf gegen die Wand und lauschte in die Stille. Gerade eben war es noch laut gewesen. Christina. Sie sah das Gesicht ihrer Tochter vor sich. Im Hintergrund die lauten Geräusche des Hamburger Flughafens. Wie huschende Schatten waren ihr die Unmengen von Menschen vorgekommen. Nur Christina hatte sie klar gesehen. Ihre braunen Augen, ihre Sommersprossen auf der Nase, das wellige Haar mit den blonden Strähnchen, ihr Lächeln – gleichzeitig die Tränen in ihren Augen. Eine Umarmung, wenige Worte, ein Kuss auf die Wange, dann war sie gegangen. Sie war wie ihr Vater. Sich niemals dem Trübsinn überlassen, immer nach vorn sehen. Amerika, die ferne Welt voller Möglichkeiten, und nun war ihr Kind auf dem Weg dorthin. Zu ihrem Onkel, der in Washington in einem dieser Holzhäuser mit Frau, zwei Kindern und Hund den amerikanischen Traum lebte. Ein Jahr College und Abenteuer, wie ihre Tochter es nannte. Hannas Blick wanderte in die Küche. Es war doch erst gestern, als sie zu dritt an dem Tisch am Fenster gesessen und darüber gesprochen hatten. Sie war dagegen, er dafür gewesen. Was auch sonst. Maurice hatte den Wünschen seiner Tochter selten widersprochen. Mit unendlich viel Liebe hatte er Christina, seinen Sonnenschein, überschüttet. In ihrer Erinnerung hörte Hanna ihre Stimme laut werden. Sah sich wütend mit der flachen Hand auf den Tisch schlagen. Mal wieder war sie die Böse. Amerika, Washington, was für eine Schnapsidee. Sie wusste, dass es die Angst war, die sie so aufgebracht hatte. Loslassen war nicht ihre Stärke. Christina war doch erst siebzehn, ein halbes Kind.

Heute hatte jedoch eine Erwachsene vor ihr gestanden. Christina war die Stärkere von ihnen beiden. Sie war in den letzten Wochen ihr Anker gewesen, der Grund, nicht durchzudrehen, morgens aufzustehen. Papa hätte nicht gewollt, dass wir traurig sind, sagte sie immer wieder. Und weinte trotzdem. Abends, in ihrem Zimmer, damit ihre Mutter die Tränen nicht sah. Jetzt war sie fort. Fröhlich winkend war sie hinter einer der vielen gläsernen Schiebetüren des Flughafens verschwunden, um in ein neues Leben aufzubrechen.

Sie selbst war zurückgeblieben. In dem Haus, das ihrer Familie ein Heim gewesen war und vor dem nun ein Maklerschild im Vorgarten stand. Und mit dem Versprechen, es auf die Reihe zu kriegen. So hatte sich Christina ausgedrückt. Du kriegst das doch auf die Reihe, Mama?

Selbstverständlich, hatte Hanna geantwortet. Sie wussten beide, dass es eine Lüge war. Die Tage vergingen, die Wochen flogen dahin. Der Herbst war in den Winter übergegangen, aus dem Winter wurde Frühling, und es fühlte sich wie gestern an, als er mit den vertrauten Worten gegangen war. Sie schlüpfte aus ihren Schuhen und lief die Treppe nach oben in Christinas Zimmer. Sonnengelb waren die Wände gestrichen. Ihr weißes Metallbett hatte sie mit einer Blumengirlande und einer Lichterkette geschmückt. Das Bücherregal darüber teilten sich »Harry Potter« und »Twilight«-Bücher, die sie irgendwann einmal heiß und innig geliebt hatte. Auf ihrem Schreibtisch standen sauber beschriftete Ordner. An der Wand hing noch das Puzzle, das sie vor Jahren miteinander gepuzzelt hatten. Sie krabbelte aufs Bett und berührte die romantische Landschaft hinter Glas. Eigentlich hatten nur Maurice und Christina es gepuzzelt. Stundenlang hatten die beiden damit auf dem Fußboden im Wohnzimmer zugebracht. Ein romantischer Sonnenuntergang, ein Häuschen in einem wunderbaren Blumengarten. Himmelteile, alles Himmelteile. Alle sehen gleich aus. Wie oft hatte Christina diese Sätze gesagt. Sie lächelte. Ihr Blick fiel auf Paola. Eine sündhaft teure Käthe-Kruse-Puppe, die neben vielen weiteren Kuscheltieren auf dem Bett saß. Maurice hatte sie Christina zum achten Geburtstag geschenkt. Sie hatten sich damals gestritten deswegen. So viel Geld für eine einzige Puppe auszugeben, was für ein Irrsinn. Sie lehnte sich gegen die Wand und nahm Paola auf den Schoß. Sie hatte blaue Augen, lange Wimpern, hübsches kastanienbraunes Haar, das dem von Christina, dem von Maurice glich. Hanna blickte in die Spiegeltür des gegenüber dem Bett stehenden Kleiderschranks. Ähnlichkeiten zwischen ihr selbst und ihrer Tochter hatte sie stets vergebens gesucht. Sie war blond, ihr Gesicht schmal, die Haut hell. Christina hatte Maurice' breite Wangenknochen geerbt, seine Stupsnase. Ihr Blick fiel auf den Nachttisch. Dort hatte bis gestern ein Bild der beiden gestanden. Vater und Tochter fröhlich im Sommerurlaub auf Korsika. Gewiss hatte es Christina mitgenommen. Es war im vergangenen Sommer aufgenommen worden. In ihrem letzten gemeinsamen Sommer. Sie seufzte. Wenige Wochen später, an einem kühlen Septembertag, war ihr Leben auseinandergefallen, einfach so. Ein Verkehrsunfall auf der Autobahn. Ein Lastwagen war ungebremst ins Stauende gefahren. Sie sah sich die Haustür öffnen. Zwei Polizisten hatten ihr mit ernster Miene entgegengeblickt. Verunglückt, Autounfall. Im ersten Moment hatte sie geglaubt, sie sollte die beiden ins Krankenhaus begleiten und Maurice wäre nur verletzt. Mit klopfendem Herzen und zittrigen Händen suchte sie nach ihrer Tasche und den Autoschlüsseln. Die Polizistin war es, die ihr Einhalt gebot und behutsam sagte, dass ihr Mann tot sei. Genau in diesem Moment war Christina vom Sport zurückgekommen. Das Haar zurückgebunden, ihre Sporttasche über der Schulter. Was dann passiert war, wusste sie nicht mehr. Es folgten Stunden, Tage, die im Nebel lagen. Bei seiner Beerdigung einige Tage später hatte die Sonne geschienen.

Zweimaliges Läuten an der Haustür riss Hanna aus ihren

Gedanken. Gewiss war es der Postbote, der endlich die von Christina ersehnten Turnschuhe brachte, die sie nach Amerika hatte mitnehmen wollen. Am Flughafen hatte Hanna ihr fest versprechen müssen, die Schuhe sofort nachzuschicken. Sie lief die Treppe hinunter und öffnete die Tür. Der Postbote hatte bereits den Benachrichtigungszettel in der Hand.

»Guten Tag, Frau Becker. Sie sind ja doch da«, sagte er mit einem Lächeln und hielt ihr das Paket unter die Nase.

Sie legte es im Flur ab und ging in die Küche, um sich einen Kaffee zu machen. Morgen würde sie es zur Post bringen. Am Kühlschrank hing der Zettel mit der Adresse in Washington, umrandet von vielen Herzchen, typisch Christina. Im Vorbeigehen fiel ihr auf, dass der Anrufbeantworter im Flur blinkte. Gewiss war es Frau Meister, die Maklerin, die eine erneute Besichtigungstour starten wollte. Drei Ehepaare und einen verrückten Musiker hatte sie bisher angeschleppt. Der Musiker hatte Hanna am besten gefallen. Allerdings hätte er mit seiner Idee, im Dachgeschoss ein Tonstudio einzurichten, gewiss die Nachbarn verärgert. Besonders Kohlgrubers von nebenan reagierten sehr empfindlich auf Lärm, obwohl er bereits zweiundachtzig und eigentlich schwerhörig war. Der Musiker hatte abgelehnt. Nicht verwunderlich. Hippe Musiker zogen nicht in biedere Reihenhaussiedlungen, auch wenn Quadratmeterzahl und Raumaufteilung passten. Sicher fand sich irgendwo ein Loft, ein ehemaliges Fabrikgebäude, eine Wohnung mit Dachterrasse im Grindelviertel. Dorthin passte er besser. Die Ehepaare sagten ebenfalls ab. Eines von ihnen hatte sie nach wenigen Minuten eigenhändig rausgeworfen. Genau die Sorte arrogante Schnepfe mit Highheels und Möchtegerngroßkotzehemann an der Seite konnte sie noch nie leiden, und die Vorstellung, dass diese beiden das Heim ihrer Familie übernahmen, war einfach unerträglich. Die Aktion führte zu einem längeren Gespräch mit der Maklerin.

Hanna drückte auf den Knopf des Anrufbeantworters. Sie lag richtig. Frau Meisters Stimme war zu hören. Ob am Freitag ein Termin für eine Besichtigung möglich wäre. Eine junge Familie mit Baby. Sie nannte eine Uhrzeit und legte auf. Eine weitere Nachricht wurde angekündigt, und dann war auf einmal die Stimme ihrer Mutter zu hören. Hanna erstarrte. Ihre Mutter klang unsicher, sagte ihren Namen, fragte, ob sie da sei. Stille, ihr Atem. Sie entschuldigte sich für den Anruf. Wieder Stille. Erneut hörte sie ihre Mutter atmen, dann den Ton des Anrufbeantworters. Hanna sank auf den Boden. Ihr Herz pochte heftig, in ihren Ohren begann es zu rauschen. Eine dritte Nachricht wurde angekündigt. Noch einmal war die Stimme ihrer Mutter zu hören. Nur ganz kurz.

»Bist wohl wirklich nicht da.« Sie legte auf.

Hanna war wie gelähmt. Keine weiteren Nachrichten, hörte sie den Anrufbeantworter sagen. Ihre Hände zitterten. Sie lehnte den Kopf nach hinten und blickte zum Telefon. Ihre Mutter. Dieses Jahr waren es fünfundzwanzig Jahre, dass sie ihre Stimme nicht mehr gehört hatte. Wann hatte sie aufgehört, an sie zu denken? Hatte sie jemals damit aufgehört? Zumindest hatte sie es gewollt. Kein einziges Mal hatte ihre Mutter sie angerufen – bis heute. Und es war besser so gewesen, hatte sich jedenfalls so angefühlt. Hannas Blick fiel auf den Anrufbeantworter. Fünfundzwanzig Jahre, eine halbe Ewigkeit, und plötzlich meldete ihre Mutter sich. Sie musste einen Grund haben. Niemand rief nach so langer Zeit einfach so an. Hanna stand auf. Ihr Vater musste es wissen. Sie musste ihre Nummer von ihm haben. Anders konnte es nicht sein. Sie standen in keinem Telefonbuch, waren unbekannt in der digitalen Welt, sofern das heute noch möglich war. Wie auf Kommando spürte sie das Vibrieren ihres Handys in ihrer Hosentasche. Sie ließ es brummen. Gewiss war es Frau Meister. Geduld war keine ihrer Stärken.

Entschlossen schlüpfte Hanna in ihren Mantel, griff nach dem Schlüssel und verließ das Haus. Sie musste mit ihrem Vater reden. Es war nicht weit zu ihm. Die Straße hinunter und durch einen kleinen Park, in dem ihr eine einsame Joggerin begegnete. Zwei Querstraßen weiter lebte er in einem Wohnblock. Drei Zimmer im dritten Stock rechts, gemeinsam mit Dagmar, die sie noch nie leiden konnte. Grünflächen lagen zwischen den Häusern, Wäschestangen, umhüllt vom tristen Grau des schwindenden Tages. Als sie klingelte, öffnete sich gerade die Tür, und Frau Stresemann aus dem ersten Stock kam mit ihrem Dackel Billy aus dem Haus. Ein fieser Köter, der gern mal schnappte. Hanna grüßte kurz, in diesem Moment war der Türsummer zu hören. Ihr Vater, den sie Bernie nannte, war kein Freund von Sprechanlagen. Im Hausflur empfing sie der Geruch von Reinigungsmitteln. Sie lief die Treppe nach oben. Er stand in der Tür, wie immer eine Kippe in der Hand.

Ohne zu grüßen, fragte er: »Hat sie angerufen?«, und schob die Tür auf.

Hanna betrat wortlos nickend die Wohnung. Es roch nach Mittagessen, irgendetwas mit Kartoffeln und Kohl. Im Wohnzimmer lag der Kater Felix schlafend auf dem Sofa. Auf dem Tisch stand der übliche Aschenbecher, daneben ein Stapel Kataloge und Zeitungen, Gläser und eine Schüssel voll Chips. Der Fernseher lief. Biathlon. Er drückte seine Zigarette aus und setzte sich in einen neben dem Sofa stehenden Sessel.

»Dagmar ist drüben bei Bille. Dauert immer länger.«

Hanna nickte und sank neben Felix, der träge den Kopf hob. Der alte Kater war halb blind und wohl auch taub. Sie begann ihn zu streicheln.

»Ist auch besser, wenn sie nicht da ist«, sagte Bernie. »Fuchsteufelswild ist sie geworden, als sie mitbekommen hat, dass Gabi am Telefon war. Aber was soll's«, er winkte ab, »wäre nicht die erste Szene.« Seine Stimme klang gleichgültig. Seine Beziehung mit Dagmar war schon lange kaum mehr als Gewohnheit.

Hanna nickte. Mit Dagmar war es von Beginn an schwierig gewesen. Ein Blick hatte gereicht, und sie mochten sich nicht. Bis heute war es so geblieben, und Bernie verstand es. Mit Hilfe der Jugendfürsorge fand Hanna nach ihrem Umzug aus Bayern ein Zimmer in einer Wohngemeinschaft. Später hatte sie eine kleine Wohnung gehabt, dann war sie Maurice begegnet. Aber war es wirklich nur Dagmar, die sie bewog, ihrem Vater aus dem Weg zu gehen? Erinnerungen an ihre Jugend kamen hoch. An all das Geschrei, den

Streit, das Türenknallen – die vielen Weinflaschen auf dem Tisch. An Mamas Traurigkeit. Aber auch andere, schöne Dinge. Wie sie gemeinsam an einem warmen Sommertag das Gartenhaus strichen. Mama machte Limonade. Eine Umarmung, der Geruch von Farbe, Sonnenlicht, das durch die Blätter der Kirschbäume fiel, sein Lachen. Momente des Glücks, tief in ihrem Inneren vergraben – konserviert für die Ewigkeit.

»Mama hat noch nie angerufen«, sagte Hanna.

»Irgendwann ist immer das erste Mal.«

»Nach fünfundzwanzig Jahren?«

»Was weiß ich. Sie hat nach dir gefragt, wollte deine Nummer haben.«

»Und du hast sie ihr einfach so gegeben.«

»Was ist falsch daran? Sie ist deine Mutter.«

Hanna lehnte sich zurück. Im Fernsehen gab es den Zieleinlauf zu sehen.

»Ich hab gewusst, dass wir gewinnen«, kommentierte Bernie das Ende des Rennens.

Wie sehr er sich verändert hat, kam es Hanna in den Sinn. Der attraktive Mann von einst war einem grauhaarigen, unrasierten Rentner gewichen, der in einem billigen Hausanzug vor dem Fernseher saß. Hanna wusste, dass er seine Heimat Bayern vermisste, obwohl er es nie sagte. Der unbedingte Wille zur Veränderung und ein gutes berufliches Angebot, das ihm ein alter Freund machte, führten ihn damals in den Norden. Doch er war hier niemals heimisch geworden. Trotz Dagmar, die er irgendwann einmal geliebt hatte.

»Hat sie was erzählt?«, fragte sie.

16

»Nein. Ich hab ihr deine Nummer gegeben, mehr nicht.«

»Denkst du, es geht ihr gut?«

»Was ich denke, spielt keine Rolle.« Bernie griff nach der Chipsschüssel und begann zu essen.

»Ist Christina nicht heute abgereist?«, wechselte er das Thema. Hanna nickte.

»Ja, vorhin.«

»Dann sitzt du jetzt allein in dem Haus.«

Seine Worte trafen Hanna. Feinfühligkeit war noch nie eine seiner Stärken.

»Kann man so sagen«, erwiderte sie. Dann waren Schritte im Flur zu hören, und Dagmar schaute in den Raum. Ihr blondiertes Haar hatte einen grauen Ansatz. Ihre enge Jeans betonte ihre üppigen Hüften. In einem anderen Leben war sie hübsch gewesen. Sie zog eine Grimasse, als sie Hanna sah.

»Lässt dich auch mal blicken«, sagte sie ohne Begrüßung. Sie verschwand in der Küche und schloss die Tür hinter sich. Hanna stand auf.

»Ich geh wohl besser.«

Ihr Vater erhob sich ebenfalls. Plötzlich wirkte er bekümmert. Hanna berührte kurz seine Schulter. »Du hast nichts falsch gemacht.«

Er nickte. Wie müde er aussah.

»Wenn du magst, kannst du gern mal bei mir auf einen Kaffee vorbeischauen«, bot sie an. Er stimmte lächelnd zu. Seine Worte klangen wie immer halbherzig. Noch immer lastete die Vergangenheit schwer auf ihrer Beziehung. In all den Jahren hatte es nur wenige Momente der Annäherung gegeben. Der Tag von Christinas Geburt war so einer gewesen. Maurice war dienstlich auf einer der Nordseeinseln unterwegs. Christina hatte es eilig und kam zwei Wochen zu früh. Blasensprung und Chaos. Bernie kam sofort. Er fuhr sie ins Krankenhaus und wich nicht von ihrer Seite. Er brachte sie zum Lachen und atmete mit ihr, obwohl er von solchen Dingen keine Ahnung hatte. Stundenlang lief er mit ihr den Krankenhausflur auf und ab und erzählte Geschichten aus seiner Kindheit, die sie alle schon kannte. Als Maurice dann endlich kam und sie in den Kreißsaal gebracht wurde, harrte Bernie dennoch so lange vor der Tür aus, bis Christina das Licht der Welt erblickte. Mit Tränen in den Augen hielt er sie zum ersten Mal im Arm. In diesem Moment glaubte Hanna, dass es vorbei war mit der Fremdheit zwischen ihnen. Doch als wenig später Maurice' Eltern aufkreuzten, zog sich Bernie zurück. Irgendwann war er einfach fort, ohne Gruß gegangen. Den Anblick der perfekten Großeltern ertrug er nicht.

Die Küchentür öffnete sich, und Dagmar lief irgendetwas von einer Lieblingsserie murmelnd an ihnen vorbei ins Wohnzimmer.

Bernie öffnete die Wohnungstür. Hanna trat in den Hausflur.

»Wirst du sie anrufen?«, fragte er.

»Ich weiß es nicht«, antwortete sie ehrlich. Er nickte. Sie verabschiedeten sich, und er schloss die Wohnungstür. Einen Moment blieb Hanna auf dem Treppenabsatz stehen, dann verließ sie das Haus.

✽

Eingewickelt in eine Wolldecke saß sie am selben Abend auf dem Sofa. Vor ihr auf dem Tisch stand eine Flasche Rotwein, ungeöffnet. Sie hatte sie nach ihrer Rückkehr aus dem Keller geholt. Sogar das Geschenkband hing noch daran. Irgendwer hatte sie vor Jahren zu irgendeinem Anlass mitgebracht. Im Keller standen einige solcher Flaschen. Nicht mehr viele. Die meisten hatten sie weiterverschenkt. Über eine gute Flasche Wein oder Sekt, vielleicht einen Prosecco freute sich jeder – nur sie nicht. Sie starrte die Weinflasche an. Es war ein Rioja, angeblich trocken. Sie kannte den Geschmack nicht. Weshalb hatte sie die Flasche ausgerechnet jetzt aus dem Keller geholt? Kummer ließ sich nicht ertränken, Gedanken nicht betäuben. Oder vielleicht doch? Wurde der Schmerz weniger, wenn der Alkohol seine Wirkung tat? Sie kannte die Antwort. Sie berührte die Flasche mit den Fingerspitzen. Kühl und glatt fühlte sie sich an. Eine Erinnerung kam in ihr hoch, wie sie einst eine Flasche vom Boden aufgehoben hatte, daneben hatten die Scherben eines Glases gelegen, kleine Splitter, überall auf dem Teppich verstreut. Der Geruch des Alkohols stieg ihr in die Nase. Sie schloss die Augen. Genau solche Flaschen hatte sie zum Glascontainer an der Ecke getragen, Woche für Woche, manchmal jeden Tag. In vielen war noch ein Rest Wein gewesen. Rote, stinkende Flüssigkeit, die vor ihren Augen ins Spülbecken lief, auf den Boden tropfte, überall Flecken hinterließ. Bei dem Gedanken daran wurde ihr übel. Sie griff nach der Flasche, sprang auf, rannte in die Küche und schlug den Flaschenhals gegen die Spüle. Grüne Scherben, roter Wein und der verdammte vertraute Geruch. Ihr Magen drehte sich um, und sie musste sich übergeben. Würgte, weinte, dann schnitt sie sich auch noch am Glas.

Nie wieder hatte Hanna die Stimme ihrer Mutter hören wollen. Rau, verlebt, klagend, oft leise, dann wieder laut. Heute hatte sie verletzlich geklungen, unsicher. Tränen tropften in die Spüle und vermischten sich mit den Resten des Rotweins. Hanna schlug mit der Hand auf die Arbeitsplatte. Fünfundzwanzig Jahre. Warum heute? Warum jetzt? Für mich warst du doch längst tot.

Sie atmete tief durch. Ihr Finger brannte. Sie riss ein Haushaltspapier von der Rolle, wickelte ihn darin ein und ging zurück ins Wohnzimmer. Es war drei Uhr morgens. Das Telefon lag auf dem Tisch. Daneben ihr Handy, mit der WhatsApp-Nachricht von Christina, dass sie gut gelandet war. Christina – ihre Mutter wusste nicht einmal, dass es sie gab. Solche Dinge mussten Mütter doch wissen. Doch Hamburg war ihr neues Leben, fernab von dem alten Haus am Ende der Straße, in dem sie aufgewachsen war. Es hatte kein Zurück mehr gegeben.

Auf dem Boden neben dem Tisch stand ein bunt beklebter Schuhkarton, gefüllt mit Erinnerungen der Vergangenheit. Vorhin hatte Hanna ihn vom Dachboden geholt. Sie sank neben den Karton auf den Teppich, lehnte sich mit dem Rücken gegen das Sofa und öffnete ihn. Alte Fotos lagen obenauf. Sie selbst, etwa drei Jahre alt, auf einem Dreirad. Ihre Einschulung. Erstkommunion. Bilder unterm Weihnachtsbaum. Sie auf dem Schoß ihres Vaters, nicht älter als sechs Jahre. Ihre Mutter, die lächelnd den Tisch deckte. So hübsch war sie damals gewesen. Langes blondes Haar, leuchtende blaue Augen. Die perfekte Familie. Klassenfotos zeigten spätere Jahre. Familienbilder wurden weniger, verschwanden irgendwann ganz. Irgendwo zwischen all den Fotos lag ein Briefumschlag mit ihrer Handschrift darauf. Sein Anblick versetzte ihr einen Stich.

Alex, dachte sie mit einem Lächeln. Plötzlich sah sie sein Gesicht vor Augen. Seine blauen Augen, die Bartstoppeln an seinem Kinn, die an ihrer Wange kratzen, wuscheliges braunes Haar, in das sie so oft ihre Hände vergraben hatte. Wehmütig las sie die sonderbare Adresse auf dem Umschlag, die niemand finden würde.

Alexander Kaufmann, abzulegen im Briefkasten am Ende des Griesinger Sees. Eine Postleitzahl, der Ortsname. Der Brief wäre niemals angekommen.

Dieser Brief stand für das Versprechen, das sie sich damals am See gegeben hatten. Ein Versprechen, das sie gebrochen hatte. Sie musste schlucken. Sie drehte den Umschlag um, öffnete ihn und las ihre eigenen Zeilen.

Mein liebster Alex,

so viele Monate sind vergangen. Eine Ewigkeit, wie mir scheint. Ich hoffe, ich kann unser Versprechen halten, und dieser Brief erreicht sein Ziel. Auf unserem Steg am See haben wir es uns gegeben, und die Erinnerung an diesen Tag trage ich tief in meinem Herzen. Wie Deine Stimme, Deine Nähe und Wärme. Niemals werde ich unsere Nächte im Bauwagen vergessen. Weißt du noch, wie wir dem Rauschen des Regens lauschten? Der Sommerregen dufte-

21

te so herrlich. *Ich wünschte, ich könnte jetzt mit Dir auf einer Decke unter dem Sternenhimmel liegen, den Grillen zuhören und Dich lieben. Danach würden wir bestimmt schwimmen gehen, wie wir es so oft taten.*

Ich vermisse den See so sehr. Am liebsten würde ich gerade jetzt auf dem Steg sitzen, um mit Dir gemeinsam das Licht des Sommers zu genießen, das bald wiederkommen wird. Doch das wird nicht möglich sein. Ich spüre es. Ich weiß, dass ich nicht traurig sein soll. Ich habe es versprochen. Doch so oft bin ich es. Ein Happy End scheint nicht vorgesehen zu sein.

Ich sehe Dich vor mir. Dein Gesicht im Licht der Sonne. Erst als ich hier angekommen bin, fiel mir auf, dass ich kein Bild von Dir besitze. Vielleicht legst Du mir eines Tages eines in unseren Briefkasten, und ich werde es finden.

Umarmung, Kuss.
Ich vermisse Dich
Deine
Hanna

Hanna ließ den Brief sinken. Alex. Ihre erste große Liebe. Wenige Wochen waren ihnen vergönnt gewesen, damals, in diesem Sommer am See, der alles verändern sollte. Was für ein verrücktes Versprechen. Einmal im Jahr sollte jeder für den anderen einen Brief mit einer Erinnerung an ihre gemeinsame Zeit in dem alten Briefkasten am Ende des Sees hinterlassen. Sie lächelte. Heute wäre ihre Idee von damals undenkbar. In einer Zeit, in der es noch Ferngespräche und Brieffreundschaften gab, war sie nicht ganz so abwegig.

Alex' Mutter besaß damals nicht einmal ein Telefon. Sie war eine etwas chaotische Frau. Realitätsfremd, hätte Maurice sie genannt. Eine Mittvierzigerin in flatternden Kleidern, die auf einem alten Bauernhof lebte und sich als Heilpraktikerin durchschlug. Moderne Kommunikationsmittel wie ein Telefon hatten in ihrer Welt keinen Platz, weshalb Alex immer zu der gelben Telefonzelle am Ende der Straße lief. Der Vorschlag mit den Briefen war natürlich von ihm gekommen.

Hanna faltete den Brief zusammen und steckte ihn zurück in den Umschlag. Wahrscheinlich waren inzwischen sowohl der alte Bauwagen als auch der Briefkasten verschwunden. Der Gedanke schmerzte. Dieser Ort war so herrlich unvollkommen gewesen. Sommerblumen zwischen Efeu und Brennnesseln, das vom Schilf umrandete Ufer, der Steg und das Ruderboot. In dieser Zeit war sie abends kaum nach Hause gegangen. Alex war ihr Zufluchtsort, mehr brauchte sie nicht. Hanna wickelte sich in ihre Strickjacke und dachte daran, dass es in ihrer Ehe mit Maurice ganz anders gewesen war. Wenn sie Probleme hatte, ging er stets sachlich damit um, erwachsener. Alex hatte sie damals einfach in den Arm genommen, um sie zu trösten. Er hatte ihre Nasenspitze geküsst und sie angelächelt. Und jedes Mal wenn er das tat, schaffte sie es, die Sorge um ihre Mutter zu vergessen. Erneut fiel ihr Blick auf das Telefon. Und wenn sie einfach anriefe? Ihre Mutter hatte keine Nummer genannt. Lebte sie noch in dem alten Haus am Waldrand? Der Garten mit den Kirschbäumen, ihr großes Gemüsebeet, das sie so sehr geliebt hatte. In diesem letzten Sommer war es von Unkraut überwuchert gewesen. Einmal lag ihre Mutter schlafend mitten im Rhabarber.

Hanna griff zum Telefon. Sie tippte die Nummer ein. Nach all den Jahren waren ihr die Zahlen noch vertraut. Doch dann drückte sie nicht auf die Wählentaste. Was sollte sie sagen? Sie ließ das Telefon sinken. Was für ein Irrsinn. Es war so lange her, vorbei, für immer. Was würde es bringen, noch einmal in der Zeit zurückzugehen? Die alten Wunden waren abgeheilt, die Erinnerungen tief vergraben. In einem Karton versteckt auf dem Dachboden. Entschlossen legte sie das Telefon auf den Tisch zurück. Schluss mit den Sentimentalitäten. Sie würde nicht anrufen, schon gar nicht um drei Uhr morgens. Alex' Brief wanderte zurück in den Karton, und sie schloss den Deckel. Es fühlte sich falsch an. Sie öffnete ihn wieder, starrte auf den Umschlag und nahm ihn wieder an sich. Mit ihm in der Hand lief sie die Treppe nach oben. Im oberen Flur piepte ihr Handy. Es war Christina, die ihr ein Selfie schickte, auf dem sie unendlich fröhlich aussah. Hanna antwortete mit einem lachenden Smiley und wenigen Worten des Grußes. Ihr Weg führte sie erneut in das Zimmer ihrer Tochter, wo sie sich unter die Decke verzog, den Brief an Alex noch in der Hand. In der Geborgenheit des Kinderzimmers fühlte sich der Gedanke an die Vergangenheit plötzlich gut an. Sie schaltete die Lichterkette ein und strich mit den Fingern über den Umschlag, las die Adresse und lächelte wehmütig. Vielleicht wäre er ja doch angekommen – hätte irgendwann in dem alten Briefkasten am Ende des Sees gelegen, der warum auch immer dort stand. Sie drehte sich auf die Seite und legte den Brief neben sich auf das Kopfkissen. Was wohl aus Alex geworden war? Ob er in den Jahren danach noch an sie gedacht hatte? So wie sie an ihn?

Der Gedanke ließ sie aufmerken. Was dachte sie sich eigentlich dabei? Gerade war ihr Mann gestorben, und sie lag hier und dachte an seinen Vorgänger. War es nicht verwerflich, sich an eine alte Liebe zu erinnern, wenn es doch die Beziehung danach war, die ihr Leben ausgemacht hatte? Der vertraute Kloß in ihrem Hals kam zurück. Sie schluckte. Maurice war fort, tot, er käme niemals wieder. Und doch schien er überall zu sein. In diesem Haus, auf der Straße, an jeder Ecke in dieser gottverdammten Stadt. Ihre Liebe zu ihrem Mann hatte genauso geendet wie die mit Alex – abrupt, ohne Vorwarnung, ohne Sinn. Ihre Geschichte hätte noch nicht vorbei sein dürfen. Tränen stiegen in ihre Augen.

Maurice. Gewiss würde es ihm nicht gefallen, wenn sie an einen anderen dachte. »Stimmt doch«, sagte sie laut. »Du wärst eifersüchtig. Ganz sicher.« Sie lauschte in die Stille. Nie wieder würde er ihr Antwort geben. Sie wurde verrückt, dachte sie plötzlich. Sprach mitten in der Nacht mit einem Toten. Sehnte sich nach ihm. Sie war die trauernde Witwe, die nicht ins Leben zurückfand und sich an Vergangenes klammerte, und da half auch ein alter Brief aus einem Schuhkarton nichts. Eine erste Träne fiel aufs Kissen. Sie schob den Brief von sich, und er rutschte über die Bettkante zu Boden. Dort war er besser aufgehoben. Nicht mehr in ihrem Blickfeld. Alex, der Sommer am See, die Gefühle zu ihm, all das sollte in der Vergangenheit bleiben. Morgen würde sie den Brief zurück in den Karton stecken, oder besser noch, vernichten. Sie würde die einzige Erinnerung an ihn und diese längst vergangene Liebe zerreißen.

Maurice hatte nie davon erfahren. So vieles hatte sie ihm verschwiegen. Gerade jetzt wünschte sie sich, er würde sie im Arm halten und sie könnte ihm alles erzählen.

Hier in Hamburg fand ihr Leben statt – sie hatte ihrer Tochter versprochen, es auf die Reihe zu kriegen, und das würde sie auch. Die Vergangenheit, der See mit seinem Briefkasten und das alte Haus am Ende der Straße gehörten zu einer anderen Welt, in eine andere Zeit. Daran würde auch die Stimme ihrer Mutter auf dem Anrufbeantworter nichts ändern. Hanna wickelte sich noch fester in die Decke, nahm Paola in den Arm und starrte so lange auf das Puzzle an der Wand, bis sie einschlief.

ZWEI

Hanna befestigte die letzte Girlande an einer der Vorhangstangen und kletterte erleichtert von dem wackeligen Hocker, der ihr als Leiter diente, aber keinen besonders vertrauenerweckenden Eindruck machte.

»Ich denke, so hängen die Girlanden gut«, wandte sie sich an ihre Freundin Isa, die damit beschäftigt war, die Theke mit Luftschlangen und Ballons zu dekorieren. Isa war diese Woche sechzehn geworden und feierte diesen freudigen Anlass mit einer großen Geburtstagsparty, die ihr der neue Freund ihrer Mutter spendierte. Sie hatte den Partyraum des Gemeindezentrums angemietet und unglaubliche fünfzig Freunde eingeladen, die später mit Familienpizzen und Salaten von einem Caterer verköstigt werden sollten. Überall lagen Chipstüten und anderer Knabberkram, der noch verteilt werden musste. Unmengen von Getränkekisten stapelten sich in einer Ecke, und Isas Mutter hatte zwei große Erdbeerbowlen gemacht, alkoholfrei natürlich. Immerhin waren viele der Gäste erst fünfzehn oder sechzehn, niemand volljährig. Nach einigen Ermahnungen hatte sie ihre Tochter allein gelassen und war mit ihrem dauergrinsenden Karsten, angeblich ein BMW-Manager, verschwunden. Hanna hatte ihn auf den ersten Blick nicht gemocht. Der Typ war

27

aalglatt, mit zurückgegelten Haaren und Boss-Sonnenbrille, die seine Geheimratsecken nicht überdecken konnte. Aber immerhin hatte er die Beleuchtung gut hingekriegt und auch eine Discokugel aufgehängt, das musste man ihm lassen. Durch das gedimmte Licht und die bunten Strahlen wirkte der kahle Raum um einiges freundlicher. Isa begutachtete Hannas Werk kurz und nickte. »Sieht super aus. Hast du spitze gemacht.« Sie öffnete eine der Chipstüten und beförderte deren Inhalt in eine der vielen Schüsseln. Hanna beobachtete sie dabei. Sie hatte ihre Freundin seit einer Weile nicht gesehen. In den letzten Monaten schien sie noch hübscher geworden zu sein, wenn das überhaupt noch möglich war. Isa hatte ihr kastanienbraunes Haar am Hinterkopf hochgedreht und mit Haarnadeln festgesteckt, einzelne Strähnen ringelten sich auf ihre Schultern herab. Sie war geschminkt, was sie älter erscheinen ließ. Selbstverständlich trug sie ihr Geburtstagsgeschenk, eine Levi's-Jeans von ihrem Vater. Dazu ein Chiemsee-T-Shirt. Auf einmal redete sie viel von den Marken der Klamotten, die sie trug. Seitdem sie in Gröbenzell wohnte, schien das wichtig geworden zu sein. War Hanna ihre beste Freundin fremd geworden? Sie kannten sich schon seit dem Kindergarten. Jeden Morgen waren sie die ersten Kinder im katholischen Kindergarten St. Martin gewesen, denn ihre Väter fuhren mit derselben S-Bahn zur Arbeit. Allzu viele Erinnerungen an diese Zeit hatte Hanna nicht mehr, doch Isa war Teil jeder einzelnen. Ob bei der Weihnachtsbäckerei oder dem Adventsbasteln, beim Um-die-Wette-schaukeln oder der Schlammschlacht im schmelzenden Schnee – sie war immer da gewesen. Ihre beste Freundin, der sie alles sagen konnte, mit der sie jede freie Minute verbrachte. Die strahlende Isa immer vorneweg, gefolgt von der stilleren Hanna. In der Schule hatte Isa stets die besseren Noten. Sie lief schneller im Sportunterricht, konnte das perfekte Rad schlagen, später sogar einen Salto. Isa benötigte keine Zahnspange, während Hanna mit einem fürchterlichen Drahtgestell vor dem Mund herumlaufen musste. Sie hatte zuerst Brüste, worum Hanna sie so beneidete. Auch der erste Kuss war ihr vorbehalten gewesen. Mit Michi, dem schönsten Jungen des Dorfes, den alle anhimmelten. Hanna wusste noch, wie Isa ihr bis ins Detail erklärte, wie es sich anfühlte, die Zunge eines Jungen im Mund zu haben. Als sie es erzählte, klang es so aufregend, doch als Hanna ein halbes Jahr darauf selbst Gelegenheit hatte, es auszuprobieren, fand sie es einfach nur eklig. Im Nachhinein musste sie sich eingestehen, dass sie zu Thomas, ihrem Versuchsobjekt, ungerecht gewesen war. Der arme Kerl verstand damals die Welt nicht mehr. Einen ganzen Nachmittag knutschte sie mit ihm, und dann würdigte sie ihn keines Blickes mehr. Ihr war alles zu schnell gegangen. Das Küssen, das Anfassen, seine Kalbsaugen. Er hatte ihr nicht verziehen, dass sie auf Distanz gegangen war, und hatte inzwischen mit Franzi eine feste Freundin.

Selbstverständlich tröstete Hanna ihre Freundin, als sie herausfand, dass Michi es mit der Treue nicht so genau nahm. Beste Freundinnen machten so etwas. Sie waren füreinander da und gingen miteinander durch dick und dünn. Jedenfalls in Hannas Augen. Doch als wenig später ihre Welt mit dem Auszug ihres Vaters zusammenbrach, hatte Isa anderes im Sinn gehabt. Zuhören war noch nie eine ihrer Stärken. Dabei hätte Hanna ob der abrupten Veränderung in ihrem Leben mehr denn je eine beste Freundin gebraucht. Einen Menschen, der zuhörte, wenn sie von Weinflaschen auf dem Tisch sprechen wollte, die Stille im Haus nicht ertrug oder ihr der Dorfklatsch zu viel wurde. Aber damals war Isa nach Gröbenzell umgezogen. Ein Telefonat mit ihr war nun ein Ferngespräch. Einige Male war Hanna noch mit der S-Bahn nach Gröbenzell gefahren, was ewig dauerte. Schon bald waren ihre Fahrten seltener geworden, schließlich ganz ausgefallen. Sie hatte sich damit arrangiert, ihre Gefährtin aus Kindertagen verloren zu haben.

Die Tür öffnete sich, und eine Gruppe junger Leute betrat den Raum, die Hanna nicht kannte. Zwei Jungs und drei Mädchen. Die beiden Jungs hatten einen Kasten Bier dabei, die Mädels zwei Flaschen Sekt.

»Getränkeservice«, sagte einer von ihnen grinsend, während sie die Bierkiste hinter der Theke abstellten. Eines der Mädels fiel Isa überschwänglich um den Hals, während die andere, ein blondes Mädchen, etwas hilflos mitten im Raum stehen blieb. Der Anhang, dachte Hanna. Artig gratulierte auch sie dem Geburtstagskind, das sich gleich daranmachte, die Sektflaschen zu öffnen, und den Inhalt in die Erdbeerbowle beförderte. Mit einem breiten Grinsen erklärte Isa: »Kindergarten war gestern.«

Die beiden Jungs hatten sich bereits ein Bier aufgemacht und stießen auf Isa an. Einer von ihnen begann sich an der Stereoanlage zu schaffen zu machen. Wenige Minuten später erfüllte Matthias Reims Stimme den Raum. Das blonde

Mädchen trat näher an Hanna heran. Sie musste schreien, um sich verständlich zu machen.

»Ich heiße Sabine, und wer bist du?«

Hanna nannte ihren Namen und lächelte.

»Woher kennst du denn die Isa?«, fragte Sabine arglos.

»Von früher«, antwortete Hanna knapp.

Die Tür öffnete sich, und weitere Jugendliche strömten in den Raum. Hanna kannte keinen von ihnen. Geschenke begannen sich auf einem Tisch in der Ecke zu stapeln. Isa wurde umarmt und geküsst. Hanna schien sie vollkommen vergessen zu haben. Sie hatte nur noch Augen für ihre neuen Freunde, die alle irgendwie gleich aussahen. Die Mädels trugen durchweg Levi's-Jeans und Marken-T-Shirts. Einige hielten mit einem Jungen Händchen. Auch um Isa legte ein dunkelhaariger Typ wie selbstverständlich seine Arme. Er zog sie eng an sich und küsste sie eine halbe Ewigkeit. Isa hatte ihr gar nichts von einem Freund erzählt, dachte Hanna. Wie sollte sie auch. Seit Monaten hatten sie sich nicht mehr gesehen. Nur ab und an kurz telefoniert. Die Einladung zur Party war mit der Post gekommen. Hanna hatte sich ehrlich darüber gefreut. Stunden hatte sie damit zugebracht, die Klamotten für den heutigen Tag auszuwählen. Am Ende waren es eine kurze Jeans und ihre karierte Wickelbluse geworden, die aus einem Grafinger Secondhandladen stammte. Zu Hause hatte sie sich in dem Outfit wohlgefühlt, jetzt hatte sie das Gefühl, damit vollkommen fehl am Platz zu sein. Kein anderes Mädchen trug kurze Hosen oder gar einen Rock, obwohl draußen die Luft stand und es einer der ersten heißen Tage des Jahres war. Bestimmt kaufte hier auch niemand im Secondhandladen ein. Früher hatte sie das auch nicht tun müssen. Doch seitdem ihre Mutter ihre Anstellung bei der Versicherung verloren hatte, war das Geld knapp. Eine Levi's-Jeans oder sogar ein Chiemsee-T-Shirt waren undenkbar.

Matthias Reim wurde von Alannah Myles mit »Black Velvet« abgelöst. Immer mehr Gäste kamen, und schon bald war der Partyraum gut gefüllt. Weitere Sekt- und Weinflaschen wurden auf der Theke abgestellt. Sogar Wodkaflaschen und Red-Bull-Dosen waren darunter. Es würde eine feuchtfröhliche Nacht werden. Der Junge an der Stereoanlage drehte die Musik noch lauter und zündete sich eine Zigarette an. Die Erste Allgemeine Verunsicherung trällerte ihr »Ding Dong«. Unablässig wurden Getränke eingeschenkt und die Bowle probiert. Isa war umringt von ihren Freunden, lachte und amüsierte sich. Hanna sank auf ein altes Sofa in der Ecke. Sie fühlte sich überflüssig. Wieso hatte Isa sie überhaupt zu ihrer Party eingeladen? Ihr Blick wanderte durch den Raum, und sie dachte an ihren eigenen Geburtstag, der nur zwei Wochen zurücklag. Zum ersten Mal hatte sie diesen nicht gefeiert. Es war kein leichter Tag gewesen. Kurz bevor sich der Wecker einschaltete, hatte sie noch gehofft, dass ihre Mutter gleich kommen und »Happy Birthday« singen würde, wie sie es all die Jahre getan hatte. Sie war nicht gekommen. Das Piepen des Weckers, ein alltägliches Geräusch, an diesem Tag hatte es weh getan. Wie immer war sie auf dem Weg ins Bad am Schlafzimmer ihrer Mutter vorbeigelaufen. Sie hatte die Tür aufgeschoben und in den abgedunkelten Raum geblickt. Ihre Mutter hatte mit dem Rücken zu ihr im Bett gelegen. Der übliche Alkoholgeruch schwängerte die Luft. Wie lange war der Rollladen nicht mehr hochgezogen, das Fenster nicht mehr geöffnet worden? Sie wusste es nicht mehr. Wie so oft in letzter Zeit hatte sie auch an diesem Morgen die leeren Flaschen zusammengesammelt, um sie auf dem Weg zur Schule zum Glascontainer zu bringen. Der Küchentisch war leer. Keine Geschenke, keine Pfannkuchen, wie sonst an ihrem Geburtstag. Ohne Frühstück hatte sie das Haus verlassen. Wenigstens die Sonne schien zu wissen, dass heute ein besonderer Tag war. Sie strahlte von einem wolkenlosen Himmel wie eigentlich immer an Hannas Geburtstag. Ein sanfter Wind rüttelte an den Zweigen der vielen Kirschbäume im Garten. Unter ihnen standen Gartenbank und Tisch, umgeben von weißen Blütenblättern im Gras. Heute würden sie nicht wie sonst im Garten feiern, es würde kein Fest unter den Kirschbäumen mit Schokoladenkuchen, Zitronenlimonade und Blütenblättern im Gras geben. Sie würden gar nicht feiern. Ihr Geburtstag war zu einer Unwichtigkeit verkommen. Irgendwo im Meer der Glasflaschen verschwunden, umnebelt von Alkoholgeruch, vergessen in einem abgedunkelten Zimmer.

Neben Hanna setzte sich ein junges Pärchen, das keine Notiz von ihr nahm und heftig zu knutschen begann. Andere Pärchen hatten inzwischen zu den Klängen von Roxette zu tanzen begonnen. Hanna mochte die Musik der schwedischen Band. Sie hatte sogar ein Poster von ihnen über ihrem Bett hängen. Auch Isa tanzte eng umschlungen mit ihrem Freund. Ihren Kopf hatte sie auf seine Schulter gelegt, die Augen geschlossen, ein sanftes Lächeln umspielte ihre Lippen. Sie sah glücklich aus. Ihr Geburtstag war ja auch ein Grund zum Feiern, dachte Hanna, anders als der ihre. In Isas Leben gab es keine abgedunkelten Räume, keine Geldsorgen, keinen Dorfklatsch und keine mitleidigen Blicke. Hanna spürte Tränen in ihren Augen. Sie sprang auf. Was wollte sie überhaupt hier? Das war nicht ihre Welt, hierher gehörte sie nicht. Isa war irgendwo zwischen Levi's-Jeans- und Marken-T-Shirt-Freundinnen verschwunden, sie war eine Freundin aus einer anderen Zeit, und die war vorbei. Ihr neues Leben fand in Gröbenzell statt, Hanna spielte keine Rolle darin. Die Einladung aus Höflichkeit hätte sie sich schenken können. Ohne sich von Isa zu verabschieden, verließ Hanna den Raum. Draußen empfingen sie stickige Schwüle und Zigarettengeruch. Einige der Jungs gammelten auf den Bänken vor dem Eingang herum. Sie überhörte ihre spaßigen Bemerkungen und lief zur Straße. Nur noch fort von hier, zurück nach Hause, in ihr Zimmer, wo sie sich verkriechen konnte. Als sie die S-Bahn-Station erreichte, war erstes Donnergrummeln zu hören. Sie blickte zum Himmel. Am Horizont hatten sich schwarze Wolken aufgetürmt. Kein Wunder bei der schwülen Hitze, dachte sie und stieg in die S-Bahn. Schon in Pasing begann es zu regnen. Sturmböen rüttelten an den Bäumen, Blitze zuckten, Donner krachte. Am Ostbahnhof blieb die S-Bahn eine Weile stehen. Hanna lehnte den Kopf gegen die Scheibe und beobachtete, wie der Regen auf den Bahnsteig prasselte. Ein vollkommen durchweichter Fahrradfahrer stieg ein. Ihm folgte eine ältere Dame mit Schirm, die Hanna gegenüber

Platz nahm. »Was für ein Sturm«, begann sie ein Gespräch mit ihr. »In Grafing sollen sogar Bäume umgestürzt sein.« Hannas Augen weiteten sich. »Wollen wir hoffen, dass die S-Bahn durchfährt. Ich muss nur bis Trudering. Das wird noch zu schaffen sein. Wo müssen Sie denn hin, Kindchen?«

»Nach Griesing«, antwortete Hanna.

»Oje, das könnte schwierig werden«, munkelte die alte Frau, deren beigefarbene Leinenhose bis zu den Knien feucht war. Es dauerte noch zwanzig Minuten, bis sich die S-Bahn wieder in Bewegung setzte. Sie fuhr noch bis Kirchseeon, dann war Schluss. Eine Durchsage wies die Station wegen umgefallener Bäume auf den Gleisen als Endstation aus. Leider könne aufgrund der Wetterverhältnisse auch kein Ersatzverkehr mit Bussen angeboten werden. Hanna war fassungslos. Wie sollte sie denn jetzt nach Hause kommen? Sie trat auf den Bahnsteig und lief zur Treppe. Unter dem Fahrradunterstand am Bahnhofseingang blieb sie stehen und starrte mit verschränkten Armen in den Regen. Überall auf der Straße lagen abgerissene Zweige und Blätter. Sie begann zu frieren. Früher hätte sie jetzt von der nächsten Telefonzelle ihren Vater angerufen, und er wäre gekommen. Das war er immer, wenn sie ihn gebraucht hatte. Doch jetzt war er fort. Zuerst war er in eine kleine Wohnung in der Nähe der Münchner Freiheit gezogen, wo sie ihn ein paarmal besucht hatte. Er hatte sie sogar gefragt, ob sie nicht bei ihm einziehen wolle. Aber was sollte sie, das Landei, in einer Stadtwohnung? Auf keinen Fall, hatte sie geantwortet. Er mochte ihr Vater sein, doch den Verrat an der Familie würde sie ihm niemals verzeihen. Den Tag, als sie und ihre

Mutter ihn mit seiner Geliebten auf der Kaufingerstraße beobachtet hatten, würde sie niemals vergessen. Seitdem war ihre Welt eine andere geworden. Vor zwei Jahren war er nach Hamburg umgezogen. Angeblich für ein gutes Stellenangebot, das er nicht ausschlagen konnte. Seine Geliebte, Jutta, hatte er bereits nach wenigen Monaten wieder verlassen.

Nicht ein einziges Mal hatte Hanna daran gedacht, ihn in Hamburg zu besuchen. Diese Stadt schien ihr so weit entfernt zu sein wie New York. Und so war der Kontakt zu ihm abgerissen. Ihr Vater war ein Fremder geworden.

Missmutig blickte sie in den Regen. Es würde ihr wohl nichts anderes übrig bleiben, als nach Hause zu laufen. Allein, durch den Regen auf der Landstraße. Na wunderbar. Sie hätte es besser wissen und gar nicht zu dieser dämlichen Party gehen sollen. Hatte der Wetterbericht die Unwetter für heute nicht angekündigt?

»Bist du nicht die Hanna?«, sprach sie plötzlich jemand von hinten an. Erschrocken fuhr sie herum.

Alexander Kaufmann stand vor ihr und hob beschwichtigend die Hände.

»Entschuldige. Ich wollte dich nicht erschrecken. Ich bin eben mit der S-Bahn gekommen. Ganz schön heftiges Unwetter.«

»Alex, du bist es«, sagte Hanna erleichtert.

Sie kannten sich flüchtig. Früher war er auf ihrer Schule gewesen, allerdings zwei Klassen über ihr. Was er jetzt machte, wusste sie nicht. Er wohnte nicht direkt in Griesing, sondern in einem winzigen, aus drei Bauernhöfen bestehenden Nest namens Hintersgreuth, das zwischen Griesing und Kirchseeon in einem Wiesengrund lag. Den Blick auf den düsteren Himmel gerichtet, trat er neben sie und verzog das Gesicht. »Auf dem Fahrrad werde ich ordentlich nass werden. Na ja. Ich hab es ja nicht weit.« Er blickte zu ihr und fragte: »Wie kommst du nach Hause?«

»Keine Ahnung«, antwortete Hanna ehrlich. »Vermutlich werde ich laufen.«

Er schaute sie entgeistert an. »Laufen, allein, über die Landstraße?«

»Wie sonst?« Sie zuckte mit den Schultern. »Ein Ersatzbus für die S-Bahn ist nicht vorgesehen, und Geld für ein Taxi hab ich nicht.« Sie deutete auf ein einsames Taxi, das vor dem Eingang des schäbigen Bahnhofsgebäudes auf Kundschaft wartete.

»Ich verstehe«, sagte er. »Leider hab auch ich kein Geld mehr. Meine letzten zehn Mark hab ich eben fürs Kino ausgegeben.« Er zwinkerte Hanna zu. Erst jetzt fiel ihr auf, wie sehr er sich verändert hatte. Er sah richtig erwachsen aus, trug sogar einen Dreitagebart. Wie alt mochte er jetzt sein? Vielleicht achtzehn?

»Weißt du was?«, schlug er vor. »Ich bringe dich nach Hause.« Er deutete auf sein Fahrrad. »Es ist zwar nicht die beste Mitfahrgelegenheit, und nass wirst du auch werden, aber besser, als allein durch den Regen zu laufen, ist es allemal.«

»Aber Griesing ist ein Riesenumweg für dich«, entgegnete Hanna überrumpelt. Mit so einem Angebot hatte sie nicht gerechnet.

»So viel weiter ist es auch nicht«, erwiderte er. »Und mir gefällt der Gedanke nicht, dass du allein auf der einsamen Landstraße durch dieses Unwetter läufst.«

Hanna schaute noch einmal in den Regen, dann zu Alex, der sie mit seinen strahlend blauen Augen abwartend ansah. »Was bleibt mir anderes übrig«, sagte sie seufzend. »Du hast schon recht. Besser, als allein nach Hause zu laufen, ist es allemal.«

Keine fünf Minuten später saß sie auf seiner Fahrradstange, und sie radelten die Straße hinunter. Noch ehe sie die erste Straßenkreuzung erreichten, war Hanna vollkommen durchnässt. Sie klammerte sich am Lenker fest und spürte seine Wärme, atmete seinen Geruch ein. In ihrem Magen begann es zu kribbeln, ihr Herzschlag beschleunigte sich. Es war eine ganze Weile her, dass sie einem männlichen Wesen so nah gekommen war. Sie ließen Kirchseeon schnell hinter sich. Ab und an hatte er Probleme mit dem Gleichgewicht, und sie fuhren Schlangenlinien, was sie beide zum Lachen brachte. Irgendwann begannen sie aus vollem Hals »Singing In The Rain« zu singen. In einem Waldstück lagen einige umgestürzte Bäume auf der Straße, denen Alex kunstvoll auswich. Viel zu schnell erreichten sie Griesing. Trotz des kalten Regens hätte Hanna noch ewig weiterfahren können. Mit Schwung bog Alex in ihre Straße ein. Als sie vor ihrem Haus hielten, kletterte Hanna fast bedrückt von der Fahrradstange, obwohl ihr Hinterteil durchaus erleichtert darüber war, dem unbequemen Sitzplatz zu entkommen. Es nieselte inzwischen nur noch.

»Danke fürs Heimbringen«, sagte sie.

»Jederzeit gern«, erwiderte er. »War mir ein Vergnügen.«
Plötzlich beugte er sich zu ihr hinüber und drückte ihr einen
Kuss auf die Wange.

»Ich würd dich gern wiedersehen, Hanna. Vielleicht morgen? Bei dem alten Bauwagen am Ende des Sees.«

Vollkommen perplex nickte sie.

Er grinste. »Am Nachmittag. Ich freu mich.« Ein kurzer
Gruß, dann fuhr er die Straße hinunter und verschwand aus
ihrem Blickfeld. Eine Weile sah sie ihm nach. Klatschnass
stand sie im kalten Nieselregen, doch sie fror nicht. In ihrem
Bauch schienen plötzlich Tausende von Schmetterlingen he-
rumzuflattern, was sich wunderbar anfühlte. Selig lächelnd
öffnete sie die Gartentür und suchte in ihrer Tasche nach
dem Haustürschlüssel. Als sie in den Flur schlüpfte, empfing sie das übliche Geräusch des Fernsehers. Ihre Mutter
war mal wieder auf dem Sofa eingeschlafen. Auf dem Tisch
standen zwei leere Weinflaschen neben einem umgefallenen
Weinglas, das zu Bruch gegangen war. Normalerweise hätte sie der Anblick traurig gemacht. Doch das Glück, das sie
in diesem Moment empfand, ließ sich durch nichts trüben.
»Singing In The Rain« summend, hüpfte sie die Treppe nach
oben, warf sich klatschnass wie sie war in ihrem Zimmer
aufs Bett und dachte: Gott sei Dank bin ich auf diese bescheuerte Party gegangen.

DREI

Graues Licht drang durch die Vorhänge in den Raum und kündigte den neuen Tag an. Regen tropfte von der Dachrinne. Es würde erneut ein kalter Frühlingstag werden. Hanna drehte sich auf die Seite und starrte auf den blauen Teppich vor dem Bett. Christinas Hausschuhe lagen darauf. Neben ihnen lag Paola. Sie schien sie in der Nacht aus dem Bett geworfen zu haben. Die ersten Geräusche des Morgens drangen zu ihr herauf, an die sie sich inzwischen gewöhnt hatte. Stimmen, Motorengeräusche, eine Fahrradklingel. In den letzten Wochen hatte sie im Gästezimmer geschlafen, das genauso wie Christinas Zimmer zur Straße rausging. In ihrem Schlafzimmer wäre es ruhiger, das Bett bequemer. Doch sie schaffte es noch immer nicht, dort zu schlafen. Lange hatte sie am Abend von Maurice' Todestag in der Tür gestanden und ihr Ehebett angestarrt. Dann war sie ins Gästezimmer gegangen. Mit Christinas Hilfe räumte sie einige Tage nach der Beerdigung den Schrank aus. Nur ihre Seite. Seine Sachen fassten sie nicht an, all die Hemden und Hosen, seine geliebten Sweatshirts. Bis jetzt brachte sie es nicht fertig, sie in Kisten zu packen. Bald würde sie es tun müssen. Ihr Blick fiel auf das auf dem Nachttisch liegende Handy. Eine Nachricht von Christina. Sie wusste, was darin stehen würde. Heute war der erste Tag, an dem Hanna wieder zur Arbeit gehen sollte. Zurück ins Büro, in den Alltag. Sie hatte Christina versprochen, dieses Mal nicht zu kneifen. Gestern Abend hatte sogar ihr Chef angerufen, um sich zu vergewissern, ob sie auch wirklich käme. Er war nett, verständnisvoll, trotzdem machte er Druck. Ihre Kollegin Sabine war schwanger. Noch zwei Wochen, und sie geht in Mutterschutz, sagte er am Telefon. Dann steh ich allein mit allem da. Die Welt um sie herum drehte sich weiter. Sie sollte sich wieder mitdrehen, endlich zu grübeln aufhören – das Versteckspiel aufgeben. Sie griff zum Handy. Christina hatte ein kurzes Video geschickt. Sie klickte es an.

Ihre Tochter saß auf einem Bett, Sonne fiel hinter ihr in den Raum. Sie erzählte von ihrem Tag, allerdings nur kurz, denn ein wuscheliger Hund sprang ins Bild. Sie lachte auf, als er sie abzuschlecken begann. Kichernd fiel sie auf dem Bett nach hinten. Das Video wackelte, dann war es zu Ende. Kein Wort von Mut machen, kein Wort zum ersten Arbeitstag. Nur Fröhlichkeit strahlte dieses kurze Filmchen aus. Und das tat gut. Christina konnte wieder lachen, obwohl auch ihre Welt an diesem Tag zusammengebrochen war. Papa ist immer bei mir, hatte sie einmal gesagt. Ja, das war er. Seine Gegenwart war überall. In diesem Haus, dieser Stadt, in der Erinnerung. Dieser gottverdammte dumpfe Schmerz, der einfach nicht weichen wollte. Hanna atmete tief durch, schaute noch einmal aufs Handy. Dieses Mal galt es, das Versprechen zu halten. Hanna gab sich einen Ruck, schlug die Decke zur Seite und stand auf. Sie musste es schaffen, zur Arbeit gehen und den vertrauten Weg wieder beschreiten, auch wenn es schwer sein würde. Paola wanderte zurück zu den Kuscheltieren, und sie deckte die ganze Truppe auf dieselbe Weise zu, wie es Christina immer getan hatte, als sie noch klein gewesen war. Dann ging sie ins Bad.

Eine Dusche, einen Kaffee und eine Schüssel zuckriges Müsli später – Himmel, wie konnte Christina das nur essen? – verließ sie das Haus. Das Handy brummte, kurz bevor sie die U-Bahn erreichte. Die Maklerin. Ein weiterer Besichtigungstermin stand an. Hanna sagte zu. Als sie auflegte, fühlte sie sich plötzlich besser. Aufstehen, duschen, frühstücken, aus dem Haus gehen. Alltag, Veränderung, kein Stillstand mehr. Du kriegst das doch auf die Reihe, Mama? Ja, ich kriege das auf die Reihe, beantwortete sie die Frage in Gedanken, als sie in die U-Bahn stieg und sich zwischen die vielen Pendler drängte. An eine Stange geklammert starrte sie während der Fahrt auf den Boden. Nach wenigen Stationen bemerkte sie jedoch, dass die Alltäglichkeit ihre Tücken hatte. Die Durchsagen, die Menschen, das Neonlicht, Regentropfen auf den Fensterscheiben. Die vertrauten Abläufe brachten die Angst zurück. Der Stillstand war leichter zu ertragen gewesen. Ihre Füße begannen in den hohen Schuhen zu schmerzen. Früher hatten sie das nie getan. Eine Veränderung, wenn auch nur klein. Sie klammerte sich an diesen Gedanken. Heute Abend würde sie überall an den Füßen Blasen haben. Zum blauen Hosenanzug passten nur diese Schuhe. Andere hatte sie nicht. Sie musste ein zweites Paar Schuhe kaufen. Flachere Schuhe, weniger Absatz – vielleicht Stiefeletten, die bei dem Wetter sowieso besser wären.

Ihre Station kam, und sie stieg aus. Gemeinsam mit vielen anderen lief sie die Treppe hinauf zum Ausgang. Laut war diese alltägliche Welt, voller Stimmen, Schritten auf dem Asphalt, Autos, Bussen und Fahrrädern. Der Strom der Arbeitsbienen zog sie vom Gänsemarkt mit sich den Jungfernstieg entlang bis zu dem großen Bürogebäude, in dem ihre Firma eine Etage gemietet hatte. Es ging durch die Drehtür, und der Aufzug beförderte sie in den fünften Stock.

Auf dem blauen Teppich im Flur waren ihre Schritte nicht zu hören. Kaffeegeruch hing in der Luft. Eine Frau lachte meckernd wie eine Ziege. Elena aus der Buchhaltung. Sie trat auf den Flur, bemerkte Hanna und blieb abrupt stehen. Das kleine Pummelchen mit den Piercings in der Nase und dem schwarzen Blazer über der Jeans, der nie richtig saß. Ein Lächeln umspielte ihre Lippen.

»Hanna.« Sie drehte sich zur Kaffeeküche um. »Hey, Leute. Hanna ist wieder da.«

Sofort strömten die Kollegen nach draußen. Jörg, der Bodybuilder, dem sämtliche Hemden an den Oberarmen spannten, gefolgt von ihrer Auszubildenden Jasmin, die in diesem Jahr ihren Abschluss machen würde. Der Letzte war ihr Chef, Sandro. Alle vier stürmten gleichzeitig auf sie ein. Sie wurde begrüßt, umarmt, fest gedrückt. Andere Kollegen kamen in den Flur. Weitere Umarmungen später folgte sie Sabine in ihr Büro. Hanna war Sachbearbeiterin und Mädchen für alles. Die Firma wickelte Leasinggeschäfte in der IT-Branche ab. Sabine sank schwerfällig auf ihren Bürostuhl. Ihre Babykugel war riesig. Die zierliche Frau sah aus, als würde sie gleich platzen. Lieber Gott, und sie hatte noch gut sechs Wochen bis zur Geburt. Als hätte sie Hannas Gedanken erraten, legte sie die Hand auf ihren Bauch und sagte lächelnd: »Er ist ein großer Junge, der ordentlich boxt. Wahrscheinlich wird er mal Fußballer wie sein Vater.«

Ihr Ehemann, Torben, spielte in der Bezirksliga beim SC Victoria, wenn er nicht gerade verletzt war. Hanna hatte ihn nur selten ohne Krücken gesehen. Ihr Blick fiel auf ihren Schreibtisch. Blumen standen darauf. An ihrem Bildschirm klebte ein »Herzlich willkommen«-Schild. Der Anblick schnürte ihr die Kehle zu. Als hätte sie Geburtstag gehabt oder geheiratet. Doch es war nichts Schönes passiert, im Gegenteil, ihre Welt war zusammengebrochen. Dafür sollte es keine Blumen und Willkommensschilder geben. Langsam ging sie an ihren Schreibtisch und setzte sich. Noch immer trug sie ihre Jacke. Das Telefon läutete. Sabine nahm das Telefonat an. Hanna starrte auf das Schild am Monitor. Irgendwer hatte sogar eine lachende Sonne daraufgemalt. Sabine kicherte, lehnte sich zurück und drehte das Telefonkabel um ihren Finger. Es ging ums Baby. Was auch sonst. Sie sah so glücklich aus. Eine strahlende Mutter, kam es Hanna in den Sinn. Beinahe eine Woche war es jetzt her, dass ihre Mutter angerufen hatte. Noch mehrmals hatte sie inzwischen die vertraute Nummer in das Telefon getippt. Die Wähltaste hatte sie niemals gedrückt. Fünfundzwanzig Jahre, dachte sie, während Sabine bis ins Detail zu erzählen begann, wie der Kreißsaal des Krankenhauses aussah, den sie ausgewählt hatte. Mit Geburtswanne und all solchem Schnickschnack. Am Ende war man einfach nur froh, wenn das Kind da war, ob mit oder ohne Wasser. Es einfach im Arm halten und ansehen dürfen. Fünfundzwanzig Jahre hatten sie und ihre Mutter einander nicht im Arm gehalten, einander nicht angesehen. Sie hatte den Schuhkarton nicht auf den Dachboden zurückgebracht, und ihr Brief an Alex lag in ihrer Handtasche. Ohne zu wissen, weshalb, hatte sie ihn eingesteckt. Der See, glitzernd in der Sonne, der alte Bauwagen, umwuchert von Brennnesseln, Fingerhut und Butterblumen. Alex. Mit ihm war die Welt voller Glück gewesen. Sabine redete noch immer, inzwischen über die Einrichtung des Babyzimmers. Wer war da eigentlich in der Leitung? Hannas Blick fiel erneut auf das Schild am Computer, streifte den Blumenstrauß. Tulpen, eine orange Gerbera, die üblichen Frühlingsblumen. Plötzlich sah sie den alten Garten ihrer Mutter am Waldrand vor sich. Die Osterglocken hinter dem Haus, das Wiesenschaumkraut im Gras, die blühenden Kirschbäume. Bald hätte sie Geburtstag. Fünfundzwanzig Jahre lang hatte sie Geburtstag ohne Blütenblätter im Gras gefeiert. Dafür mit Maurice, im Kino, bei einem Candle-Light-Dinner, einmal sogar in Paris. Niemals wieder hatte es Blütenblätter im Gras gegeben, obwohl sie doch dazugehörten und immer da gewesen war. Sie spürte die aufsteigenden Tränen, den Kloß in ihrem Hals, der doch nicht da sein sollte. Sie hatte es Christina versprochen. Die Buchstaben des Willkommensschilds verschwammen vor ihren Augen. Sie sprang auf, griff nach ihrer Tasche und floh aus dem Raum. Nur fort von hier – weg von dem Vertrauten, Freundlichen, das ihr unerträglich war. Den Flur hinunter, zurück zum Aufzug, der sie ins Erdgeschoss beförderte. Nach draußen auf die Straße, in den Lärm der Großstadt, zwischen die Menschen, denen ihre Tränen gleichgültig waren. Kurz bevor sie die U-Bahn erreichte, blieb sie abrupt stehen. Ein Mann rempelte sie an, fluchte laut und eilte kopfschüttelnd weiter. Sie drehte sich um und blickte zurück. Sie hatte ihrer Tochter ein Versprechen gegeben, und jetzt lief sie bereits nach wenigen Augenblicken davon. Sie atmete tief durch. Dieser Platz mit seinen Häusern und Geschäften, den vielen Menschen, die unterwegs waren – Alltag. Eben diese Normalität, die auf sie einströmte, war es, was sie nicht mehr ertrug. Ihr Blick fiel auf die kleine Bäckerei, vor der sie stand. Hatte sie sich an seinem Todestag nicht eines der leckeren Käsebrötchen gekauft? Zwei junge Frauen traten sich unterhaltend heraus, jede von ihnen einen Pappbecher in der Hand. Pappbecher, die die Mülleimer verstopften, dachte Hanna. Diese schöne neue Welt, in der alles schnell gehen musste. Sie blickte noch einmal die Straße hinunter. Dieser Alltag gehört nicht mehr zu mir, dachte sie plötzlich. Nicht nur, dass er viel zu schmerzhaft war, er fühlte sich regelrecht unwirklich an. Es begann zu regnen. Erst fielen nur wenige Tropfen, dann öffnete der Himmel seine Schleusen. Hastig floh sie in die Bäckerei, wo sie ein junges Mädchen hinter dem Verkaufstresen freundlich begrüßte. Sie war hübsch, vermutlich Thailänderin. Hanna entschied sich für einen Latte macchiato und einen Schoko-Muffin. Schokolade ist gut für die Seele, sagte Christina immer. Hanna schüttete Zucker auf ihren Milchschaum und blickte in den Regen hinaus. Menschen unter Schirmen huschten an ihr vorüber. Sie schaffte es nicht, würde es ihrem Chef erklären, ihre Kündigung schreiben müssen. An

Maurice' Todestag hatte sie eher Schluss gemacht, weil sie etwas Besonderes kochen wollte. Lasagne, die er liebte. Er war befördert worden. Sie wollten feiern. Noch heute standen die Nudelplatten in der Küche im Regal.

Sie holte den Brief an Alex aus ihrer Tasche und drehte ihn in den Händen hin und her. Er erinnerte an Tage voller Freiheit und Spontanität, an das Verrücktsein, das sie mit Alex verloren und niemals wiedergefunden hatte. Er erinnerte aber auch an das alte Haus am Ende der Straße, die Weinflaschen, den Glascontainer. All die Wut, die Verzweiflung und das unendliche Glück eines einzigen Sommers, der alles veränderte. Licht und Schatten, so nah lagen sie oftmals beieinander. Sie hatte alles zurückgelassen, es vergessen wollen – das Erlebte sogar vor Maurice verschwiegen. Weshalb, wusste sie nicht mehr. Vielleicht, weil sein Elternhaus eine echte Vorzeigefamilie war. Der Vater erfolgreicher Unternehmer, die Mutter glückliche Hausfrau, sogar der Bruder war auf seine Art perfekt. Sie hatte sich geschämt. Doch war es richtig gewesen, den Mann, mit dem sie das Leben teilte, anzulügen? Vermutlich hätte er es verstanden. Trotzdem hatte sie ihre Mutter sterben lassen, einfach so. Es hatte sie nur wenige Worte gekostet, und ihre Mutter, die ihr so lange eine Last gewesen war, war fort. Und nun war da auf einmal ihre Stimme auf dem Anrufbeantworter. Plötzlich stand die Vergangenheit vor ihr, und sie wusste nicht, was sie mit ihr anfangen sollte. Sie griff zu ihrem Handy und tippte die Nummer ein, die sie nie vergessen würde. Die Zahlen leuchteten auf dem Display. Fünfundzwanzig Jahre, dachte sie und drückte auf die Wähltaste. Es läutete. Einmal, zweimal, dreimal, dann erklang die Stimme ihrer Mutter. Tränen traten in Hannas Augen, als sie sagte: »Hallo Mama. Sind die Blütenblätter im Gras noch da?«

VIER

MAI, 1990

Hanna saß am Fenster und blickte missmutig nach draußen. Es war noch früh am Tag, vielleicht acht Uhr morgens. Sie hatte kaum geschlafen und stundenlang dem Regen gelauscht, der über ihr aufs Dach trommelte. Was er auch jetzt noch tat. Das Gewitter war abgezogen, seine düsteren Wolken jedoch geblieben. Regen prasselte unaufhörlich in große Pfützen, die sich auf der aus Waschbetonplatten bestehenden Terrasse gebildet hatten. Grau und trostlos wirkte der verwilderte Garten hinter dem Haus. Löwenzahn und Wiesenschaumkraut ließen im hohen Gras die Köpfe hängen. Niemand war bisher auf die Idee gekommen, den Rasen zu mähen. Ein Meer von gelben Blüten schwamm in den Pfützen der Terrasse. Sie stammten von einem großen Forsythienbusch, der in den letzten Jahren ungeahnte Ausmaße angenommen hatte und dringend zurückgeschnitten werden musste – wie sämtliche Sträucher im Garten. Hannas Blick wanderte zum Gemüsebeet, in dem zwischen Salatsetzlingen, Zucchinipflanzen und Stangenbohnen das Unkraut wucherte. Früher hatte sich ihre Mutter sorgfältig um ihren kleinen Gemüsegarten gekümmert. Nicht ein winziges Unkrautpflänzchen hatte man in den sauber angelegten Beeten gefunden. Heute überwogen Giersch, Löwenzahn und

Brennnesseln, die üppig zwischen den Johannisbeerbüschen wuchsen. Hannas Blick wanderte zu den am Waldrand stehenden Apfelbäumen. Nach einem Vorstellungsgespräch ihrer Mutter, von dem sie sich viel versprochen hatte, hatten sie im Oktober voller Zuversicht gemeinsam die süßen Äpfel geerntet, die an den alten, knorrigen Bäumen wuchsen. Es machte Spaß, die großen Körbe ins Haus zu schleppen und stundenlang Apfelmus und Kompott einzukochen. An diesem Tag war ihre Mutter beinahe wie früher gewesen. Sie lachten viel, alberten herum und schmiedeten Pläne für die Zukunft, als sie spätabends noch Reibekuchen backten. Dann kam die Absage der Firma. Hanna fand sie nach ihrer Rückkehr aus der Schule auf dem Küchentisch. Ihre Mutter saß rauchend auf der Terrasse, ein Weinglas neben sich auf dem Boden. Jedes Wort wäre zu viel gewesen. Die Einmachgläser trug Hanna allein in den Keller und stellte sie unbeschriftet ins Regal.

Morgen Nachmittag am See, hatte er gesagt. Hannas Gedanken waren wieder bei dem vorangegangenen Abend. Sie stützte die Hand aufs Kinn. Bei diesem scheußlichen Wetter würde Alex gewiss nicht dort sein. Die ganze Nacht hatte sie das Kribbeln in ihrem Bauch verspürt und ständig gelächelt. Dieses wunderbare Glücksgefühl durfte nicht verschwinden. Das dumme Regenwetter musste sich verziehen, anders ging es gar nicht. Sie war fest davon überzeugt, dass sie das Schicksal gestern Abend in Kirchseeon mit Alex zusammengeführt hatte. Und es konnte doch wohl kaum geplant haben, es bei diesem einen Aufeinandertreffen zu belassen? Allerdings war ihr das Schicksal in der letzten Zeit nicht sonderlich wohlgesinnt. Welchen Grund sollte es ausgerechnet jetzt haben, ihr etwas Gutes angedeihen zu lassen?

Leises Klopfen an der Zimmertür riss sie aus ihren Gedanken. Die Tür öffnete sich einen Spaltbreit, und Onkel Max schaute in den Raum. Als er Hanna sah, breitete sich ein Lächeln auf seinen Lippen aus.

»Guten Morgen, meine Süße. Du bist ja wach.«

»Onkel Max«, rief Hanna. Sie sprang von der Fensterbank und ließ sich in seine ausgebreiteten Arme fallen. Seine Bartstoppeln kratzten wie immer an ihrer Wange. Er roch nach Aftershave und warmem Sommerregen. Seine braunen Haare waren feucht.

»Was treibt dich denn an diesem grauen Tag so früh zu uns?«, fragte sie, nachdem sie sich aus seiner Umarmung gelöst hatte.

»Wir sind doch verabredet. Wir wollen gemeinsam den Garten auf Vordermann bringen.«

»Richtig. Wie konnte ich das nur vergessen«, sagte Hanna und schlug sich vor die Stirn. »Allerdings …« Ihr Blick wanderte zum Fenster.

»Das bisschen Regen. Davon werden wir uns nicht unterkriegen lassen.«

Hanna grinste. Wenn sich Max einmal etwas in den Kopf gesetzt hatte, ließ er sich nicht mehr davon abbringen. Heute stand Gartenarbeit im Kalender, also würde er die auch erledigen, schlechtes Wetter hin oder her. »Vorhin hat der Wettermann im Radio gesagt, dass der Regen bald nachlassen wird und es im Lauf des Tages richtig sonnig werden soll.«

»Ach tatsächlich«, erwiderte Hanna. Das wunderbare Kribbeln in ihrem Bauch verstärkte sich sofort wieder und zauberte ein Lächeln auf ihre Lippen. »Das sind gute Neuigkeiten.«

»Und es kommt noch besser. Deine Mutter ist wach und werkelt unten in der Küche herum. Es gibt Pfannkuchen mit Nutella und Kompott. Ich soll ausrichten, dass du dich mit dem Anziehen beeilen sollst, denn kalte Pfannkuchen schmecken scheußlich.«

»Sie macht – was?«, erkundigte sich Hanna ungläubig.

»Du hast richtig gehört«, erwiderte Max. Er blickte hinter sich und senkte seine Stimme, als er weitersprach: »Sie hat unsere Abmachung nicht vergessen, im Gegenteil: Gestern Nachmittag hat sie mich extra angerufen, um mich daran zu erinnern. Sie braucht jetzt Menschen um sich, auf die sie sich verlassen kann. Ich habe gerade noch einmal mit ihr geredet und ihr klargemacht, dass es so nicht weitergehen kann. Sie hat mir fest versprochen, sich Hilfe zu holen. In Grafing gibt es eine Gruppe Anonymer Alkoholiker. Sie könnte sich vorstellen, dort hinzugehen und sich die Leute anzusehen.«

»Und du denkst, das wird reichen?«, fragte Hanna. »Wir wissen beide, wie viele Versprechen sie an ihren guten Tagen macht, die sie später bricht.«

»Dieses Mal scheint es anders zu sein«, erwiderte er. »Sie braucht unsere Unterstützung.«

Hannas Miene blieb skeptisch. Zu oft war sie von ihrer Mutter enttäuscht worden.

»Wenn ich etwas sage, tut sie es ja doch nicht«, erwiderte Hanna. »Immer wieder verspricht sie mir, das Trinken bleiben zu lassen und sich nach einer neuen Stelle umzusehen. Bis heute ist nichts passiert. Ein oder zwei Tage geht es gut, dann versinkt sie wieder in Selbstmitleid. Betäubt sich mit Rotwein, neuerdings sogar mit Schnaps. Längst wird im Dorf geredet, und ich muss bei Roswitha im Dorfladen immer öfter anschreiben lassen, weil das Geld nicht den ganzen Monat reicht.«

»Ich weiß«, erwiderte Max. »Deswegen werde ich euch ein bisschen unter die Arme greifen. Wenn du Geld brauchst, dann rufst du mich an, und ich komme vorbei und gebe es dir direkt, damit sie es nicht für Alkohol ausgibt.« Er griff nach Hannas Hand und drückte sie fest. »Ich habe viel zu lange zugesehen. Damit ist jetzt Schluss. Du wirst sehen, in ein paar Wochen sieht die Welt wieder ganz anders aus. Wir müssen alle an einem Strang ziehen, dann wird das schon.«

Hanna nickte. Seine Worte taten gut.

»Ja, so machen wir es«, stimmte sie zu. »Ich wünsche mir doch nur, dass alles wieder wie früher wird.« In ihre Augen traten Tränen. Sie wischte sie beschämt ab. »Und vielleicht findet sie irgendwann wieder jemanden. Sie ist so allein.«

»Ich weiß«, sagte Max. »Die Einsamkeit macht es nicht besser. Immerhin hat sie noch uns. Weshalb wir jetzt aber auch zusehen sollten, in die Küche zu kommen.« Er stupste Hanna lächelnd auf die Nase. »Sonst sind die Pfannkuchen kalt.«

»Selbstverständlich. Sofort«, erwiderte Hanna und griff nach ihrer Jeans, die über dem Schreibtischstuhl hing. »Ich ziehe mir nur schnell etwas an.«

»Sieh nur«, er deutete zum Fenster. »Es hat zu regnen aufgehört.«

Verwundert blickte Hanna nach draußen. Tatsächlich war es heller geworden, sogar ein Stück blauer Himmel war zwischen den Wolken zu erkennen.

»Dann kann ich ja doch zum See fahren«, rutschte ihr heraus.

Max zog eine Augenbraue in die Höhe. Schuldbewusst senkte Hanna den Blick. »Es ist … Ich meine …« Sie kam ins Stocken und spürte die Hitze in ihre Wangen steigen.

»Mir musst du nichts erklären.« Er zwinkerte ihr grinsend zu und verließ den Raum.

Als Hanna wenig später in die Küche kam, saßen Max und ihre Mutter bereits Pfannkuchen futternd am Tisch. Kaffeeduft hing in der Luft. Erste Sonnenstrahlen fielen auf den Linoleumboden. Ihre Mutter sah gut aus. Sie schien geduscht zu haben und trug ein Jeanshemd, dazu eine braune Cordhose. Ihr blondes Haar hatte sie zu einem Zopf geflochten. Hanna sank neben Max auf die Eckbank, nahm sich einen Pfannkuchen, verteilte großzügig Nutella darauf und hörte den beiden bei ihrer Gartenplanung zu. Max hatte sogar eine Liste gemacht. Büsche zurückschneiden, Unkraut jäten, Rasen mähen, den Zaun streichen, das Gemüsebeet neu anlegen. Sogar die Gartenhütte sollte einen neuen Anstrich erhalten. Und er plante, die Waschbetonplatten der Terrasse gegen neue Platten aus Terrakotta zu ersetzen, die ein Baustoffmarkt gerade im Ausverkauf hatte.

»Die Arbeiten an der Terrasse werden mehrere Wochenenden in Anspruch nehmen«, erklärte er. Sein Blick wanderte zu Hanna, die verstand. Der Umbau der Terrasse war eine gute Ausrede, um für längere Zeit regelmäßig herzukommen.

»Hanna hat versprochen, mir zu helfen.« Er klopfte ihr auf die Schulter. »Zu dritt werden wir den Garten in diesem Sommer in ein Schmuckstück verwandeln.«

»Das wäre schön«, erwiderte Gabi und nippte an ihrem Kaffee. »Allein werde ich des ganzen Unkrauts nicht mehr Herr.« Sie blickte zu Hanna, die sich einen weiteren Pfannkuchen auf den Teller legte und diesen mit Apfelmus bestrich.

»Vielleicht könnten wir heute mit dem Gemüsebeet anfangen und es vom schlimmsten Unkraut befreien.«

Hanna nickte. Die Tatkraft der beiden tat ihr gut. Der heutige Morgen hatte etwas von normalem Alltag. Es war lange her, dass sie so etwas erlebt hatte.

»Und wenn du magst, könnten wir deinen Geburtstag nachfeiern.« Gabi legte ihre Hand auf die ihrer Tochter, sah ihr in die Augen und fügte hinzu: »Wie immer unter den Kirschbäumen mit deinen Freunden.«

»Das wäre schön.« Hanna bemühte sich um ein Lächeln. Sie wusste, dass ihre Mutter es gut meinte. Sie selbst hatte den Tag jedoch bereits aus ihrem Gedächtnis gestrichen. Ihn jetzt noch zu feiern, fühlte sich überflüssig an. Max schien zu spüren, dass etwas Ungutes in der Luft lag.

»Ein Gartenfest. Was für eine wunderbare Idee«, sagte er. »Wir könnten ein Grillfest daraus machen und die Instandsetzung des Gartens gleich mitfeiern.« Er suchte Hannas Blick. Sie deutete ein Nicken an. Nur nicht den Moment zerstören, bedeutete sein Vorschlag. Heute war ein guter Tag.

»Was für eine wunderbare Idee«, stimmte Gabi zu und erhob sich. »Dann lasst uns keine Wurzeln schlagen. Je schneller wir mit dem Garten fertig sind, desto eher können wir feiern.« Sie räumte den Tisch ab, stellte das Geschirr in die Spüle und öffnete im Flur die Kellertür. »Ich geh die Gummistiefel holen. Ich bringe dir deine mit, Hanna.«

Hanna spülte den letzten Bissen ihres Pfannkuchens mit einem großen Schluck Kakao hinunter und stand auf. Max öffnete die Haustür. Die hereindringenden Sonnenstrahlen, die sich auf dem alten Dielenboden immer weiter vorarbeiteten, und der süßliche Blumenduft, der von dem großen Fliederbusch am Gartenzaun zu ihnen herüberwehte, schienen sie regelrecht nach draußen einzuladen.

»Der perfekte Tag, um den Garten auf Vordermann zu bringen«, rief Max, zwinkerte Hanna fröhlich zu und verschwand um die Hausecke. Hanna und ihre Mutter folgten ihm keine Minute später. Wie besprochen nahmen sich die beiden zuerst des Gemüsebeets an, während Max in der Gartenhütte verschwand. Mit einer Heckenschere bewaffnet kam er wenig später wieder heraus und rückte dem Forsythienbusch zu Leibe. Nach einer Weile wurde es Hanna warm, und sie tauschte Gummistiefel und Jeans gegen Flipflops und kurze Hosen. Das Gemüsebeet kostete mehr Zeit, als sie gedacht hatten. Gerade die Brennnesseln erwiesen sich als sehr hartnäckig. Um die Mittagszeit machten sie Pause, setzten sich mit einer Flasche Saftschorle und be-

legten Broten auf die Bank unter die Kirschbäume und be-
gutachteten ihr Werk. Max hatte mehrere Büsche und die
Hecke am Zaun beschnitten. Überall im hohen Gras lagen
Äste, Blätter und gelbe Blüten verstreut.

»Das Gestrüpp können wir im Wald entsorgen«, meinte er.
»Auf die drei Äste mehr oder weniger kommt es da nicht an.«

Hanna blickte zu ihrer Mutter, die gedankenverloren auf
das Gemüsebeet starrte, das alles andere als ordentlich aussah. Zwischen den Setzlingen wucherte noch immer das
Unkraut. Davor lag ein riesengroßer Haufen Grünzeug,
der hauptsächlich aus Brennnesseln und Giersch bestand.
Hannas Unterarme und Waden waren komplett von roten
Pusteln übersät, die scheußlich juckten. Zusätzlich war sie
auch noch in einen Haufen roter Ameisen getreten, was mit
den Flipflops nicht sehr angenehm war. Wie eine Verrückte
war sie durch den Garten gesprungen, um die lästigen Tierchen loszuwerden, was Max und ihre Mutter zum Lachen
brachte.

Jetzt jedoch schien die Stimmung plötzlich gedrückt zu
sein. Mehrere Stunden Arbeit lagen hinter ihnen, und es sah
so aus, als hätten sie kaum etwas geschafft.

»Vielleicht solltet ihr erst einmal die Gartenhütte streichen«, schlug Max vor. »Da gibt es keine Ameisen oder
Brennnesseln. Derweil mähe ich den Rasen. Mit einem ge-
mähten Rasen sieht ein Garten gleich viel ordentlicher aus.«

»Wenn du meinst«, erwiderte Gabi. »Ich bin müde, und
mir dröhnt die Birne. Hab wohl zu viel Sonne abgekriegt.
Ich werde mich ein bisschen hinlegen.« Sie erhob sich, ging
ohne ein weiteres Wort zum Haus und schloss die Terras-

sentür hinter sich. Max sah zu Hanna, die mit den Schultern zuckte. Solche Reaktionen ihrer Mutter war sie gewohnt. Die Euphorie des Morgens war der unausweichlichen Lethargie gewichen.

Max erhob sich mit einem tiefen Seufzer. »Dann werde ich mal das Gestrüpp wegräumen.«

Hanna blickte auf ihre Armbanduhr.

»Macht es dir was aus, wenn ich auch eine Pause mache? Du weißt doch …«

»Ja, geh ruhig«, erwiderte er, machte jedoch einen geknickten Eindruck. »Ich denke, die Aktion ist für heute sowieso beendet. Ich räume hier noch auf und mähe den Rasen. Dann mache auch ich Feierabend.«

Hanna trat neben ihn und legte ihm die Hand auf den Arm. »Wir wussten beide, dass sich das nicht an einem Tag lösen lässt.«

»Ich weiß. Ich dachte nur … Ich meinte …« Er kam ins Stocken. »Als sie gestern angerufen hat, um mich an unsere Vereinbarung zu erinnern, war ich wirklich überrascht. Ich nahm tatsächlich an, es hätte sich etwas verändert.«

»Das hat es sich vielleicht auch«, entgegnete Hanna. »Wir dürfen für den Anfang nicht zu viel verlangen. Auch mit kleinen Schritten gelangt man ans Ziel. Es ist schön, dass du gekommen bist.«

Sie drückte ihm ein Küsschen auf die Wange und fügte hinzu: »Aber jetzt muss ich wirklich los.«

»Dann beeil dich lieber«, erwiderte er mit einem Augenzwinkern. »Sonst lässt dich deine Verabredung noch sitzen. Ich bleibe an Deck. Fest versprochen.«

Das ließ sich Hanna nicht zweimal sagen. Sie lief ins Haus, um sich umzuziehen. Im Wohnzimmer fand sie ihre Mutter schlafend auf dem Sofa vor. Liebevoll deckte sie sie mit einer Wolldecke zu. »Heute ist ein guter Tag, Mama. Max bleibt bei dir. Er hat es versprochen.« Sie bemerkte die halbvolle Weinflasche unter dem Tisch, hob sie auf, ging damit in die Küche und leerte den Inhalt ins Spülbecken, wie sie es immer tat. Dann lief sie in ihr Zimmer, um sich umzuziehen und irgendetwas mit ihren zerzausten Haaren anzustellen, in denen lauter kleine Äste und Blütenblätter hingen.

Als sie kurz darauf am Rand eines Rapsfeldes entlangradelte und den Wind im offenen Haar spürte, fühlte sie sich frei wie lange nicht mehr. Im Licht der Nachmittagssonne glaubte sie vor Vorfreude zu zerspringen. Ja, heute war ein guter Tag, ein verdammt guter sogar. Die Aufregung zauberte ihr ein Lächeln auf die Lippen. Am Ende des Feldweges bog sie auf die schmale Kreisstraße ab, die an den Hasslacher Wiesen entlang- und unter der Bahn hindurchführte. Der Bauer Simmerl kam ihr auf seinem Traktor entgegen. Sein neben ihm sitzender fünfjähriger Sohn Laurin winkte ihr fröhlich zu. Sie winkte zurück und bog ein Stück weiter in den Feldweg ein, der an einem Bachlauf entlang bis zu dem kleinen Baggersee führte. Verwunschen lag dieser mitten im Wald. Offiziell wurde er nicht als Badesee genutzt. An heißen Tagen verschlug es trotzdem einige Jugendliche hierher, die am Südufer von den Bäumen sprangen und wild grillten, was besonders dem Förster, Sepp Eberhartinger, sauer aufstieß. Von dem alten Griesgram durfte man sich nicht erwischen lassen. Er war nicht der Typ, der lange verwarnte, sondern gleich mal ein paar Ohrfeigen austeilte. Den Michi Graglinger soll er sogar mit seinem Gewehr bedroht haben, nachdem dieser sich gegen die Schläge zur Wehr gesetzt und den Eberhartinger eine fette Wildsau genannt hatte. Geschossen hatte der Eberhartinger natürlich nicht. Das brauchte er auch gar nicht, denn er spielte mit Michis Vater jeden Sonntag beim Wirt Karten, bevorzugt Schafkopfen. Der Michi hatte daraufhin eine solche Tracht Prügel bezogen, dass er nie mehr am Griesinger See gesehen worden war.

Der Bauwagen lag am Nordufer. Er war vermutlich ein Überrest aus der Zeit, als der See noch als Kiesgrube genutzt wurde. Hier war das Ufer nicht so zugewachsen wie an den anderen Seiten des Sees. Es gab eine kleine Rasenfläche, einen Steg und einen windschiefen Briefkasten, von dem niemand so recht wusste, wieso er neben dem Bauwagen stand. Hanna kannte den Platz, war aber nur selten hier gewesen. Das letzte Mal vor einer halben Ewigkeit an einem heißen Sommertag mit Isa. Sie waren im See geschwommen, hatten auf dem Steg in der Sonne gelegen und sich Geschichten ausgedacht, wer wohl irgendwann einmal in dem alten Bauwagen gelebt hatte. Liebespaare, ein Einsiedler, sogar einen Mörder hatte Isa vorgeschlagen, was Hanna gruselig fand.

Als sie den Bauwagen erreichte, sah er besser aus, als sie ihn in Erinnerung hatte. Er schien einen neuen Anstrich bekommen zu haben, in leuchtendem Dunkelblau. Eine kleine Holztreppe führte zu der offen stehenden Tür hinauf. Mit klopfendem Herzen lehnte Hanna ihr Fahrrad an einen Baum und lief auf den Wagen zu. Als sie die Treppe hinaufsteigen wollte, wurde sie von hinten angesprochen.

»Da bist du ja.«

Hanna drehte sich um. Alex stand vor ihr und grinste sie an.

»Klar doch. Ich meine … Hallo.« Hannas Stimme zitterte, und sie wünschte sich auf der Stelle ein Loch, in dem sie sich hätte verkriechen können. Sein Anblick schüchterte sie ein, er sah so gut aus. Alex war barfuß, trug kurze Shorts und ein weißes T-Shirt. Sein braunes Haar fiel ihm in die Stirn, und seine hellblauen Augen strahlten.

Er kam auf sie zu, legte den Arm um sie und küsste wie selbstverständlich zur Begrüßung ihre Wange. Endgültig fühlte sich Hanna außer Gefecht gesetzt. Das hohle Gefühl in ihrem Bauch beraubte sie all der Worte, die sie sich auf der Fahrt hierher zurechtgelegt hatte. Er nahm ihre Hand und führte sie vom Bauwagen weg zum Seeufer und auf den Steg hinaus. An dessen Ende setzten sie sich.

»Ich bin gern hier«, begann er zu erzählen. »Das Grundstück gehört meiner Familie. Früher hat es mein Großvater häufig genutzt. Er war Jäger und hat irgendwann einmal den Bauwagen als Übernachtungsgelegenheit aufgestellt, um gleich im Morgengrauen direkt im Wald zu sein und nicht erst vom Hof losziehen zu müssen. Ich glaube allerdings eher, dass er vor der Stille im Haus davongelaufen ist. Seit dem Tod meiner Oma hat er es auf dem Hof nicht mehr ausgehalten. Jedenfalls sagt das meine Mutter.«

»Die im Dorf alle für ein bisschen verrückt halten«, rutschte es Hanna heraus. Sie biss sich auf die Lippen. »Tut mir leid. Ich wollte nicht …«

»Schon gut«, fiel Alex ihr ins Wort und berührte kurz ihre

Schulter mit der seinen. »Ich kann die Leute schon verstehen. Selbst ich halte sie manchmal für verrückt. Besonders wenn sie in ihrer Kräuterküche werkelt und dabei so seltsames Zeug singt oder nachts mit ihren Kunden im Garten irgendwelche Séancen abhält.«

»Séancen?«, wiederholte Hanna.

»Irgendwelche Sitzungen, Geisterbeschwörung und so ein Kram. Gibt Leute, die eine Menge Geld für diesen Entspannungsquatsch bezahlen«, erklärte Alex. »Eine ihrer Kundinnen ist einfach dageblieben. Sie heißt Irma und wohnt in einem der Nebengebäude auf dem Hof. Und dann ist da noch der neue Freund meiner Mutter, Siggi aus München. Ein Musiker, die große Karriere hat er verpasst, aber er meint, dass er immer auf der Suche nach neuen Wegen der Bewusstseinserweiterung ist. Was immer das auch heißen soll.«

»Wow«, stellte Hanna erstaunt fest. »Und ich dachte, ich hätte ein chaotisches Zuhause.«

»Wieso dachtest du das?«, hakte Alex nach.

»Na ja.« Hanna zuckte mit den Schultern. »Meine Eltern sind getrennt, meine Mutter hat letzten Sommer ihren Job verloren, und sie …« Sie brach ab. Sollte sie das wirklich sagen? Sie fing Alex' Blick auf, der sie fast zur Offenheit zwang. »… säuft«, vollendete sie leise den Satz.

Alex erwiderte nichts. Er reagierte auch sonst nicht. Keine Berührung, kein Mitleid in seinen Augen. Seine Reaktion tat gut. So ehrlich hatte sie die Probleme ihrer Mutter noch nie ausgesprochen. Die Worte taten weh. Sie blickte über den See, auf dem tausend Diamanten im Licht der Sonne zu funkeln schienen. Eine Entenfamilie schwamm in ihrer Nähe vorüber. Der Moment fühlte sich sonderbar an. So friedlich und schön er war, lasteten die Gefühle, die sie empfand, dennoch schwer auf ihr. Irgendwann stand Alex auf, zog sein T-Shirt aus und sagte: »Ist so warm heute. Komm, wir gehen schwimmen.«

»Jetzt? Hier?«, fragte Hanna entsetzt. »Aber das Wasser ist bestimmt noch eiskalt.«

Alex antwortete nicht. Er sprang kopfüber vom Steg, schwamm ein Stück, drehte sich um, spritzte mit dem Wasser und rief: »Nun komm schon. Es ist herrlich. Oder bist du feige?«

»Feige? Ich doch nicht«, rief Hanna. Sie tauchte vorsichtig einen Zeh ins Wasser und zog ihn sofort wieder zurück. »Du spinnst.«

»Es ist wirklich toll. Du musst dich nur überwinden. Du wirst es nicht bereuen.«

»Ich habe keinen Bikini dabei«, brachte Hanna ein letztes halbherziges Argument gegen den Sprung ins kalte Wasser vor. Sein Blick war Antwort genug. Er drehte sich um und schwamm davon.

Sie stand auf, atmete tief durch und rief ihm hinterher: »Du spinnst doch!« Dann sprang sie, komplett angezogen, weil das nun auch egal war. Das Wasser war kalt, aber nicht eisig. Quietschend tauchte sie wieder auf und schwamm auf ihn zu. Wie selbstverständlich zog er sie in seine Arme. Im Gegensatz zu ihr schien er noch stehen zu können.

»So kenn ich dich. Klatschnass und durchgeweicht«, sagte er grinsend. Seine Lippen kamen immer näher, und dann küsste er sie. Sie ließ es zu und versank in seiner Umarmung. Ging das nicht viel zu schnell? Sie schob den Gedanken beiseite.

Heute war ein guter Tag.

FÜNF

Die Vororte Münchens, an denen der ICE vorübersauste, waren ihr vertraut. Olching, Gröbenzell und München-Pasing. Häuserreihen, Straßenzüge. Hinter den Gleisen lag die Landsberger Straße, wo sie einige Wochen lang wegen eines Schülerpraktikums immer mit der Straßenbahn langgefahren war. Die Donnersbergerbrücke tauchte auf, und ihr kam das alte Lied von Willy Astor in den Sinn. *Du dreckat's G'stei aus Stahlbeton*, hatte er gesungen. Sie lächelte. Jedes Mal musste sie an diese sonderbare Ballade denken, wenn sie daran vorüberfuhr. Der Hauptbahnhof tauchte auf. München empfing sie mit einem weiß-blauen Bilderbuchhimmel. Als hätte die Stadt gewusst, dass sich heute ein seltener Gast blicken lassen würde. War sie wirklich ein Gast? Oder eher ein Kind dieser Stadt, dieser Region, das wieder nach Hause kam. War es tatsächlich so, dass sie hier nach Hause kam? Sie fragte sich, wo ihr Zuhause eigentlich war, ihre Heimat, und musste an Hamburg denken, an das schöne Niendorf, wo nun das Maklerschild im Vorgarten stand, an ihren Schreibtisch, an den sie nicht mehr zurückgekehrt war. An die Anrufe ihres Chefs. Sie hatte nicht zurückgerufen und ihm einfach ihre Kündigung gemailt. Was blieb nun nach fünfundzwanzig Jahren, außer einem verlorenen Zuhause, irgendeinem Weg, den sie nicht weiterbeschreiten konnte. Konnte es ein Zurück überhaupt geben? Der Bahnsteig tauchte auf. Um sie herum Geschäftigkeit, eine lange Schlange bildete sich im Mittelgang. Eine Frau mit einem Baby auf dem Arm, hinter ihr eine alte Dame, die müde aussah. Geschäftsreisende, eine Gruppe rüstiger Rentnerinnen auf Städtetour. Der Zug hielt. Im Strom der Reisenden lief Hanna den Bahnsteig entlang und schlug den Weg zur S-Bahn ein. In der Bahnhofshalle blieb sie zwischen den vielen Fressbuden stehen. Sonnenlicht fiel auf den dunklen Fliesenboden. Die vielen bunten Stände, Stimmen, der Geruch von Bratwürsten – das Leben in dieser Stadt, es fühlte sich an wie damals. Als jener schicksalhafte Sommer abrupt in einen kalten Herbst übergegangen und sie fortgegangen war. Onkel Max hatte Bernie und sie damals zum Bahnhof begleitet, hatte ihren Koffer getragen und ordentlich im Gepäcknetz verstaut. Sie sah sein Gesicht vor sich. Breite Nase, buschige Augenbrauen, ein Muttermal auf der Wange. Er wohnte damals in einer WG am Petuelring und ging neben seiner Arbeit als Elektriker noch auf die Technikerschule, worauf er stolz war. Eine gute Ausbildung ist wichtig, hatte er einmal zu Hanna gesagt. Gewiss war er seinen Weg gegangen. Was er wohl heute machte? Vielleicht würde er sie gemeinsam mit ihrer Mutter begrüßen. Ihre Mutter. Ihre vertraute Stimme am Telefon hatte es Hanna unmöglich gemacht, ihre Tränen zurückzuhalten. Die Kirschbäume waren noch da. Nur der Zaun müsste mal wieder gestrichen werden. Sie klang unsicher, ihre Stimme rau. Einmal hustete sie, was sich schlimm anhörte. Sie schwiegen miteinander, begannen irgendwelche Sätze, die sie wieder abbrachen, beide trauten sich nicht, den Augenblick der Annäherung durch zu viele Worte zu zerstören.

Die alten Wagen der S-Bahn waren längst durch moderne Züge ersetzt worden. Automatische Durchsagen ohne den vertrauten Münchner Dialekt kündigten die Stationen an. Rosenheimer Platz, der Ostbahnhof, Berg am Laim. Mit jedem Halt wurde sie nervöser. Nicht mehr lange, dann würde der Zug in Griesing ankommen. Ein Halt vor der Endstation in Grafing. Ein kleines Dorf, eingebettet zwischen Wiesen und Feldern. Damals tickte hier die Welt anders. Die Hektik der nahen Großstadt begann irgendwo hinter Kirchseeon. Jetzt zeigten Neubaugebiete auf dem Hasslacher Feld, dass sich die Großstadt weiter ausbreitete. Ruhesuchende Ameisen zog es aufs Land. Dorthin, wo die Luft noch nach Blumen duftete und die Baugrundstücke bezahlbar waren. Die S-Bahn hielt, und Hanna stieg aus. Nur noch wenige Fahrgäste waren in ihrem Abteil. Ein junger Kerl mit einem Rucksack auf dem Rücken trat mit ihr auf den Bahnsteig. Hier schien die Zeit stehen geblieben zu sein. Das alte, schäbige Bahnhofshäuschen, daneben die dicke Linde, die im Sommer den Fahrgästen Schatten spendete. Zwei blaue Metallbänke waren neu, eine moderne Anzeige gab es. Der Bodenbelag war nicht erneuert worden. Ihr Rollkoffer blieb in einem Schlagloch hängen, als sie den Weg ins Dorf hinunterlief. An der Einmündung zur Gartenstraße blieb sie stehen. Da waren sie: die Glascontainer. Im hellen Licht der Nachmittagssonne sahen sie harmlos aus. Ein alltäglicher Anblick. Langsam ging sie näher heran. Grünglas, Weißglas, ein Schild, das die Einwurfzeiten regelte, Löwenzahn, der aus den Ritzen des Asphalts wuchs. Nichts Besonderes. Sie hörte das Glas in ihrem Inneren aufschlagen. Sah sich die immer gleichen Bewegungen ausführen. Es war vorbei, suchte sie sich selbst zu beruhigen. Ihre Mutter trank nicht mehr. Das hatte sie am Telefon gesagt. Diesen einen Satz nur. Ein Eingeständnis ihrer Schuld. Aber war sie wirklich schuldig gewesen? Sah man mit den Augen einer Erwachsenen die Dinge nicht anders? Sie kannte die Antwort. Die Aussage ihrer Mutter hatte für einen Moment die Hilflosigkeit eines vollkommen überforderten Teenagers in ihr heraufbeschworen, die sie damals immer empfunden hatte. Sie lief weiter, vorbei am vertrauten Sackgassenschild. Von weitem sah sie den Waldrand, davor ihr Elternhaus, behäbig, ein Bau der zwanziger Jahre. Eine Gestalt kniete auf dem Gehweg. Sie war dabei, den Zaun anzustreichen. Als Hanna näher trat, blickte sie auf. Ihre Mutter. Sie ließ den Pinsel sinken. Schmal war sie geworden. Graues, schulterlanges Haar, tiefe Falten um die Augen.

»Hallo Mama«, begrüßte Hanna sie leise.

»Hanna, da bist du.« Gabi legte den Pinsel auf den Deckel des Farbeimers. Ihre Hand zitterte. »Ich dachte, ich könnte es schaffen. Den Zaun fertig streichen, bis du kommst. Ich wollte es dir schön machen.« Sie machte eine weitläufige Handbewegung über den Garten, der vollkommen zugewuchert war. Hanna liebte ihn auf den ersten Blick. Die Kirschbäume blühten bereits. Unter einem von ihnen stand wie gewohnt die hölzerne Sitzgruppe, eine karierte Decke lag neben ihr im hohen Gras, rot-weiß gestreifte Sitzkissen lagen auf der Bank. Ein Gefühl von Wärme durchflutete Hanna beim Anblick der verwunschenen Beschaulichkeit, das ihre Traurigkeit für einen Moment beiseiteschob und sie freier atmen ließ. Es war verrückt. Sie hatte diese Vergangenheit für immer vergessen wollen. Dennoch tat ihr dieser Anblick nicht weh. Er war anders, neu und doch vertraut – hier gab es keinen Maurice.

Unsicher blieben sie und ihre Mutter nebeneinander stehen. Fünfundzwanzig Jahre lagen zwischen ihnen, ungekannte Lebenswege voller Geschichten. Sie umarmten sich nicht.

»Es ist wunderschön«, sagte Hanna. »Genauso habe ich es in Erinnerung.«

»Ich wollte auch noch den Rasen mähen«, sagte Gabi seufzend. »Aber der Rasenmäher wollte nicht anspringen, das dumme Ding.« Sie winkte ab und ging an ihrer Tochter vorbei zum Haus. Hanna folgte ihr. Es traf sie mit voller Wucht, die vertraute Welt ihrer Kindheit im Inneren des Hauses zu sehen. Den Flur mit dem knarrenden Dielenboden, die Treppe mit den ausgetretenen Stufen. Die Prilblumen auf den Fliesen in der Küche. Am Fenster die alte Eckbank mit dem Blumenmuster auf dem Polster. Im Wohnzimmer stand noch immer das grüne Sofa, eine bunte Flickendecke darauf. Selbst der Gummibaum auf der Fensterbank war noch derselbe. Als wäre die Zeit stehen geblieben. Sie ging in die Küche.

»Wir können draußen Kaffee trinken«, sagte ihre Mutter und goss Wasser in einen Filter. Wie immer brühte sie den Kaffee ohne Maschine auf. »Hast du etwas dagegen, wenn

später Erna zu uns kommt? Sie hat für uns Kuchen gebacken und war mindestens genauso aufgeregt wie ich.« Sie
räumte Teller auf ein Tablett, fischte Kuchengabeln aus einer
Schublade.

Hanna hätte am liebsten abgelehnt. Sie brachte es nicht
fertig. Erna von nebenan. Die humpelnde Frau, bei der es
immer selbstgebackene Kekse gegeben hatte. Ihre Tochter
Simone war einige Jahre jünger als Hanna. Sie musste heute
Mitte dreißig sein.

Gabi griff nach dem Tablett und trat an Hanna vorüber
zur Terrassentür.»Kannst deinen Koffer in dein Zimmer
bringen. Ist alles vorbereitet.«

Hanna sah ihre Mutter verwundert an.

»Das gibt es noch?« Was für eine dumme Frage. Hier gab
es noch Prilblumen, Gummibäume und Filter auf Kaffee-
kannen, also gab es eben auch noch ihr altes Zimmer. Ihre
Mutter schien ihre Frage nicht mehr gehört zu haben. Sie
war bereits auf dem Weg in den Garten. Hanna lief die Treppe hinauf. Noch immer knarrte die fünfte Stufe bedenklich.
Im oberen Flur roch es muffig. Sonnenlicht fiel durch ein
schmales Fenster auf den grünen Teppichboden. Sie öffnete
ihre Zimmertür und betrat den kleinen Raum. Nichts hatte
sich verändert. Ihr aus Eichenholz gefertigtes Bett, die bunte Tagesdecke darauf. Poster aus der *Bravo* an den Wänden.
Sogar ihre Schulhefte lagen noch am üblichen Platz auf ihrem Schreibtisch. Als wäre sie eben erst gegangen. Sie setzte
sich auf ihr Bett. Auf dem Nachttisch stand ihr kleiner Kas-
settenrecorder. Sie schaltete ihn ein. Phil Collins' Stimme
war zu hören. *Another Day in Paradise*. Meine Güte, wie

lange hatte sie dieses Lied nicht mehr gehört. Sie stand auf und trat ans Fenster. Ihre Mutter deckte den Tisch unter den Kirschbäumen. Sie lächelte. Der heutige Frühlingstag fühlte sich ein wenig wie Sommer an, selbst in Hamburg war der Himmel heute Morgen klar gewesen. Gewiss war in den vielen Cafés an der Alster kaum noch ein Platz in der Sonne zu ergattern. Phil Collins beendete sein Lied, und Stefan Waggershausens Stimme erklang.

Das erste Mal tat's noch weh.

Noch eines dieser Lieder aus einer längst vergessenen Zeit. Ihr Blick fiel auf ihre Handtasche. Noch immer lag Alex' Brief darin. Er war ihr erstes Mal gewesen. Die erste große Liebe vergisst man nie, sagte man. Sie hatte alles getan, um ihn zu vergessen, und ihn dennoch aufbewahrt in einem Schuhkarton, tief in ihrem Inneren, versteckt hinter Maurice.

Beim zweiten Mal nicht mehr so sehr.

Maurice war das zweite Mal gewesen. Kein kurzer Sommer, kein flüchtiger Moment, den sie nicht hatte festhalten können. Sie hatten so viele Jahre miteinander gehabt, ein ganzes gemeinsames Leben, ein Heim und Christina. Der Verlust dieses Lebens, an das sie geglaubt hatte, tat weh. Es war ein Schmerz, der alles andere in den Schatten stellte und betäubte. Ihre Mutter verschwand im Haus, um kurz darauf mit dem Kuchen in den Händen wieder aufzutauchen. Ein riesiges Machwerk aus Sahne und Biskuit, das für zehn Gäste reichen würde. Hinter ihr beendete Waggershausen sein Liebeslied abrupt. Der Sprecher von Bayern 3 redete über den Text. Sie trat vom Fenster weg und verließ den Raum. Auspacken konnte sie auch später noch.

Als sie im Garten ankam, war der Tisch fertig gedeckt. Sogar ein Strauß Tulpen stand darauf. Ihre Mutter schnitt die Torte an und beförderte ein unfassbar großes Stück sahnige Pracht auf Hannas Teller. Hanna widersprach nicht, obwohl sie keinen Hunger hatte. Kaffee landete duftend im guten Meißener Porzellan mit dem Goldrand. Es stammte vom Flohmarkt an der Donnersbergerbrücke. Sie konnte sich noch genau an den Tag erinnern, als sie mit ihrer Mutter dort gewesen war – gemeinsam mit der nach Trödel süchtigen Erna. Im Morgengrauen waren sie, zusammen mit anderen Plunderverrückten, durch die Reihen gelaufen, damit ihnen nur nichts Wichtiges entging. Ihre Stoffpuppe Mona erstanden sie damals mit vielen Kleidern an einem der Stände. Ihre Mutter setzte sich Hanna gegenüber auf einen Gartenstuhl und nippte an ihrem Kaffee. Hanna probierte von dem Kuchen. Er war wie erwartet unfassbar süß und fettig. Schweigend saßen sie sich gegenüber. Der Wind rüttelte an den Zweigen des Kirschbaums. Noch lagen keine Blütenblätter im Gras. Hanna überlegte einen Moment, ob jetzt der richtige Zeitpunkt gekommen war, um die Frage zu stellen, die ihr schon seit ihrem ersten Telefonat auf der Zunge lag. Ihr Blick wanderte zum Nachbarhaus. Die Gardine bewegte sich. Lange würde es nicht mehr dauern, bis Erna herüberkam. Sie trank sich mit einem ordentlichen Schluck Kaffee Mut an, meine Güte, sie würde die ganze Nacht kein Auge zutun.

»Warum hast du angerufen?«

Ihre Mutter ließ die Kuchengabel sinken.

»Weil Max es gewollt hätte.« Ihre Antwort klang beiläufig. Hanna sah sie irritiert an. »Er ist letztes Jahr gestorben. Schlaganfall.«

Hanna traf der harmlos klingende Satz wie ein Schlag ins Gesicht. Ihre Mutter redete weiter. »Er hat immer gesagt, ich solle dich anrufen. So oft hat er es gesagt. Ich hab nie auf ihn gehört.« Gabi zuckte mit den Schultern. »Als ich dich anrief, war sein erster Todestag. Mit Conny, seiner Witwe, hab ich an seinem Grab gestanden und gedacht, jetzt machst du es endlich. Er sieht dir von da oben zu. Er soll stolz auf dich sein.«

Ihre Worte klangen sonderbar. Hatte sie tatsächlich nur wegen Max angerufen? Wahrscheinlich nicht. Max. Es würde kein Wiedersehen geben. Ein weiterer Schmerz. Sie sah sein Gesicht vor sich, sein Lächeln. Auch er hatte niemals angerufen. Als würde Gabi ihre Gedanken erraten, sagte sie: »Er meinte, ich müsse zuerst anrufen. Die Mutter muss es aus der Welt schaffen.« Sie brach ab.

Hanna wusste nicht, was sie erwidern sollte. Irgendwann fragte sie: »Conny?«

»Nettes Mädchen, einfach gestrickt«, erwiderte ihre Mutter. »Lernst sie bestimmt bald kennen. Sie ist recht anhänglich. Hat ja jetzt niemanden mehr. Mit Nachwuchs wollte es bei ihr nicht so recht klappen, und Samson, ihren Labrador – den Kinderersatz –, hat im Dezember ein Laster erwischt.«

»Keine Kinder«, sagte Hanna.

»Ich weiß. Einen Buben hat er immer haben wollen, wegen dem Fußball.« Gabi zuckte mit den Schultern. Erneutes Schweigen breitete sich aus. Es war eine sonderbare Art von

Stille. Vertraut und fremd zugleich. Hannas Blick fiel auf den Gemüsegarten voller Unkraut.

»Ich könnte dir helfen, den Garten wieder in Ordnung zu bringen«, bot sie an.

»Ich hab nicht nur wegen Max angerufen«, ging ihre Mutter nicht auf ihr Angebot ein.

»Ich weiß«, erwiderte Hanna. »Und ich bin auch nicht einfach so gekommen.«

Ihre Mutter nickte. Sie blickte auf das Gemüsebeet. »Könnte Arbeit werden.«

»Ich hab Zeit«, sagte Hanna.

Sie sahen einander in die Augen. Zeit zum Reden. Fünfundzwanzig Jahre besprach man nicht an einem Nachmittag bei einem Stück Sahnetorte.

Genau in diesem Moment kam Erna über die Wiese gehumpelt. Hanna lächelte bei ihrem Anblick. Sie hatte die braunhaarige Nachbarin kräftig in Erinnerung gehabt. Jetzt war sie das Doppelte. Erna fiel Hanna um den Hals. Sie roch nach Schweiß und einem Hauch Kölnisch Wasser. Ihre Nähe und Herzlichkeit taten gut. Schwer atmend sank sie neben Hanna auf die Bank. Gabi schenkte Kaffee ein und beförderte ein Stück Torte auf Ernas Teller.

»Ich hoffe, der Kuchen schmeckt dir. Ich hab ihn gebacken. Wir haben uns so über deinen Anruf gefreut«, redete diese fröhlich drauflos. »Nach so vielen Jahren bist du endlich wieder da. Was für eine Freude. Die Neuigkeit von deinem Kommen hat sich sogar bis zu Roswitha rumgesprochen. Sie hat heute Morgen von mir wissen wollen, ob das tatsächlich stimmt.«

Hanna seufzte. Roswitha Gruber, die Dorfmetzgerin und Buschtrommel des Ortes, gab es also auch noch. Gewiss wusste inzwischen jeder in der ganzen Umgebung, dass Hanna Moser nach Hause kommen würde. Hanna warf ihrer Mutter einen kurzen Blick zu. Gabi zuckte mit den Schultern, bemühte sich um ein Lächeln und fügte bissig hinzu:»Ja, ja, die gute Roswitha. Immer noch das alte Tratschhaferl.« Sie schenkte sich eine weitere Tasse Kaffee ein, blickte zum Himmel und meinte:»Das Wetter hält noch ein Weilchen. Vielleicht kriege ich den Zaun noch fertig gestrichen.«

»Ich kann dir gern helfen«, bot Hanna ihre Hilfe an.

Gabi wollte etwas erwidern, wurde aber unterbrochen.

»Grüß Gott, die Damen.« Ein alter Mann mit einem Rollwagen voller Werbeblättchen tauchte am Gartenzaun auf und winkte fröhlich.»So muss es sein an so einem schönen Frühlingstag wie heute.« Sein Name war Manni, wie Hanna von Erna erfuhr. Ihre Mutter lud ihn spontan zu Kaffee und Kuchen ein, was dazu führte, dass der Zaun nicht mehr gestrichen wurde. Bis zum Einbruch der Dunkelheit blieben sie plaudernd unter den Kirschbäumen sitzen. Hanna hörte ihnen nur zu, sagte kaum etwas. Es ging um Alltägliches. Der alte Pfarrer ging in Ruhestand. Es gab das Gerücht, dass sein Nachfolger ein Afrikaner sein sollte, was vielen nicht schmeckte. Die Sekretärin im Pfarrhaus, die alte Ratschkattl, hatte es der Roswitha erzählt. Aber die habe ja andere Sorgen. Neben dem Neubaugebiet wurde ein Supermarkt gebaut. Dann könnte sie ihren Laden zusperren. Irgendwann war das Gespräch auf den Griesinger See gekommen, was

Hanna aufhorchen ließ. Der neue Bürgermeister, so ein junger Möchtegern, wie Erna erklärte, wollte den See als Naherholungsgebiet nutzen lassen. Ein Badestrand sollte angelegt werden, auch eine Ausflugsgaststätte war in Planung.

»Für die Zuagroasten aus der Stadt«, sagte Manni.

»Nicht am Griesinger See«, widersprach ihm Gabi. »Das ist Naturschutzgebiet. Daran wird er sich die Zähne ausbeißen, der junge CSUler, auch wenn er sich einbildet, er wäre der neue Parteichef und bald schon in Berlin.«

Als Nächstes ging es um das Neubaugebiet auf den Hasslacher Wiesen. »Nebendran soll wohl ein Gewerbegebiet ausgewiesen werden. Das hat mir neulich der Bertl beim Wirt erzählt. Das würde Einnahmen ins Dorf bringen und den Standort für Unternehmer attraktiver machen«, erläuterte Manni.

»Als ob wir in Griesing jemals Unternehmer gebraucht hätten«, erwiderte Erna und schnaubte verächtlich.

Hanna wurde mit der Zeit immer stiller und müder. Die lange Anreise und das frühe Aufstehen machten sich bemerkbar. Als die Sonne weg war, begann sie zu frieren. Erna war diejenige, der es irgendwann auffiel.

»Ich denke, wir lassen es für heute gut sein.« Fürsorglich tätschelte sie Hannas Schulter. »Das Mädel friert und ist müde.«

»War ja auch eine weite Anreise«, sagte Manni und warf Hanna einen mitleidigen Blick zu. »Hamburg ist nicht gerade um die Ecke. Soll schön sein dort oben. Irgendwann komm ich da auch mal hin. Zum Fischmarkt und auf die Reeperbahn.« Er grinste verschmitzt.

»Du alter Mann bei den halbnackten Weibern«, rief Erna lachend und erhob sich. »Da kriegst am Ende noch einen Herzinfarkt, wenn die ihre Möpse auspacken.«

Manni reagierte nicht beleidigt, sondern lachte mit.

»Wo du recht hast …« Er winkte ab und erhob sich. »Soll ja auch recht kühl sein dort. Ist schlecht fürs Rheuma.«

Hanna blickte schmunzelnd zu ihrer Mutter, die kopfschüttelnd den Tisch abräumte und den Mund hielt.

Wenig später verabschiedeten sich Erna und Manni mit dem Versprechen, bald wieder auf einen Ratsch vorbeizuschauen. Gabi stellte das Geschirr in die Spüle und wandte sich an ihre Tochter, die die Überreste des Kuchens in den Kühlschrank verfrachtete. »Abspülen tun wir morgen. Du kannst ja kaum noch stehen. Geh ins Bett, Mädchen.«

Hanna nickte. Die Bezeichnung Mädchen aus dem Mund ihrer Mutter rührte sie. So lange hatte sie diese Worte nicht mehr gehört.

»Es war schön heute«, sagte sie.

»Das fand ich auch«, erwiderte ihre Mutter. Sie streckte die Hand aus und berührte Hannas Arm. »Es ist gut, dich hier zu haben.«

Hanna lächelte. »Gute Nacht, Mama.«

Sie wartete die Antwort ihrer Mutter nicht ab, verließ den Raum und lief die Treppe nach oben. In ihrem Zimmer angekommen, schaltete sie die Nachttischlampe ein und drückte erneut auf die Playtaste des Kassettenrecorders. Robin Becks Stimme war zu hören. *First Time*. Wie sehr hatte sie das Lied aus der Coca-Cola-Werbung damals geliebt. Sie schlüpfte in ihr Nachthemd, setzte sich aufs Bett und ließ ihren Blick über die *Bravo*-Poster an der Wand schweifen. Roxette, die Bangles, Phil Collins und Don Johnson würden heute Nacht auf sie aufpassen. Sie kuschelte sich unter die Decke, schaltete die Nachttischlampe aus und ließ sich von Neneh Cherry in den Schlaf singen.

Für den ersten Tag war es gut gewesen.

*

Am nächsten Morgen schlichen sich helle Sonnenstrahlen in den Raum, die einen schönen Tag ankündigten. Hanna lag schon eine Weile wach und beobachtete die über den Dielenboden tanzenden Sonnenflecken. Eine Nachricht von Christina hatte sie geweckt, danach hatte sie nicht mehr einschlafen können. Ihrer Tochter hatte sie ihre Reise in die Vergangenheit verschwiegen. Fürs Erste war es besser so. Irgendwann würde sie ihr von all dem hier erzählen. Von Alex, ihrem gemeinsamen Sommer und wieso sie wirklich nach Hamburg gegangen war. Sie konnte nur hoffen, dass Christina sie verstehen und ihr nicht böse sein würde, dass sie ihr diesen Teil ihres Lebens so lange Zeit verschwiegen hatte. Und vielleicht würde sie sogar eines Tages hierherkommen. Dann könnte sie ihr das Haus, ihr Zimmer und den See zeigen. Der Gedanke daran fühlte sich sonderbar an, denn das hier war nicht Christinas Welt. Die Großmutter, die sie genauso wenig kannte wie die alten Wunden. Hanna würde viele Dinge erklären müssen. Die Vergangenheit war mit einem Schlag wieder Gegenwart geworden, was sich sonderbar anfühlte. Wenn sie heute abreisen würde, wäre diese Zeit wieder fort. Hanna würde den Schuhkarton zurück auf den Dachboden räumen und …

Nein, das würde sie nicht. Der Dachboden würde schon bald nicht mehr ihr gehören. In Hamburg waren die Umzugskisten gepackt, die Möbel sollten eingelagert werden. Aber wohin würde sie den Karton dann räumen? Wo lag ihre Zukunft? In Hamburg, wo sie an jeder Ecke etwas an Maurice erinnerte? Die Maklerin hatte gestern eine Nachricht hinterlassen. Das Ehepaar wollte kaufen. Damit wäre den letzten fünfundzwanzig Jahren ein Ende gesetzt. Niemals hatte sie mit Maurice über das alles hier gesprochen. Weshalb, konnte sie nicht sagen. Sie hatte diese Welt hinter sich lassen und vergessen wollen. Maurice gehörte zu Hamburg, zu ihrem neuen Leben. Die Vergangenheit sollte keinen Schatten darauf werfen. Oder hätte sie doch mit ihm darüber reden sollen? Vermutlich wäre es sogar befreiend gewesen, über das Erlebte mit ihm zu reden – überhaupt einmal zu reden. Hanna atmete tief durch. Nun war sie hier. Zeit zu reden, Zeit zu vergessen – irgendetwas von beidem. Sie wusste es nicht.

Sie setzte sich auf und streckte sich gähnend. Das Knarren der Treppe hatte ihr schon vor einer Weile verraten, dass ihre Mutter wach war. Bestimmt hatte sie bereits Kaffee gekocht. Hanna schlüpfte in Jeans und T-Shirt, machte eine Katzenwäsche in dem Badezimmer mit den grünen Fliesen und ging die Treppe nach unten. Ihre Mutter saß am Küchentisch, die aufgeschlagene Zeitung vor sich. Sie könne nicht mehr schlafen, so sei das im Alter, begründete sie ihre frühe Anwesenheit, sie stand auf und fischte einen weiteren Kaffeebecher aus dem Schrank. Es fühlte sich sonderbar an, ihr gegenüber auf der alten Eckbank Platz zu nehmen. Der Rausch des ersten Wiedersehens schien mit einem Schlag verflogen zu sein. Schweigend tranken sie ihren Kaffee. Die Zeitung raschelte.

»Ich geh morgens immer über die Felder, um den Kopf freizubekommen«, sagte Gabi irgendwann und schlug die Zeitung zu. »Willst mitkommen?«

»Wieso nicht«, stimmte Hanna zu und leerte ihren Kaffeebecher in einem Zug. Keine fünf Minuten später verließen die beiden das Haus.

Vor dem Zaun stand noch immer der Farbeimer, der Pinsel lag darauf. Vielleicht würden sie heute dazu kommen, die Arbeit zu beenden.

Es dauerte nicht lange, bis sie das freie Feld erreichten. Der Raps stand bereits in voller Blüte. Goldgelb reichte er bis zum Horizont. Gabi hustete, trocken, es klang scheußlich. Hanna wollte etwas sagen, doch das Piepsen ihres Handys unterbrach sie. Sie zog es aus ihrer Tasche. Christina hatte ein Video geschickt. Sie klickte es an.

»Hast also auch so ein neumodisches Ding«, sagte ihre Mutter. Es dauerte, bis das Video geladen war.

»Christina hat ein Video geschickt«, sagte Hanna.

»Christina?«, fragte ihre Mutter.

Das Video startete. Christinas fröhliche Stimme war zu hören. Sie stand vor dem Weißen Haus und erzählte begeistert, dass gerade der Präsident vorbeigefahren war.

»Deine Enkeltochter«, sagte Hanna. Spontan zeigte sie Gabi das Video. Mit zittrigen Händen griff ihre Mutter nach dem Handy.

»Sie ist siebzehn und für ein Jahr bei ihrem Onkel in Washington«, erklärte Hanna.

»Eine Enkelin«, sagte Gabi. »Ich bin eine Oma, tatsächlich.« Ungläubig starrte sie auf das Video.

Hanna lächelte. »Ja, du bist eine Oma. Wenn sie zurück ist, wirst du sie kennenlernen. Sie ist ein Goldschatz.«

»Sieht dir aber kein bisschen ähnlich«, stellte Gabi fest. Der Satz traf Hanna mehr, als sie erwartet hätte. Natürlich, Christina war Maurice' Abbild. Genau in diesem Moment tauchte unter dem Video eine Nachricht auf.

Mama? Wo steckst du? Du hast es doch auf die Reihe gekriegt, oder?

»Was meint sie?«, fragte Gabi, noch immer das Handy in der Hand.

Da war er wieder: der Kloß im Hals. Hanna schluckte. Sie spürte die Tränen in ihren Augen. In ihren Ohren begann es zu rauschen.

»Deshalb hast du zurückgerufen«, hörte Hanna ihre Mutter sagen. Sie hielt ihr das Handy hin. »Ehekrise?«

Hanna schob es in ihre Tasche. Sie schaffte es nicht mehr, die Tränen zurückzuhalten. Die Bilder der letzten Monate übermannten sie – Maurice, wie er das Haus verließ, Christina am Flughafen, der Blumenstrauß auf ihrem Schreibtisch, das Maklerschild im Vorgarten.

»Ich hätte nicht herkommen sollen«, sagte sie und drehte sich um. Hektisch wischte sie sich über das Gesicht. »Was soll es ändern? Nichts wird besser, niemals wieder wird es gut sein. Und hier schon gar nicht.« Sie wollte weggehen, doch Gabi hielt sie am Arm zurück.

»Er ist tot, nicht wahr?«, deutete sie die Reaktion ihrer Tochter richtig. Hanna riss sich los. Die Feststellung ihrer Mutter traf sie mit voller Wucht.

»Ja, er ist tot«, schleuderte sie ihr entgegen. »Er wird niemals wieder zurückkommen, und ich habe es verdammt noch mal nicht auf die Reihe gekriegt.«

Sie rannte den Feldweg zurück, die Stimme ihrer Mutter im Ohr. Fort, nur noch weg. Was für eine Schnapsidee ihre Reise doch gewesen war. Hier wurde es nicht besser, wie auch. Das alte Haus am Ende der Straße erinnerte sie doch nur an einen anderen Schmerz, eine weitere Wunde ihres Lebens, die sich wohl nie schließen würde.

Sie erreichte das Haus und trat wütend gegen den Farbeimer, der umkippte und die Straße hinunterrollte. Ihre Mutter holte sie ein und blieb nach Luft japsend neben ihr stehen. Hanna schloss die Augen. Sie spürte die Wut in sich, Verzweiflung und Hilflosigkeit.

Wortlos ging ihre Mutter, nachdem sie wieder zu Atem gekommen war, die Straße hinunter, hob den Farbeimer auf und stellte ihn zurück an seinen Platz. Der Deckel hatte sich nicht gelöst. Sie hob den Pinsel in die Höhe, betrachtete ihn von allen Seiten.

»Auswaschen wird nicht mehr viel bringen.«

Hanna reagierte nicht auf ihre Worte.

»Ich glaube, ich habe im Keller noch welche oder hinten im Schuppen. Willst du nachsehen gehen?«, fragte sie ihre Tochter. Hanna wandte den Kopf und blickte ihr in die Augen.

»Sein Name war Maurice.«

»Schuppen oder Keller?«, gab ihre Mutter zur Antwort.

»Schuppen«, erwiderte Hanna nach einer kurzen Pause. Gabi nickte. Sie ließ ihre Tochter stehen und ging zum Haus. Hanna blickte ihr verwundert nach. Ihre Mutter war ungewohnt ruhig geblieben, beinahe besonnen. Hielt sich an wenige Worte, Kleinigkeiten, die sie sonderbarerweise beruhigten. Sie holte ihr Handy aus der Tasche und tippte eine Nachricht an Christina.

Mir geht es prima. Herzchen, ein Smiley. Mehr musste ihre Tochter erst einmal nicht erfahren. Sie steckte das Handy ein und ging zum Schuppen, in dem sie ihr altes Fahrrad fand. Es lehnte wie immer an der hinteren Wand. Verstaubt, voller Spinnweben, die Reifen waren platt. Etwas schief saß ihr Fahrradkorb auf dem Gepäckträger. Wie oft war sie damit zum See gefahren? Sie sah sich durch den Wald radeln, die Hauptstraße überqueren, am Bach entlang, durch die Bahnunterführung hindurch. Sie trat näher an das Fahrrad heran und berührte den Lenker. Ihre Micky-Maus-Klingel hing noch daran. Sie musste an ihren Brief an Alex denken. Sie hatte ihn nie zum Briefkasten gebracht. Sollte sie es jetzt tun? Sie ließ die Hand sinken. Was für ein Unsinn. Gewiss gab es den Briefkasten nicht mehr. Der Bauwagen, Fingerhut und Butterblumen, das waren Erinnerungen an ein längst vergangenes Leben. Und wäre es nicht doch Verrat an Maurice? Andererseits – sie blickte um sich. Das alte Haus, der verwunschene Garten, Kirschbäume, hier hatte sich nichts verändert. Vielleicht war der Briefkasten noch da.

»Ich denke, es müssen nur die Reifen wieder aufgepumpt werden«, sagte plötzlich ihre Mutter hinter ihr. Hanna drehte sich um. Gabi stand in der Tür des Schuppens, zwei Pinsel in der Hand.

Hanna wischte eine der Spinnweben vom Gepäckträger.

»Ich streich dann mal allein weiter.«

Hanna blickte ihre Mutter verwundert an.

Gabi zuckte mit den Schultern. »Bisschen rumfahren kann nicht schaden. Ein paar Dinge haben sich seit damals verändert, vieles nicht. Die Pumpe liegt irgendwo hinter den Blumenkübeln in der Ecke. Glaub ich zumindest.« Sie verließ ohne ein weiteres Wort den Schuppen.

Hanna überlegte, ob sie ihr folgen sollte. Sie tat es nicht. Kleine Schritte, nicht zu viel einfordern. Irgendwo tief in ihrem Inneren schlummerte noch immer die Angst. Die Vergangenheit lauerte überall in diesem Haus, selbst in diesem alten Schuppen, von dem die rote Farbe abblätterte. Anscheinend ging es ihrer Mutter ähnlich. Hanna machte sich daran, das Fahrrad nach draußen zu befördern. Die Reifen waren schnell aufgepumpt. Für die rostige Kette fand sie ein Fläschchen Öl. Als sie das Fahrrad auf die Straße schob, war ihre Mutter nirgendwo zu sehen, jedoch zu hören. Sie blickte zu Ernas Haus hinüber. Dort standen die beiden am offenen Fenster.

»Stell dir vor, ich habe eine Enkelin«, hörte Hanna ihre Mutter sagen. »Christina heißt sie.«

Hanna stieg lächelnd aufs Fahrrad und hielt auf den Wald zu. Später würde sie ihrer Mutter mehr von Christina erzählen.

Schnell ließ sie das Dorf hinter sich. Wald, Wiesen, Felder, die Bahnunterführung. Ihr Herz begann schneller zu schlagen, als sie den vertrauten Weg zum See einschlug, der sich kein bisschen verändert hatte. Als sie am Seeufer ankam, traute sie ihren Augen kaum. Der Bauwagen war noch da, auch wenn er einen heruntergekommenen Eindruck machte. Die blaue Farbe war fast verschwunden, die unterste Stufe der Holztreppe fehlte. Aber er stand noch an seinem Platz. Genauso wie der Briefkasten, etwas schief, verrostet, von Löwenzahn umgeben. Auch den Steg gab es noch. Sie lehnte ihr Fahrrad gegen einen Baum und lief ans Ufer, auf den Steg, durch das dichter gewordene Schilf. Am Ende setzte sie sich und blickte über das funkelnde Wasser hinweg bis zu der winzigen Insel voller Gestrüpp, zu der sie so oft geschwommen waren. Dort hatten sie am Ufer im Wasser gelegen. Sich geküsst, geredet, einmal hatten sie sich lachend mit Schlamm beworfen. Sie griff in ihre Hosentasche und holte den Brief hervor, den sie vorhin eingesteckt hatte. Lange hatte es gedauert. Jetzt würde er seinen Bestimmungsort erreichen. Ihr erster Brief an ihn, in einem anderen Leben geschrieben. Hatte es überhaupt noch Sinn, ihn jetzt in den Briefkasten zu werfen?, dachte sie. Vielleicht wäre es besser, einen neuen Brief zu schreiben. Einen, der ihm alles erklären würde. Sie blickte auf die sonderbare Anschrift, die sie damals verfasst, die sie zweifeln hatte lassen. Sie hätte ihn doch abschicken sollen. Was hätte schon passieren können? Er wäre zurückgekommen oder irgendwo verschollen, am Ende hätte er vielleicht doch seinen Bestimmungsort erreicht. Der Mut hatte sie verlassen, sie hatte einfach aufgegeben und den Glauben an ihre Liebe verloren. Diesen einen Sommer, der so wichtig gewesen war. All die

Erinnerungen daran hatte sie in einem Schuhkarton vergraben.

»Es tut mir leid«, murmelte sie. »Ich hätte es wenigstens versuchen sollen.«

Sie stand auf, ging zum Briefkasten und blieb unsicher davor stehen. Tief durchatmend griff sie nach dem Riegel, schob ihn zur Seite und öffnete ihn. Plötzlich fielen unzählige Briefumschläge mitten zwischen den Löwenzahn, auf jedem einzelnen von ihnen stand ihr Name.

SECHS

Flirrende Hitze und grelles Licht empfingen Hanna, als sie aus dem Haus trat. Seit Tagen war keine Wolke am Himmel zu sehen. Dieser Junianfang tanzte aus der Reihe, er war nicht wie sonst üblich kühl und verregnet, sondern verwöhnte sie mit goldenen Sonnentagen. Erna stand nebenan im Vorgarten und goss ihre Geranien. Sie grüßte lächelnd und deutete auf die Einkaufstasche, die Hanna in der Hand hielt.

»Ich war schon heute Morgen bei Roswitha im Laden. Jetzt ist mir der Weg zu beschwerlich. Es ist so heiß heute. Ich glaube, die Schafskälte können wir für dieses Jahr abhaken.«

»Das hat Mama gestern Nachmittag auf dem Weg nach Grafing auch gesagt«, erwiderte Hanna, nachdem sie gegrüßt hatte.

»Also geht ihr jetzt zu dieser Gruppe?« Erna stellte die Gießkanne neben die Haustür.

Hanna schob ihr Fahrrad auf die Straße und wunderte sich darüber, weshalb Erna überhaupt danach fragte. Sie bekam doch ohnehin alles mit. Sie stand hinter dem Vorhang, an der Haustür, im Garten, hörte jeden Streit. Aber trotz ihrer Neugierde tratschte sie nicht, wofür Hanna ihr dankbar war. Es reichte schon das Gerede der anderen Dorfbewohner. Besonders schlimm war Roswitha. Am liebsten würde sie ihren Laden gar nicht mehr betreten. Doch leider war er das einzige Lebensmittelgeschäft in Griesing, weshalb sie mit den mitleidigen Blicken der Verkäuferin und dem Gerede hinter vorgehaltener Hand leben musste.

»Nein, kein Treffen, sondern ein Vorstellungsgespräch auf der Gemeinde. Sie suchen eine Schreibkraft.«

»Stimmt. Gabi hat davon erzählt«, erwiderte Erna. »Das wäre ein Anfang. Wie ist es denn gelaufen? Denkst du, sie bekommt die Stelle?«

»Ich kann es nicht sagen«, erwiderte Hanna ehrlich. »Wir werden sehen.«

»Steckt man nicht drin.« Erna winke ab. »Ich drück die Daumen. Wär schon gut, wenn sie wieder rauskäme.« Ihr Blick wanderte zum Küchenfenster. Der Rollladen war zum Schutz gegen die Hitze heruntergelassen, wie überall im Haus.

»Sie hat es mit dem Kreislauf und schläft«, meinte Hanna erklären zu müssen, was ihre Mutter gerade machte.

»Was bei der Hitze kein Wunder ist«, erwiderte Erna. Es entstand eine kurze Pause.

»Heute Abend ist so ein Treffen.« Hanna wusste nicht, warum sie das jetzt sagte. »Ich soll mitkommen. Ist so ein Gemeinschaftsding.«

»Was Sinn macht«, erwiderte Erna. »Ihr schafft das schon. Jeder hat mal einen Durchhänger im Leben. Und ihr habt ja auch noch Max. Er macht das mit der neuen Terrasse ganz wunderbar.«

»Ja, das tut er.« Hanna verschwieg, dass Max es im Rücken hatte. Hexenschuss, vielleicht sogar die Bandscheibe. Schon seit zwei Wochen war er nicht mehr aufgetaucht. Da lagen sie jetzt, die hübschen Terrakottaplatten, aufgestapelt neben der Terrassentür, vermutlich für den Rest des Sommers.

»Ich muss dann mal.« Hanna stieg auf ihr Fahrrad.

»Bis später«, verabschiedete sich Erna. »Und lass dich von den Weibern nicht ärgern.«

Hanna nickte und fuhr los. Ernas letzter Satz traf sie. Er war eine harmlose Aussage, die Mut machen sollte, es jedoch nicht tat. Wie ein geprügelter Hund würde sie auch dieses Mal durch den Laden schleichen, schnell das Benötigte zusammensuchen und zusehen, dass sie schleunigst wieder wegkam.

Sie radelte die Straße hinunter, an den Glascontainern vorbei und bog ein Stück weiter in den Kirchweg ein. Was würde sie doch dafür geben, wenn es bei ihnen im Dorf einen großen Supermarkt wie in Grafing gäbe. Dann wäre der tägliche Einkauf kein Spießrutenlauf zwischen den üblichen Tratschtanten, die nur in Roswithas Laden gingen, weil ihnen langweilig war. Das einzig Gute war, dass ihre Mutter bei Roswitha keinen Alkohol kaufen konnte. Den bekam man im Ort nur beim Bierfahrer, wie der alte Sepp Gasser genannt wurde, der in einem kleinen Häuschen am Ortsrand einen Getränkehandel betrieb und seinen eigenen Schnaps brannte. Seine Weinauswahl war begrenzt, reichte aber für das Nötigste. Wer etwas Besseres haben wollte, musste nach Grafing oder gleich nach München fahren.

Bei ihm konnte man sogar anschreiben lassen, was Gabi häufig tat. Immer zum Ersten ging Hanna hin und bezahlte die Schulden oder wenigstens einen Teil davon. Der Sepp sah das mit dem Geld nicht so eng. So oft hatte Hanna ihn schon beschworen, der Mutter nichts mehr zu geben, doch er hielt sich nicht daran. Gibt halt Zeiten, in denen braucht's einen Seelentröster, gab er jedes Mal zur Antwort, wenn sie mit dem Thema anfing.

Kurz bevor sie den weitläufigen Kirchplatz erreichte, hielt plötzlich ein bunt bemalter VW-Bus neben ihr, und sie blickte in Alex' Gesicht, der auf dem Beifahrersitz saß.

»Hallo Hanna. Schön, dich zu sehen. Bist du auf dem Weg zur Roswitha?«

Hanna nickte.

»Von dort kommen wir gerade. Sie hat den Laden für heute zugesperrt.«

»Nicht doch«, erwiderte Hanna.

»Leider ja. Wir wollten noch bisschen Knabberkram für die Party heute Abend holen. Jetzt müssen wir nach Grafing zum Supermarkt fahren. Magst mitkommen?«

»Gern«, erwiderte Hanna.

Alex stieg aus, öffnete die Schiebetür und verfrachtete Hannas Fahrrad ins Auto, während sie auf den mit beigefarbenem Kunstfell bezogenen Beifahrersitz kletterte.

»Servus, ich bin der Siggi«, stellte sich der Fahrer vor und hielt ihr die Hand hin. Hanna ergriff sie. »Alex hat schon viel von dir erzählt.« Er zwinkerte ihr zu und warf seine Zigarettenkippe aus dem Fenster.

Alex setzte sich neben Hanna, und sie fuhren los. Das

Fenster war runtergekurbelt, und der Fahrtwind vertrieb die stickige Luft im Auto. Im Radio lief irgendein englischer Sender, den Hanna nicht kannte. Von Siggi, dem Freund seiner Mutter, hatte Alex erzählt. Der Mittfünfziger mit Glatze tingelte als Musiker durch Kneipen und Bars oder spielte auf der Straße. Sein Haupteinkommen rührte inzwischen wohl aus einer kleinen Cannabisplantage, die er im Bauerngarten hinter einer dicken Brombeerhecke gut getarnt hatte.

»Du hast gar nichts von einer Party erzählt«, wandte sich Hanna an Alex.

»Weil ich es vorgestern noch nicht wusste«, erwiderte er. »Meine Mutter hat Geburtstag, und deshalb ...«

»Na ja, nicht ganz«, fiel ihm Siggi ins Wort. »Geburtstag hatte sie bereits im Januar, aber sie hasst es, im Winter zu feiern, dann ist es grau und kalt. Und grau und kalt ist schlecht fürs Karma, weshalb sie den Beginn eines neuen Lebensjahres stets in den Sommer verlegt und ihn dann mit einem spontanen Fest begeht.«

»Karma also«, erwiderte Hanna mit einem Grinsen.

»Du wirst es begreifen, wenn du sie später persönlich kennenlernst«, sagte Alex.

Sie bogen auf den Parkplatz des Supermarktes ein, auf dem nur wenige Autos der glühenden Hitze trotzten. Die Einkäufe waren schnell erledigt. Unmengen von Snacks, ein paar Getränkekisten und Weinflaschen wanderten in den Wagen. Alex fand bunte Papierlampions, die er in die Apfelbäume hängen wollte. Dazu erstanden sie noch einige Feuerfackeln, die man in den Rasen stecken konnte.

»Eigentlich ist es ganz gut, dass Roswitha heute geschlossen hatte«, kommentierte Siggi ihre Einkäufe, während sie sie im Bus verstauten. »Hier ist die Auswahl viel größer.«

»Und es gibt hübschen Schnickschnack zum Dekorieren«, fügte Hanna hinzu, der die Einkaufstour sichtlich Spaß machte. Erst als sie vom Parkplatz fuhren und ein Stück weiter auf die nach Griesing führende Landstraße einbogen, bemerkte sie, dass sie ihre eigenen Besorgungen vollkommen vergessen hatte. Nun gut, dann würde sie sie eben gleich morgen früh bei Roswitha holen. Das bisschen Milch und Brot war nicht lebensnotwendig. Alex nahm ihre Hand, in ihrem Magen begann es zu kribbeln. Bob Marley sang im Radio, der Wind duftete nach Blumen. Hier gab es keine heruntergelassenen Rollläden, die den Sommer aussperrten. Die Fahrt dauerte nicht lange. Der Wagen wurde ordentlich durchgerüttelt, als er auf den schmalen Feldweg einbog, der zu dem aus zwei Bauernhöfen bestehenden Weiler Hintersgreuth führte. Sie hielten direkt vor dem Eingang des vorderen Bauernhauses. Als Hanna ausstieg, war sie sofort von einer Hühnerschar umringt. Dem Haus gegenüber lag eine Weide, auf der Schafe standen, die sie neugierig beäugten. Die Haustür öffnete sich genau in dem Moment, als Siggi damit anfing, die Einkäufe auszuladen.

Alex' Mutter Moni trat, verfolgt von zwei struppigen, laut bellenden Hunden, nach draußen, die die Hühner verjagten.

»Da seid ihr ja endlich. Wieso hat das denn so lange gedauert?« Ihr Blick fiel auf Hanna. »Ihr habt Besuch mitgebracht.«

»Das ist Hanna. Alex' neue Freundin«, stellte Siggi sie vor, während er die Hunde wegscheuchte und mit Tüten bewaffnet an Moni vorbei ins Haus lief.

»Hanna, wie schön. Du bleibst doch zum Fest, oder?« Die Frage hörte sich eher wie die Feststellung einer Tatsache an.

Hanna nickte. Moni gefiel ihr auf Anhieb. Sie hatte ein einnehmendes Lächeln und sah so ungewohnt natürlich aus. Ein buntes Tuch bändigte ihre blonden Locken, sie trug ein hellblaues Leinenkleid und Jesuslatschen dazu. Bisher hatte Hanna sie nur aus der Ferne, meist auf ihrem Fahrrad gesehen. Die verrückte Hexe aus Hintersgreuth. Von Nahem wirkte sie gar nicht sonderbar. Moni schien ihre Gedanken zu erraten.

»Heute wird ausnahmsweise niemand verzaubert.« Sie zwinkerte Hanna zu. »Komm rein, Mädchen. Wenn du magst, kannst du mir beim Kuchenbacken helfen.«

Hanna folgte Moni ins Innere des Bauernhauses, das sie überraschte. Sie hatte einen engen Flur und viele kleine Zimmer erwartet, wie es für solche Häuser üblich war. Stattdessen betrat sie einen großen Wohnraum mit offener Küche, in den sie sich auf den ersten Blick verliebte. Es gab einen großen Kachelofen mit einer gemütlichen Ofenbank, auf der viele bunte Kissen lagen. Ein langer Holztisch füllte die Mitte des Raumes aus, auf dem Kräuterbündel, Glasflaschen und Einmachgläser, mit Wildblumen gefüllte Vasen und Zeitungen wild durcheinander standen oder lagen. In der Küche gab es noch einen richtigen Holzofen, darüber hingen Tiegel und Töpfe von der Decke. Eine Katze lag auf der Ofenbank und hob träge den Kopf.

Hinter den beiden betrat Alex den Raum und legte den Arm um Hanna.

»Sei mir nicht böse Mama, wenn ich dir deine neue Küchenhilfe gleich wieder entführe. Ich möchte Hanna gern den Hof zeigen.«

»War ja klar.« Moni stemmte die Hände in die Hüften und setzte eine gespielt entrüstete Miene auf. Alex grinste.

»Sie ist doch unser Gast. Und Gäste arbeiten nicht in der Küche«, verteidigte er sein Vorhaben.

»Womit du recht hast«, lenkte Moni ein. »Dann zeig ihr den Hof aber richtig. Nicht, dass du den alten Kasimir vergisst. Er freut sich doch immer, wenn er Gesellschaft bekommt, der störrische Bursche.« Sie hob mahnend den Zeigefinger.

»Niemals würde ich ihn vergessen«, erwiderte Alex und zog Hanna zum Ausgang.

»Kasimir?«, fragte Hanna, während sie um die Hausecke bogen.

»Das ist unser alter Haflinger. Er steht auf einer kleinen Weide hinterm Haus. Der Tierarzt meinte, er wäre halb blind und vermutlich auch taub. Ein Bauer aus Kirchseeon wollte ihn vor ein paar Jahren zum Abdecker schaffen. Als Mama davon erfuhr, hat sie Kasimir kurzerhand auf den Hof geholt. Leider hat er es nicht so mit Gesellschaft. Jedenfalls nicht mit Schafen, Ziegen oder Hühnern. Noch ein Pferd will Mama aber auf keinen Fall anschaffen. Wir haben schon genug Viehzeug.«

»Was habt ihr denn alles?«, erkundigte sich Hanna.

»Na, Hunde, Hühner, Katzen, Ziegen, einige Schafe und

Kaninchen. Neuerdings wohnen im ehemaligen Kuhstall sogar Meerschweinchen. Siggi hat die armen Kerle in einer Pappschachtel in der Nähe der Bushaltestelle gefunden.«

Alex steuerte auf den Stall zu, wo Hanna die Meerschweinchen und zwei der Hofkatzen kennenlernte. Überall im Gebälk zwitscherte es, viele Schwalben hatten dort ihre Nester gebaut. Sie warf Stöckchen für den Hund Charly und rief nach den Schafen, die jedoch nicht an den Zaun kommen wollten. Nach dem Streicheln und Füttern der zuckersüßen Kaninchen bewunderte sie Monis riesengroßen Kräutergarten und tätschelte Kasimir den Hals, was der alte Haflinger gern mit sich machen ließ.

Später half sie Alex, die Lampions im Obstgarten aufzuhängen, Bierbänke wurden aufgestellt und mit Blumenvasen und karierten Tischdecken geschmückt. Irma, die Bewohnerin des Nebengebäudes, tauchte mit einem Erdbeerkuchen in den Händen auf, den sie auf einen der Tische stellte. Sie hatte einen festen Händedruck, feuerrote Haare, Unmengen von Sommersprossen im Gesicht und verbrannte Schultern.

»Ich Depp bin gestern in der Sonne eingeschlafen«, erklärte sie, nachdem sie Hannas mitleidigen Blick bemerkte.

»Was jedem mal passieren kann«, beschwichtigte Moni, die mit einem Stapel Tellern in den Händen über die Wiese kam. »Wir haben gestern Abend schon einen lindernden Umschlag gemacht. Bestimmt ist es bald besser.« Sie stellte die Teller neben den Kuchen und bemerkte die Lampions.

»Die sind aber hübsch. Seit wann hat Roswitha denn so tolle Sachen im Laden?«

»Wir waren nicht bei Roswitha«, beantwortete Siggi ihre Frage, der es sich mit seiner Gitarre auf einer der Bänke gemütlich gemacht hatte. »Sie hatte schon zugesperrt, weshalb wir nach Grafing gefahren sind. Soll in der Gegend sogar Leute geben, die was vom Geschäft verstehen.«

Moni grinste, und Siggi begann zu spielen. *San Francisco* von Scott McKenzie.

Es dauerte nicht lange, bis weitere Gäste eintrafen. Fünf Frauen in Monis Alter, die in ihrem Kleidungsstil der Gastgeberin ähnelten. Ein älterer Herr in einem altmodischen Anzug mit Nickelbrille, der sich als Doktor Michaelis vorstellte und Freude daran hatte, den Damen in den flatterhaften Gewändern nahezukommen. Siggi spielte fröhliche Lieder, es wurde Kaffee und Limonade ausgeschenkt und Kuchen gegessen. Die Bänke füllten sich weiter. Als Siggi den Grill anmachte, hatten sich noch eine dunkelhäutige Sängerin, ein weiterer Musiker, die Apothekerin aus Grafing, die Hanna vom Sehen kannte, und das Ehepaar vom Nachbarhof eingefunden. Hanna saß neben Alex, der wie selbstverständlich den Arm um sie gelegt hatte, und lauschte den Gesprächen. Sie selbst sagte nur wenig und genoss es einfach, zwischen den Menschen zu sitzen, den lauen Sommerabend zu genießen und Alex' Nähe zu spüren. Als die Dunkelheit hereinbrach, wurden Kerzen verteilt und die Fackeln entzündet. Siggi, der andere Musiker namens Klaus und die Sängerin, deren Namen sich Hanna nicht merken konnte, spielten alte Klassiker. Einige Partygäste tanzten zur Musik durch den Garten. Als Simon & Garfunkel mit *Bridge Over Troubled Water* angestimmt wurde, stand Alex auf und zog Hanna in seine Arme. Sie begannen sich im Rhythmus der Musik zu bewegen. Tanzten unter den Apfelbäumen mit den bunten Lampions, vorbei an den brennenden Fackeln, und Hanna vergaß alles um sich herum. Alex' Nähe, sein Atem auf ihrer Haut und die warme Stimme der Sängerin, die mitten ins Herz ging – sie hätte ewig weitertanzen können. Alex schob sie behutsam von den anderen fort, und irgendwann fanden sie sich im Kräutergarten hinter dem Haus wieder. Hier war es plötzlich ganz still. Sie standen voreinander und blickten sich in die Augen. Er hob die Hand und strich ihr eine Haarsträhne aus der Stirn. Sie lächelte.

»Es ist schön, dich hier zu haben«, sagte er. »Sie mögen dich. Etwas anderes habe ich auch nicht erwartet.« Seine Lippen näherten sich den ihren und berührten sie sanft. Er zog sie in seine Arme, und sein Kuss wurde leidenschaftlicher. Dann löste er sich von ihr und sah ihr tief in die Augen. Er musste nicht aussprechen, was er von ihr wollte. Sie nickte. Er griff nach ihrer Hand, und sie liefen in den Innenhof, wo sein Fahrrad neben ihrem an der Stallwand lehnte. Sie radelten los. Vorbei an den vom Vollmond beschienenen Feldern und durch den Wald, in dem hie und da Glühwürmchen zu sehen waren. Selbst jetzt war es noch wunderbar warm. Als sie am See ankamen, liefen sie am Bauwagen vorüber und auf den Steg hinaus. Das Mondlicht spiegelte sich auf der Wasseroberfläche, und es war herrlich still.

»Komm, wir gehen schwimmen.« Ohne eine Antwort von ihr abzuwarten, zog er sein T-Shirt aus, schlüpfte aus seinen Jeansshorts und sprang splitterfasernackt ins Wasser. Er schwamm ein Stück vom Steg weg und rief: »Komm rein. Das Wasser ist großartig.« Hanna hatte bereits ihr Top ausgezogen, ihr Rock und die Unterwäsche folgten. Als sie keine Minute später ins Wasser eintauchte, fühlte es sich gar nicht kalt an. Der See war in den letzten Tagen zur reinsten Badewanne geworden. Als sie auftauchte, war Alex schon ein ganzes Stück vorausgeschwommen.

»Wo bleibst du denn, du Schnecke. Wer als Erster bei der Insel ist, hat gewonnen.

»Das ist unfair«, rief Hanna. Sie begann schneller zu schwimmen, holte ihn aber nicht mehr ein. Als sie die kleine, von Gestrüpp überwucherte Insel in der Mitte des Sees erreichte, lag er schon an ihrem Lieblingsplatz zwischen dem Schilf im Wasser.

»Verloren«, bemerkte er grinsend.

Hanna legte sich neben ihn. Sie atmete schwer. Das schnelle Schwimmen hatte sie angestrengt. Trotzdem fühlte sich dieser Moment vollkommen an. Mit Alex an ihrer Seite schienen all die Sorgen um ihre Mutter und die Zukunft weit fort zu sein.

»Manchmal wünschte ich, ich müsste niemals wieder zu ihr zurückgehen«, sagte sie plötzlich.

»Dann tu es nicht«, antwortete Alex.

Hanna warf ihm einen Seitenblick zu.

Er erwiderte ihn mit einem Lächeln.

»Ich meine es Ernst. Du kannst zu uns kommen. Eine Bewohnerin mehr fällt in unserem großen Bauernhaus gar nicht auf. Mama würde sich bestimmt freuen. Und Kasimir auch. Ich glaube, der alte Bursche mag dich.«

»Wir wissen beide, dass das nicht geht«, erwiderte Hanna. »Ich kann sie nicht allein lassen.«

Er kommentierte ihren Einwand nicht. Sie war ihm dankbar dafür. Nicht reden, nichts erklären müssen. Sollte sie es doch tun, wusste sie, dass er zuhören würde.

Eine Weile sagte niemand etwas. Hanna schloss die Augen und lauschte dem Konzert der Grillen. Irgendwann griff Alex nach ihrer Hand, zog sie in seine Arme und küsste sie, erst zärtlich, dann wurde fordernder.

Bleib, schien er zu sagen. Hanna wollte es mehr als alles andere auf der Welt. Einfach bei ihm sein, sich lieben und nicht nachdenken müssen. Wieso auch nicht? Sie waren jung, und alles lag vor ihnen. Was sollte schon passieren? Sie blieb.

*

Als Hanna am nächsten Morgen ihr Fahrrad vor ihrem Elternhaus abstellte, lag es still da. Noch immer waren die Rollläden heruntergelassen, obwohl es sich über Nacht zugezogen hatte. Ihr schwante Übles. Sie betrat das Haus und fand ihre Mutter in der Küche. Sie saß vor einer geöffneten Flasche Obstler am Tisch und starrte vor sich hin. Hanna traf dieser Anblick wie ein Schlag ins Gesicht.

»Ich hab auf dich gewartet«, sagte Gabi ohne aufzublicken. »Gestern Abend. Zuerst hier, später in Grafing vor dem Gemeindehaus. Du weißt schon, dieses Angehörigending von den Anonymen. Du hattest versprochen mitzugehen.« Sie griff zur Flasche, schenkte sich mit zittrigen Händen einen großen Schluck aus der Schnapsflasche in ein normales Wasserglas ein, setzte es an die Lippen und leerte es in einem Zug.

Hanna schloss die Augen und verfluchte sich selbst. Wie hatte sie das nur vergessen können? Gestern Mittag hatte sie doch noch mit Erna darüber gesprochen. Natürlich hatte sie ihrer Mutter versprochen, bei der Sache mitzumachen. Ihr Blick fiel auf die Broschüre der Anonymen Alkoholiker, die auf der Fensterbank lag. *Unterstützung der Familie* war ein Leitsatz der Vereinigung. Allein schafften es die meisten Betroffenen nicht, ihrer Sucht zu entkommen. Es gab nicht nur die Treffen. Familienabende, Gesprächsrunden, sogar ein Sommerfest war in Planung. Hanna sank neben ihre Mutter auf die Eckbank und schob die Schnapsflasche zur Seite.

»Es tut mir so leid. Alex' Mutter hat ihren Geburtstag gefeiert und …« Sie stockte und setzte neu an. »Ich habe einfach nicht mehr daran gedacht.«

Ihre Mutter reagierte nicht auf ihre Worte. Hanna spürte die gewohnte Hilflosigkeit in sich aufsteigen. Dieses Treffen war wichtig gewesen. Wie hatte sie es nur vergessen können? Sie hatte sich gehen lassen, war egoistisch und keine vernünftige Angehörige gewesen, wie es die Broschüre forderte. Ihre Mutter brauchte sie. Das hier durften sie nicht vermasseln. Sie wollte nach der Hand ihrer Mutter greifen, doch Gabi ließ es nicht zu.

»Du hattest es versprochen.« Ihre Stimme klang trotzig. Hanna erkannte, dass es zu spät war. Sie hatte zu viel getrunken.

»Was ist mit der Terrasse? Hat sich Max noch einmal gemeldet?«, wechselte sie das Thema, in der Hoffnung, die alltägliche Frage könnte ihre Mutter dazu bewegen, ihren Groll gegen sie abzulegen.

»Nein, hat er nicht«, antwortete Gabi. »Du kennst ihn doch. Zuverlässigkeit ist ein Fremdwort für ihn.« Sie wollte erneut nach der Schnapsflasche greifen, doch Hanna zog sie weg.

»Du hattest genug.«

»Sagt mir wer?«, blaffte ihre Mutter sie an. »Meine unzuverlässige Tochter, die sich nachts irgendwo herumtreibt?« Wieder wollte sie nach der Flasche greifen. Doch Hanna nahm die Flasche, ging mit ihr zur Spüle und kippte den Inhalt ins Becken. Der scharfe Geruch des Alkohols stieg ihr in die Nase. Sie hielt die Luft an.

»Bist du verrückt geworden!«, rief ihre Mutter. Blitzschnell stand sie neben ihr und riss ihr die Flasche aus der Hand, konnte sie jedoch nicht festhalten. Die Flasche fiel zu Boden und ging zu Bruch.

»Sieh nur, was du angerichtet hast!«, rief Gabi und schlug ihrer Tochter ins Gesicht. »Der war teuer. Kein billiger Fusel.«

Wut stieg in Hanna auf. Sie schaffte es nicht, sie unter Kontrolle zu bringen. Mit voller Wucht schubste sie ihre Mutter zur Seite, so dass diese ins Taumeln geriet und gegen die Anrichte stieß. Mit Tränen in den Augen brüllte Hanna sie an. »Billiger Fusel – ob Schnaps, Wein oder Bier! Du willst es einfach nicht begreifen. Egal was, es ist verdammtes Gift und macht alles kaputt. Deine Tochter, die sich angeblich herumtreibt, Onkel Max mit den gottverdammten Terrassenfliesen, Papa und seine dumme Geliebte – was muss noch passieren, damit du wieder die wirst, die du mal warst? Ich will mein Leben zurück! Ist das zu viel verlangt?« Sie stürzte, ohne eine Antwort ihrer Mutter abzuwarten, aus dem Raum. Im Flur trat sie in eine große Glasscherbe und schnitt sich die Fußsohle auf. Ein brennender Schmerz ließ sie zusammenzucken. Sie ignorierte ihn, rannte die Treppe nach oben und schlug lautstark die Tür ihres Zimmers hinter sich zu. Erst als sie auf dem Bett saß, bemerkte sie die Blutspur, die sie hinter sich hergezogen hatte. Sie begutachtete ihre Fußsohle. Der Schnitt war tief, Blut tropfte auf ihre geliebte Flickendecke. Hastig fischte sie ein Taschentuch vom Nachttisch und drückte es darauf. Tränen der Verzweiflung rannen über ihre Wangen. Wie sollte es nur weitergehen? Niemals würde es wieder gut werden. Wieso nur hatte sie gestern Abend nicht an dieses gottverdammte Treffen gedacht? Wütend schlug sie mit der Faust auf die Bettdecke.

Im nächsten Moment klopfte es an ihrer Zimmertür, und die Stimme ihrer Mutter war zu hören. Plötzlich klang sie kleinlaut. Nach der Wut kam die Demut. Hanna kannte diesen Ablauf nur zu gut.

»Hanna. Ich habe das Blut gesehen. Darf ich reinkommen?« Hanna gab keine Antwort. Ärger und Verzweiflung wichen nur langsam. Ihre Mutter öffnete die Tür und spähte in den Raum. »Es tut mir leid. Ich wollte dich nicht schlagen. Es ist nur …«

»Ich weiß«, lenkte Hanna um Fassung bemüht ein. Nicht nur ihre Mutter hatte etwas falsch gemacht. »Ich hätte gestern für dich dasein müssen. Es tut mir leid.«

Gabi betrat mit dem Verbandskasten in der Hand den Raum. Leicht schwankend sank sie neben ihrer Tochter aufs Bett. Ihre Alkoholfahne raubte Hanna den Atem. Sie riss sich zusammen und wich nicht zurück.

»Zeig mal her«, sagte ihre Mutter. Hanna hielt ihr den verletzten Fuß hin.

»Das sieht schlimm aus. Ich befürchte, es muss genäht werden.« Sie öffnete den Verbandskasten und versorgte die Wunde notdürftig.

»Am besten gehen wir gleich zu Doktor Gerstner. Bestimmt ist er noch in seiner Praxis. Ich helfe dir.«

Hanna ließ sich von ihrer Mutter aufhelfen, obwohl sich alles in ihr sträubte, ihre Hilfe anzunehmen. Gemeinsam schafften sie es die Treppe hinunter, wo sie in ihren Turnschuh schlüpfte. Draußen stand Erna am Gartenzaun und unterhielt sich mit dem Postboten. Die beiden kamen sofort herübergeeilt, um Hanna zu stützen.

»Was um Himmels willen ist geschehen?«, fragte Erna.

»Ich bin in eine Scherbe getreten«, antwortete Hanna.

»Die Wunde ist tief, muss wahrscheinlich genäht werden«, fügte ihre Mutter hinzu. »Sie muss zu Doktor Gerstner.«

Erna fing Hannas Blick auf. Die Schnapsfahne ihrer Mutter war schwer zu ignorieren.

»Ich könnte sie schnell hinüberfahren«, bot der Postbote seine Hilfe an. »Sind ja nur zwei Querstraßen.«

»Das wäre großartig«, nahm Hanna sein Angebot an. Spontan ließ sie ihre Mutter los und stützte sich auf den Mann, der bereits seit Jahren im Ort die Post austrug. Ihre

Mutter folgte ihr, während Erna am Gartenzaun stehen blieb. Gewiss hatte sie ihren Streit mitbekommen. Erna nickte Hanna aufmunternd zu. Hanna bemühte sich um ein Lächeln. Erna würde auch diesmal schweigen. Das Postauto setzte sich in Bewegung. Es war eine kurze Fahrt. Vor dem Haus des Arztes half der Postbote Hanna fürsorglich aus dem Auto. Auf ihn gestützt betrat sie die Praxis. Ihre Mutter folgte ihnen. Im Wartezimmer saß zum Glück niemand mehr. Freitagmittag, kurz vorm Wochenende.

»Ach je, ein Notfall«, rief die freundliche Hannelore Weber, seine grauhaarige Arzthelferin, und führte sie sofort ins Behandlungszimmer.

»Ich werd dem Doktor gleich Bescheid sagen. Er ist schon zum Essen hoch.« Eilig verließ sie den Raum.

Doktor Gerstners Praxis war im Souterrain seines großen Anwesens untergebracht, das am Ortsausgang von Griesing idyllisch zwischen Wiesen und Feldern lag.

Es dauerte keine fünf Minuten, bis er den Raum betrat. Er trug wie gewohnt keinen weißen Kittel, sondern ein kariertes Hemd und Jeans. Mit sorgenvoller Miene blickte er von Gabi zu Hanna.

»Grüß Gott, die Damen. Hanna, Mädel. Was ist passiert?« Er setzte sich auf einen Hocker und wickelte den Verband vom Fuß. Seine vertraute Gegenwart tat Hanna gut. Er kannte sie, seit sie auf der Welt war. Einen richtigen Kinderarzt hatte Hanna nie kennengelernt. Sein Blick richtete sich auf Gabi.

»Ich denke, das kriegen wir auch ohne die Mutter hin. Hanna ist ja kein Kleinkind mehr.« Er zwinkerte Hanna aufmunternd zu, wandte sich Gabi zu und sagte: »Hannelore hat gewiss noch ein Tässchen Kaffee für dich.«

Es war offensichtlich, dass er sie loswerden wollte.

Gabi sah noch einmal unsicher zu ihrer Tochter, dann fügte sie sich in ihr Schicksal und verließ den Raum. Als sich die Tür hinter ihr schloss, sah der Arzt Hanna ernst an.

»Sie hat wieder getrunken.«

Hanna nickte stumm. Leugnen würde sowieso nichts bringen.

»Was ist passiert?«

»Es war ein dummer Unfall. Eine Unachtsamkeit.«

»Ich kann euch helfen«, sagte er und blickte Hanna eindringlich an.

»Ich könnte sie in eine Klinik einweisen.«

Hannas Herz schlug schneller. Wenn sie etwas unbedingt vermeiden wollte, dann das. Eine Einweisung würde mit Sicherheit das Jugendamt auf den Plan rufen. Ab dann wäre es unkontrollierbar, was mit ihnen passierte. Am Ende müsste sie sogar von hier fortgehen, was sie auf keinen Fall wollte.

»Vielen Dank. Aber es geht schon. Es war wirklich meine Schuld. Mir ist eine Wasserflasche aus der Hand gerutscht.« Sie blickte zu Boden. Er wusste, dass sie log.

»Wir kriegen das hin«, fügte sie hinzu. »Sie geht jetzt zu den Anonymen Alkoholikern, und Max kommt regelmäßig und hilft uns. Wir wollen gemeinsam den Garten neu machen. Nächste Woche veranstaltet die Hilfsgruppe ein Sommerfest. Mama plant, einen Kuchen zu backen. Wir haben viele gute Tage. Wirklich.« Ihre Stimme klang flehend.

Der Arzt sah sie prüfend an. Sie versuchte, seinem Blick so lang es ging standzuhalten.

»Also gut«, lenkte er ein. »Aber noch so ein Vorfall, und ich werde etwas unternehmen müssen.« Seine Miene war ernst.

Hanna nickte. Er wandte sich ab und suchte ein paar medizinische Utensilien aus einem Schrank zusammen, darunter eine Betäubungsspritze. Hanna schluckte, als er sich mit der Spritze in der Hand zu ihr umdrehte.

»Am besten legst du dich zurück und schließt die Augen. Ich verspreche dir, es wird kaum weh tun.«

Hanna befolgte seine Anweisungen und richtete den Blick auf die Zimmerdecke. Was für ein Tag, dachte sie, während er die Spritze ansetzte und es scheußlich zu brennen anfing. Die Eindrücke der letzten Stunden schwirrten durch ihren Kopf.

Die Schnapsflasche auf dem Tisch. Ernas Blick. Der See im Mondschein, die bunten Lampions in den Zweigen der Apfelbäume. Alex' Stimme, der Geschmack von Cola auf seiner Zunge. Sie wollte zurück zu ihm, vermisste ihn mit jeder Faser ihres Körpers. Er würde ihr zuhören, sie in den Arm nehmen und trösten. Doch es ging nicht.

Wenn noch einmal so etwas passierte, würde Doktor Gerstner eingreifen, so viel war sicher. Er würde ihre Mutter in diese schreckliche Klinik nach Haar schicken oder das Jugendamt anrufen. Niemals durfte das passieren. Ihre Mama war bei klarem Verstand. Sie trank nur manchmal zu viel, und ihr Leben war außer Kontrolle geraten. So etwas konnte vorkommen, und sie würden es bestimmt schaffen. Sie musste sich besser um ihre Mutter kümmern. Alex. Sie durfte ihn vorerst nicht wiedersehen. Wenn sie mit ihm zusammen war, konnte sie an nichts anderes als an ihn denken. Er lenkte sie ab, ließ sie Termine vergessen, unzuverlässig werden. Der Gedanke brach ihr das Herz. Aber es ging nicht anders. Sie musste jetzt die Starke sein und auf ihre Mutter aufpassen. Sonst würde ihre vertraute Welt endgültig unter all den Problemen zusammenbrechen, die auf ihr lasteten. Bisher hatte sie nur Risse bekommen, die sich hoffentlich wieder kitten ließen. Gleich, wenn sie zu Hause war, würde sie Max anrufen. Er musste kommen, vielleicht sogar für eine Weile bei ihnen einziehen, ob er nun Terrassenplatten verlegen konnte oder nicht. Allein schaffte sie es nicht mehr. Heute war kein guter Tag gewesen.

Aber der morgige könnte wieder einer werden. Sie schloss die Augen. Sie würde nicht aufgeben.

SIEBEN

Meine Hanna,

vier Jahre sind ins Land gezogen, seitdem Du gegangen bist. Es ist wieder Sommer, doch es will nicht warm werden. Ein kühler Wind treibt Regen und Wolken übers Land, und um den Brief an Dich zu schreiben, habe ich mich in den Bauwagen zurückgezogen. Weißt Du noch, wie wir eines Nachts, der Tag war ähnlich trüb wie der heutige, darüber sprachen, was Zuhause für uns bedeutet? Für Dich war es der Garten deines Elternhauses. Du hast mir den Blick aus Deinem Fenster beschrieben. Mir von den Kirschbäumen erzählt, die schwer an ihrer Last trugen. Im Gemüsebeet wuchsen Salatpflanzen und Zucchini, so groß, dass fünf Familien von ihnen satt werden würden. Nahe dem Waldrand standen knorrige Apfelbäume. Das Gartenhaus brauchte einen neuen Anstrich. Butterblumen und Klee blühten im hohen Gras, Stockrosen in den schönsten Farben am Gartenzaun. Dieser Blick aus dem Fenster, zu welcher Jahreszeit auch immer – Du hast ihn geliebt. Und zugleich hattest Du unbändig Angst davor, ihn zu verlieren.

Manchmal frage ich mich, was Du heute fühlst, wenn Du aus dem Fenster schaust. Empfindest Du etwas für das, was Du siehst? Hast Du ein neues Zuhause gefunden, das Dir ebenso viel bedeutet wie das, was Du verlassen muss-

test? Ich wünsche es Dir, und doch treibt mich der Wunsch um, dass die Sehnsucht in Dir Dich bald nach Hause bringen wird, damit Du wieder an dem vertrauten Fenster stehen und auf Deinen geliebten Garten blicken kannst, der Dir Dein Zuhause war. Und vielleicht kehrst Du dann auch hierher zurück und sitzt irgendwann auf dem Steg, damit ich Dich wieder in meine Arme schließen kann.

Daran will ich glauben, darauf werde ich immer hoffen.

In Liebe

Dein Alex

*

MAI, 2016

Etwas Kaltes auf der Stirn weckte Hanna. Sie öffnete die Augen und blinzelte in die Dunkelheit. Da war es wieder. Und es war nicht nur kalt, sondern auch noch nass. Sie knipste die Nachttischlampe an und wischte sich über die Stirn. Tatsächlich, sie war feucht. Sie hatte also nicht geträumt. Ihr Blick wanderte zur Zimmerdecke. Ein großer Wasserfleck prangte direkt über ihrem Kopfkissen. Ihr schwante Übles. Sie setzte sich auf und blickte auf ihr Handy. Es war drei Uhr morgens und regnete noch immer, was es seit drei Tagen durchgehend tat. Dem vielen Wasser schien das alte Dach nicht mehr gewachsen zu sein. Missmutig begutachtete sie den Fleck an der Decke und die feuchte Stelle auf ihrem Kopfkissen. Sie brauchte einen anderen Schlafplatz. Grummelnd griff sie nach ihrem Morgenmantel und verließ den Raum. Im Wohnzimmer entdeckte sie ihre Mutter, die mit einer Zigarette in der Hand an der offenen Terrassentür stand. Sie gesellte sich zu ihr und fragte: »Ist bei dir auch das Dach undicht?«

»Dann ist der Eimer mal wieder voll«, entgegnete Gabi trocken.

»Welcher Eimer?«, fragte Hanna verblüfft.

»Er steht oben auf dem Dachboden. Ich hab vergessen, ihn auszuleeren.«

»Vergessen, ihn auszuleeren«, wiederholte Hanna.

Ihre Mutter hustete. So stark, dass es eine Weile dauerte, bis sie sich wieder gefangen hatte.

»Vielleicht solltest du mit dem Rauchen aufhören«, meinte Hanna.

»Ich ohne mein Laster? In diesem Leben nicht mehr.« Gabi schenkte ihrer Tochter ein müdes Lächeln und warf ihre Kippe in den Regen.

»Wie lange ist das Dach schon undicht?«, fragte Hanna und wickelte sich fester in ihren Morgenmantel. Es war nicht nur feucht, sondern auch kalt. Die Eisheiligen machten in diesem Jahr ihrem Namen alle Ehre.

»Schon eine Weile«, erwiderte Gabi. »In der Ecke zur Straße hin ist es am schlimmsten. Da schimmelt das Holz. Ich hab eine alte Badewanne hingestellt. Ansonsten Eimer und Zuber, so vier, fünf Stück. Vor ein paar Jahren war der alte Schorsch mit einem seiner Mitarbeiter da und hat es notdürftig geflickt. Ums Geld hat er kein großes Aufheben gemacht. Kennen uns ja schon seit einer Ewigkeit, hat er gesagt. Er hätte es mir bestimmt noch mal geflickt, aber im letzten Jahr ist er gestorben, Herzanfall während eines Auftrags. Einfach so ist er vom Dach gefallen. Jetzt ist sein Laden zu. Der Martin, sein feiner Sohnemann, hat das Grundstück, du weißt schon, es liegt in der Nähe vom Hasslacher Feld, gleich an eine Immobilienfirma verkauft und ist abgehauen.«

»Und ein anderer Dachdecker war zu teuer«, schlussfolgerte Hanna.

»Einmal war eine Firma hier. Sie haben ein Angebot gemacht. Bei der Summe hat mich fast der Schlag getroffen.« Gabi schloss die Terrassentür. »Magst einen Tee?« Sie rieb sich fröstelnd über die Arme. »Man möchte nicht meinen, dass wir Mai haben.« Sie ging, ohne eine Antwort von Hanna abzuwarten, in die Küche. Hanna folgte ihr und nahm auf der Eckbank Platz. Ihre Mutter setzte Teewasser auf und holte zwei Tassen aus dem Schrank. Kandiszucker wanderte auf den Tisch.

»Früchtetee?«, fragte ihre Mutter. Hanna stimmte zu. Gabi schaufelte Teepulver aus einer geblümten Dose in ein Teesieb, legte es auf die bauchige Teekanne und überbrühte es mit heißem Wasser.

»Ich habe auch noch Kekse«, sagte sie. »Erna hat sie gebacken und gestern gebracht.« Sie ging in die kleine Speisekammer und kam mit einem Teller voller Schokokekse zurück, den sie auf den Tisch stellte.

»Meine Lieblingskekse.« Hanna schaute die Kekse wie ein kleines Wunder an. Sie griff nach einem und biss selig lächelnd hinein. »Sie schmecken noch genauso wie früher.«

Ihre Mutter lächelte. »Sie bringt mir ständig welche, sogar als ich damals in der Klinik war …« Sie brach ab, und es entstand eine Pause. Gabi schenkte Tee ein und verfrachtete eine Unmenge von Kandiszucker in ihre Tasse.

»Kandis ist zu meiner Ersatzdroge geworden«, glaubte sie ihr Tun entschuldigen zu müssen. »Manchmal lutsche ich ihn einfach wie Bonbons.«

»Besser als Schnaps«, rutschte es Hanna heraus. »Entschuldige, ich wollte nicht …«

»Es ist schon gut«, ließ Gabi sie nicht ausreden. »Du kannst ruhig offen reden. Es stimmt schon. Ich habe damals alles kaputtgemacht.«

Hanna wusste nicht, was sie antworten sollte. Ja, das hast du. Wegen dir habe ich Alex und mein Zuhause verloren. Doch in Hamburg hatte es Maurice gegeben. Und Christina – ein neues, gutes Leben. Irgendwie ging es doch immer weiter, auch jetzt. Plötzlich war sie wieder zurück und tauchte in ihre Vergangenheit ein, die sie so lange verdrängt hatte und die sich nun ganz neu und sonderbarerweise gut anfühlte. Und selbst Alex kehrte in ihr Leben zurück. In ihrer Tasche lagen seine Briefe. Er hatte an ihrem Versprechen festgehalten. Vielleicht tauchte er ja irgendwann einmal am See auf. Was würde sie nach all den Jahren zu ihm sagen? Hallo, es tut mir leid, es gab Maurice. – Entschuldige, ich konnte unser Versprechen nicht halten, Hamburg war zu weit entfernt. Jeder Satz fühlte sich wie eine Ausrede an.

»Wie geht es Bernie?«, riss ihre Mutter sie aus ihren Gedanken. »Ist er noch mit Dagmar zusammen?«

»Schon, aber sie sind wie ein altes Ehepaar.« Auch Hanna griff jetzt zum Kandiszucker. »Ich hab Dagmar nie gemocht.« Sie beförderte drei Zuckerstücke in ihre Tasse.

»Papa hat sich sehr verändert. Du würdest ihn kaum wiedererkennen.«

»Er ist unglücklich, nicht wahr?«

»Ja, das ist er. Rückblickend würde er viele Dinge gewiss anders machen.«

»Du denkst, er würde mich nicht betrügen?«

Hanna zuckte mit den Schultern. »Vermutlich, im Nachhinein bereut man vieles. Ändern können wir es trotzdem nicht mehr.«

»Du kannst dir nicht vorstellen, wie oft ich mir gewünscht habe, die Zeit zurückdrehen zu können, um alles besser zu machen. Doch das geht nicht«, erwiderte ihre Mutter und nippte an ihrem Teebecher. »Ja, Bernie hat mich betrogen. Aber anderen Frauen passiert so etwas auch. Deswegen fängt nicht jede an zu saufen. Hast du gewusst, dass Bernie mich damals in der Klinik oft angerufen hat? Er hat mir Mut gemacht und glaubte daran, dass du zu mir zurückkommen würdest. Aber das bist du nicht, obwohl ich es mir so sehr gewünscht habe. Ich wollte euch immer nur wiederhaben und eine Familie sein. Doch ich hatte zu viel dazu beigetragen, dass ihr gegangen seid.«

»Ich wusste nicht, dass er noch Kontakt zu dir hatte«, erwiderte Hanna. »Wir haben nie über dich gesprochen, und das hätte ich auch nicht gewollt. Bernie muss das gespürt haben. Weißt du, Mama, ich wollte alles hinter mir lassen. Erst jetzt, als du angerufen hast, habe ich gemerkt, dass sich das geändert hat.«

»Wofür ich sehr dankbar bin«, erwiderte Gabi. Sie griff nach Hannas Hand und drückte sie fest. »Ich danke Gott und Max im Himmel dafür, dass sie mir beistanden und Mut machten, als ich dich anrief. Du kannst dir gar nicht vorstellen, wie sehr ich mich gefreut habe, deine Stimme zu hören. Wie sehr ich mich freue, dass du jetzt hier bist und wir einfach so hier sitzen und reden können.«

»Es ist schön, wieder hier zu sein«, erwiderte Hanna gerührt. »Aber es macht mich traurig, dass Max tot ist. So oft habe ich mich gefragt, wie es ihm geht. Es war dumm und feige, auch ihn aus meinem Leben auszuschließen. Aber irgendwie habe ich ihm insgeheim vorgeworfen, dass er als Erwachsener es damals hätte besser wissen müssen.«

»Max war schon immer ein Chaot«, erwiderte ihre Mutter. »Er hat auf seine Art versucht, uns beizustehen, war aber genauso überfordert wie wir. Später, in der Klinik, da hat er versucht, es mir zu erklären. Er meinte, du seist doch noch ein halbes Kind gewesen, zum ersten Mal verliebt, keine Erwachsene, ein junger Mensch auf dem Sprung ins Leben. Ich vermisse ihn so sehr.« In Gabis Augen traten Tränen. Sie schniefte und wischte sich über die Augen. »Er hat dafür gesorgt, dass ich nach der Entziehungskur wieder eine Anstellung gefunden habe. Nichts Besonderes, aber eine Aufgabe. In der Küche einer Grundschule. Die Kinder haben mir gutgetan. Später habe ich sogar in der Nachmittagsbetreuung gearbeitet. Hausaufgabenhilfe, basteln, Brettspiele spielen und Geschichten vorlesen. Seit zwei Jahren bin ich in Rente. Das Geld reicht gerade so zum Leben.«

»Und das Haus? Hast du niemals daran gedacht, es zu verkaufen?«

Gabi schüttelte den Kopf. »Es ist doch alles, was mir noch

geblieben ist. Es liegt eine Hypothek darauf, sonst wäre es damals nicht gegangen. Schon ein paarmal standen Immobilienhändler vor meiner Tür. Einer von ihnen hat mir ein utopisches Angebot gemacht. Damit wäre ich alle Sorgen los gewesen. Aber ich will nicht gehen. Hier bin ich nicht allein, jeder kennt mich, was Segen und Fluch zugleich ist. Erna und ich, wir passen aufeinander auf. Und dann ist da noch …« Sie stockte kurz, dann setzte sie neu an. »Ich dachte immer, irgendwann kommt sie zurück. Und was ist, wenn sie mich dann nicht mehr findet? Das hier ist doch, trotz allem, was passiert ist, ihr Zuhause.«

Hanna rührten die ehrlichen Worte ihrer Mutter, und sie dachte an den Inhalt von Alex' Brief, den sie eben erst gelesen hatte. Jetzt stand sie wieder an dem vertrauten Fenster und blickte auf den Garten, der sich auch heute noch wie ihr Zuhause anfühlte.

»Das ist es«, antwortete sie nach einem Moment des Schweigens. »Nur leider ist es undicht.«

»Ja, leider. Vermutlich werde ich das Haus deshalb irgendwann verlieren. Zuber und Eimer sind ja keine Dauerlösung.«

»Und wenn ich dir helfe?«, fragte Hanna spontan.

»Helfen, du?« Ihre Mutter sah sie verblüfft an.

»Maurice hatte eine Lebensversicherung, ich habe gerade das Haus in Hamburg verkauft – eigentlich weiß ich gar nicht so genau, wo ich jetzt hinsoll.« Zum Ende hin flüsterte Hanna beinahe. Sie spürte den Kloß im Hals, Tränen stiegen ihr in die Augen. Die Lebensversicherung. Sie konnte sich noch genau erinnern, wie sie die abgeschlossen hatten. An einem stürmischen Herbsttag in einem winzigen Versicherungsbüro bei einem alten Kumpel von Maurice. Im Eilverfahren hatten sie ihre Unterschriften unter das Dokument gesetzt und waren danach etwas trinken gegangen. Niemals hätten sie gedacht, dass dieses Dokument einmal von Bedeutung sein würde.

»Was genau ist denn mit deinem Maurice passiert?«, fragte Gabi, der nicht entgangen war, dass sich Hannas Stimmung veränderte.

»Autounfall«, antwortete Hanna. »Ein Lastwagen ist ins Stauende gefahren. Er war sofort tot.« Die Worte kamen leise und wie automatisch über Hannas Lippen. Sie wusste nicht mehr, wie oft sie sie inzwischen ausgesprochen hatte. »Ich kann nicht sagen, wie wir die erste Zeit nach seinem Tod überstanden haben. Irgendwann haben Christina und ich beschlossen, dass es wohl das Beste wäre, das Haus zu verkaufen. Es steckt voller Erinnerungen.« Hanna holte tief Luft. »Christina ist so ein starkes Mädchen. Ich weiß nicht, wie ich die schreckliche Zeit ohne sie überstanden hätte. An dem Tag, als du anriefst, habe ich sie zum Flughafen gebracht.« Dieser Tag, dachte Hanna, an dem sie am Maklerschild im Vorgarten vorübergelaufen war und in Christinas Bett geschlafen hatte, um sich nicht allein zu fühlen. Hatte sie jemals etwas beim Blick aus dem Fenster empfunden? Das Reihenhaus in Niendorf, zur Heimat war es ihr nie geworden.

»Wenn sie zurückkommt, wirst du sie kennenlernen.«

»Darauf freue ich mich schon«, erwiderte Gabi mit einem Lächeln.

»Allerdings beginne ich mich zu fragen, ob sie nach Hamburg zurückfliegen sollte.«

»Wie meinst du das?«, fragte ihre Mutter.

Hanna griff nach der Hand ihrer Mutter.

»Ich weiß, es kommt nach der langen Zeit etwas plötzlich, aber wenn es dir recht ist, würde ich dir gern unter die Arme greifen. Gemeinsam könnten wir unser altes Häuschen wieder auf Vordermann bringen. Was meinst du?«

»Und wie mir das recht ist«, antwortete Gabi und drückte Hannas Hand.

»Wir werden sehen, ob du das in der nächsten Zeit auch noch so siehst«, erwiderte Hanna schmunzelnd. »Denn ich bin der Meinung, dass wir unser altes Häuschen ein bisschen aufmöbeln müssen – und damit meine ich nicht nur die Instandsetzung des Daches. Ich glaube, es ist an der Zeit, die Vergangenheit endgültig loszuwerden. Wir zwei allein werden das allerdings nicht schaffen.«

»Und wer soll uns dabei helfen?«, fragte ihre Mutter verdutzt.

»Ein Architekt wäre für den Anfang ganz gut«, antwortete Hanna und streckte sich gähnend.

»Ein Architekt?«

»Genau, ein Architekt. Ich werde mich morgen darum kümmern, jemand Fähiges aufzutreiben. Und bis dahin zeigst du mir, wo genau dieser volle Eimer über meinem Bett steht, damit ich trocken schlafen kann.«

Sie stand auf.

»Nichts leichter als das«, erwiderte Gabi, die sich etwas überrumpelt fühlte. Hannas Entschluss zu bleiben kam plötzlich, dazu noch ein Umbau des Hauses. Veränderung – sie wusste noch nicht, ob sich das für sie gut anfühlte. Sie folgte Hanna ins Treppenhaus und kletterte mit ihr gemeinsam die schmale Stiege zum Dachboden hinauf, wo sie ein Sammelsurium aus Zubern und Eimern empfing, das seinesgleichen suchte.

*

Etwas ratlos ließ Hanna ihren Blick über das Gebrauchtwagenangebot des Autohändlers Straßer in Grafing schweifen. Sie besaß einen Führerschein, war aber lange nicht mehr gefahren. Maurice hatte immer einen Firmenwagen gehabt, den sie sich nur selten ausgeliehen hatte. In Hamburg konnte man alles mit dem Fahrrad oder den öffentlichen Verkehrsmitteln erledigen, weshalb sie sich ein privates Fahrzeug gespart hatten. Hanna konnte gar nicht sagen, wann sie zum letzten Mal hinter einem Steuer gesessen hatte. Konnte sie überhaupt noch Auto fahren? Oder war das wie Fahrradfahren, und man verlernte es nicht? Sie würde es herausfinden, denn das Leben in Griesing ohne Auto war mühselig. Am besten wäre bestimmt ein Kleinwagen, die waren übersichtlicher. Davon gab es einige. Besonders ins Auge fiel ihr ein roter Twingo mit einem Faltdach. Auch der Preis schien fair zu sein. Die Tür zum Verkaufsgebäude öffnete sich, und ein Mann in Hannas Alter trat näher.

»Grüß Gott, Thaler mein Name. Sie haben ein Auge auf den kleinen Twingo geworfen?«

Hanna wandte sich erstaunt um. Die Stimme kannte sie doch.

»Simon Thaler?«, fragte sie.

Der Verkäufer musterte Hanna genauer.

»Sollten wir uns kennen?«

»Mensch, Simon, ich bin es, Hanna Moser aus Griesing. Wir waren zusammen in der Realschule in einer Klasse.«

»Ja, tatsächlich – Hanna. Du bist wieder hier.«

»Sieht danach aus.« Hanna musste schmunzeln. Der Klassenclown und Aufreißer, vor dem damals kein Mädchen auf dem Schulhof sicher gewesen war, war zu einem biederen Autoverkäufer mit Halbglatze verkommen. Am liebsten hätte sie ihn gefragt, was schiefgegangen war, doch sie ließ es. Stattdessen beantwortete sie seine Frage.

»Der Twingo gefällt mir. Kann ich vielleicht eine Probefahrt machen?«

»Gern«, erwiderte er. »Kommst am besten mit rein, dann können wir alles besprechen, und ich suche den Schlüssel heraus.« Er bedeutete Hanna, ihm zu folgen. In dem modernen Glasgebäude, in dem Neuwagen ausgestellt wurden, setzte er sich an einen Schreibtisch in der hinteren Ecke. Hanna nahm vor ihm auf einem gepolsterten Stuhl Platz. Er tippte auf seinem Computer herum und stellte ganz nebenbei private Fragen. »Du bist doch damals nach Hamburg gegangen, nicht wahr? Gab ganz schön viel Gerede in der Schule, wegen deiner Mutter. Ich hab mich da ja immer rausgehalten, aber die Mädels, du weißt schon.«

Hanna wusste nicht, was sie erwidern sollte. Seine einfache Frage traf sie und machte ihr einmal wieder bewusst, dass es hier niemals die schützende Anonymität der Großstadt geben würde.

»Jetzt bin ich zurück«, antwortete sie knapp. »Und? Wie ist es dir ergangen? Frau, Kinder?«

»Ich hab die Vroni aus der B-Klasse geheiratet. Wir haben zwei Buben. Und du? Auch Kinder?« Er schaute sie abwartend an.

»Eine Tochter. Sie ist schon siebzehn und gerade bei ihrem Onkel in Amerika.«

»Wow, eine siebzehnjährige Tochter. Wo ist nur die Zeit geblieben?« Er erkundigte sich nebenbei nach ihrem Führerschein, tippte etwas in den Computer und stand auf, um den Autoschlüssel zu holen. Als er ihn Hanna reichte, fragte er: »Soll ich mitfahren?«

Hanna warf ihm einen kurzen Blick zu, der alles sagte. Er hob abwehrend die Hände. »Schon gut, aber fahr nicht zu weit. Das hat der Chef nicht gern.«

Hanna ging auf seine Ermahnung nicht ein. Sie nahm die Schlüssel entgegen, verließ das Gebäude und ging zu dem kleinen Wagen. Als sie im Inneren Platz nahm und die Tür hinter sich schloss, atmete sie tief durch, steckte den Schlüssel ins Zündschloss und drehte ihn um. Der Wagen sprang sofort an, und das Radio begann zu dudeln. Antenne Bayern, gerade liefen die Nachrichten. Sie legte den ersten Gang ein. Im Rückspiegel sah sie Simon, wie er vor der Tür stand und ihr nachblickte. Jetzt bloß nicht den Motor abwürgen, dachte sie. Sie ließ die Kupplung kommen. Langsam setzte sich der Wagen in Bewegung, und sie steuerte ihn vom Parkplatz. Auf der Straße schaltete sie in den zweiten Gang, wenig später in den dritten. Es klappte hervorragend. Ist wohl doch ein bisschen wie Fahrrad fahren, dachte sie. An der nächsten roten Ampel würgte sie den Motor dann doch ab, was nicht weiter schlimm war, denn weit und breit war kein anderes Auto zu sehen. Sie startete den Wagen neu und lenkte ihn Richtung Landstraße, wo ihr auffiel, dass die Handbremse noch angezogen war. »Deshalb hab ich dich abgewürgt«, sagte sie mit einem Lachen und beseitigte das Problem. Jetzt schnurrte der Wagen wie ein Kätzchen. Sie beschleunigte und schaltete in den vierten Gang. Das Radio spielte eines ihrer Lieblingslieder. Besser konnte es gar nicht laufen. Der kleine Twingo und sie vertrugen sich hervorragend. Ein Stück weiter bog sie nicht nach Griesing ab, sondern folgte der Landstraße bis zu der Einmündung, die nach Hintersgreuth führte. Vielleicht hatte sie Glück, und Moni wohnte noch auf dem Hof. Es wäre schön, sie wiederzusehen. Und vielleicht war sogar Alex hier. Der Gedanke ließ ihr Herz höherschlagen. Die Zufahrtsstraße zu dem kleinen Weiler war inzwischen geteert worden, wies aber viele Schlaglöcher auf, auf die es zu achten galt. Mit klopfendem Herzen fuhr sie um eine Kurve. Jetzt müsste sie die Bauernhöfe eigentlich sehen. Doch da war nichts. Dort, wo sie einst gestanden hatten, wucherte Unkraut über Holzbalken und Steinhaufen. Ein großes Schild war davor aufgestellt und kündigte den Bau von Eigentumswohnungen an. So wie es aussah, sollte hier eine neue Wohnsiedlung aus dem Boden gestampft werden. Hanna parkte direkt vor dem Schild und stieg aus. Fassungslos sah sie sich um. Die beiden alten Bauernhäuser mit ihren Ställen, Gärten und Weiden gab es nicht mehr. Das konnte doch nicht sein. Über zweihundert Jahre lang hatten sie in diesem Wiesengrund gestanden. Moni hatte es ihr irgendwann erzählt. Jetzt waren sie zerstört worden. Vermutlich von irgendwelchen Immobilienmaklern, die nichts Besseres zu tun hatten, als das Umland von München an Meistbietende zu verschachern. Hatten die anderen nicht neulich von einem ehrgeizigen Bürgermeister gesprochen, der sogar den Griesinger See zu einem Geschäft machen wollte? Ein aufkommender Wind ließ Hanna frösteln. Zu regnen hatte es vor einigen Tagen aufgehört, doch warm war es noch immer nicht, obwohl die Sonne es immer wieder durch die Wolkendecke schaffte. Hanna lief an dem Trümmerhaufen vorüber. Balken, Steine, der Teil eines Holzzauns, der sie schmerzlich an die Weide von Kasimir, dem alten Haflinger, erinnerte, den Moni vorm Abdecker gerettet hatte. Wenigstens gab es die Apfelbäume noch. Sie blühten. Hanna berührte wehmütig eine der weißen Blüten. Als sie damals die bunten Lampions für das Geburtstagsfest zwischen den Zweigen anbrachten, hatten bereits kleine Äpfel an ihnen gehangen. Genau hier hatten die Bänke gestanden. Siggi hatte auf seiner Gitarre gespielt, später war getanzt worden.

Hanna setzte sich auf einen umgefallenen Baumstamm und ließ ihren Blick bis zum Waldrand schweifen. Was hatte sie geglaubt? Dass sich hier nichts verändern würde? Fünfundzwanzig Jahre konnten nicht ohne Spuren vorübergehen. Was wohl aus Moni geworden war? Ob sie in Alex' Briefen eine Antwort darauf finden würde? Vermutlich nicht, denn damit würde er den zweiten Teil ihres Versprechens brechen. Sie hatten ausgemacht, einander nichts über ihren Alltag zu berichten. Sie hatten an den wenigen

Wochen festhalten wollen, die sie miteinander verbracht hatten. Jeder Brief sollte eine Erinnerung an ihr Zusammensein enthalten, Momente und Augenblicke, für die Ewigkeit festgehalten, damit sie nicht vergessen wurden. Doch war das überhaupt möglich? Konnte man nach so vielen Jahren eine Erinnerung überhaupt noch genau wiedergeben? Alex schien es zu schaffen. Als sie seine Zeilen gelesen hatte, glaubte sie, neben ihm im Bauwagen zu liegen. Ihr Blick wanderte erneut zu den Apfelbäumen, und sie hatte Monis Geburtstagsfest vor Augen. Siggi mit seiner Gitarre, Moni und ihre Freundinnen in den flatternden Kleidern, Irma, die den Erdbeerkuchen brachte und verbrannte Schultern hatte. Gemeinsam mit Alex fuhr Hanna wieder durch den vom Vollmond beschienenen Wald zu ihrem Bauwagen am See, den niemand zerstört hatte. Der herrlich unvollkommene Platz voller Erinnerungen war noch da. Er war das Herzstück, war ihr Rückzugsort gewesen, als die Welt Risse bekommen hatte und auseinandergebrochen war. Dort sollte sie seine Briefe lesen, dort gehörten sie hin.

»Wer sind Sie denn?«, riss sie eine Frauenstimme aus ihren Gedanken.

Hanna fuhr erschrocken herum. Vor ihr stand eine junge Frau in einem grauen Kostüm, die sie missbilligend von oben bis unten musterte.

»Das hier ist Privatgrundstück. Haben Sie nicht das Schild gesehen.«

»Auf dem nichts von *Betreten verboten* stand«, entgegnete Hanna schnippisch. Die Augen ihres Gegenübers verwandelten sich in schmale Schlitze.

»Wenn Sie kein Interesse an den Neubauten haben, die hier entstehen sollen, möchte ich Sie bitten zu gehen. Mein Vorgesetzter kommt gleich, und Herr Brunner hat es nicht gern, wenn auf seinen Grundstücken Unbefugte herumlaufen.«

Hanna musterte die Frau genauer, die mit einem blauen Opel Corsa gekommen war. Sie schätzte sie auf Mitte zwanzig. Sie wirkte nervös und schaute sich immer wieder um. Ihre Bluse war ein Stück zu weit aufgeknöpft, ihr Rock einen Hauch zu kurz, die Schuhe zu hoch. Diese Sorte Frauen, die vermutlich nie aussterben würde, hatte sie schon immer verabscheut.

»Ist ja gut«, suchte sie die Frau zu beruhigen und fügte in Gedanken hinzu: Bestimmt schläft sie mit ihrem Herrn Brunner. Laut sprach sie jedoch aus: »Ich bin nur falsch abgebogen, das ist alles. Ich wollte gerade wieder fahren.«

Ein 5er-BMW näherte sich, der neben Hannas Twingo zum Stehen kam. Drei Männer stiegen aus, und die Frau im grauen Kostüm stieß einen leisen Fluch aus. Die Männer steuerten auf sie zu und blieben neben ihnen stehen. Einer von ihnen, ein blonder, ziemlich attraktiver Mann mit einer Gucci-Sonnenbrille in den zurückgekämmten Haaren, Hanna schätzte ihn auf Ende dreißig, musterte sie irritiert und fragte: »Wer sind Sie denn?« Dann warf er seiner Mitarbeiterin einen bitterbösen Blick zu. Die Frau wollte etwas erwidern, doch Hanna ließ sie nicht zu Wort kommen.

»Ich hatte mich nur verfahren. Diese vielen kleinen Weiler, da kann man schon mal durcheinanderkommen. Ich wünsche Ihnen noch einen schönen Tag.« Sie blickte kurz zu der Frau im grauen Kostüm, die erleichtert lächelte, und ging zurück zum Wagen.

Hinter dem Steuer sitzend beobachtete Hanna die kleine Gruppe noch einen Moment, wie sie über das Gelände liefen. Der blonde Mann deutete nach links, nach rechts, breitete die Arme aus, die Frau im Kostüm holte Pläne aus einer Aktentasche. Hintersgreuth, wie sie es kannte, gab es nicht mehr. Hier würde eine neue Welt entstehen. Hanna wusste noch nicht, was sie davon halten sollte. Fünfundzwanzig Jahre brachten Veränderungen, Altes ging, Neues entstand. Vielleicht war es besser so. Was hätte sie zu Moni gesagt? *Hier bin ich wieder. Ich hab damals deinen Sohn verlassen. Meine Mutter hat gesoffen, und ich war einfach zu feige, um zurückzukehren.*

Warum hast du es jetzt getan?

Hanna wusste, dass Moni diese Frage stellen würde. Vielleicht, weil es an der Zeit gewesen war. Vielleicht, weil das Leben, das sie geführt hatte, an einem Endpunkt angekommen war. Vielleicht, weil ihre Mutter angerufen und nach fünfundzwanzig Jahren endlich den ersten Schritt gewagt hatte. Am Ende hatte sie womöglich gespürt, dass es ihrer Tochter schlecht ging. Mütter hatten für so etwas einen Sinn, jedenfalls glaubte sie das. Wenn es Christina nicht gutging, hatte sie es immer sofort bemerkt. Ob es um einen Streit in der Schule ging, eine schlechte Note oder später den ersten Liebeskummer, über den sie nicht reden wollte. Ihr Blick wanderte erneut zu dem Trümmerhaufen aus Holzbalken und Steinen. Hätte sie Moni von Maurice erzählen können? Sie hätten vor dem Haus in der Sonne gesessen, genauso wie damals, mit einem Becher Kräutertee in der Hand, der nach Sommer duftete. Moni hätte zugehört, darin war sie gut gewesen. Wo sie jetzt wohl lebte? Vielleicht hatte sie einen neuen Bauernhof gefunden oder ein hübsches kleines Häuschen irgendwo, wo sie für sich sein konnte. Hanna wünschte es ihr. Sie startete den Motor, setzte zurück und erreichte wenig später die Landstraße. Sie überlegte, kurz nach Griesing zu fahren, um den Wagen ihrer Mutter zu zeigen, doch sie verwarf den Gedanken wieder. Simon würde bestimmt schon ungeduldig auf sie warten. Zum ersten Mal im Leben würde sie diesem Burschen einen Gefallen tun. Sie würde den kleinen Twingo kaufen.

*

Als Hanna wenig später zurück nach Hause kam, stand ihre Mutter mit einem beleibten Mann laut diskutierend im Garten.

Das musste der Architekt Jonas Baum sein, mit dem sie für heute Nachmittag einen Termin ausgemacht hatte. Der Mann schien es mit der Pünktlichkeit genau zu nehmen, er war eine halbe Stunde zu früh dran, was dem Vorhaben Umbau nicht gerade entgegenkam, weil ihre Mutter dem Ganzen doch sehr kritisch gegenüberstand. Hanna näherte sich den beiden mit einem Lächeln auf den Lippen und hoffte, die Situation in den Griff zu bekommen. Sie hatte bereits einige Diskussionen mit ihrer Mutter über den Hausumbau geführt. Hanna wollte den Dachstuhl nicht nur erneuern, sondern das gesamte Dachgeschoss ausbauen. Entweder könnte

Christina, die vielleicht in München studieren würde, dort einziehen, oder sie könnten vermieten und hätten eine zusätzliche Einnahmequelle. Ihre Vorstellungen hatte sie dem Architekten genau geschildert, der vermutlich angenommen hatte, hier mit offenen Armen empfangen zu werden. Jetzt musste er sich mit einer störrischen Frau auseinandersetzen, die ihn am liebsten rausgeworfen hätte.

»Hanna, Liebes, da bist du ja. Was in Gottes Namen hast du dem Mann erzählt? Wir wollten doch nur das Dach neu machen lassen.«

»Grüß Gott, Herr Baum«, begrüßte Hanna den Architekten und reichte ihm die Hand, die er dankbar schüttelte. Schweißperlen standen auf seiner Stirn. Er schien mit der Situation überfordert zu sein. »Könnte ich vielleicht kurz mit meiner Mutter unter vier Augen sprechen, Herr Baum, dann bin ich gleich für Sie da, und wir können das Haus besichtigen, damit Sie einen ersten Eindruck bekommen.«

Der Mann nickte dankbar und antwortete: »Das wäre sehr freundlich, Frau Becker. Ich dachte, es wäre alles mit Ihrer Mutter geklärt?«

»Das ist es auch. Nur eine Minute, dann geht es los, versprochen.«

Sie griff nach dem Arm ihrer Mutter und zog sie von dem Architekten weg in den hinteren Teil des Gartens, wo sie auf sie einzureden begann.

»Mama, was machst du denn? Ich habe mich umgehört. Herr Baum ist ein hervorragender Architekt. Du kannst uns den Mann doch nicht vergraulen.«

»Aber wir wollten doch nur das Dach neu machen, jetzt

127

soll es höher gezogen werden und richtige Zimmer bekommen.«

»Ja, damit dort oben Christina einziehen kann, wenn sie aus Washington zurückkommt. Vielleicht studiert sie ja in München. Und wenn nicht, vermieten wir eben. Darüber hatten wir doch gesprochen. Ich könnte den ersten Stock nutzen, und du wirst unten dein eigenes Reich haben. Wir bauen das Erdgeschoss zu einer schönen Wohnung mit allem Komfort aus, und du bekommst sogar dein eigenes Bad.«

»Mir ist das alles nicht mehr geheuer«, entgegnete ihre Mutter. »Was ist, wenn Christina lieber in Hamburg bleiben will oder sonstwo hingeht? Was will ein Mädchen aus der Stadt schon hier auf dem Dorf? Und in München sind die Unis sowieso komplett überfüllt. Das hat neulich Frau Martinek bei der Roswitha erzählt. Ihr Sohn musste sich in ganz Deutschland bei den Universitäten bewerben, obwohl er einen guten Schnitt im Abitur hatte.«

»Ich habe doch gerade gesagt, dass wir auch vermieten können«, entgegnete Hanna, die langsam ungeduldig wurde.

»Damit dann fremde Leute durch meine Wohnung latschen.« Gabi verschränkte die Arme vor der Brust.

»Dann bauen wir eben hinterm Haus eine Außentreppe, über die sie in die Wohnung kommen. Darüber habe ich mit dem Architekten sowieso schon gesprochen. Genügend Platz wäre da. Jetzt lass uns mit ihm doch erst einmal in aller Ruhe reden. Du kannst dann immer noch sagen, ob und wie du etwas haben möchtest.«

»Aber ich will gar nichts anders haben. Nur das Dach muss repariert werden. Ich mag das Haus, wie es ist.«

Hanna versuchte, ruhig zu bleiben. Seit einer Woche drehten sich ihre Gespräche immer um das gleiche Thema. Ihre Mutter tat sich schwer damit, die Veränderung zuzulassen. Sie wollte, dass ihre Tochter und vielleicht auch Christina bei ihr einzogen, doch in dem jetzigen Zustand war das Haus nicht bewohnbar. Im Bad schimmelte es in den Ecken, weil die Nässe vom Dach nach unten zog. Die Wasserleitungen und die Heizungsanlage waren alt, wer baden oder duschen wollte, musste den Boiler einschalten. Christina wusste gar nicht, was ein Boiler war. Außerdem würde sie bestimmt nur ungern in dem alten Gästezimmer schlafen, das mit seinen Lilientapeten, der grauen Auslegeware und dem alten Klappsofa den Mief der Siebziger verbreitete. Und auch Hanna selbst war ihrem Jugendzimmer entwachsen. Inzwischen hatte sie Roxette und Co. über ihrem Bett entfernt. Die Zeiten, in denen Popstars über ihren Schlaf wachen mussten, waren vorbei.

»Jetzt lass uns doch mit dem Architekten wenigstens mal reden und durchs Haus gehen, damit wir einen ersten Eindruck bekommen. Wir entscheiden jede Veränderung gemeinsam, okay?«

»Meinetwegen«, stimmte Gabi grummelnd zu.

Hanna atmete erleichtert auf, legte den Arm um ihre Mutter und führte sie zurück zum Haus.

»Herr Baum versteht sich besonders gut darauf, Altbauten zu sanieren. Seine Vorschläge werden dir bestimmt gefallen.«

Gemeinsam mit dem Architekten betraten sie das Haus. Herr Baum, der über eins neunzig groß war und einen ordentlichen Bauchumfang aufwies, folgte ihnen lächelnd ins Innere des Hauses. »Ich mag so alte Häuser«, bemühte er sich für eine bessere Stimmung zu sorgen. »Sie sind wie kleine Schmuckkästchen, die es herauszuputzen gilt. Ich finde ja immer, dass vor dem Krieg wesentlich stabiler gebaut worden ist. Solides Mauerwerk, anständige doppelt verglaste Fenster. Sie werden jetzt bestimmt sagen, dass diese Fenster veraltet sind. Gewiss, sie sind bald hundert Jahre alt, aber immerhin Doppelverglasung. Das gab es in späteren Häusern oft nicht. Heutzutage werden solche Fenster sogar wieder für Liebhaber gebaut, und in denkmalgeschützten Häusern werden sie sowieso nicht ausgetauscht. Ist dieses Gebäude denkmalgeschützt?«

»Nein, das ist es nicht«, antwortete Gabi. »Meine Eltern haben es neunzehnhundertzwanzig gebaut.«

»Oh, Familienbesitz, das ist ja noch besser. Wie schön, dass wir planen, es als Mehrgenerationenhaus auszubauen. Dann wird das Gebäude ja noch jahrzehntelang benutzt.«

»Eigentlich soll nur das Dach repariert werden«, erwiderte Gabi. Der Architekt blickte zu Hanna, die sich um ein freundliches Lächeln bemühte und das Thema wechselte.

»Wir sollten jetzt mit der Hausbesichtigung beginnen, damit Sie sich einen Eindruck machen können. Am besten starten wir in der Küche.«

Sie traten in die kleine Wohnküche, und erneut begannen die Augen des Architekten zu leuchten.

»So eine Küche hatte meine Mutter auch, mit genau den gleichen Prilblumen auf den Fliesen. Die gab es in den Siebzigern wirklich in allen Küchen Deutschlands.«

Hanna verdrehte die Augen. Wenn sie so weitermachten, dann würde der Rundgang vermutlich bis morgen früh dauern.

»Ich dachte, wir könnten die Küche vergrößern und den Nebenraum, eine Abstellkammer, dazu nehmen. Dann hätten wir eine schöne große Wohnküche, wo sich die ganze Familie treffen könnte.«

»Das können wir doch auch jetzt schon«, meinte ihre Mutter. »Früher ist die Küche auch nicht zu klein gewesen, und die Abstellkammer kann ich gut gebrauchen.«

»Für die zwei Regale und die drei Konservendosen, die da stehen, findet sich bestimmt eine andere Lösung«, sagte Hanna. »Du wirst einen großen Apothekerschrank bekommen. So einen hatte ich in Hamburg auch. Das sind die reinsten Platzwunder.« Ihre Mutter wollte noch etwas erwidern, doch Hanna schnitt ihr das Wort ab. »Am besten machen wir jetzt im Wohnzimmer weiter. Dort gibt es einen wunderschönen Kachelofen, der Ihnen bestimmt gefallen wird, Herr Baum.« Sie bedeutete dem Architekten, ihr zu folgen, und ihre Mutter taperte notgedrungen hinterher.

So ging es durchs ganze Haus. Im oberen Geschoss legte sich die anfängliche Begeisterung des Architekten schnell. Der alte Boiler im Badezimmer, die Schimmelflecken an der Decke und zu guter Letzt das Eimer- und Zubermeer auf dem Dachboden reichten aus, um den Mann sprachlos zu machen. Als sie wieder unten ankamen, verabschiedete sich der Architekt mit einem festen Händedruck von Hanna. Er bemühte sich, auch Gabi gegenüber höflich zu sein, was ihm nicht so recht gelingen wollte. Hannas Mutter hatte sich alle

Mühe gegeben, sämtliche Vorschläge von ihm mit irgendwelchen Gegenargumenten zu torpedieren. Dieser Auftrag, sollte er ihn tatsächlich annehmen, würde ihn Nerven kosten. Andererseits war zu merken gewesen, dass er sich auf den ersten Blick in das alte Haus am Ende der Straße mit seinem verwunschenen Garten direkt am Waldrand verliebt hatte und dass es ihm vermutlich eine riesengroße Freude bereiten würde, dieses Gebäude in ein Schmuckstück zu verwandeln.

Als der Mann mit seinem VW-Kombi davongefahren war, wandte sich Hanna Gabi zu.

»So schlecht ist es doch gar nicht gelaufen. Ich dachte, wenn er das Dach und das schimmlige Bad sieht, winkt er sofort ab. Aber ich glaube, er hat einen Narren an unserem Haus gefressen. Hast du gesehen, wie seine Augen geleuchtet haben?«

»Ja, das habe ich gesehen. Ich denke aber, dass diesem Leuchten eher das hübsche Sümmchen zugrunde lag, das er mit uns verdienen wird.«

»Sieh doch nicht immer alles so kritisch, Mama. Das wird bestimmt toll.«

»Also gut«, lenkte Gabi ein. Das Letzte, was sie wollte, war ein Streit mit Hanna. »Ich werde ihm eine Chance geben, aber nur, wenn du mir jetzt dabei hilfst, die Rosen zurückzuschneiden und die Blumenzwiebeln für die Gladiolen einzugraben, die wir gestern im Baumarkt besorgt haben.«

»Gern doch«, erwiderte Hanna mit einem Lächeln. »Aber vorher genehmigen wir uns noch einen Kaffee und dazu Ernas Kekse.«

»Eine wunderbare Idee«, erwiderte ihre Mutter. »Es ist ja auch schon nach halb vier, also allerbeste Kaffeezeit.« Sie wollte noch etwas hinzufügen, ein aufkommender Hustenanfall hielt sie jedoch davon ab. Hanna klopfte ihrer Mutter fürsorglich auf den Rücken.

Als sich der Anfall gelegt hatte, sagte sie besorgt: »Vielleicht solltest du wegen des Hustens doch lieber mal zum Arzt gehen. Er hört sich wirklich scheußlich an.«

»Ach, der alte Quacksalber«, erwiderte ihre Mutter nach Luft japsend. »Der verschreibt mir wieder diese scheußlichen Tropfen, die auch nichts bringen. Da trink ich lieber meinen Kräutertee, der hilft am besten.«

Die beiden gingen ins Haus, kochten Kaffee und Tee und setzten sich kurz darauf mit einem Teller Schokokekse auf die Terrasse in die Sonne.

»Du siehst müde aus«, bemerkte Hanna nach einer Weile.

»Das ist nur wieder der dumme Schädel, der anfängt zu brummen«, antwortete ihre Mutter.

»Möchtest du dich nicht lieber hinlegen?«, schlug Hanna vor. »Wir können die restliche Gartenarbeit auch morgen erledigen, wenn ich …« Sie kam ins Stocken und setzte neu an. »Davon habe ich ja noch gar nichts erzählt. Ich habe ein Auto gekauft, drüben in Grafing. Stell dir vor, bei Simon Thaler. Morgen kann ich es abholen.«

»Bei unserem Möchtegern. Autos verkauft er also neuerdings, der kleine Betrüger. Der alte Ludwig hat ihm damals die Hölle heiß gemacht, nachdem er die Vroni mit achtzehn geschwängert hat. Mit wehenden Fahnen hat er sie zur Kirche schleppen müssen. Ich glaube, sie haben jetzt zwei Buben. Für Ludwig wäre es wahrscheinlich besser gewesen, er hätte den Burschen Alimente zahlen lassen, denn Simon hat ihm seinen Betrieb zugrunde gerichtet. Du weißt schon, die Bergers hatten doch eine kleine Baufirma. Simon hat tatsächlich geglaubt, er könnte Geld am Finanzamt vorbeischmuggeln. Er hatte so ein Bankkonto in der Schweiz. Und der ganze Zirkus wegen zwanzigtausend Euro, die da draufgelegen haben. Schön dumm muss man sein. Zwei Jahre ist er dafür nach Stadelheim gekommen. Ein Wunder, dass den Burschen überhaupt noch jemand einstellt. Was hat er dir denn für ein Auto verkauft?«

»Ich habe mir einen roten Twingo ausgesucht, der sich wirklich gut fährt. Wenn du magst, können wir ihn morgen zusammen abholen, gleich damit in den Baumarkt fahren und Geranien für die Terrasse und den Hauseingang besorgen.«

»Geranien sind eine wunderbare Idee.« Ihre Mutter stand auf und streckte sich gähnend. »Dann eben morgen. Ich bin wirklich müde.« Sie berührte Hannas Arm, als sie an ihr vorüber zur Terrassentür ging. »Es war schön heute, trotz dieses seltsamen Architekten. Und vielleicht hast du ja recht, und es wird alles ganz toll.«

Hanna lächelte. Die Terrassentür hinter ihr klackte, als sie ins Schloss fiel. Sie nahm sich einen weiteren Keks und ließ ihren Blick über den Garten schweifen. Noch immer sah er so herrlich unvollkommen und verwildert aus. Löwenzahn teilte sich den Rasen mit Wiesenschaumkraut, Gänseblümchen und Hahnenfuß. Vereinzelt lagen noch Blütenblätter im Gras. Ihr Anblick ließ sie wehmütig werden. Vielleicht sollte sie noch zum See fahren, kam ihr in den Sinn. Sich für eine Weile auf den Steg setzen und einen von Alex' Briefen lesen. Sie beschloss, den Gedanken in die Tat umzusetzen, und ging ins Haus. Dort fand sie ihre Mutter schlafend auf dem Sofa vor. Auf dem Tisch stand ein Glas Wasser, daneben lag eine Packung Kopfschmerztabletten. Keine Weinflaschen mehr.

Sie lief die Treppe hinauf, nahm einen seiner Briefe an sich und radelte gleich darauf mit ihrem Fahrrad den Feldweg hinunter Richtung Griesinger See.

Wenig später lehnte sie ihr Fahrrad gegen den gewohnten Baum neben dem Bauwagen und trat auf den von der Sonne beschienenen Steg hinaus. An dessen Ende setzte sie sich, streifte Socken und Schuhe ab, tauchte die Füße ins Wasser und ließ den Blick über das funkelnde Gewässer schweifen. Eine Entenfamilie schwamm an ihr vorüber. Eine Mutter mit fünf kleinen Küken, niedlichen gelben Puschelchen. Unweit von ihr stand ein Reiher im seichten Wasser. Er ließ sich von ihrer Anwesenheit nicht stören und suchte nach seinem Nachmittagssnack. Hier schien die Zeit tatsächlich stehen geblieben zu sein. Nur die abgeblätterte Farbe des Bauwagens und das höher gewordene Schilf zeugten von den vergangenen Jahren. Hanna holte Alex' Brief hervor, öffnete ihn und begann zu lesen.

ACHT

Hannas Blick wanderte aus dem Fenster und über den Schulhof hinweg zur nahen Straße, wo bereits mehrere Autos standen. Väter und Mütter warteten, zumeist sich unterhaltend oder rauchend, auf ihre Kinder. Wie immer konnten einige Eltern den Beginn der Ferien nicht erwarten. Die meisten von ihnen würden vermutlich sofort auf die Autobahn Richtung Süden fahren. Auch die Eltern ihrer Banknachbarin Susanne waren unter den Wartenden. Für Susanne, die sich gerade die Fingernägel feilte, würde es nach Schulschluss zum Flughafen gehen. Sie würde nach Ibiza fliegen, wie sie Hanna schon vor einer Weile freudig erzählt hatte. Wie vor den Ferien üblich, drehte sich seit Tagen alles um das Thema Sommerurlaub. Die meisten ihrer Klassenkameraden fuhren nach Jugoslawien oder Italien, manche flogen nach Spanien beziehungsweise nach Mallorca. Susanne hatte Hanna nach ihren Reiseplänen gefragt, worauf sie etwas von einer Reise in den Norden aus dem Hut gezaubert hatte. Ein Ferienhaus in St. Peter Ording. Dort gab es einen wunderschönen Sandstrand, sie würden eine Wattwanderung machen. Noch während sie das sagte, wünschte Hanna sich, sie könnte wirklich dorthin fahren, überhaupt einmal verreisen. Doch sie musste in Griesing bleiben und auf ihre Mutter achtgeben, die sich in den letzten Wochen mit ihrer und Max' Hilfe recht gut gemacht hatte. Sie ging jetzt regelmäßig zu den Anonymen Alkoholikern, und Hanna hatte fest versprochen, zu den nächsten Familientreffen mitzukommen. Max hatte sein WG-Zimmer in München vorübergehend untervermietet und war bei ihnen eingezogen. Er bastelte auch wieder an der Terrasse. Inzwischen waren sämtliche Waschbetonplatten entfernt. Allerdings gestaltete sich das Verlegen der neuen Fliesen schwieriger, als er gedacht hatte. Ein Betonfundament musste gegossen werden, was zusätzliches Geld und Nerven kostete, denn damit kannte er sich nicht aus. Seit dem Wochenende stand jetzt eine Betonmischmaschine im Garten, daneben irgendwelche Drahtgitter, die für Stabilität sorgen sollten. Max hatte sich Leopold Wildbacher aus der Nachbarschaft zu Hilfe geholt, der allerdings genauso ahnungslos wie er selbst zu sein schien. Hanna sah sich schon die ganzen Ferien Beton anrühren und Platten verkleben.

Frau Schneider, ihre Klassenlehrerin, eine kleine kugelrunde Frau, die ihre Brille stets an einer Kette um den Hals trug, begann, die Zeugnisse auszuteilen. Hanna überflog das ihre nur kurz und steckte es dann in ihre Tasche. Sie hatte sich verschlechtert, besonders in Mathe sah es übel aus. Aber wie sollte man sich auch auf Algebra und Bruchrechnen konzentrieren, wenn man zu Hause solche Probleme hatte. Sie wusste, dass sie die Verschlechterung ihrer Leistungen nicht nur ihrer Mutter ankreiden konnte, Alex hatte auch seinen Anteil daran. Eigentlich hatte sie ihn ja nicht wiedersehen wollen. Ganze drei Tage hatte es gedauert, bis sie diesen Vorsatz brach. Die Sehnsucht nach ihm war einfach zu groß gewesen. Doch nun war es auch leichter, denn Max war da und konnte auf Mama achtgeben, wenn sie fort war. Auch Erna hielt sich in der letzten Zeit häufiger bei ihnen auf. Sie brachte Kekse, kochte gemeinsam mit Mama Erdbeermarmelade ein oder kam einfach auf einen Kaffee unter den Kirschbäumen vorbei. Sogar gegrillt hatten sie neulich Abend. Selbstverständlich ohne einen Tropfen Alkohol. Selbst Max hatte sich sein Bier zum Steak verkniffen, was ihm nicht leichtgefallen war, wie er Hanna später in der Küche gestand.

Nein, sie würde in den Sommerferien nicht wegfahren, dachte Hanna, während Frau Schneider abschließende Worte zum Schuljahr sagte und sich für die gute Zusammenarbeit bedankte.

Aber vielleicht war das auch gar nicht so schlimm. Der Sommer zu Hause schien gar nicht so übel zu werden. Sie bekamen die Probleme langsam in den Griff und würden den Garten in den schönsten Platz auf Erden verwandeln. Auch Alex würde hierbleiben, was viele gemeinsame Stunden am See bedeutete. Schon allein der Gedanke daran brachte das Kribbeln in ihren Magen zurück, das sie so sehr liebte. Frau Schneider verabschiedete sich, der Schulgong ertönte, und im Klassenzimmer brach Unruhe aus. Die Schüler packten hastig ihre Unterlagen in die Taschen und strömten schnatternd wie eine Schar Gänse aus dem Raum. Hanna war die Letzte, die den Raum verlassen wollte, doch Frau Schneider hielt sie zurück.

»Hanna, warte.« Sie wandte sich um. »Ich wollte noch etwas mit dir besprechen.« Frau Schneiders Miene war ernst. Hanna ahnte, was kommen würde. »Mir ist zu Ohren gekommen, dass es bei dir zu Hause Schwierigkeiten geben soll.«

Hanna überlegte kurz, wie sie auf diese Andeutung der Lehrerin reagieren sollte. Sie entschied sich, die Flucht nach vorn anzutreten.

»Jetzt nicht mehr«, erwiderte sie, bemüht, ihrer Stimme einen festen Klang zu verleihen. »Wie Sie ja wissen, haben sich meine Eltern getrennt, und meine Mutter hatte eine Zeitlang Probleme. Aber jetzt hat sie sich erholt, und es geht uns gut. Mein Onkel Max ist inzwischen bei uns eingezogen, also haben wir jetzt sogar wieder einen Mann im Haus.« Sie versuchte zu lächeln, was ihr nicht recht gelingen wollte.

»Ich habe gehört, dass deine Mutter zu den Anonymen Alkoholikern geht«, sagte die Lehrerin.

»Ist es ein Verbrechen, sich Hilfe zu holen?«, sagte Hanna schnippisch und verschränkte die Arme vor der Brust.

»Du musst dich nicht gleich angegriffen fühlen«, sagte die Lehrerin beschwichtigend. »Es ist unübersehbar, dass deine Leistungen nachgelassen haben, und du hast im Unterricht oft abwesend gewirkt. Es geht mir nicht darum, die Alkoholsucht deiner Mutter anzuprangern …«

»Und was ist es sonst, was Sie hier machen?«, fragte Hanna. Ihre Stimme wurde laut, Tränen traten in ihre Augen. »Meine Mama hatte Probleme, jeder von uns hat mal einen Durchhänger. Sie deshalb gleich als Säuferin zu bezeichnen, ist lächerlich.«

»Ich habe sie nicht …«

»Aber gedacht haben Sie es«, ließ Hanna die Lehrerin nicht ausreden. »Lassen Sie uns einfach in Ruhe. Jeder meint, er könnte mitreden. Es sind unsere Probleme, die Probleme von meiner Mutter und mir. Wir werden eine Lösung dafür finden, auch ohne Ihre Einmischung.«

Sie griff nach ihrer Tasche, verließ ohne ein weiteres Wort den Raum und rannte den Flur hinunter. Vor Wut hatte sie zu weinen begonnen. Was bildete sich diese Frau überhaupt ein, sie anzusprechen? Nur weil sie in Mathe schlechter geworden war, gut, vielleicht auch in einigen anderen Fächern, aber das bügelte sie im nächsten Schuljahr wieder aus. Es war ihr Leben, ihre Familie. Alle wollten mitreden. Sie tuschelten hinter ihrem Rücken und warfen ihr mitleidige Blicke zu. Doch sie brauchte kein Mitleid und hasste das Getuschel. Die heile Welt der Kleinstadt, der Dörfer – hier durfte niemand aus der Reihe tanzen oder Schwäche zeigen.

Hanna überquerte den Schulhof, schlug den Weg zur S-Bahn ein und wischte sich die Tränen von den Wangen. Viele von ihnen waren doch selbst nicht besser. Allein zwanzig Mitglieder zählte die Gruppe der Anonymen in Grafing, und wie viele Säufer täglich im Wirtshaus an der nächsten Ecke bei ihrem Gewohnheitsbierchen saßen, wollte sie gar nicht wissen. Sauferei war salonfähig, solange sie in einem bestimmten Rahmen, am besten im Wirtshaus blieb. Die Menschen belogen sich doch selbst. Sie erreichte den Bahnhof und stieg in die bereitstehende S-Bahn, die sich kurz darauf in Bewegung setzte. Wiesen, Felder, Büsche und Wälder sausten an ihr vorüber. Die Fahrt nach Griesing dauerte nur wenige Minuten, die ausreichten, um sie ruhiger werden zu lassen. Als sie ausstieg, empfing sie die Friedlichkeit des gewohnten Bahnsteigs. Sie lief im hellen Sonnenschein den Weg ins Dorf hinunter. Ein Schmetterling schien sie zu verfolgen, er flatterte um sie herum, setzte sich vor ihr auf den Boden, flog wieder in die Höhe, blieb ein Stück zurück, nur um dann wieder um sie zu wirbeln. Der kleine Kerl, ein Pfauenauge, brachte sie endgültig zum Lächeln. Sommerferien – sechs lange Wochen lagen vor ihr, in denen gewiss alles gut werden würde. Vielleicht würde ihre Mutter ja wieder eine Anstellung finden. Erst in der letzten Woche hatte sie ein Bewerbungsgespräch in Kirchseeon bei einem Getränkevertrieb gehabt, der jemanden für die Buchhaltung suchte. Die Rückmeldung stand noch aus. Hoffentlich klappte es diesmal.

Als sie zu Hause ankam, stand Max mit nacktem Oberkörper, seine Schultern sahen bedenklich rot aus, und schweißgebadet vor seiner Betonmischmaschine und trank gierig eine Wasserflasche leer. Als er Hanna sah, winkte er sie freudig näher.

»Da kommt ja endlich meine Hilfskraft. Und? Wie ist das Zeugnis?«

Hanna zog zur Antwort eine Grimasse und trat näher.

»Wir können es auf der Stelle verbrennen«, antwortete er grinsend. »Das hab ich mit meinem Zeugnis aus der neunten Klasse auch gemacht. Damit hab ich mir eine ordentliche Tracht Prügel eingehandelt, das kannst du mir glauben.« Er zwinkerte Hanna zu. Genau in diesem Moment öffnete sich die Terrassentür, und Erna und ihre Mutter kamen mit Kaffeebechern in den Händen nach draußen, auf denen sich ein großer Berg Sahne auftürmte. Auf Gabis Gesicht breitete sich ein Lächeln aus, als sie Hanna bemerkte.

»Hanna, wie schön. Erna hat Vanilleeis und Kakao mitgebracht. Eine Eisschokolade ist genau das Richtige an so einem heißen Tag, findest du nicht? Wenn du magst, kannst du dir auch eine machen und zu uns in den Schatten kommen.« Sie deutete auf die Tische unter den Kirschbäumen.

»Genau, macht euch nur alle eine Eisschokolade, und lasst es euch gutgehen, während ich in der Mittagshitze schuften muss.« Max stemmte die Hände in die Hüften.

»Es schreibt dir keiner vor, dich um diese Zeit in die pralle Sonne zu stellen«, antwortete Gabi trocken.

»Und Kakao und Eis reichen auch noch für dich«, fügte Erna mit einem Grinsen hinzu.

Max blickte von den beiden Frauen zu Hanna, die abwehrend die Hände in die Höhe hielt. »Ich bin raus aus der Nummer. Ich fahre lieber zum See und hole mir dort meine Abkühlung.«

»Als ob du nur wegen einer Abkühlung zum See fährst«, sagte Max und legte endgültig seine Schaufel beiseite. »Die eine fährt zum See, die anderen futtern Eis. Dann werde auch ich mir eine Mittagspause gönnen. Ein Nickerchen in der Hängematte wäre nicht schlecht.« Er griff nach seinem T-Shirt, zog es über und nickte zu der bunt gestreiften Hängematte hinüber, die er aus seiner WG mitgebracht hatte.

»Dann sind wir uns ja alle einig«, sagte Erna lachend. »Heute wird gefaulenzt. Ist bei der Hitze sowieso besser. Und Hanna hat jetzt Ferien und kann endlich tun und lassen, was sie will.«

»Ach richtig«, wandte sich Gabi ihrer Tochter zu. »Heute war der letzte Schultag. Wie ist denn dein Zeugnis ausgefallen?«

»Ganz okay«, erwiderte Hanna gedehnt. Sie hatte gehofft, dieser Kelch würde an ihr vorübergehen. Ihrer Mutter schien es tatsächlich besser zu gehen, wenn sie wieder an solche Dinge dachte.

»Wir wollten es später im Garten verbrennen«, rief Max aus seiner Hängematte herüber.

»So schlimm?« Gabi suchte Hannas Blick. Sie verstand auch ohne Worte.

»Max hat ordentlich Prügel bezogen, als er seines verbrannt hat. Vermutlich war es am Ende die bessere Lösung. Weiß der Himmel, was dein Großvater mit ihm gemacht hätte, wenn er es gelesen hätte.« Sie lächelte. »Wie auch immer dein Zeugnis ausgefallen ist, Hanna, es ist bedeutungslos. Wir fangen diesen Sommer neu an.«

Hanna nickte. Die Fröhlichkeit ihrer Mutter hatte etwas Aufgesetztes an sich. Neu anfangen, kleine Schritte zum Ziel, den Alltag bewältigen, normale Dinge tun. Das waren alles Sätze, die bei den Anonymen Alkoholikern oft ausgesprochen wurden und sich in den Wortschatz ihrer Mutter eingebrannt zu haben schienen. Na ja, dachte Hanna, während sie ihrer Mutter zustimmte. Diese Sätze und ihre sonderbare Fröhlichkeit waren allemal besser als der Alkohol, den sie ein für alle Mal aus dem Haus verbannt hatten. Und Ärger wegen der schlechten Noten hatte sie auch nicht zu befürchten, was nicht das Schlechteste war.

»Ich fahr dann jetzt«, sagte sie.

»Mach das«, erwiderte ihre Mutter. »Und ich kümmere mich um meine Eisschokolade, die inzwischen bestimmt zu einer Vanille-Schoko-Sahnebrühe geworden ist.« Sie ließ Hanna stehen und ging zu Erna hinüber, die es sich schon auf der Bank unter den Kirschbäumen gemütlich gemacht hatte.

Hanna holte ihre Badesachen aus ihrem Zimmer, stieg dann auf ihr Fahrrad und radelte mit der üblichen Vorfreude zum See.

Als sie dort eintraf, war jedoch weit und breit kein Alex zu sehen, was ungewöhnlich war. In den letzten Tagen war er nachmittags immer hier gewesen. Wenn sie kam, saß er zumeist in der Mitte des Sees in seinem Ruderboot und angelte. Das beruhigt die Nerven, hatte er einmal zu ihr gesagt. Und wenn man Glück hat, gibt es dazu noch ein leckeres Abendessen. Hanna hatte ihm einmal im Boot Gesellschaft geleistet. Nach einer halben Stunde des Schweigens war sie ungeduldig geworden. Nicht einmal flüstern hatte sie dürfen, denn die Fische könnten einen ja hören. Entspannung und Abendessen hin oder her, Angeln würde keine ihrer Leidenschaften werden. Eine halbe Stunde später hatte sie es nicht mehr ausgehalten und war vom Boot in den See gesprungen. Zuerst schimpfte Alex, dann hatte er gelacht und war ihr hinterhergesprungen. Hanna lächelte bei der Erinnerung daran. Heute lag das Boot neben dem Steg im Schilf. Vielleicht war Alex aufgehalten worden. Sollte sie auf ihn warten oder lieber nach Hintersgreuth fahren? Dort würde Moni sie bestimmt mit kühler Kräuterlimonade verwöhnen. Anfangs hatte sie dem grünen Zeug nicht viel abgewinnen können, das Moni mit was auch immer braute. Es hatte einen leicht bitteren Geschmack und war nur wenig süß. Doch inzwischen mochte sie das Getränk. Wenn sie Glück hatte, gab es Rhabarberkuchen vom Blech dazu, denn Rhabarber wuchs reichlich in Monis Garten. Schon der Gedanke daran ließ ihren Magen knurren. Sie beschloss, ihre Überlegung in die Tat umzusetzen, und stieg auf ihr Rad. Nach Hintersgreuth war es vom See nicht weit. Der Weg führte über schattige Waldwege, an Wiesen, Feldern und Kuhweiden vorüber.

Als sie den Hof erreichte, saß Moni Kräuter sortierend auf der Bank vor dem Haus.

»Hanna, wie schön«, begrüßte sie sie fröhlich. »Hat Alex also doch recht gehabt.«

»Recht gehabt?«, erwiderte Hanna verblüfft, während sie vom Fahrrad stieg und sich Moni gegenüber auf die Bank setzte.

»Er meinte vorhin, du könntest auftauchen, weil er heute ausnahmsweise nicht zum See fahren wird.« Sie stand auf. »Du hast geschwitzt. Ich bring dir eine Limonade. Die magst du doch gern.« Sie verschwand ohne ein weiteres Wort im Haus und kam mit einem Glas Kräuterlimonade zurück, das Hanna in einem Zug leerte.

»Wieso ist er denn nicht zum See gekommen?«, fragte Hanna, nachdem sie das Glas auf den Tisch gestellt hatte.

»Siggi hat ihn gebeten, mit ihm nach München auf den Marienplatz zu fahren, um mit ihm gemeinsam Straßenmusik zu machen.«

»Straßenmusik? Alex?«

»Er kann sehr gut Gitarre spielen. Wusstest du das nicht?«
Hanna schüttelte den Kopf. Monis Aussage traf sie mehr, als sie es sich eingestehen wollte. Wieso hatte Alex nie etwas davon erzählt?

»Er redet nicht gern darüber«, beantwortete Moni ihre unausgesprochene Frage, worüber Hanna sich schon gar nicht mehr wunderte. Moni mochte keine Kräuterhexe sein, aber ab und an glaubte Hanna, sie könne Gedanken lesen.

»Seit wann sind sie denn weg?«, fragte Hanna.

»Erst seit einer Stunde. Wenn du Glück hast, siehst du sie noch spielen.«

Auf diese Idee war Hanna noch gar nicht gekommen. Vielleicht war doch Zauberei im Spiel?

»Du könntest etwas Kuchen mitnehmen. Die Jungs haben doch immer Hunger.«

»Meinetwegen«, antwortete Hanna. »Wo genau spielen sie denn?«

»Meistens stehen sie in der Nähe vom Rathaus. Du wirst sie schon finden. Sie sind ja nicht zu überhören.« Moni erhob sich, verschwand im Haus und kam mit einem gut gefüllten Korb wieder heraus, den sie Hanna in die Hand drückte. Darin befanden sich Kuchen, drei kleine Flaschen der Kräuterlimonade und noch einige Tupperschüsseln.

Hanna bedankte und verabschiedete sich, ging zu ihrem Fahrrad und radelte vom Hof. Auf der Landstraße entschloss sie sich, über die Felder zum Bahnhof nach Grafing zu fahren. Wenn sie Glück hatte, würde sie dort eine der schnelleren Regionalbahnen erwischen, was ihr tatsächlich gelang. Sie nahm am Fenster Platz, das halb geöffnet war, damit Luft in den stickigen Waggon kam. Hanna liebte es, Zug zu fahren, dabei ließ es sich wunderbar nachdenken.

Griesing und Kirchseeon flogen an ihr vorüber, danach die S-Bahn-Stationen Baldham und Trudering. Es ging über die Autobahn und an München Haar vorbei, wo es die schreckliche Klinik gab. Dorthin gehörte ihre Mutter nicht, denn jetzt schien alles wieder gut zu werden. Max war bei ihnen, Erna half mit. Ihre Mutter ging zu den Anonymen Alkoholikern, gemeinsam hatten sie sämtlichen Alkohol in die Spüle gekippt. Sie stand morgens auf, arbeitete in ihrem geliebten Garten, ging zu Vorstellungsgesprächen. Hoffentlich klappte es, und sie erhielt für die Anstellung in Kirchseeon eine Zusage. Dann wäre das Gespenst Alkohol mit Sicherheit ein für alle Mal verschwunden, und bestimmt würde auch bald das Gerede im Dorf aufhören. Vielleicht fand sich auch irgendwann wieder ein Partner für sie. Jemand, der ihr Kraft gab – so wie es Alex bei ihr tat. Seitdem er in ihr Leben getreten war, schien alles so viel leichter zu sein. In seiner Gegenwart fühlte Hanna sich frei, konnte sie sich gehen lassen, einfach sie selbst sein. Sie lächelte, und das Gefühl der Vorfreude in ihrem Magen verstärkte sich. Heute also kein Nachmittag am See, sondern der Münchner Marienplatz. Sie freute sich schon darauf, ihn spielen zu hören.

Der Zug erreichte den Ostbahnhof, wo sie in die S-Bahn umstieg, die direkt bis zum Marienplatz fuhr. Als sie dort wenig später die Rolltreppe hochfuhr, hörte sie schon Siggis Stimme. Sie lächelte. Die beiden hatten sich nahe der Mariensäule postiert, schienen allerdings nicht sonderlich viel Publikum anzulocken, obwohl ihre Version von *Yesterday* von den Beatles wirklich gut war. Vielleicht war das Stück für einen sonnigen Tag wie den heutigen auch etwas zu traurig, und sie sollten lieber etwas Schnelleres spielen. Hanna applaudierte, nachdem sie geendet hatten, ein Fußgänger warf im Vorbeigehen zwei Mark in Siggis Gitarrenkasten, in dem sich nur wenige Münzen befanden. Hanna trat näher, stellte den Proviantkorb neben Alex, der genauso wie Siggi auf einem Klappstuhl saß, küsste ihn und sagte dann mit gespielt vorwurfsvoller Miene: »Du hättest mir ruhig erzählen können, dass du heute in München bist, dann hätte ich mir die Fahrt an den See sparen können.«

»Oh, dafür kann er nichts«, antwortete Siggi anstelle von Alex. »Ich habe ihn dazu überredet, nachdem er von der Schule nach Hause gekommen ist. Alex kann wirklich gut spielen, und er wollte etwas Geld verdienen. Straßenmusik ist kein leichtes Brot, aber an guten Tagen kann man auf diese Weise in wenigen Stunden ein nettes Sümmchen zusammenbekommen.«

»Und es macht Spaß«, fügte Alex hinzu.

»Allzu gut scheint der heutige Tag aber nicht zu sein.« Hanna deutete auf die bescheidene Ausbeute im Gitarrenkoffer. Irgendjemand hatte sogar einen Hosenknopf hineingeworfen. »Wir sind ja auch erst eine halbe Stunde hier«, verteidigte Siggi ihre mageren Einnahmen von sechs Mark und ein paar Zerquetschten, wie Hanna rasch zusammenzählte. Er warf Alex einen kurzen Blick zu und seufzte.

»Sag mir jetzt bloß nicht, dass du wegen des Mädels ausbezahlt werden willst.«

Alex grinste.

»Frauen«, grummelte Siggi und griff nach einer Zwei-Mark-Münze. »Hier, dein Anteil. Aber der Futterkorb bleibt hier, damit das klar ist. Wer nicht arbeitet, kriegt auch keinen Kuchen.«

»Nur zwei Mark, und du kriegst das Essen«, beschwerte sich Alex. »So haben wir aber nicht gewettet. Fifty-fifty haben wir gesagt. Und von der Limonade steht uns auch etwas zu. Bei der Hitze kannst du uns doch nicht verdursten lassen.«

»Meinetwegen, die Limo könnt ihr haben«, zeigte sich Siggi gnädig. »Mit dem Kräuterzeug kann man mich sowieso jagen. Aber der Kuchen bleibt hier.« Er fischte eine weitere Mark aus dem Gitarrenkasten, drückte sie Alex in die Hand, das sei sein letztes Angebot. Wenn es ums Essen ging, war mit Siggi nicht zu spaßen, das hatte Hanna inzwischen gelernt. Er war hager, wenn man es genau nahm, sogar klapperdürr, aber es passten Unmengen an Lebensmittel in ihn hinein. Selten hatte Hanna einen Menschen so viel futtern sehen wie Siggi. »Etwas Gutes hat dein Abgang doch«, fügte Siggi hinzu. »Dann kann ich noch ein paar Geschäfte nebenher abwickeln. Wenn du nebendran sitzt, trauen sich die Jungs ja nicht her.«

»Damit will ich nichts zu tun haben.« Alex hob abwehrend die Hände. »Mit deinen Geschäften wirst du uns noch in Teufels Küche bringen.« Er fischte zwei Limoflaschen aus dem Korb und verabschiedete sich mit Handschlag von Siggi.

»Läuft aber besser als die Musik.« Siggi zwinkerte Hanna grinsend zu und griff nach einer Bierflasche, die neben seinem Klappstuhl stand. Die beiden ließen ihn kopfschüttelnd sitzen und wandten sich Richtung Stachus. Sie hörten noch, wie er *Mrs. Robinson* von Simon & Garfunkel anstimmte.

»Ich denke, du wirst dir eine andere Einkommensquelle suchen müssen«, sagte Hanna lachend. »Oder willst du als dealender Straßenmusiker in Stadelheim landen?«

»Eher nicht«, antwortete Alex und legte den Arm um Hanna. Seine Hand suchte wie selbstverständlich ihren Po. »Schon allein seine Plantage auf dem Hof könnte uns Ärger bringen. Ich habe Mama oft genug gesagt, dass wir deshalb in ernsthafte Schwierigkeiten geraten können. Aber sie will davon nichts wissen. Hasch sei doch nichts Schlimmes oder Gefährliches, hat sie gesagt. Es werde in der Medizin für Schmerzpatienten verwendet. Sie mischt es sogar in ihren Tee gegen Migräne. Hast du das gewusst?«

»O Gott, nein. Den trinkt doch immer die Roswitha. Sie lästert ja ständig über deine Mutter, aber ihre Kräutermischungen und die Tees verkauft sie dann doch gern. Wenn die wüsste, was sie da trinkt.« Hanna grinste.

Alex lachte laut auf. Die beiden blieben an einer Eisdiele stehen und kauften sich jeweils zwei Kugeln. Am Stachus setzten sie sich in die Nähe des Springbrunnens und genossen die kühle, feuchte Luft in der Nähe des Wassers.

Nachdem sie ihr Eis aufgegessen hatten, fragte Alex: »Hast du Lust, noch bisschen an der Isar zu faulenzen? Ich kenne da eine nette Ecke nicht weit von hier. Wir müssen nur ein kleines Stück mit der U-Bahn fahren.«

»Warum nicht?«, antwortete Hanna. »Die Isar ist mal etwas anderes als unser See, oder?«

»Wir gehen ihm heute fremd«, erwiderte Alex, während er Hanna auf die Beine zog.

Sie liefen Richtung U-Bahn. Die Fahrt dauerte nicht lange. Als sie die Isar erreichten, hatten sich dort auf einem Kiesbett bereits einige Sonnenhungrige und Erholungsuchende eingefunden. Ein braun gebrannter Mittfünfziger mit nacktem Oberkörper hatte es sich mit seinem Klappstuhl sogar direkt im Flussbett gemütlich gemacht und streckte seine Füße ins kalte Wasser. Er las mit einer Zigarette im Mund Zeitung. In seiner Nähe bemühte sich ein Italiener, einen Grill in Gang zu bringen, was ihm nicht recht gelingen wollte. Seine vier Kinder sprangen fröhlich um ihn herum, während seine Frau Unmengen von Tupperschüsseln auf einer mitgebrachten Picknickdecke verteilte. Dazu gab es noch eine Gruppe junger Mädchen in Hannas Alter, die ihre nackten Brüste in die Sonne hielten, die neben ihnen liegenden Jungs stets im Blick. Eine von ihnen, ein rothaariges Mädchen, würde heute eine schlimme Nacht haben, sie war dabei, sich einen deftigen Sonnenbrand einzufangen.

»Hier gibt es eindeutig mehr zu gucken als an unserem See«, stellte Hanna fest.

»Was nicht immer das Schlechteste ist«, erwiderte Alex mit einem Seitenblick auf die halbnackten Mädels, was ihm einen Klaps auf die Schulter von Hanna einbrachte.

»Obwohl ich ja kein Freund so einer Fleischbeschauung bin«, beeilte sich Alex, die Wogen zu glätten. »Da hat man ja gar nichts mehr zum Auspacken.« Lächelnd legte er den Arm um Hanna, zog sie eng an sich und küsste sie. Er schmeckte nach einer eigentümlichen Mischung aus Schokoladeneis und Kräuterlimonade. Diesmal schloss Hanna nicht die Augen, sie wollte wissen, ob die Mädels zu ihnen herübersahen, was sie tatsächlich taten. Da könnt ihr lange glotzen. Der gehört mir allein, dachte sie und legte demonstrativ ihre Hände auf seinen Hintern. Der Kuss endete, und sie beschlossen, es sich mit einer Cola im nahen Flaucher -Biergarten gemütlich zu machen, der gut besucht war. Im Schatten der Kastanienbäume war die Hitze bedeutend besser zu ertragen als in der prallen Sonne am Ufer. Hanna nahm Alex' Hand und erkundigte sich nach dem Verlauf seines letzten Schultages.

»Nichts Besonderes. Das Zeugnis war okay. Ich bin schnell abgehauen«, erwiderte er. »Du weißt doch, dass ich mit den meisten meiner Klassenkameraden nichts anfangen kann. Nur Markus ist cool drauf, aber er ist gleich am Nachmittag gemeinsam mit seiner Freundin Nina zum Gardasee aufgebrochen. Ich kann ihm nur wünschen, dass seine Rostlaube sie auch sicher hin- und wieder zurückbringen wird. Die Karre scheppert so laut, jedes Mal, wenn er damit um die Kurve fährt, habe ich das Gefühl, dass sie bald auseinanderfällt. Und wie lief es bei dir?«

»Nicht viel anders. Viele sind gleich in den Urlaub aufgebrochen. Irgendwohin ans Meer. Meine Banknachbarin Susanne sitzt jetzt bestimmt schon im Flieger nach Ibiza. Aber wer braucht schon Ibiza, wenn er einen See wie unseren hat?«, fügte Hanna hinzu. Es sollte scherzhaft klingen, tat es aber nicht.

Alex spürte, dass ihr das Thema zu schaffen machte. Er zog sie näher an sich.

»Was hältst du davon, wenn wir beide im nächsten Jahr auch an den Gardasee fahren? Wenn ich Siggi fest verspreche, gut auf seinen Bus aufzupassen, leiht er ihn mir bestimmt. Was meinst du?«

»Das wäre so schön, dass ich es mir kaum vorzustellen wage«, erwiderte Hanna, während die Bedienung ihnen zwei große Cola brachte. »Am liebsten würde ich sofort losfahren, aber ...« Sie brach ab. Nach einer kurzen Pause setzte sie neu an. »Es geht ihr viel besser.« Alex drückte ihre Hand. In Hannas Augen traten Tränen, während sie weitersprach. »Es scheint ihr wirklich sehr zu helfen, dass Max da ist. Genauso wie die Arbeit im Garten. Sie trinkt nicht mehr.« Den letzten Satz sprach sie ganz leise aus.

Alex schwieg, wofür Hanna ihm dankbar war. Alex wusste, dass jeder Mut machende Satz irgendwie fehl am Platz klingen würde, und er spürte wohl, dass sie vor allem jemanden zum Zuhören brauchte. Hanna suchte seinen Blick und zwang sich zu einem Lächeln.

»Aber eine Fahrt an den Gardasee nächstes Jahr hört sich wunderbar an.«

»Das machen wir. Fest versprochen«, antwortete er und sah sie auf eine Weise an, die sie schwindlig werden ließ. Wieder einmal glaubte sie, in seinen stahlblauen Augen zu versinken. Ob der Griesinger See, Hintergreuth mit seinen Weiden und Wiesen, die Isar oder der Gardasee – mit ihm war es egal, wohin die Reise ging. Hauptsache, er war und blieb an ihrer Seite. Mehr brauchte sie nicht, um glücklich zu sein.

NEUN

Meine Hanna,

zehn Jahre ist es jetzt her, dass Du fortgegangen bist, und auch heute fand ich keinen Brief von Dir. Das hindert mich jedoch nicht daran, Dir diese Zeilen in Gedanken an unsere gemeinsame Zeit zu schreiben. Heute ist der Todestag meines Vaters. Weißt Du noch: Wir haben damals über ihn gesprochen. Ich habe Dir eine Fotografie von ihm gezeigt, die ich immer in meinem Portemonnaie bei mir trage, auch heute noch. Er ist bei einem Motorradunfall ums Leben gekommen, als ich fünf Jahre alt war. Wir haben damals gemeinsam auf dem Steg gesessen, und Du hast sein Bild betrachtet, während ich Dir von ihm erzählte. Er war ein großer Mann mit braunen Haaren. Ich ähnle ihm ein wenig. Seine blauen Augen hat er mir vererbt und sein Lachen. Jedenfalls sagt das meine Mutter immer. Ob es stimmt, kann ich nicht sagen, denn inzwischen habe ich vergessen, wie sich sein Lachen anhörte. Er war kein besonders zuverlässiger Vater und lebte auch nicht bei uns. Nur selten kam er vorbei, um mich zu sehen. An die meisten seiner Besuche kann ich mich kaum noch erinnern. Nur einen Tag, den wir miteinander verbracht haben, den habe ich in meinem Herzen bewahrt. Wir wanderten gemeinsam durch einen herbstlichen Wald. Die Blätter leuchteten in allen Farben, und die Sonne schien von einem wolkenlosen Himmel. Er wirbelte mich durch die Luft, und ich sah seine Augen vor mir, die strahlten. Der Moment war perfekt, er fühlte sich so richtig an. Als wären wir Vater und Sohn, als wären wir einander so nah, wie man es sich in einer Familie doch wünschen würde. Doch das waren wir nie. Es war nur ein flüchtiger Augenblick, den ich nicht festhalten konnte und der sich nicht wiederholte.

Es fiel mir damals schwer, Dir davon zu erzählen. Ich musste weinen, und Du nahmst meine Hand, und ich wusste, dass Du meinen Schmerz verstehen konntest. Mit wem hätte ich das besser teilen können als mit Dir? Wir schwiegen gemeinsam, ich weiß nicht mehr, wie lange. Wir saßen einfach nur hier, auf unserem Steg, und blickten über den See, genau so, wie ich es heute tue. Es fühlte sich tröstend an, Dich an meiner Seite zu wissen, da Du nachfühlen konntest, was es bedeutet, seinen Vater zu verlieren, auch wenn Deiner nur fortgegangen war. Verloren hattest Du ihn trotzdem und am Ende noch so vieles mehr. Zehn Jahre sind seit diesem Tag vergangen. Und es scheint, als hätte ich nun auch Dich für immer verloren. Doch daran will ich nicht glauben. Deshalb werde ich diesen Brief hierlassen, in der Hoffnung, dass Du ihn eines Tages finden wirst.

In Liebe
Dein Alex

*

Hanna folgte dem schmalen Kiesweg, der sie an sorgsam bepflanzten Gräbern vorüberführte. Nur wenige von ihnen waren ungepflegt, was sie dazu brachte, stehen zu bleiben und die Daten auf dem Grabstein zu lesen. Meist waren die Menschen schon lange tot. Vermutlich gab es keine Angehörigen mehr, die sich um die Pflege der Gräber kümmerten, was Hanna traurig machte. Wenn niemand mehr kam, um Blumen zu bringen, war man endgültig vergessen. Dann würde das Grab irgendwann verschwinden, mit ihm der Mensch und die Erinnerung an ihn. Maurice lag in seiner Heimatstadt Reinfeld im Familiengrab. Seine Eltern hatten es so gewollt. Sie hatten Hanna damals die Organisation der Beerdigung abgenommen. Vermutlich wäre sie gar nicht in der Lage gewesen, sich mit Bestattern zu unterhalten, einen Sarg auszuwählen, das Gespräch mit dem Pfarrer zu führen, den Leichenschmaus zu organisieren. Ohne Fragen zu stellen, hatte damals ihre Schwiegermutter das Heft in die Hand genommen. Seit Maurice' Beerdigung hatte sie nur noch wenige Male mit ihr telefoniert. Schon vor seinem Tod war das Verhältnis schwierig gewesen. Das hübsche Häuschen mit dem gepflegten Garten in der beschaulichen Kleinstadt Reinfeld. Es sah anders aus als das südliche Griesing, doch es brachte schmerzvolle Erinnerungen zurück. So wie das Leben ihrer Schwiegereltern, die ganz und gar in ihre Nachbarschaft integriert waren, mit norddeutschem Heimatverein und Sommern voller Grillabende, hätte auch das ihrer Eltern sein können. Doch es war anders gekommen.

Der Schmerz darüber saß tief und sorgte dafür, dass sie Reinfeld verabscheute. Maurice hatte den Grund für diese Ablehnung niemals verstanden. So oft bat er sie darum, nach Reinfeld zu fahren. Besonders als Christina klein war, hatte Frauke sie oft zu sich eingeladen. Hanna war irgendwann dazu übergegangen, die Kleine nur noch bei ihr abzugeben. So verbrachte Christina viele Wochenenden und die Ferien bei ihren Großeltern. Auch in den Urlaub fuhr Christina mit Frauke und Jonas. Meist nach Sylt, manchmal flogen sie ans Mittelmeer. Sie waren ausgesprochen fürsorgliche Großeltern, die sich kümmerten und deren Leben auf einem festen Fundament ruhte. Selbst als die Tragödie von Maurice' Tod über sie hereingebrochen war, geriet ihr Alltag nicht ins Wanken, was Hanna fast schon sonderbar vorkam. Der Tod des einzigen Sohnes musste einen doch zu Fall bringen. Bei Frauke und Jonas war das Leben einfach weitergegangen. Urlaube, Gartenfeste – selbst Weihnachten feierten sie wie jedes Jahr. Das Leben muss weitergehen, hatte Frauke einmal zu ihr am Telefon gesagt. Irgendwie war es das auch – monatelang in Watte gepackt. Sie hatte es nicht auf die Reihe gekriegt.

Hanna blieb vor einem weiteren Grabstein stehen. Die Tote hieß Gabriele, genau wie ihre Mutter. Die Tote, wiederholte sie in Gedanken. Fünfundzwanzig Jahre war ihre Mutter in ihrem Leben tot gewesen. Eine Lüge, die sie vor jeder Rechtfertigung schützen sollte. Auch Bernie hatte sie gern angenommen. Gemeinsam hatten sie die Vergangenheit beerdigt und lebten irgendwie damit. Gabriele Moser starb früh, weshalb Hanna nach Hamburg zu ihrem Vater zog.

Niemand sollte erfahren, was tatsächlich geschehen war. Schon gar nicht Maurice, der so perfekt war. Wie hätte so ein Mann verstehen können, was sie in ihrer Jugend erlitten hatte? Immer hatte sie Angst, dass er sie am Ende weniger lieben würde, wenn er wüsste, was damals wirklich geschehen war. Doch hätte er das wirklich getan? Diese Frage trieb sie seit dem Anruf ihrer Mutter und ihrer Rückkehr nach Griesing häufiger um. Vermutlich nicht. Maurice hätte zugehört, sie getröstet, ihr Mut gemacht. Wahrscheinlich hätte er sie sogar ermuntert, wieder den Kontakt zu ihrer Mutter zu suchen. Familie ist wichtig, sagte er stets. Sie gibt einem Halt, wenn es niemand anderer tut. Doch ihre Familie hatte sie allein gelassen. Maurice hatte doch keine Ahnung, wie es sich anfühlte, wenn die Welt um einen zusammenbrach und man alles verlor. Und selbst er hatte sie verlassen. Einfach so war er nicht mehr nach Hause zurückgekommen. Hamburg, Niendorf, das Reihenhaus mit dem Maklerschild im Vorgarten, das jetzt sicher verschwunden war. Das Haus war verkauft. Vor ein paar Tagen war sie zu einem Notar in München gefahren und hatte sämtliche Unterlagen unterschrieben. Es hatte eine stattliche Summe eingebracht. Wie in allen Großstädten stiegen auch in Hamburg die Immobilienpreise in nie gekannte Höhen. Ihre Schwiegermutter kümmerte sich gerade um die Einlagerung der vielen Kisten und Möbel. Einen Teil davon würde sie verkaufen.

Hanna ließ ihren Blick über den von Buchen und Eichen beschatteten Weg schweifen und schaute dann in das grüne, von der Sonne beschienene Blätterdach über sich. »Du beobachtest mich von dort oben, nicht wahr?«, sagte sie laut.

»Es tut mir leid, dass ich dich belogen habe. Ich bin ein gott-verdammter Feigling gewesen. Aber jetzt tue ich das Rich-tige. Es fühlt sich gut an. Ich kann ohne dich nicht mehr in Hamburg weitermachen. Und sei mir nicht böse, wenn ich Alex' Briefe lese. Aber eifersüchtig warst du ja noch nie.« Sie verstummte, denn plötzlich hörte sie Schritte. Eine ältere Frau näherte sich ihr, ein kleines blondgelocktes Mädchen an der Hand. Die beiden grüßten freundlich, als sie an ihr vorübergingen.

»Denkst du, der Opa wird sich über meine Gänseblüm-chen freuen?«, hörte Hanna die Kleine die alte Frau fragen.

»Gewiss doch«, erwiderte diese. »Gänseblümchen hatte er doch immer besonders gern.«

Hannas Blick fiel auf die Blumen in ihrer Hand. Vergiss-meinnicht, die sie Max bringen wollte. Sie hatte sie im Gar-ten neben der Hütte gefunden und behutsam ausgegraben. Sie waren seine Lieblingsblumen gewesen. Wenn die Vergiss-meinnicht blühen, dann ist richtig Frühling, hatte er immer gesagt. Er hätte an dem blauen Blütenteppich seine Freu-de gehabt. Sie dachte an Alex' letzten Brief, den sie gestern Abend gelesen hatte. Es waren seine Worte, die sie dazu ge-bracht hatten, heute hierherzukommen. So vieles mehr hat-te sie verloren. Niemals wieder würde sie Max in die Arme nehmen können oder sein Lachen hören, an das auch sie sich nicht mehr erinnern konnte. Doch wenigstens Vergiss-meinnicht konnte sie ihm bringen. Und vielleicht beobach-tete er sie gerade jetzt von dort oben, und es gefiel ihm, was er sah. Sie setzte sich wieder in Bewegung und erreichte bald darauf sein Grab, das unter einer Gruppe Pappeln lag, deren

Blätter im sanften Wind raschelten. Auch dieses Geräusch hatte Max geliebt.

Vor seinem Grab stand eine schmale Frau mittleren Alters mit aschblondem Haar, das sie zu einem Dutt hochgebunden hatte. Vermutlich Conny, überlegte Hanna. Die anhängliche Schwägerin, die seit Hannas Rückkehr nicht ein einziges Mal aufgetaucht war, was Gabi nicht so recht verstand. Sonst kommt sie zweimal die Woche, hatte sie neulich gesagt, nachdem sie erfolglos bei ihr angerufen hatte, um sich zu erkundigen, ob alles in Ordnung sei. Hanna ahnte, dass sie der Grund für Connys Fortbleiben war, sprach ihre Vermutung aber nicht laut aus. Conny hatte den Fall ihrer Mutter mitbekommen. Sie hatte erlebt, wie sich Max um seine alkoholkranke Schwester kümmerte. Die Tochter und Nichte blieb fort und meldete sich jahrelang nicht. Gewiss dachte sie schlecht über sie. Hanna ginge es vermutlich ebenso. Sie näherte sich Conny, blieb neben ihr stehen und blickte auf Max' Grab hinab, auf dem keine Vergissmeinnicht blühten, was ihr einen Stich versetzte. Efeu bedeckte den Großteil des Grabes, und es gab eine Steingutschale, die Conny anscheinend gerade frisch bepflanzt hatte. Mit Geranien, die Max nie hatte leiden können. Hanna schob den Gedanken beiseite. Sie war die Letzte, die dieser Frau vorschreiben konnte, welche Blumen auf das Grab ihres Onkels passten, von dessen Tod sie erst vor wenigen Wochen erfahren hatte. Ohne aufzublicken, nannte Conny ihren Namen.

»Hanna.«

Hanna nickte und erwiderte: »Du bist also Conny.«

Dann herrschte Schweigen. Hannas Hände zitterten leicht. Ihr Blick fiel auf den schlichten, aus schwarzem Granit gefertigten Grabstein. Der Name ihres Onkels, sein Geburts- und Todestag. Eine Begebenheit aus ihrer Kindheit kam ihr in den Sinn. Es war Max' Geburtstag gewesen, und sie waren alle zusammen zum Ammersee gefahren, um den goldenen Oktobertag zu genießen. Sogar eine Bootsfahrt hatten sie gemacht, einen langen Spaziergang am Seeufer, wo es Unmengen von Pappeln gab. Später tranken sie Kaffee, dann die fröhliche Heimfahrt mit der S-Bahn. Es war das einzige Mal gewesen, dass sie seinen Geburtstag auf so besondere Art und Weise feierten. Weshalb sie es danach nicht mehr getan hatten, wusste sie nicht mehr. Max war aus Griesing fort nach München gezogen, was ihm die Eltern übel nahmen. Drei Jahre später waren beide tot. Erst starb der Großvater an einem Herzanfall, nur wenige Monate später folgte ihm die Oma, die die letzten Wochen ihres Lebens verwirrt in einem Altersheim verbracht hatte. Über vierzig Jahre waren die beiden verheiratet gewesen und miteinander durch dick und dünn gegangen. Der Tod des Opas hat ihr den Verstand geraubt, sagte ihre Mutter damals. Hanna hatte ihre Worte nicht verstanden. Wieso sollte man den Verstand verlieren, wenn ein Mensch in den Himmel ging? Ihr Großvater war ein alter Mann am Ende seines Lebens und schon lange gebrechlich gewesen. Beide wussten, dass es dem Ende entgegenging. Doch der Verlust und die Leere waren unerträglich für ihre Großmutter gewesen. Jetzt wusste Hanna, was ihre Mutter damals meinte. Den wichtigsten Menschen seines Lebens für immer zu verlieren, warf einen komplett aus der Bahn, egal, wie alt man war. Und die plötzliche Leere auszufüllen schien unmöglich zu sein.

»Ich habe ihm Vergissmeinnicht mitgebracht«, sagte Hanna irgendwann. »Die hatte er besonders gern.«

»Du bist also wieder hier«, ging Conny nicht auf Hannas Worte ein, die etwas Hilfloses an sich hatten. Vergissmeinnicht, eine Belanglosigkeit. Keine von beiden wagte die andere anzusehen. »Er hat oft von dir gesprochen«, fuhr Conny fort. »Seine Hanna, das kleine Mädchen, die jetzt in Hamburg lebt, was besser für sie ist.« Sie schüttelte den Kopf und blickte auf. Ein schmales Gesicht, tiefe Falten um Mund und Augen – der Vorwurf in ihrem Blick, der Hanna im Innersten traf.

»Doch du warst kein kleines Mädchen mehr. Er hätte sich nicht allein kümmern müssen – all die Jahre.« Ihre Stimme brach. Hanna wusste nicht, was sie erwidern sollte. So oft hatte sie überlegt, was geschehen wäre, wenn Max sie damals nicht allein gelassen hätte. Die erste Schwierigkeit kam, und er war fortgelaufen. Zurückgekehrt war er erst, als es zu spät gewesen war. Hanna spürte Wut in sich aufsteigen und versuchte, sie zu unterdrücken. Was wusste diese Frau schon? Sie war nicht dabei gewesen, als Hanna ihre Mutter verlor, endgültig, wie sie damals glaubte – als alles für immer verloren schien. Sie wurde nicht in einen Zug verfrachtet und aus ihrem Leben gerissen. Sie hatte sich niemals für ihre saufende Mutter schämen müssen, die sie doch liebte.

Am liebsten hätte Hanna sie jetzt angebrüllt. Vermutlich hätte es geholfen. Doch sie tat es nicht. Stattdessen fragte sie: »Wann habt ihr euch kennengelernt?«

»Kurz nachdem deine Mutter in die Klinik kam«, antwortete Conny. »Ich habe dort am Kiosk gearbeitet. Er hat sie oft besucht und ihre Rätselhefte bei mir gekauft. Irgendwann sind wir ins Gespräch gekommen.«

»Hat er dir erzählt, was damals vorgefallen ist?«

Hanna sah Conny fest in die Augen. Schweigend sahen sie sich an. »Er hat es nicht getan, nicht wahr? Weißt du, warum nicht? Weil er ein gottverdammter Feigling war, der uns allein gelassen – der mich allein gelassen hat. Verdammt noch mal, wir hätten ihn gebraucht.« Hannas Stimme wurde laut, und sie spürte die Tränen in ihren Augen. Was wusste diese Frau schon von diesem letzten Sommer, in dem sie alles verloren hatte, was ihr Leben damals ausgemacht hatte? Hanna atmete tief durch, um sich zu beruhigen. Conny schwieg. Erneut herrschte Stille. Das Rascheln der Pappeln, eine Wolke verdeckte die Sonne. Hannas Blick fiel auf die Vergissmeinnicht in ihrer Hand. Sie ging in die Hocke, grub sie zwischen dem Efeu ein und flüsterte: »Sie sind aus dem Garten. Ein ganzer Teppich blüht neben dem Gartenhaus, das einen neuen Anstrich nötig hätte.« Sie machte eine kurze Pause und lauschte Connys Schritten, die sich entfernten. Ohne Gruß war sie gegangen, was Hanna recht war. Sie fuhr fort. »Fünfundzwanzig Jahre. Für dich ist es eines zu viel gewesen. Es tut mir so leid.« Den letzten Satz flüsterte sei beinahe. »Ich hätte anrufen und über meinen Schatten springen sollen. Was würde ich dafür geben, dich noch einmal wiederzusehen, dein Lachen zu hören. Ich hoffe, du kannst mir verzeihen.« Zärtlich strich sie mit den Fingerspitzen über den Efeu, erhob sich und ging ohne ein weiteres Wort.

Sie verließ den Friedhof durch eines der Seitentore und lief ziellos durch die Straßen, bis sie an der Isar ankam. Auf den Kiesstränden tummelten sich die erholungsuchenden Städter. Junge Mädchen beobachtet von jungen Burschen, die sich nicht satt sehen konnten. Es wurde gegrillt, gelacht, Kinder planschten im flachen Wasser neben Paulaner Bierkästen. Der verführerische Duft von Gegrilltem hing in der Luft. Hanna lief an den Menschen vorüber, lächelte einem kleinen Jungen zu, der eine Steinburg baute, umkurvte Unmengen von Picknickdecken, irgendwoher kam der Geruch von Marihuana, der sie wehmütig an Siggi denken ließ. Wieso sollte sich irgendetwas geändert haben? München blieb München. Mit all seinen Eigenheiten, seinem Charme, voller Erinnerungen. An diesem Tag war alles gut gewesen. Irgendwann stand sie vor dem Biergarten *Zum Flaucher*, in dem sie damals mit Alex gewesen war. Eine Cola trinkend, Pläne schmiedend. Sie setzte sich an einen der Biertische und bestellte bei der vorbeihuschenden Bedienung eine Cola. Heute war sie allein hier. Damals hatte sie Alex gehabt, er war ihr ganzes Glück gewesen. Ein Stück vom Himmel, das sie nur wenige Wochen hatte festhalten können. Die Bedienung brachte die Cola. Hanna bezahlte gleich und bemerkte erst jetzt den alten Mann, der ihr gegenüber Platz genommen hatte. Er begann, Tabak in seine Pfeife zu stopfen, grüßte Hanna lächelnd und zeigte seine gelben Zähne.

»Scheens Wetter heut. Müss ma ausnutzen, denn späta gibt's a Gwitter.«

Hanna sah zum Himmel, wo keine Wolke zu sehen war.

»Glaubst mir ned, gell. Aber mir juckt's in den Fingern.

Besonders im kleinen. Der ist mir im Krieg halb abgfrorn, weshalb a nur noch so umananda hängt. Aber es Wetter kennt der Kerle besser als jeder von dene Gscheidmeier, die sich Meteorologen nennen.« Er grinste breit, dann wurde seine Miene jedoch ernst. »Weißt, warum ich mich neben dich gsetzt hab, Mädel?«

Hanna sah den Mann verdutzt an und schüttelte den Kopf.

»Weilst so traurig dreingschaut hast. Da hab ich mir denkt, dasst vielleicht a bisserl Gsellschaft brauchen kannst.« Er zwinkerte ihr zu.

»Unser Bertl wieder, der alte Charmeur«, mischte sich eine Bedienung in das Gespräch ein. »Schon bald neunzig und stellt immer noch den Weibern nach. Passens auf sich auf, meine Gute. Er hat's immer noch drauf, der alte Weiberheld.«

Hanna grinste.

»Sigst«, rief der alte Mann. »Jetzt lacht se wieder.« Er hob sein Weißbierglas in die Höhe, um mit Hanna anzustoßen.

Hanna tat ihm den Gefallen, obwohl er ja eigentlich ungern mit Cola anstoßen würde, diesem Zuckerzeugs. Ginge ja nix über ein anständiges Weißbier vom Paulaner. Es dauerte nicht lange, bis sich weitere Gäste zu ihnen gesellten. Zu Bertls Vergnügen war es eine Frauengruppe älteren Semesters, die eine Radtour an der Isar machte. Sogleich ließ er seinen ganzen Charme spielen, packte erneut die Wettergeschichte aus und versank selig grinsend im Dekolleté einer korpulenten Dame, die sich neben Hanna gesetzt hatte und astreines Berlinerisch sprach, was Bertl ganz entzückend fand. Völkerverständigung fing schließlich im Biergarten an. Hanna verabschiedete sich irgendwann und verließ beschwingt den Flaucher. Der alte Mann hatte es tatsächlich geschafft, ihre Trübsal zu vertreiben. Auf dem Weg zur S-Bahn überlegte sie sogar, es noch einmal mit Conny zu versuchen. Fünfundzwanzig Jahre Stillschweigen ließen sich nicht mit wenigen Worten vertreiben. Aber vielleicht half es, wenn mehr gesprochen wurde.

*

Der Regen kam, als Hanna die Haustür hinter sich schloss. Die Finger eines alten Mannes, dachte sie lächelnd, während der Donner in der Ferne grollte. Ihre Mutter saß im Wohnzimmer am Tisch vor einem aufgeschlagenen Ordner, eine Tasse Tee vor sich. Zwei Teller mit Krümeln darauf ließen vermuten, dass sie Besuch gehabt hatte. Hanna gesellte sich zu ihr. Es waren die ersten Vorschläge des Architekten, die ihre Mutter studierte. Vor ihren Augen lag die Abbildung des Dachgeschosses. Ein großer Wohnraum mit offener Küche, Schlafzimmer und Bad mit Wanne waren geplant. Der Platz gab es her.

»Und, warst am Grab vom Max?«, fragte Gabi.

Hanna nickte und antwortete: »Conny war auch dort.« Ihre Mutter zog eine Grimasse. »Sie kann mich nicht leiden«, fügte Hanna hinzu.

»Conny hat eben ihre eigene Sicht auf die Dinge.« Gabi stand auf und öffnete die Terrassentür. Nach Regen riechende Luft drang in den Raum. Erneut grollte der Donner.

»Bis zu uns kommt es nicht«, kommentierte Gabi das Naturgeräusch. »Hängt irgendwo in Starnberg fest.«

»Sie weiß nicht, was damals wirklich passiert ist«, sagte Hanna, die ahnte, dass Gabi ihr mit dem Gerede über das Wetter ausweichen wollte. Die ersten Regentropfen fielen.

»Ich hab es ihr nicht erzählt«, erwiderte Gabi und zündete sich eine Zigarette an. Sie wandte Hanna den Rücken zu, ihre Stimme klang abweisend. »Wieso sollte ich auch? Damals ist vorbei. Alte Geschichten. Lohnt nicht, sie wieder aufzuwärmen.«

»Sie denkt, ich hätte dich im Stich gelassen.«

»Sie denkt vieles.«

»Wie meinst du das?«

»Ich habe nie verstanden, was Max an ihr gefunden hat«, erklärte ihre Mutter. »Die kleine Kioskverkäuferin, die vor ihrer herrischen Chefin kuschte und sich von ihr nach Strich und Faden hat ausnutzen lassen. Eifersüchtig ist sie auf mich gewesen. Auf die Schwester, das muss man sich mal vorstellen.« Gabi begann zu husten. Es dauerte einen Moment, bis sie sich wieder beruhigte, dann zog sie erneut an ihrer Zigarette. »Mit fünfzehn hat sie die Schule geschmissen und ist mit einem Typen nach Berlin durchgebrannt. Schwanger ist sie zurückgekommen, mit blauen Flecken, halb tot muss er sie geprügelt haben. Das Kind hat sie später verloren. Als sie in dem Kiosk anfing, lag die Fehlgeburt wohl erst einige Monate zurück, jedenfalls hat sie Max diese Story aufgetischt. Ihm hätte sie alles erzählen können. Er ist damals wie ein liebestoller Stier rumgelaufen, der das arme Mädel beschützen wollte. Ob ihre Geschichte stimmt, weiß ich nicht. Sie hat sich nach der Hochzeit gemausert. Sogar eine Ausbildung zur Verkäuferin hat sie abgeschlossen. Max tat ihr gut. Mich hat sie trotzdem oft genervt. Keinen Schritt konnte er ohne sie machen. Oft war er kaum hier, da hat schon das Telefon geläutet. Ich hab sie nicht nur einmal mit einer Stasi-Agentin verglichen. Nach seinem Tod hat sie es bei mir probiert. Beinahe jeden Tag hat sie vor meiner Tür gestanden, mehrfach angerufen – manchmal sogar mitten in der Nacht. Ich hab ihr dann irgendwann klargemacht, dass das so nicht weitergehen kann. Da hat sie zu heulen begonnen, und prompt tat sie mir leid. Wir haben einen Weg gefunden, irgendwie.«

»Und jetzt bin ich da, und sie ruft nicht mehr an.«

»Dann hab ich wenigstens meine Ruhe.« Gabi grinste und wandte sich vom Fenster ab. Ihr Blick fiel auf die Pläne des Architekten.

»Und du denkst wirklich, dass das alles nötig ist?«, fragte sie.

»Ja, das denke ich«, erwiderte Hanna. »Wir steigern damit den Wert des Hauses.«

»Ich glaube nicht, dass es dir darum geht«, sagte Gabi. »Du willst damit die alten Geister loswerden. Doch so wird es nicht funktionieren. Dieses Haus wird immer bleiben, was es ist.«

Hanna trafen Gabis Worte. Die alten Geister, Erinnerungen, die zwischen diesen Wänden hingen. Prilblumen, Gummibaum und knarrende Dielenböden. Der Schmerz der Vergangenheit, der dieses Haus fest umklammerte.

»Wollen wir die Gespenster nicht beide loswerden?«, fragte Hanna nach einem Moment des Schweigens. »Was ist falsch daran, sie endgültig zu vertreiben? Diese Veränderung wird sich gut anfühlen. Dessen bin ich mir sicher. In unserem neuen Zuhause fangen wir noch einmal neu an.«

Ihre Mutter warf ihr einen kurzen Blick zu und begann in dem Ordner zu blättern. »Sieht schon nett aus«, gestand sie irgendwann. »Obwohl mir ein neues Dach reichen würde, bisschen Farbe hier und da, Wände ohne Schimmel, das Bad renoviert, ein paar neue Tapeten.«

»Wir wissen beide, dass es damit nicht getan ist«, antwortete Hanna und legte ihre Hand auf die ihrer Mutter. »Fünfundzwanzig Jahre Stillstand. Es wird Zeit, neue Wege zu gehen.«

Gabi nickte tief durchatmend und erwiderte: »Ja, ich weiß. Und so eine moderne Küche hat schon was. Bestimmt funktioniert bei einem neuen Herd auch wieder die rechte Platte.« Sie lächelte.

»Aber gewiss doch«, antwortete Hanna lächelnd. »Und noch vieles mehr.«

Vor dem Fenster hörte es zu regnen auf. Die Sonne kam hinter den Wolken hervor und fiel auf die graue Auslegeware des Wohnzimmers.

»Und mach dir keine Gedanken wegen Conny«, kam Gabi noch einmal auf Max' Witwe zu sprechen. »Sie wird es akzeptieren oder eben nicht. Wir werden sehen. Hast du Max die Vergissmeinnicht gebracht?«

»Natürlich«, erwiderte Hanna. »Stell dir vor: Sie hat ihm Geranien aufs Grab gepflanzt.«

»Aber die mag er doch gar nicht«, entgegnete Gabi. »Hab ich es nicht gesagt: Sie ist ein dummes Mädchen.«

Hanna wollte etwas erwidern, wurde aber durch das Brummen ihres Handys in ihrer Tasche unterbrochen.

»Das ist bestimmt Christina«, sagte sie. Ohne ein weiteres Wort verließ sie durch die Terrassentür das Haus, lief ein Stück in den Garten und nahm das Gespräch an.

»Hallo Mama«, drang Christinas Stimme an ihr Ohr. »Wo steckst du denn? Ich hab es vorhin zu Hause probiert, aber da bekomme ich keine Verbindung. Ist alles in Ordnung?«

»Sicher doch. Ich hab nur ein Problem mit der Telefongesellschaft. Das ist alles.« Hanna biss sich auf die Lippen. Wie lange würde sie es noch schaffen, ihre Tochter zu belügen? Und warum machte sie ihr eigentlich etwas vor, statt einfach zu erzählen, dass sie endlich einen Neuanfang vor sich sah? »Was macht der Job? Klappt alles?«

»Es läuft prima. Wie in alten Zeiten.« Hanna gab sich alle Mühe, ihre Stimme arglos klingen zu lassen, als sie fragte: »Wie ist es denn bei dir? Klappt es mit der Schule? Wie geht es den anderen? Du musst alle von mir grüßen.«

»Es klappt alles super«, erwiderte Christina. »Ich habe sogar einen Jungen kennengelernt, der mir ganz gut gefällt. Er heißt Jason und wohnt nur zwei Häuser weiter. Wir unternehmen viel miteinander.«

»Das ist schön«, erwiderte Hanna.

Im Hintergrund war plötzlich eine andere Stimme zu hören. Christina sagte irgendetwas auf Englisch, dann verkündete sie, dass sie das Gespräch beenden musste. Hanna verabschiedete sich, Christina versprach, sich bald wieder zu melden, dann war sie weg. Hanna ließ das Handy sinken.

»Du hast ihr also noch immer nicht erzählt, dass es in Hamburg nicht weitergeht«, sagte plötzlich ihre Mutter hinter ihr. Hanna wandte sich erschrocken um.

»Ich werde es ihr sagen«, gab Hanna patzig zur Antwort. Sie mochte es nicht, wenn sie beim Telefonieren belauscht wurde.

»Wann denn? Wenn sie ihren Flug umbuchen soll? Oder wenn sie in Hamburg vor dem verkauften Reihenhaus steht und feststellt, dass es dort keine Mama mehr gibt?«

»Du verstehst das nicht«, erwiderte Hanna. Ihre Stimme wurde laut. »Es ist kompliziert. Ich brauche Zeit dafür.«

»Was ist daran kompliziert? *Liebe Christina, ich lebe jetzt wieder in Griesing bei deiner Großmutter. Das ist die, die du nie kennengelernt hast, weil sie gesoffen hat.*« Gabis Stimme klang zynisch. »Die Ex von Bernie, lange bevor es Dagmar gab.« Ihr Blick war plötzlich eiskalt. Hanna wusste nicht, was sie erwidern sollte. Die Wahrheit war zu heftig. Ihre Mutter durfte nicht erfahren, dass Christina sie für tot hielt. In Hamburg hatte sich die Notlüge richtig angefühlt, jetzt tat sie es nicht mehr. Es war keine Ausrede, dass sie für das Gespräch mit Christina Zeit brauchen würde. Eigentlich besprach man solche Dinge nicht über einen Ozean hinweg am Handy. Vielleicht sollte sie mit ihr skypen. Das wäre vermutlich besser. Doch dafür brauchte sie erst einmal einen neuen Laptop und anständiges WLAN, was in diesem Haus natürlich nicht verfügbar war. Es gab noch das alte grüne Telefon mit den großen Tasten im Flur, vermutlich noch mit einer analogen Leitung.

»Ich rede mit ihr, aber nicht jetzt«, erwiderte Hanna. »Sie

soll sich in Amerika keine Sorgen um ihre Mutter machen müssen und ihren Aufenthalt genießen. Sorgen und Kummer hatte sie zuletzt genug. Sie war so stark, mein Mädchen. Viel stärker, als ich es gewesen bin. Ohne sie hätte ich es nicht geschafft.« Den letzten Satz flüsterte Hanna nur noch. In ihre Augen traten Tränen. Der Blick ihrer Mutter wurde milder. Hanna sprach stockend weiter: »Das habe ich auch nicht. Sie war fort, und ich habe es nicht auf die Reihe gekriegt. Einfach so bin ich davongelaufen. Raus aus dem Büro, auf die Straße, fort aus Niendorf, weg von all den Erinnerungen. Dort war doch überall Maurice.« Sie verstummte und zog die Nase hoch. Gabi zauberte ein Papiertaschentuch aus ihrer Rocktasche und reichte es ihrer Tochter wortlos. Sie standen unter den Kirschbäumen, ohne Blütenblätter im Gras. Die letzten Wolken verzogen sich endgültig. Das Zwitschern der Vögel, der Geruch der feuchten Erde, die Wärme der Sonnenstrahlen auf Hannas Rücken. Sie atmete die vertrauten Gerüche tief ein. Hierher gehörte sie. Dieser Garten und das alte Haus waren ihr Zuhause. Vielleicht hatte ihre Mutter recht, und sie hatte sich mit dem Ausbau des Daches doch in etwas verrannt. Für den Anfang würde es auch genügen, die wichtigsten Dinge zu erneuern. Alles andere würde man sehen.

»Und wenn wir doch nur das Dach sanieren?«, sagte Hanna laut.

Ihre Mutter sah sie überrascht an.

»Ich meine, nur ein kleiner Umbau, kein Ausbau oder so. Küche und Bäder erneuern, ein neuer Anstrich hie und da. Christina könnte oben eines der Zimmer haben.«

»Jetzt hab ich mich gerade damit angefreundet«, antwortete Gabi. »Ehrlich gesagt, habe ich dem Manni angeboten, dass sein Enkelsohn bei mir einziehen kann. Er studiert noch und kann sich die teuren Mieten in München nicht leisten, hätte aber gern eine eigene Bude.«

»Da sieh mal einer an«, erwiderte Hanna und stemmte die Hände in die Hüften. »Da erzählst du mir ständig davon, dass du den Ausbau nicht haben willst, und derweil vermietest du schon hinter meinem Rücken. Und was ist mit Christina?«

»Du hast doch gerade gesagt, dass sie eines der Zimmer haben kann«, entgegnete Gabi und verschränkte die Arme vor der Brust. »Natürlich, ich meine, selbstverständlich«, lenkte Hanna ein. »Wir könnten ihr das Eckzimmer mit dem Erker zurechtmachen. Da hat sie den ganzen Tag Sonne. Das gefällt ihr bestimmt. Oder was meinst du?«

»Mit Sicherheit«, stimmte Gabi zu. »Wird auch Zeit, dass die Rumpelkammer mal wieder aufgehübscht wird.« Sie lächelte, doch dann wurde ihre Miene wieder ernst. »Denkst du, es wird ihr hier gefallen?«

Hanna wusste, dass hinter dieser Frage viel mehr steckte und ihre Mutter sich nur nicht traute, die andere Frage zu stellen. Sie legte den Arm um Gabi und drückte sie fest an sich.

»Wieso sollte es nicht? Unser altes Haus ist doch wunderschön und der Garten erst recht. Sie wird dich gern haben. Da bin ich mir sicher.«

In Gabis Augen traten Tränen. »Erzählst du mir von ihr und von Maurice?«

»Aber gern«, antwortete Hanna, während sie zurück zum Haus gingen. »Ich erzähle dir alles, was du wissen möchtest.«

✻

Später am Abend lehnte sich Hanna gesättigt zurück und lächelte versonnen. Sie hatten zusammen gekocht. Spaghetti Carbonara, die sie so liebte, dazu Salat aus dem Garten. Es gab Apfelschorle und Bluna-Limonade, die Hanna bei dem neuen Getränkehändler im Gewerbegebiet gekauft hatte. Sepp Gasser und seinen Laden gab es schon seit vielen Jahren nicht mehr. Bauchspeicheldrüsenkrebs, hatte ihre Mutter erklärt. Elend war er zugrunde gegangen. Hanna nahm diese Neuigkeit mit Erleichterung auf. Nicht dass der arme Sepp so elend sterben hatte müssen, sondern dass es den Laden und sein Haus nicht mehr gab. Es war nach seinem Tod abgerissen worden. Heute stand dort ein Kindergarten.

Gabi räumte die Teller ab. Keiner von beiden stand der Sinn nach Abwasch, also stellten sie das Geschirr einfach in die Spüle und beschlossen, es sich mit einem Espresso auf der Terrasse gemütlich zu machen. Für Anfang Juni war es ein ausgesprochen lauer Abend.

»Dieses Jahr kann es der Sommer gar nicht abwarten«, sagte Gabi und entzündete einige Kerzen, die in Laternen und Schälchen auf dem Tisch standen. Dazu beförderte sie noch Unmengen von Süßigkeiten auf den Tisch. Schokolade, Waffeln, Gummibärchen und selbstgebackene Kekse von Erna.

»Meine Güte. Wer soll das alles essen«, sagte Hanna. »Ich bin noch von den Nudeln satt. Du hast es mit der Sahne wirklich gut gemeint. Wenn das so weitergeht, werde ich noch kugelrund.«

»Du doch nicht«, erwiderte ihre Mutter. »In dieser Hinsicht sind wir uns ähnlich. Erna nennt es meinen Turbostoffwechsel. Sie fragt mich immer wieder, ob ich ihn ihr nicht mal leihen könnte. Die Ärmste kämpft arg mit dem Gewicht. Seit ein paar Jahren hat sie sogar Zucker. Was sie allerdings nicht daran hindert, immer noch viel zu süß zu essen.« Gabi griff nach einem der Kekse und biss selig lächelnd hinein. Hanna nippte an ihrem Espresso. Einen Moment herrschte Stille. Am nahen Waldrand waren vereinzelte helle Punkte zu sehen.

»Selbst die Glühwürmchen sind noch da«, stellte Hanna fest. Ihre Mutter lächelte.

»Aber natürlich. Heute sind es noch wenige.«

»Ich weiß«, sagte Hanna. »Im Hochsommer werden es noch viel mehr sein. Weißt du noch, wie ich sie als Kind eingefangen habe?«

»Aber natürlich. Einmal habe ich eine ganze Horde der Tierchen aus einer kleinen Schachtel in deinem Zimmer befreien müssen, weil du geglaubt hast, du könntest sie als Haustiere halten.« Gabi lächelte. »Wie alt warst du damals? Fünf oder sechs?«

»Höchstens«, sagte Hanna. »Das waren noch die guten Zeiten.«

Sie biss sich auf die Zunge. »Entschuldige, ich wollte nicht ...«

»Schon gut«, beschwichtigte ihre Mutter. »Du hast recht. Es waren die guten Zeiten. Ich denke oft daran. Du warst

ein so süßes kleines Mädchen, und dein Vater hat dich ver-
göttert.«

»Tja, und jetzt habe ich kaum noch Kontakt zu ihm«, erwiderte Hanna. »Das wird in diesem Leben auch nichts
mehr. Was er dir …« Hanna verbesserte sich. »… was er
uns damals angetan hat, konnte ich ihm nicht verzeihen. Er
hat dich kaputtgemacht.« Sie griff nach Gabis Hand und
drückte sie fest.

»Nein, das hat er nicht«, antwortete Gabi mit einem Seufzer. »Damals habe ich mir einzureden versucht, dass er die
Schuld an allem trägt. Aber heute weiß ich es besser. Ich bin
nicht die erste betrogene Ehefrau in diesem Land und werde
auch nicht die letzte sein. Ich hätte damals die Zähne zusam-
menbeißen und für dich da sein müssen, Punkt. Ich hätte nie
gedacht, dass ich dich verlieren könnte …«, Gabi geriet ins
Stocken. »Ich meine, beinahe für immer. Die Zeit verging,
und irgendwann traute ich mich nicht mehr, mich zu melden. Ich schämte mich so.«

»Da haben wir ja etwas gemeinsam«, sagte Hanna. »Auch
ich habe mich geschämt. Ich wollte nicht, dass Maurice erfährt, was in meiner Familie passiert ist. Bei ihm war alles
perfekt. Seine Eltern sind so, wie ich mir die meinen gewünscht hätte.« In ihre Augen traten Tränen, und sie fügte
leise hinzu: »Und ich habe sie dafür gehasst.«

»Hört sich danach an, als wären sie die perfekten Klein-
schmidts von nebenan. Von der Sorte gibt es hier zuhauf.
Doch wenn man hinter das mühsam aufrechterhaltene Fa-
milienidyll blickt, wird einem schnell bewusst, dass auch
dort nicht alles perfekt ist. Sie schaffen es nur besser, die

unschöne Wahrheit zu vertuschen.« Sie zwinkerte Hanna zu und deutete auf ihr Smartphone, das neben dem Keksteller auf dem Tisch lag. »Themawechsel. In dem Ding sind doch deine Fotos, oder? Du wolltest mir deinen Maurice und meine Enkeltochter zeigen.«

»Wird gemacht«, erwiderte Hanna lachend. Wie gut es sich anfühlte, mit ihrer Mutter zu reden. Gerade jetzt, in diesem Augenblick, wurde ihr bewusst, wie sehr sie sie vermisst hatte. In ihrer Gegenwart musste sie sich nicht verstellen und konnte sich fallen lassen. Fünfundzwanzig Jahre, beinahe für immer, und doch fühlte es sich in diesem Moment an, als hätte es diese lange Zeitspanne niemals gegeben.

Hanna öffnete die Galerie ihres Handys und begann Bilder zu zeigen und Anekdoten zu erzählen. Gabi hing mit leuchtenden Augen an ihren Lippen. Sie hätte eher anrufen sollen, dachte Hanna irgendwann. Doch die Lüge war ausgesprochen, und es war einfacher gewesen, sie bestehen zu lassen. Sogar jetzt noch weigerte sich Hanna, die Wahrheit einzugestehen. Ihre Mutter durfte auf keinen Fall erfahren, dass ihre Tochter sie für tot erklärt hatte.

*

Später am Abend stand Hanna in ihrem Zimmer am offenen Fenster und blickte auf den vom Vollmond beschienenen Garten. Ich glaube, dein Maurice hätte mir gefallen, hatte ihre Mutter gesagt. Er hatte eine gute Ausstrahlung. Ihr wart ein hübsches Paar.

Wie oft hatte sie diesen Satz in den letzten Jahren gehört? Ihr seid ein hübsches Paar und passt so gut zueinander. Mit Maurice hast du einen der Guten erwischt. Die perfekte Ehe, die Vorzeigefamilie. Vater, Mutter, Kind. Jetzt war sie wieder allein, die übrig gebliebene Hälfte, die sich an Erinnerungen klammerte, irgendwie weitermachen musste, sich in ihrem Elternhaus verkroch und es nicht fertigbrachte, die Wahrheit zu sagen. Entfloh sie der Realität? Noch immer arbeitete sie nicht. Noch nicht ein einziges Mal hatte sie Stellenanzeigen studiert. Sie lebte in den Tag hinein, ließ sich treiben, taperte durchs Haus, zupfte Unkraut, mähte den Rasen, fuhr in der Gegend herum und schwelgte in Erinnerungen. Wie lange durfte man traurig sein? Mehr als ein Jahr? Du kriegst es doch auf die Reihe, Mama. Christinas Worte sollten Mut machen. Ihr machten sie Angst. Sie hatte jemanden kennengelernt. Jason, in den sie sich vielleicht verlieben würde. Würde sie selbst jemals wieder lieben können?

Eine Katze lief über die Terrasse und verschwand im Schatten der Bäume, von irgendwoher kam der Ruf eines Kauzes. Alles auf Anfang, die Vorzeigefamilie aus Niendorf gab es nicht mehr. Wer wollte sie nun sein, wie leben? War das hier überhaupt der richtige Weg? Gab es so etwas überhaupt? Ihr Blick fiel auf ihr Fahrrad, das am Zaun lehnte. Es schien darauf zu warten, dass sie endlich zu ihm kam, um loszufahren. Durch die vom Mond erhellte Nacht zum See. Auch dort würde sie keine Antworten finden. Aber war das wichtig? Der See und der alte Bauwagen waren noch da. Ihr Rückzugsort mit Alex' Briefen. Wieso nicht der Realität entfliehen? Sich in der Vergangenheit vergraben, noch einmal lieben – und wenn es nur in der Erinnerung war. Niemals hatte damals jemand gesagt, sie wären ein hübsches Paar. »Solche Floskeln brauchten wir nicht«, sagte Hanna leise. »Wir waren einfach wir, mehr nicht.«

Sie schloss das Fenster, schlüpfte in Jeans und T-Shirt und verließ das Haus. Kurz darauf radelte sie los. Über silberne Wege durch die milde Nacht, vorbei an düsteren Wäldern bis zum See, der wie ein glatter Spiegel vor ihr lag. Sie lehnte ihr Fahrrad an einen Baum und lief den Steg bis zu seinem Ende. Dort blieb sie stehen. Jetzt schwimmen gehen, kam ihr in den Sinn. Alex wäre vermutlich längst im Wasser.

»Ist das Wasser nicht zu kalt?«, fragte sie in die Stille. »Nein, es ist herrlich«, antwortete sie für ihn. Einen Moment zögerte sie noch, genau so, wie sie es früher oft getan hatte, dann schlüpfte sie aus Jeans und T-Shirt und sprang. Es war herrlich kühl. Sie legte sich auf den Rücken und blickte in den Himmel zum Mond. Wenn Alex jetzt hier wäre, würde er sie in seine Arme ziehen und küssen. Seine Nähe zu spüren, würde ihr schon reichen. Dann würde der Schmerz erträglich werden, und sie könnte den Neubeginn endgültig zulassen.

ZEHN

Hanna saß auf der Treppe, die zum Bauwagen hinaufführte, und beobachtete, wie die ersten Sonnenstrahlen des neuen Tages den See zum Funkeln brachten. Sie schloss die Augen und atmete die nach Heu und Blumen duftende Luft ein, die sich über Nacht kaum abgekühlt hatte. Der Duft des Sommers war so besonders. Es wäre wunderbar, wenn man ihn wie Marmelade in Gläsern aufbewahren könnte, um ihn im langen Winter bei sich zu haben. Sie blickte hinter sich. Alex schlief noch. Nackt, halb in die Decke gewickelt. Er war braun gebrannt, wenige Bartstoppel zierten sein Kinn. Sie beobachtete ihn gern im Schlaf, dann sah er so friedlich aus. Bestimmt würde er bald aufwachen. Vielleicht würden sie sich dann noch einmal lieben, wie so oft in den Morgenstunden. Sie sah wieder nach vorn und lehnte den Kopf gegen den Türrahmen. Hier war es so still. Die Welt mit all ihrem Lärm, ihrer Alltäglichkeit und ihren Sorgen begann irgendwo hinter den Bäumen am anderen Ufer. Manchmal wünschte sie, sie könnte für immer hierbleiben und die heißen Tage des Sommers nähmen einfach kein Ende. Seit Beginn des Monats herrschte glühende Hitze, die die Luft über den Getreidefeldern flirren und die Menschen müßig werden ließ. Doch sie machte auch aggressiv, was zu Hause spürbar war. In der letzten Zeit hatte es häufiger Streit zwischen ihrer Mutter und Max gegeben. Meist waren es Kleinigkeiten, die dazu führten, dass sie sich in die Wolle bekamen. Einmal war es so schlimm gekommen, dass Max sich geweigert hatte, zum Familientreffen der Anonymen mitzugehen, obwohl er es vorher versprochen hatte. Er hatte sich in sein Zimmer eingeschlossen. Hanna wusste nicht mehr, wie lange sie vor seiner Tür gestanden, angeklopft und gebettelt hatte, er solle sich wieder beruhigen. Am Ende war sie mit ihrer Mutter allein gefahren. Deren Hände zitterten an diesem Abend, sie war mürrisch. Die Fahrt in der S-Bahn war die Hölle gewesen. Doch bei dem Treffen beruhigte sich ihre Mutter wieder, und Max entschuldigte sich später. Im Moment lief es wieder besser. Max' Urlaub war zu Ende, und er fuhr jeden Tag zur Arbeit. Das machte es leichter. Wenn er abends heimkam, brachte er die Einkäufe vom Supermarkt in Kirchseeon mit, damit niemand zu Roswitha in den Laden musste. Es tat gut, dem Gerede und den Blicken der Dorfbewohner zu entgehen. Gras sollte über die Sache wachsen, bald würde alles wieder gut werden. Hanna wusste, dass sie sich selbst belog. Im Moment sah die Lage schlechter aus als noch vor ein paar Wochen. Rastlos geisterte ihre Mutter durchs Haus und den Garten. Auf ihre Bewerbungen hagelte es eine Absage nach der anderen. Auch Vorstellungsgespräche hatte es in den letzten Wochen keine gegeben. Es war wie verhext. Als ob irgendwo in den Unterlagen stehen würde: Ich habe getrunken und deshalb meinen Job verloren. Aber vielleicht tat es das ja auch. Hanna hatte das Zeugnis des letzten Arbeitgebers eingängig studiert. Da gab es Formulierungen, die nur Leute aus den Personalabteilungen einzuordnen wussten. Leider war sie nicht fündig geworden. Wie sollte sie sich auch mit solchen Dingen auskennen? In wenigen Wochen würde sie in die zehnte Klasse kommen. Dann musste auch sie bald Bewerbungen schreiben. Allerdings nicht mit Arbeitszeugnissen, die mit undefinierbaren Sätzen und Floskeln ausgefüllt waren, sondern mit ihrem Schulzeugnis. Inzwischen überlegte sie, nach dem Realschulabschluss, genauso wie Alex, auf die Fachoberschule zu wechseln. Das wäre schön, dann könnten sie sich jeden Tag auf dem Schulhof sehen und gemeinsam mit der S-Bahn fahren. Die Vorstellung gefiel ihr. Allerdings mussten dafür ihre Noten besser werden. Vor dem Beginn der Schule fürchtete sie sich. Dann würde ihre Mutter wieder viele Stunden allein sein. Zurzeit war meistens jemand zugegen. Max am Wochenende und abends, sie selbst tagsüber. Auch Erna kam immer mal wieder rüber. Dann saßen die beiden bei Kaffee und Kuchen im Schatten unter den Kirschbäumen und redeten. Die Terrasse war fertig. Uneben, nicht perfekt, aber ganz hübsch. Sie hatten Geranien gekauft und in große Töpfe gepflanzt, am Rand Beete angelegt, in denen Rosen blühten. Max wünschte sich Vergissmeinnicht. Im nächsten Jahr, versprach Gabi. Im August wachsen sie nicht mehr. Sie waren irgendwie eine Gemeinschaft geworden, aus der Not geboren – Familie würde sie es nicht nennen.

»Du bist schon wach«, sagte plötzlich Alex hinter ihr und riss sie aus ihren Gedanken. Er legte seine Arme um ihre Taille. Sie lehnte sich zurück und genoss die Küsse, mit denen er ihren Hals überzog. Sie drehte sich, ohne ein Wort zu sagen, zu ihm um, und ihre Lippen fanden die seinen. Sein Kuss war leidenschaftlich und fordernd. Sie landeten auf der Matratze. Er schob ihr Top in die Höhe, wanderte ihren Hals mit den Lippen hinunter, hauchte Küsse auf ihren Bauch und landete in ihrem Schoß. Sie bäumte sich stöhnend auf. Dann kam er zu ihr. Jetzt ging es ihm nicht um Zärtlichkeit. Er suchte den schnellen Abschluss. Sie passte sich seinem Takt an, der immer schneller wurde. Fest hielt er ihre Hände umklammert. Schweißperlen standen auf seiner Stirn, rannen zwischen ihren Brüsten hinunter. Als er kam, stöhnte er auf, dann sank er auf sie herab. Das gewohnt warme Gefühl breitete sich in ihr aus, das sie unendlich glücklich machte, obwohl sie selbst nicht zum Höhepunkt gekommen war. Inzwischen wusste sie, wie sich das anfühlte. Gelernt ist gelernt, hatte er ihr nach ihrem ersten Höhepunkt grinsend erklärt. Sie wollte wissen, wie er das meinte. Da erzählte er ihr von dem Feriengast, den seine Mutter vor zwei Jahren gehabt hatte. Eine Mexikanerin, zehn Jahre älter als er, was in den wenigen Wochen keine Rolle spielte. Sie war eine gute Lehrmeisterin, voller Temperament und Leidenschaft. Trotzdem war er nicht traurig gewesen, als sie den Hof wieder verließ. Es war keine Liebe, sondern das Neue, das Fremde gewesen, was ihn an ihr fasziniert hatte.

Jetzt war sein Gesicht ganz nah vor dem ihren. Er strich ihr eine Haarsträhne aus der Stirn und pustete sanft über ihre schweißbedeckte Stirn. »Guten Morgen.«

Hanna lächelte. Er rollte sich von ihr herunter, und sie kuschelte sich in seinen Arm. Eine Weile sagte keiner von beiden etwas. Nur das Zwitschern der Vögel war zu hören.

Die ersten Sonnenstrahlen fielen durch das winzige Fenster auf den Holzboden.

»Ein neuer heißer Tag im Paradies«, stellte Alex fest.

»Ich weiß«, erwiderte Hanna. In ihrer Stimme schwang Wehmut mit.

Alex wusste den Unterton zu deuten.

»Du kannst nicht bleiben.«

Hanna schüttelte den Kopf.

»Leider nein. Eigentlich müsste ich schon längst weg sein. Max ist bestimmt schon zur Arbeit aufgebrochen, und sie soll nicht allein sein. Zurzeit ist es zu schwierig.«

»Ich dachte, die beiden haben sich wieder vertragen?«

»Haben sie auch. Aber die Stimmung ist trotzdem nicht gut. Vermutlich liegt es an der Hitze. Ein reinigendes Gewitter könnte nicht schaden.«

»Also mir gefällt es«, erwiderte Alex. »Jeden Tag Sonne. Was soll daran schlecht sein? Graues Regenwetter schlägt doch noch viel mehr aufs Gemüt.« Er stupste ihr auf die Nase.

»Das stimmt«, erwiderte Hanna lächelnd. »Aber es macht nicht aggressiv wie die Hitze.«

Sie stand auf und suchte ihre über den Boden verteilten Klamotten zusammen.

»Also gehen wir nicht mehr schwimmen?«, fragte Alex, während Hanna ihren BH schloss und in ihre Jeans-Shorts schlüpfte.

»Jetzt nicht. Aber wenn Max heute Abend zurück ist, könnte ich wieder herkommen.«

»Ich weiß nicht, ob das klappt. Meine Mutter hat nachher

Gäste. Ein Treffen der Kräuterhexen. Ich habe ihr versprochen, gemeinsam mit Siggi ein bisschen Musik zu machen.«

»Dann kann ich doch zum Hof kommen. Ich hab es gern, wenn ihr spielt.«

»Klar doch. Wieso nicht.« Auch er stand jetzt auf. Allerdings zog er sich nicht an, sondern lief nackt an Hanna vorüber und die wenigen Stufen der Holztreppe hinunter.

»Wenn du magst, kannst du auch deine Mutter mitbringen. Dann lernt sie uns endlich mal kennen.«

»Ich weiß nicht«, erwiderte Hanna zögernd. »Es wird doch bestimmt Alkohol geben. Wein und Bier – und dann Siggi mit seinem Hasch. Das ist keine so gute Idee. Wenn sie dich kennenlernt, dann lieber bei uns zu Hause.« Hanna folgte ihm.

»Und wann wird das sein?«, fragte Alex und zog sie in seine Arme. »So langsam sollte sie doch wirklich wissen, mit wem sich ihre Tochter nächtelang herumtreibt.« Er küsste sie schmunzelnd.

Sie schlug ihm auf die Schulter. »Ich überlege mir etwas. Vielleicht könnten wir ja grillen.«

»Das hört sich gut an.« Er küsste sie erneut, diesmal länger und leidenschaftlicher. Seine Hände wanderten zu ihrem Po. Hanna spürte, wie sein Glied erneut steif wurde. Sie löste sich schweren Herzens aus seiner Umarmung.

»Es tut mir leid. Ich muss wirklich gehen.«

»Aber du kommst doch heute Abend, oder?«

»Bestimmt«, erwiderte Hanna. »Dann ist Max bei ihr und passt auf.«

Sie berührte noch einmal zärtlich seinen Arm und ging

zu ihrem Fahrrad, das nahe dem Bauwagen an einem Baum lehnte. Er folgte ihr nicht, sondern lief den Steg hinunter und sprang ins Wasser. Hanna lächelte. Wie gut er aussah. Durchtrainiert und braun gebrannt, wie er war. Das wuschelige blonde Haar. So gern wäre sie jetzt mit ihm ins Wasser gesprungen. Seufzend stieg sie auf und radelte davon.

Auf dem Rückweg beschloss sie, eine andere Route zu nehmen. Um diese Zeit stand am Ortsausgang immer ein Bäckerauto, das leckere Semmeln verkaufte. Ihre Mutter würde sich gewiss freuen, wenn sie welche mitbrachte. Sie könnten unter den Kirschbäumen frühstücken und überlegen, was sie mit dem schönen Tag anfangen würden. Die Hütte lag im Schatten. Vielleicht könnten sie endlich damit beginnen, sie zu streichen. Die Farbe hatte Max bereits vor einigen Tagen besorgt.

Sie bog vom Feldweg auf die Straße ab und passierte das Ortsschild. Gleich müsste sie das Bäckerauto sehen. Doch als sie den kleinen Parkplatz erreichte, stand dort kein Verkaufswagen. Sie blieb stehen und schaute sich enttäuscht um. Vermutlich machte auch der Bäcker Sommerurlaub. Anders konnte es nicht sein. Sie fluchte. Frische Semmeln gab es sonst nur noch bei Roswitha im Laden. Auf einen Besuch bei ihr konnte sie verzichten. Oder sollte sie sich doch überwinden? Schnell hineinhuschen, die Blicke der Weiber ignorieren, freundlich grüßen und ein paar nette Worte über das Wetter sagen. Ihre Mutter würde sich bestimmt über ihre Idee freuen. Sie hatten Erdbeer- und Kirschmarmelade eingekocht, die besonders gut auf frischen Semmeln schmeckte. Dazu ein leckerer Kakao. Sie gab sich einen

Ruck und setzte sich in Bewegung. Sie würde den Besuch bei Roswitha schon überleben. Sie fuhr vom Parkplatz und folgte der Hauptstraße. Ein Stück weiter bog sie in die Hasslacher Straße ein. Nur eine Seite der Straße war bebaut, auf der anderen lagen Maisfelder. Sie folgte der Straße und bog dann in den Birkenweg ein. Dort entdeckte sie plötzlich ihre Mutter. Sie verließ gerade mit einer gefüllten Stofftasche das Gelände von Sepp Gasser. Hanna war fassungslos. Ihr Magen krampfte sich zusammen, und sie spürte die Wut in sich aufsteigen. Sie fuhr neben ihre Mutter und bremste ab.

»Was machst du hier? Was ist in der Tasche?«

Gabi zuckte wie ertappt zusammen. Beschämt senkte sie den Blick.

»Ich will wissen, was in der Tasche ist«, wiederholte Hanna.

»Was schon«, schleuderte Gabi ihr entgegen. Sie lief weiter. Hanna stieg vom Fahrrad, lehnte es gegen einen Zaun und folgte ihrer Mutter zu Fuß.

»Du bleibst sofort stehen. Was soll das werden? Max und ich …« Weiter kam sie nicht.

»Gar nichts mehr mit Max. Er ist vorhin abgehauen.«

»Wie abgehauen?«, fragte Hanna verdutzt. »Habt ihr wieder gestritten?«

»Was denn sonst?«, erwiderte ihre Mutter. »Wenn alles Friede, Freude, Eierkuchen wäre, dann wäre er ja noch hier. Er hat im Keller eine halbvolle Flasche Obstler in einem der Regale gefunden und mir vorgehalten, ich würde wieder trinken. Dabei wusste ich gar nicht, dass es den Schnaps dort unten gibt. Vermutlich gehörte sie meinem Vater. Er ist total ausgeflippt und hat die Flasche in der Küche an die Wand geschmissen. Dann ist er gegangen. Er hält es nicht mehr aus, hat er gesagt. Und ich auch nicht mehr. Verstehst du nicht? Es funktioniert nicht. All diese Sprüche von den Anonymen, Treffen und Sommerfeste. Das ist doch alles Scheiße. Ich bin und bleibe die Säuferin. Die Mutter, die es nicht hinbekommt, die Ehefrau, die ihren Mann nicht halten kann, die Angestellte, die betrunken zur Arbeit kommt. Deshalb gibt mir auch keiner eine Chance. Es ist egal. Hörst du! Ich bin doch allen egal.« Ihre Stimme war laut geworden.

»Das redest du dir nur ein«, versuchte Hanna zu beschwichtigen. »Mir bist du wichtig. Und Max auch. Er hat es bestimmt nicht so gemeint. Bitte, trink nicht wieder. Mama. Ich rede mit ihm, dann kommt er bestimmt zurück. Die letzten Wochen ist es doch gut gewesen. Und bestimmt findest du auch bald wieder eine Stelle.«

»Dir und wichtig«, entgegnete ihre Mutter. »Du bist dir doch nur selbst die Nächste. Nächtelang treibst du dich irgendwo herum. Warum stellst du mir deinen Alex nicht vor? Ich sage dir warum: weil du dich für mich schämst. Er soll nicht sehen, welches Wrack deine Mutter ist. Hast du ihm überhaupt erzählt, was bei dir zu Hause los ist? Dass du Kindermädchen für deine eigene Mutter spielen musst, damit sie nicht wieder zur Flasche greift?«

»Er weiß es«, platzte Hanna heraus, die jetzt endgültig die Geduld verlor. Wie sie das Selbstmitleid ihrer Mutter doch hasste. Wieso konnte sie nicht einfach wieder wie früher sein. In ihre Augen traten Tränen. »Ich habe ihm gesagt, dass meine Mutter trinkt. Besser ich tue es, bevor er es anderswo hört. Und ich schäme mich für dich. Das verdammte Gerede der Leute, die Schreiben vom Arbeitsamt, die Besuche bei den Anonymen Alkoholikern. Ich will doch nur meine Familie zurück.« Wütend entriss sie ihrer Mutter den Stoffbeutel, holte die beiden Weinflaschen heraus und schleuderte sie auf die Straße. Ihre Mutter schrie auf. Sie ging in die Hocke, griff in die Scherben und schnitt sich daran.

»Was hast du getan? Nicht doch, nicht zerbrechen. Das war kein billiger Fusel, sondern guter Wein. Nur ein Glas, nur ein bisschen entspannen können. Ist das denn zu viel verlangt? Dann geht es doch wieder. Ganz bestimmt. Nur ein Glas.« Sie begann zu weinen. Hannas Wut verflog. Ihre Mutter sah wie ein Häufchen Elend aus, wie sie da vollkommen verzweifelt mit den zittrigen Händen in den Scherben am Rinnstein saß. Hanna ging neben ihr in die Hocke und legte ihren Arm über Gabis Schulter.

»Du blutest. Komm, lass uns nach Hause gehen.« Gabi gehorchte. Sie ließ sich von Hanna auf die Beine ziehen. In Ermangelung eines Taschentuches wickelte Hanna die blutende Hand ihrer Mutter behutsam in die Stofftasche, dann machten sie sich auf den Heimweg. Das Fahrrad konnte sie später holen. Als sie zu Hause ankamen, stand Erna vor ihrer Tür. Hanna warf ihre einen kurzen Blick zu. Mehr Erklärung benötigte es nicht.

»Sie hat sich an der Hand geschnitten. Wir brauchen Verbandszeug und müssen die Wunde auswaschen«, sagte Hanna, während sie den Haustürschlüssel aus ihrer Hosentasche zog und die Tür aufschloss.

»Ich helfe euch«, antwortete Erna und folgte den beiden ins Haus.

»Oben im Bad in dem Schränkchen unter dem Waschbecken findest du alles Notwendige«, wies Hanna sie an, während sie ihre Mutter in die Küche schaffte, in der noch immer der Schnapsgeruch hing, und sie auf die Eckbank setzte. Gabi war ganz blass, ihre Hände zitterten. Die Stofftasche hatte einen großen Blutfleck. Hanna öffnete das Fenster und fragte: »Magst du etwas trinken, Mama? Vielleicht eine Limonade? Die wird dir jetzt guttun.«

Ihre Mutter nickte wortlos. Sie war leichenblass. Hanna hatte Sorge, dass sie gleich umkippen könnte. Wie hatte Max ihnen das nur antun können, dachte sie, während sie Limonade einschenkte und Kehrblech und Besen holte, um die Scherben der Schnapsflasche aufzukehren. Dieser elende Mistkerl. Mit dem würde sie ein ernstes Wörtchen reden. So einfach konnte man sich nicht aus der Verantwortung stehlen. Er hatte versprochen, ihnen zu helfen. Wie konnte er es nur wagen, sie wegen solch einer Lappalie hängen zu lassen. Hanna war fest davon überzeugt, dass ihre Mutter die Wahrheit gesagt hatte. Im Keller standen noch einige Relikte aus alten Zeiten herum. Eingelegte Gurken, Kompott, das keiner mehr essen wollte, Konserven aller Art, sollte mal wieder der Krieg ausbrechen. Wieso also nicht auch eine Flasche Obstler ihres Großvaters. Er hatte sich gern mal einen Kurzen nach dem Essen genehmigt. Hanna holte zwei Gläser aus dem Schrank, schenkte Limonade ein und stellte eines von ihnen vor ihre Mutter. Das andere leerte sie in einem Zug. Ihre Mutter rührte das ihre nicht an.

Erna kam in die Küche, beförderte Unmengen von Verbandszeug und Desinfektionsmittel auf den Küchentisch, setzte sich Gabi gegenüber, griff behutsam nach ihrer Hand und wickelte diese aus der Stofftasche. Es gab eine kleinere Verletzung am Zeigefinger, die kaum noch blutete. Schlimmer sah dagegen die Handmitte aus. Der Schnitt war tief, und kleine Steinchen und Schmutzpartikel hingen in der Wunde. Erna legte die Stirn in Falten.

»Das müsste sich eigentlich Doktor Gerstner ansehen. Die Wunde ist so tief, dass sie vermutlich genäht werden muss.«

»Zu dem geh ich nicht.« Gabi zog die Hand zurück.

Hanna setzte sich neben Erna und sah sie eindringlich an. Erna verstand. Doktor Gerstner stellte eine Gefahr dar. Er könnte ihre Mutter in die Klinik einweisen und das Jugendamt auf den Plan rufen, was auf keinen Fall passieren durfte. Jedenfalls in Hannas Augen nicht. Erna hingegen sah die Angelegenheit inzwischen anders. In der Klinik gab es Profis, die sich mit Alkoholpatienten auskannten. Nach einem Aufenthalt dort würde es Gabi bestimmt bald besser gehen. Doch sie behielt ihre Meinung für sich. Für Gabi und Hanna war die Klinik der letzte Ausweg. Und die letzten Wochen hatte es ja auch ganz gut ausgesehen. Vielleicht waren sie nur ein bisschen ins Wanken geraten. Sie hatte mitbekommen, dass es heute Morgen Streit mit Max gegeben und er wütend das Haus mit einer Reisetasche verlassen hatte. Nein, sie hatte nicht gelauscht. Sie lüftete morgens, und der Streit war nicht zu überhören gewesen. Da hatte sie schon geahnt, dass was passieren könnte. Und so war es jetzt ja auch gekommen. Gewiss lag es am Wetter. Diese ständige Hitze machte die Leute verrückt.

»Das musst du auch nicht«, beeilte sich Hanna zu beschwichtigen. »Wir kriegen das bestimmt auch so hin.« Sie warf Erna einen Seitenblick zu.

»Gewiss doch«, stimmte diese zu und bemühte sich um ein Lächeln. »Jetzt reinigen wir die Wunde erst einmal und machen einen schönen Verband. Dann sehen wir weiter. Und sollte es wirklich nicht gehen, könnt ihr ja nach Ebersberg ins Kreiskrankenhaus fahren. Dort stellen sie keine unschönen Fragen und flicken dich auch wieder zusammen.«

Gabi nickte zögernd und streckte die Hand aus. Behutsam öffnete Erna sie, während Hanna etwas von dem Desinfektionsmittel auf ein Tuch tröpfelte. Sie reinigten die Wunde, dann verbanden sie die Hand. Als sie fertig waren, begutachtete Gabi das Werk ihrer Krankenpfleger und wandte sich ihrer Tochter zu: »Es tut mir leid, Hanna. Es war nur wegen Max ...«

»Ist schon gut. Ich rede mit ihm. Es ist gut, dass du dich wieder beruhigt hast.« Sie legte ihrer Mutter die Hand auf den Arm.

»Das finde ich auch«, stimmte Erna zu. »Was für eine Aufregung am frühen Morgen.« Sie erhob sich und räumte das Verbandsmaterial zusammen. »Davon hab ich glatt Hunger bekommen. Was haltet ihr von einem Frühstück? Ich würde sogar Semmeln bei Roswitha holen. Die vom Bäckerauto wären besser, aber der Schorsch macht zwei Wochen Urlaub.«

»Frühstück hört sich wunderbar an«, stimmte Hanna zu

und blickte zu ihrer Mutter. »Wir haben auch selbstgemachte Marmelade. Erdbeer und Kirsch.«

»Fein, dann radle ich schnell zur Roswitha und hol die Semmeln. Und ich kann noch Mirabelle beisteuern.«

»Prima. Dann decken wir schon mal den Tisch im Garten«, sagte Hanna. »Unter den Kirschbäumen ist es schön schattig. Möchtest du Kaffee, Mama?«

»Was ist das denn für eine Frage?«, antwortete Erna für Gabi. »Sie ist immer noch leichenblass. Ein anständiger Kaffee wird sie jetzt wieder aufrichten. Mach ihn nur ordentlich stark, Mädchen.«

Bald darauf saßen sie unter den Kirschbäumen. Die Stimmung war noch immer gedrückt, obwohl Erna ohne Unterlass plapperte. Sie redete über das Wetter, die Nachbarn, erläuterte den Gebrauch ihres neuen Unkrautvernichtungsmittels und berichtete, dass es ihrer Tochter beim Vater am Bodensee gut ginge. Erst gestern habe sie eine hübsche Postkarte von ihr erhalten. Ernas Ehe hatte nur zwei Jahre gehalten. Bereits kurz nach der Geburt ihrer Tochter hatten sich die beiden einvernehmlich getrennt. Für Erna war die kurze Ehe gewinnbringend gewesen, denn ihr Michael verdiente als Beamter im gehobenen Dienst eine ordentliche Stange Geld, und sie erhielt jeden Monat ein hübsches Sümmchen Unterhalt. Auch das Haus hatte er ihr überlassen, obwohl es eigentlich sein Elternhaus war. Ihr Ex hatte einige Jahre nach der Trennung am Bodensee seine große Liebe Jutta kennengelernt und nach wenigen Wochen geheiratet. Erna war bis heute allein geblieben, was Hanna irgendwie leid tat, denn sie war eine Seele von Mensch und wirkte oft einsam. Gewiss wünschte sie sich einen neuen Partner an ihrer Seite.

Gabi hatte nach zwei Bechern Kaffee wieder etwas Farbe im Gesicht. Trotzdem wirkte sie erschöpft. Gegessen hatte sie kaum etwas. Auch Hanna hatte keinen großen Appetit. Zu groß saß noch immer der Schock über das eben Erlebte. Wie sollte es nur mit ihnen weitergehen? Der Vorfall hatte gezeigt, dass ihre Mutter längst nicht über den Berg war. Der Alkohol stand im Raum und ließ sich nicht so leicht vertreiben, wie sie gehofft hatte. Vielleicht sollte sie später bei Thomas Ludwigsen, dem Leiter der Anonymen Alkoholiker, anrufen? Aber was würde sie von ihm zu hören bekommen? Vermutlich, dass ihre Mutter mehr brauchte als ein einwöchiges Treffen. Eine Therapie, einen Aufenthalt in dieser schrecklichen Klinik. In Haar, wo die Insassen ausbrachen, um sich vor den Zug zu werfen. Aber ihre Mutter war keine von denen. Sie war … Nicht einmal in Gedanken fand Hanna die richtigen Worte. Was war sie? Suchtkrank, abhängig, müde vom Leben? Sie musste zu Max fahren. Mit ihm reden und ihm klarmachen, dass er sie jetzt nicht im Stich lassen durfte. Sie hatten es doch beinahe geschafft. Nur noch ein paar Wochen durchhalten. Wenn sie wieder eine Stellung fand, würde es leichter werden, denn dann hätte sie eine Aufgabe und würde nicht mehr allein im Haus sitzen und die Wände anstarren. Vielleicht sollte sie sie ja doch mit nach Hintersgreuth nehmen. Gewiss würde sich ihre Mutter mit Moni verstehen, auch wenn sie sie, wie alle anderen im Dorf auch, abfällig Kräuterhexe nannte. Moni könnte ihre Mutter mit ihrer ruhigen Art erden, und vielleicht könnte sie sogar auf dem Bauernhof mitanpacken. Dann hätte sie erst einmal wieder etwas zu tun. Eine schöne Vorstellung. Doch leider gab es auf dem Hof auch noch Siggi, der gern und häufig sein Bierchen trank. Überall gab es dort Alkohol, und dann noch die illegale Plantage. Hühner, Schafe und Kaninchen hin oder her, es war zu gefährlich.

»Ich bin müde«, sagte Gabi irgendwann und unterbrach damit Ernas Redefluss, dem auch Hanna nicht mehr folgte. »Ich lege mich noch ein wenig hin.« Sie stand auf, kam ins Schwanken und hielt sich an der Tischkante fest. Hanna sprang auf und stützte sie.

»Komm. Ich helfe dir, Mama. Das ist bestimmt der Kreislauf.«

»Ich räume den Tisch ab«, sagte Erna und begann Teller und Tassen zusammenzustellen. Hanna führte ihre Mutter zum Haus, öffnete die Terrassentür und geleitete sie die Treppe nach oben ins Schlafzimmer, wo die heruntergelassenen Rollläden die Hitze ausschlossen.

Sie zog ihrer Mutter die Schuhe aus und half ihr beim Hinlegen, deckte sie fürsorglich mit einer leichten Decke zu und setzte sich neben sie auf die Bettkante.

»Schlaf erst einmal ein bisschen. Wenn du wach wirst, sieht die Welt bestimmt wieder ganz anders aus. Ich rede mit Max, versprochen.«

Ihre Mama nickte. Hanna wollte aufstehen, doch Gabi hielt sie zurück.

»Es tut mir leid, Hanna. Ich wollte das nicht.«

»Du musst dich nicht entschuldigen«, antwortete Hanna, um ein Lächeln bemüht. Sie blinzelte die aufsteigenden Tränen weg. »Vermutlich liegt es am Wetter. Bei der Hitze spielen doch selbst die Hummeln verrückt.«

»Ja, vermutlich ist es das«, antwortete Gabi und ließ ihren Kopf aufs Kissen sinken. »Und sag Max, dass ich ihn nicht anschreien wollte.«

»Ich sag es ihm«, erwiderte Hanna und erhob sich endgültig. »Ruh du dich aus.« Sie drückte noch einmal die Hand ihrer Mutter, dann verließ sie den Raum, lehnte die Tür aber nur an. Als sie unten in der Küche ankam, hatte Erna gerade angefangen, das Geschirr abzuspülen.

»Und?«, fragte sie.

»Sie schläft jetzt«, erwiderte Hanna und sank mit einem tiefen Seufzer auf die Eckbank.

»Du weißt, wie ich darüber denke«, sagte Erna, während sie einen Teller nach dem anderen spülte.

Hanna nickte. »Die Klinik, ich weiß. Aber es geht nicht. Dann ist alles aus. Das Jugendamt wird kommen und mich von hier fortholen. Wo soll ich denn hin? Zu Max in die WG? Oder schlimmer noch: nach Hamburg zu Bernie. Zu diesem miesen Betrüger. Wenn er damals nicht …« Sie brach ab und setzte erneut an. »Keine zehn Pferde bringen mich dorthin. Ich gehe jetzt und rede mit Max.« Hanna stand entschlossen auf. »Er darf uns nicht hängen lassen.«

Erna nickte. »Mach das. Ich achte inzwischen auf deine Mutter.«

Hanna, die bereits in der Tür stand, kam noch einmal zurück und fiel Erna um den Hals.

»Danke, dass du das tust. Danke für alles«, sagte sie leise. Erna strich ihr über den Rücken und drückte sie fest an sich.

»Gemeinsam schaffen wir das schon irgendwie. Ich lass euch nicht hängen. Fest versprochen.«

Jetzt liefen Hanna die Tränen über die Wangen, sie nickte und löste sich aus der Umarmung, wischte sich beschämt über das Gesicht und zog die Nase hoch. Erna reichte ihr mit einem aufmunternden Lächeln ein Taschentuch. »Nicht heulen«, sagte sie. »Mein Vater hat immer gesagt, heulen macht hässlich, und dann kriegst du keinen Kerl.« Jetzt musste Hanna doch lächeln. So oft hatte Erna diesen Spruch schon zu ihr gesagt, und jedes Mal schaffte sie es damit, den Kummer, welcher Art er auch immer sein mochte, zu vertreiben. »Siehst du, jetzt lachst du schon wieder. So kann ich dich losschicken. Und richte Max von mir aus, dass er sofort seinen Hintern wieder hierher bewegen soll. Du kannst ihn gern daran erinnern, wie oft seine Schwester für ihn den Kopf hingehalten hat, wenn es brenzlig wurde. Ohne sie wäre er vermutlich längst von seinem Vater erschlagen worden, der Lausbub.«

»Ich werde es ihm ausrichten«, antwortete Hanna und verabschiedete sich endgültig.

Glühende Hitze begleitete sie wenig später auf dem Weg zur S-Bahn. Sie lief an den Glascontainern vorbei, die gerade geleert wurden. Wie viele Wein- und Schnapsflaschen sie in den letzten Monaten dorthin getragen hatte, wusste sie nicht mehr. Es hatte etwas Befreiendes, mit anzusehen, wie sie fortgebracht wurden. Niemals wieder wollte sie zu diesen Containern gehen und das schreckliche Geräusch hören müssen, wenn die Flasche in ihrem Inneren aufschlug. Ihre Mutter würde durchhalten und es schaffen. Daran galt es festzuhalten und an nichts anderem. Sie beschleunigte ihre Schritte. Nichts wie fort von hier. Nur nicht hören müssen, wie das Glas im Inneren des Lastwagens zerbarst. Sie erreichte den Bahnhof und suchte sich einen Platz unter der Schatten spendenden Linde. Der Bahnsteig war wie leer gefegt, längst waren sämtliche Pendler an ihrem Arbeitsplatz, der Rest irgendwo im Urlaub. Die Bahn kam, und Hanna stieg ein. Viele der Fenster waren gekippt, doch trotzdem herrschte stickige Luft. Sie hatte nur wenige Mitfahrer. Kein Wunder bei der Hitze, die besonders älteren Menschen zu schaffen machte. Noch wenige Wochen würde dieser Sommer dauern, dachte Hanna, während goldgelbe Getreidefelder, Wälder und Wiesen an ihr vorüberflogen. Bald schon würde die Schule beginnen, und der Sommer wäre vorbei. Wie würde es dann mit Alex sein? Gewiss würde es in ihrem Bauwagen bald zu kalt werden. Dann könnten sie dort nicht mehr gemeinsam die Nacht verbringen, den Grillen lauschen, morgens schwimmen gehen. Der Gedanke schmerzte und machte ihr Angst. Es würde anders werden. Doch sie hing an dem Vertrauten. Alex ohne die gemeinsamen Nächte am See war unvorstellbar. Sie würden auf den Hof umziehen müssen und ihre Eigenständigkeit verlieren. Am See gab es nur sie beide, sonst nichts. Keine Moni, die ihnen Limonade brachte oder Tee kochte, keinen Siggi, der Gitarre spielte, keine Hühner und alten Pferde, um die es sich zu kümmern galt – keine alkoholkranke Mutter, auf die sie achtgeben musste. Am See, bei Alex, konnte sie sie selbst sein, dort waren sie frei, verrückt und glücklich. Dort fühlte sie sich geborgen.

Die S-Bahn tauchte in den Tunnel der Innenstadt ein. Rosenheimer Platz, Isartor, Marienplatz. Hier musste sie raus, um in die U3 umzusteigen. Heute würde es keine Straßenmusik an der Mariensäule geben, dachte sie wehmütig, während sie durch die orange gekachelten Gänge zur U-Bahn lief, die sie zum Petuelring bringen würde, wo Max eine Souterrain-Wohnung mit zwei Studenten bewohnte. Selbst in der U-Bahn war die Luft stickig. Sie sausten durch die Finsternis. Ein Baby schrie, neben ihr schlief ein alter Mann, der leicht müffelte. Nach einer Weile sank sein Kopf auf ihre Schulter. Sie wusste nicht so recht, wie sie reagieren sollte, und ließ ihn dort. Als die Bahn am Petuelring hielt, schob sie ihn behutsam zur Seite, eilte nach draußen und über den Bahnsteig zur Treppe, die sie zurück an die Oberfläche führte, wo sie die Hitze der Großstadt empfing, die sich hier ganz anders anfühlte als in Griesing. Drückend, unerträglich, von den Abgasen der vielen Autos erfüllt, die sich an ihr vorbei die Straße hinunterwälzten. Hier gab es nicht die Gerüche von Blumen, goldenem Getreide und frisch gemähtem Heu. Selbst an diesem sonnigen Tag wirkte diese zubetonierte Welt, in der man nur wenig Grün sah, trostlos. Erst ein Stück weiter, im Olympiapark, änderte sich das Bild der Großstadt dann wieder und wurde freundlicher. Dorthin war sie mit Max früher öfter gegangen. Ein Eis essen und auf den Olympischen Berg klettern, Schlittschuhlaufen im Eisstadion, einmal waren sie sogar bei einem Fußballspiel. Doch in den letzten Jahren war sie kaum noch hier gewesen. Sie erreichte das Haus, in dem er wohnte, lief die wenigen Stufen ins Souterrain hinunter und läutete. Es dauerte eine Weile, bis eine Stimme durch die Sprechanlage zu hören war. Es war Marc, einer der Studenten, der eigentlich gar nicht mehr studierte, sondern nur noch Pakete für UPS auslieferte. Er ließ Hanna rein. In der Wohnung war es herrlich kühl. Im Sommer hatte die Kellerlage durchaus ihre Vorteile. Im Winter war die Bude allerdings nur schwer warm zu kriegen. Aber immerhin war sie bezahlbar, was in München ein guter Grund war, die eine oder andere Unannehmlichkeit in Kauf zu nehmen.

»Max, du hast Besuch«, rief Marc, der nur mit kurzen Shorts und einem Achselhemd bekleidet war und einen penetranten Schweißgeruch verströmte. Er verschwand wieder in seinem Zimmer, wofür Hanna dankbar war. Die Vorstellung, sich mit diesem zotteligen Burschen eine Wohnung teilen zu müssen, ließ sie für einen Moment erschaudern. Max' Tür öffnete sich. Als er Hanna erblickte, verfinsterte sich seine Miene.

»Was willst du hier?«, fragte er und ging zurück in sein Zimmer.

»Kannst du dir das nicht denken?« Hanna folgte ihm.

Max setzte sich an seinen vor dem Fenster stehenden Schreibtisch, auf dem sich Bücher und Hefte stapelten.

Hanna suchte den Blick ihres Onkels. Seine Miene wurde milder, und er ließ die Schultern hängen.

»Ich kann das nicht mehr, Hanna. Heute habe ich mich wegen dieser Sache sogar krank gemeldet. Im Herbst beginnen die Prüfungen für meinen Techniker, den ich unbedingt schaffen möchte, damit ich endlich aus dieser Absteige rauskomme und eine Familie gründen kann. Sie ist eine zu große Belastung. In der letzten Zeit hat es doch ständig Streit gegeben. Und dann der Schnaps im Keller. Vielleicht ist es wirklich besser, wenn sie eine anständige Entziehungskur macht.«

»Du willst uns also tatsächlich hängen lassen«, entgegnete Hanna. Sie stand mitten im Raum und schaute ihn fassungslos an. »Ja, ihr habt euch gestritten. Aber die meiste Zeit lief es doch ganz gut. Auch bei uns kannst du lernen. Wir brauchen dich.« Sie verbesserte sich. »Ich brauche dich. Allein schaffe ich es nicht.« In ihre Augen traten Tränen.

»Was ist passiert?«, fragte er ohne auf ihre Worte einzugehen. »Ich meine, nachdem ich gegangen bin? Sie hat doch wieder irgendetwas angestellt, oder? Sonst würdest du nicht hierherkommen.«

Hanna fühlte sich ertappt. Sie sank auf sein Bett und vergrub das Gesicht in den Händen. Er setzte sich neben sie und nahm sie in die Arme. Endgültig begann sie zu weinen. Die ganze Anspannung des Morgens, die Sorgen, Wut und Verzweiflung, alles brach aus ihr heraus. Am liebsten würde sie es genauso wie er machen. Einfach ihren Koffer packen und für immer abhauen. Kein altes Haus am Ende der Straße mehr, kein Glascontainer und auch kein verwilderter Garten. Doch wohin sollte sie? Dorthin gehörte sie doch. Es war ihr Zuhause, und ihre Mutter brauchte sie. Irgendjemand musste stark genug sein, um bei ihr zu bleiben, auch wenn es noch so schlimm war. Sie durften sie nicht allein lassen. Auch Max musste das einsehen. Er gehörte doch zur Familie, da war man doch füreinander da. Seine Schwester ließ man nicht einfach hängen, nur weil es mal schwierig

wurde. Es dauerte eine Weile, bis sich Hanna wieder beruhigte. Nachdem sie sich aus seiner Umarmung gelöst hatte,
erzählte sie stockend, was am Morgen passiert war. Max
nickte mit ernster Miene, während er ihr ein Taschentuch
reichte. Sie wischte sich die Tränen von den Wangen und
schnäuzte laut. Dann herrschte für einen Moment Stille. Irgendwann erhob Max sich seufzend und trat ans Fenster.

»Und wenn du zu deinem Vater nach Hamburg gehst?«
Die Frage ließ Hanna alarmiert aufblicken.

»Niemals«, gab sie zur Antwort.

»Es muss ja nicht für immer sein. Nur für eine Weile. Ein
paar Wochen, damit sie in die Klinik gehen und sich erholen
kann. Zu mir kannst du auf keinen Fall, und ich werde auch
nicht mehr zurückgehen.«

»Ich gehe nicht. Nicht zu meinem Vater. Und dann ist da
auch noch …« Sie verstummte. Alex in diesem Zusammen-
hang zu erwähnen, kam ihr plötzlich egoistisch vor.

»… dein Freund«, vollendete Max ihren Satz.

Hanna nickte. »Ich liebe ihn. Ich kann ihn nicht aufgeben
und einfach fortgehen. Das will ich nicht auch noch aus-
halten müssen. Mama hat sich jetzt wieder beruhigt. Sie
schläft. Erna ist bei ihr. Gleich nachher werde ich bei den
Anonymen Alkoholikern anrufen, um die Lage zu besprechen. Bestimmt hilft uns Thomas Ludwigsen weiter.«

»Du weißt, was er dir sagen wird«, erwiderte Max.

»Das werde ich nicht akzeptieren«, antwortete Hanna
trotzig. »Sie schafft das. Wir schaffen das. Wenn wir nur zu-
sammenhalten. Und deshalb musst du jetzt mit mir zurück
nach Hause kommen und dich bei ihr entschuldigen. Den

Schnaps im Keller hat sie nämlich wirklich nicht angerührt. Sie wusste nicht einmal mehr, dass die Flasche existiert. Sie stammte noch vom Opa.«

»Es tut mir leid, Hanna. Aber ich werde nicht mitkommen. Mein Entschluss steht fest. Ich muss jetzt an mich und meine eigene Zukunft denken. Wenn ich durch die Prüfungen falle, kann ich noch einmal von vorn anfangen. Letzte Woche hatte ich ein Gespräch mit der Personalabteilung der Firma, wo ich gerade als Aushilfe arbeite. Sie könnten sich gut vorstellen, mich nach der Abschlussprüfung einzustellen. Verstehst du? Ich kann und will das nicht aufs Spiel setzen, auch wenn es meine Schwester ist, um die es hier geht.«

Hanna wusste nicht mehr, was sie erwidern sollte. Sie verstand ihn sogar, wollte es aber nicht akzeptieren.

»Und wenn du nur bis zum Ende der Ferien mitkommst? Nur noch diese drei Wochen. Bestimmt geht es dann ein ganzes Stück besser.«

»Wir wissen beide, dass das nicht reichen wird«, erwiderte er. »Jetzt bin ich gegangen, und ich werde auch nicht mehr zurückkommen. Und vielleicht ist das ja genau der richtige Weg für Gabi. Sie muss lernen, wieder allein klarzukommen. Es kann sie doch nicht ständig jemand überwachen, nur damit sie nicht mehr zur Flasche greift. Sie muss sich endlich am Riemen reißen und wieder ins Leben zurückfinden. Das ist sie vor allem dir schuldig, und das habe ich ihr auch gesagt, als ich gegangen bin.«

»Gesagt oder ihr ins Gesicht gebrüllt?«, fragte Hanna.

»Was macht das für einen Unterschied?«

»Einen großen«, erwiderte sie und verließ ohne ein weiteres Wort den Raum. Sie hatte erkannt, dass sie ihn nicht umstimmen würde. Sie lief an Marc, der sich mit einem Handtuch um die Hüften gerade auf den Weg ins Bad machte, vorüber, riss die Haustür auf und eilte die Stufen nach oben auf die Straße und zur U-Bahn. Wut erfüllte sie, die sich mit jeder U-Bahn-Station, die an ihr vorüberflog, immer mehr in Verzweiflung wandelte. Wie sollte es jetzt nur weitergehen? Sie musste mit Erna reden. Immerhin sie war noch da. Auch Moni könnte vielleicht helfen. Vielleicht hatte sie ja irgendwelche Wundermittel in ihrer Kräuterküche, die es für ihre Mutter erträglicher machten. Gegen jedes Leiden wuchs doch irgendwo ein Kraut. Doch dann müsste sie Alex' Mutter erzählen, was bei ihr zu Hause los war. Wollte sie das? Würde ihre Mutter das wollen? Doch irgendetwas musste passieren, damit es endlich besser wurde. Alles würde sie tun, nur nicht in diese Klinik gehen, nicht nach Haar.

Alex. Sie hatte ihm versprochen, heute Abend zum Hof zu kommen. Sie würde nicht gehen können. Wie sollte sie ihn überhaupt wiedersehen? Sich nachts aus dem Haus schleichen, um zum See zu fahren? Vermutlich war dies der einzige Weg. Dann schlief ihre Mutter und konnte keinen Unsinn anstellen. Jedenfalls hoffte Hanna das. Auf Alex und seine Nähe zu verzichten, brachte sie nicht fertig. Irgendein Weg würde sich finden. Max hatte ihre Mutter verletzt. Geschwister konnten grausam sein. In diesem Moment war Hanna froh, keine zu haben. Früher, als sie klein war, hatte sie sich manchmal eine Schwester gewünscht. Doch irgendwann hatte sie damit begonnen sich einzureden, dass es besser war, allein zu sein. Die vielen Familienstreitereien in ihrem Dorf waren ihr Beweis genug dafür.

Sie lehnte den Kopf, der zu dröhnen begonnen hatte, gegen die Scheibe und schloss die Augen. Aus dem Augenwinkel nahm sie wahr, dass sie in den Ostbahnhof einfuhren. Noch ein wenig schlafen, bis sie zu Hause erreichte. Zur Ruhe kommen und neue Kräfte sammeln, damit sie später überlegen konnte, wie es weitergehen sollte.

*

Als sie zu Hause eintraf, stand Erna im Garten und hängte Wäsche auf. Hanna ging zu ihr.

»Hallo Erna. Nett von dir, dass du dich darum gekümmert hast.«

»Ich brauchte eine Beschäftigung, und da ist mir irgendwann aufgefallen, dass noch eine Wäsche in der Maschine steckt. Wird ja gammelig das nasse Zeug, wenn man es nicht aufhängt.« Sie griff nach einem von Hannas Tops und befestigte es mit zwei Klammern auf der Leine. »Kommt er zurück?«

Hanna schüttelte den Kopf.

Erna warf ihr einen kurzen Seitenblick zu, der alles sagte.

»Etwas anderes habe ich ehrlich gesagt auch nicht erwartet. Dein Onkel war schon immer gut darin, in schwierigen Situationen den Schwanz einzuziehen. Gabi war stets die Mutigere der beiden.«

Sie griff nach einem geblümten Rock und hängte ihn neben das Top.

»Das mag sein. Aber es macht die Lage nicht besser. Wie soll es denn jetzt weitergehen? Allein schaff ich das niemals.«

»Du bist doch nicht allein«, erwiderte Erna und tätschelte Hanna die Schulter. »Du hast noch mich. Dann müssen wir Mädels das Kind eben allein schaukeln. Irgendwie kriegen wir das schon hin. Ich werde später mit Gabi reden und ihr klarmachen, dass es so einen Vorfall nicht noch einmal geben darf. Am Ende ruft sonst jemand anderer das Jugendamt an. Im Ort gibt es eh schon genug Geschwätz.«

»Danke«, sagte Hanna erleichtert. »Du weißt ja gar nicht, wie gut es tut, dass du da bist.« In ihre Augen traten Tränen. »Ich dachte schon, ich meine …«

»Ach Mädchen.« Erna nahm Hanna in die Arme und drückte sie fest an sich. Sie legte ihren Kopf auf Ernas Schulter. Der Stoff ihres geblümten Kleides fühlte sich weich an und duftete nach Kölnisch Wasser. »Lass den Max mal Max sein. Du wirst sehen: In ein paar Wochen ist sie fast wieder die Alte.« Sie schob Hanna von sich. »Und wo Schatten ist, da ist auch Licht. Vorhin hat eine nette Frau angerufen, die einen Termin für ein Vorstellungsgespräch mit deiner Mutter vereinbaren wollte. Ist das nicht großartig?«

»Wirklich? Oh, wie wunderbar. Von welcher Firma war sie denn?«, fragte Hanna. »Mama hat sich vor einer Weile auf eine Stelle bei einer Versicherung am Ostbahnhof beworben. Sie meinte, das wäre genau das Richtige für sie.«

»Sie war von einer Versicherung. Ich habe alles notiert und neben das Telefon gelegt. Wenn deine Mutter wach ist, kann sie zurückrufen und einen Termin ausmachen.«

»Es wäre wunderbar, wenn das klappen würde«, sagte Hanna, die jetzt schon fast wieder lächeln konnte. »Wenn sie wieder Arbeit hätte, dann könnte sie endlich nach vorn blicken.«

»So sehe ich das auch.«

»Dann sollte sie schnell zurückrufen. Nicht, dass die Stelle anderweitig besetzt wird. Ich gehe sie wecken. Es ist sowieso nicht gut, wenn sie den ganzen Tag verschläft.«

Hanna lief zum Haus und ging ins Schlafzimmer, wo sie ihre Mutter mit offenen Augen im Bett liegend vorfand.

»Du schläfst ja gar nicht«, sagte sie verdutzt.

»Ich bin schon seit einer Weile wach.« Gabi setzte sich auf die Bettkante. »Die dumme Hand schmerzt und lässt mich keine Ruhe finden.« Sie hob die verletzte Hand in die Höhe.

»Vielleicht sollten wir doch zum Arzt fahren und es begutachten lassen. Der Schnitt war wirklich tief. Es könnte sein, dass die Wunde genäht werden muss.«

Ihre Mutter verzog das Gesicht, schlüpfte in ihre Schlappen und stand auf.

»Warst du bei Max?«

»Ja, war ich.«

»Und? Kommt er zurück?«

»Nein«, antwortete Hanna.

»Hätte mich auch gewundert.« Gabi ging an Hanna vorbei in den Flur und die Treppe nach unten. Hanna folgte ihr.

»Es gibt gute Nachrichten. Vorhin hat jemand von einer Versicherung wegen eines Termins für ein Vorstellungsgespräch angerufen.«

»Wirklich?«

Hanna nickte. Die Miene ihrer Mutter hellte sich auf.

»Das sind tatsächlich gute Neuigkeiten.«

»Erna hat dir Ansprechpartnerin und Nummer notiert«, sagte Hanna und deutete auf den Zettel neben dem Telefon. »Du kannst gleich zurückrufen.«

Gabis Blick fiel auf den Zettel.

»Gut. Ich rufe nachher gleich an.«

»Warum nicht sofort?«, fragte Hanna.

»Weil ich Durst habe«, antwortete ihre Mutter und ging in die Küche. »Und etwas zu essen wäre auch nicht schlecht. Heute Morgen habe ich kaum was runterbekommen. Was hältst du davon, wenn wir uns einen Salat machen?«

»Das ist eine wunderbare Idee«, antwortete Hanna freudig. Ihre Mutter schien wie ausgewechselt zu sein.

»Prima. Gehst du in den Garten und holst, was wir brauchen? Es müssten auch wieder Tomaten reif sein.«

Hanna nickte. »Gern. Und von den Semmeln haben wir auch noch.« Sie nahm eine Schüssel aus der Küche und machte sich auf den Weg in den Garten, wo es sich Erna im Schatten unter den Kirschbäumen mit einer Zigarette gemütlich gemacht hatte.

»Und? Ist sie wach?«

»Schon seit einer Weile«, antwortete Hanna. »Sie hat Hunger und will einen Salat machen.«

»Das ist doch ein gutes Zeichen«, erwiderte Erna. »Dann kann ich euch zwei Hübschen jetzt guten Gewissens für eine Weile allein lassen. Auch bei mir liegt eine Wäsche in der Maschine, und ich muss noch ein paar Besorgungen erledigen. Hoffentlich hat Roswitha noch auf. Bei der Hitze macht sie ihren Laden ja gern mal früher zu. Kommt ja keine Kundschaft, hat sie neulich gesagt. Servicewüste Dorf. So etwas passiert einem mit dem Supermarkt in Grafing nicht.« Sie winkte, drückte Hanna zum Abschied noch einmal an sich und verließ den Garten.

Hanna ging zum Gemüsebeet, in dem zwischen dem Salat schon wieder das Unkraut wucherte. Besonders der Giersch und die Brennnesseln waren schwer loszuwerden. Denen schien selbst die größte Hitze nichts auszumachen. Sie erntete etwas Pflücksalat, dazu eine Gurke, Tomaten, Radieschen und Karotten. Es gab auch Zucchini, die inzwischen riesige Ausmaße angenommen hatten. Eine von ihnen würde für drei Abendessen reichen.

Sie lief zum Haus zurück und sah durchs Fenster ihre Mutter, wie diese etwas aus der Kommode neben dem Sofa holte. Es war ein kleines silbernes Fläschchen, das sie an die Lippen setzte. Hanna konnte nicht fassen, was sie sah. Ihre Mutter steckte das Fläschchen wieder in die Schublade, dann verschwand sie im Flur. Es dauerte nicht lange, und ihre Stimme war zu hören. Hanna trat ins Haus und lauschte. Sie schien mit der Versicherung wegen des Vorstellungsgesprächs zu telefonieren. Hanna stellte die Schüssel mit dem Gemüse auf den Wohnzimmertisch und holte die kleine Flasche aus der Schublade, öffnete sie und schnupperte daran. Es roch nach Pfefferminz. Ihre Mutter telefonierte noch immer. Hanna gab sich einen Ruck und nippte daran. Es schmeckte nach Minze, aber auch der Alkoholgehalt des Getränks war eindeutig zu erkennen. Hanna vermutete Wodka. Sie konnte es kaum glauben. Ihre Mutter legte den

Hörer auf. Hastig steckte Hanna das Fläschchen zurück in die Schublade, griff nach ihrer Salatschüssel und trat in den Flur. Ihre Mutter sah sie lächelnd an.

»Das war eine Frau Gärtner. Stell dir vor: Ich kann mich schon morgen früh um zehn vorstellen. Ist das nicht toll? Sie hat gemeint, sie würden sich schon auf mich freuen.«

Hanna nickte. »Großartig. Wenn du magst, begleite ich dich.« Sie brachte es nicht fertig, das Fläschchen zu erwähnen. Es war ganz offensichtlich das eingetreten, was sie nie für möglich gehalten hatte, wovor jedoch bei einem Treffen der Anonymen Alkoholiker schon gewarnt wurde: Die Süchtigen suchten sich ihren Weg, zur Not tranken sie heimlich. Wie lange ihre Mutter sich auf diese Weise schon selbst belog, konnte Hanna nur erahnen. Die Sache mit der Pfefferminze war jedenfalls ein guter Trick, denn so roch man den Alkohol nicht. Aber weshalb war sie dann heute Morgen zum Sepp gefahren? Vermutlich, weil das Zeug in dem Fläschchen nach dem Streit nicht mehr ausgereicht oder sie den geheimen Vorrat vielleicht vergessen hatte. Hanna folgte ihrer Mutter in die Küche, stellte die Schüssel auf den Tisch, begann das Gemüse zu putzen und hörte ihrem fröhlichen Geplapper zu. »Dieses Mal klappt es bestimmt. Das habe ich im Gefühl. Und wenn ich erst wieder eine Anstellung habe, dann wird alles leichter. Das verspreche ich dir. Wir beide schaffen das auch ohne Max. Soll er doch abhauen, wenn er meint. Als ob ich mich am Schnaps meines Vaters vergriffen hätte. So ein Unsinn.«

Nein, du hast dir deinen eigenen Schnaps zusammengemischt, dachte Hanna, während sie die Gurke schälte und in kleine Stücke schnitt. Die Fröhlichkeit ihrer Mutter schmerzte. Auf diese Weise würde sie niemals von dem Zeug loskommen.

»Ist alles in Ordnung?«, fragte ihre Mutter plötzlich. »Du bist so still.«

»Ja, es ist alles gut«, log Hanna. »Ich bin nur etwas müde. Muss an der Hitze liegen.«

»Das verstehe ich. Der Tag war für dich anstrengend. In München ist die Luft bestimmt noch stickiger als bei uns.«

Hanna stimmte zu, während Gabi die Semmeln in Scheiben schnitt, das Dressing anrührte und es über den Salat goss.

»Bringst du die Teller in den Garten?«, fragte sie. »Im Kühlschrank steht noch etwas von Ernas hausgemachter Zitronenlimonade. Die kannst du gleich mitnehmen.« Sie verließ mit der Salatschüssel den Raum. Hanna öffnete missmutig den Kühlschrank. Sie fühlte sich wie erschlagen, und in ihrem Kopf hämmerte es. Was für ein schrecklicher Tag, dachte sie, während sie Gläser aus dem Schrank holte und ihrer Mutter folgte. Und dabei hatte er so gut begonnen. Plötzlich kam es ihr so vor, als läge der Morgen mit Alex schon eine Ewigkeit zurück. Doch es waren nur wenige Stunden vergangen, mehr nicht. So sehr wünschte sie sich, sie könnte die Zeit zurückdrehen. Sie hätte einfach bei ihm bleiben sollen. Was brachten die ganze Fürsorge, das Aufpassen, der gottverdammte Kampf, den sie hier jeden Tag ausfocht, denn schon? Ihre Mutter trank noch immer. Belog sich selbst, belog sie alle. Doch im Moment fehlte ihr die Kraft, eine Diskussion darüber anzufangen. Also gesellte sie sich zu ihrer

Mutter und ließ zu, dass diese ihr eine große Portion Salat auf den Teller gab. Obwohl ihr Hals wie zugeschnürt war, begann Hanna zu essen. Gottlob tauchte irgendwann Erna am Gartenzaun auf, und Gabi winkte sie zu ihnen heran.

»Stell dir vor, Erna«, rief sie der Nachbarin entgegen, während diese die Terrasse überquerte. »Schon morgen habe ich das Vorstellungsgespräch.« Erna setzte sich neben Gabi und gratulierte. Dann sah sie Hanna an, und ihre Miene wurde besorgt.

»Hanna, Mädchen. Du bist ja ganz blass um die Nase. Geht es dir nicht gut?«

»Ich bin nur müde«, antwortete Hanna. »Und der Kopf dröhnt ein bisschen.«

»Nicht, dass du zu viel Sonne abgekriegt hast. Meine Cousine, die Terese, hatte einmal einen Hitzschlag. Das fing damals auch mit Kopfschmerzen an. Bestimmt ist es besser, wenn du dich hinlegst. War alles bisschen viel heute.«

Gabi beeilte sich Erna zuzustimmen und tätschelte Hannas Arm. Hanna ergab sich in ihr Schicksal. Etwas anders hätte sie auch nicht mehr fertiggebracht, denn sie war tatsächlich todmüde. Sie stand auf und ging zum Haus, durchquerte das Wohnzimmer, vorbei an der schlimmen Kommode, der sie einen bitterbösen Blick zuwarf, und ging die Treppe nach oben. In ihrem Zimmer angekommen, ließ sie sich komplett angezogen auf ihr Bett fallen und dachte: Nur kurz ausruhen. Dann fahr ich zu Alex auf den Hof. Im nächsten Moment war sie tief und fest eingeschlafen.

*

Als sie erwachte, war es dunkel. Sie musste einige Stunden geschlafen haben. Ihr Blick fiel auf den Radiowecker. Er zeigte ein Uhr an. Hellwach schoss sie in die Höhe und fluchte: »So ein Mist!« Jetzt hatte sie das Fest bei Alex verpasst. Er war bestimmt enttäuscht, dass sie nicht gekommen war. Vielleicht machte er sich sogar Sorgen. Immerhin hatte sie noch nie eines ihrer Treffen versäumt. Ein oder zwei Mal war sie zu spät gekommen, aber versetzt hatte sie ihn nie. Was sollte sie jetzt tun? Noch zum See fahren? Doch würde er dort sein? Vermutlich nicht. Oder vielleicht doch? Vielleicht nahm er an, dass sie noch käme. Wenn nicht jetzt, dann morgen früh. Er schlief oft einfach so im Bauwagen. Weshalb nicht auch heute? Vielleicht waren ihm die vielen Kräuterfrauen ja irgendwann auf die Nerven gegangen, und er hatte sich dorthin zurückgezogen. Sie hätte Erna oder ihre Mutter bitten sollen, sie zu wecken. Sie beschloss, sich wieder hinzulegen. Es war ein Uhr nachts. Der Gedanke, jetzt allein auf dem Fahrrad durch die Nacht zu fahren, behagte ihr nicht. Sie schloss die Augen und versuchte, einzuschlafen, was nicht so recht gelingen wollte. Erneut fiel ihr Blick auf die Uhr. Ein Uhr dreißig. Mitten in der Nacht, und an Schlaf war nicht zu denken. Irgendwann beschloss sie, doch zum See zu radeln. Was sollte schon passieren? Vielleicht war Alex ja doch da. Sie könnten schwimmen, sich lieben, er würde ihr zuhören. Und wenn er nicht da war, dann schwamm sie eben allein unter dem Sternenhimmel. Der Gedanke gefiel ihr. Sie stand auf, packte schnell ein Handtuch in ihre Tasche und zog los. Leise schlich sie die Treppe nach unten und blickte ins Wohnzimmer. Ihre Mutter schlief auf dem Sofa. Vermutlich war es ihr in ihrem Schlafzimmer zu heiß gewesen. Hanna schlich zur Kommode, öffnete die Schublade, holte das kleine Fläschchen heraus und steckte es in ihre Hosentasche. Dann verließ sie das Haus und holte ihr Fahrrad aus dem Garten. Die kleine Flasche beförderte sie auf dem Weg in den Wald in die auf der Straße stehende Mülltonne des Nachbarhauses. Am nächsten Tag kam die Müllabfuhr. Ihre Mutter würde sich gewiss wundern, wohin ihr Fläschchen verschwunden war, darauf ansprechen würde sie sie mit Sicherheit nicht, dann müsste sie ja zugeben, dass sie noch immer trank. Hanna nahm sich auf dem Weg durch den Wald fest vor, in den nächsten Tagen das Haus nach weiteren Verstecken zu durchsuchen und mit Thomas Ludwigsen darüber zu sprechen. Er war ein erfahrener Berater, der gewiss nicht gleich den Teufel an die Wand malen würde. Und er könnte ihre Mutter bei einer günstigen Gelegenheit zur Seite nehmen und mit ihr über die Heimlichkeiten reden. Gewiss würde sie nach dem Gespräch damit aufhören, denn auch ihre Mutter fürchtete, wie sie Hanna in den letzten Wochen mehrfach gesagt hatte, die Entzugsklinik mehr als alles andere. Hanna erreichte die Hauptstraße und überquerte sie. Jetzt noch an einem Maisfeld entlang und unter der Eisenbahnunterführung hindurch. Gleich würde der Wald vor ihr auftauchen. Zwei Rehe kreuzten plötzlich ihren Weg und ließen sie zusammenzucken. Ein Rascheln im Unterholz ließ sie schneller in die Pedale treten. Gewiss waren es nur Mäuse oder Marder, die durchs Dickicht krochen. Als hätte er nur darauf gewartet, ließ ein Uhu ganz in der Nähe seinen Ruf erklingen. Sie erreichte den See, der im Mondlicht schim-

merte. Sie ging am Ufer entlang zur anderen Seite. Wie herrlich die laue Luft hier draußen war. Sie duftete nach feuchtem Schlick und trockenem Heu. Der Bauwagen kam in
Sicht. Hanna lehnte ihr Fahrrad an den gewohnten Baum
und schaute in den Wagen. Alex war nicht da. Kurz war sie
enttäuscht, doch dann nahm sie erneut die Schönheit dieser
Nacht für sich ein. Sie lief zum Ufer des Sees, den Steg hinunter und blickte über das Wasser bis zu der kleinen Unkraut-
insel, zu der sie so oft schwammen. Es tat gut, einfach nur
hier zu stehen und dem Zirpen der Grillen zu lauschen. Sie
schlüpfte aus ihrer Kleidung, setzte sich nackt auf den Steg
und steckte die Füße ins lauwarme Wasser. Wirkliche Abkühlung brachte der See schon länger nicht mehr. Ein Geräusch hinter ihr ließ sie plötzlich zusammenzucken, sie
wandte sich um. Alex stand auf dem Steg.

»Du wolltest doch nicht wirklich ohne mich schwimmen
gehen, oder?«

»Alex, du bist es. Du hast mich erschreckt«, sagte Hanna
erleichtert.

Er trat näher und setzte sich neben sie.

»Habe ich doch gewusst, dass ich dich hier finde. Ich habe
mir Sorgen gemacht und …« Weiter kam er nicht, denn
Hanna legte ihm den Zeigefinger auf die Lippen.

»Scht. Nicht sprechen. Lass uns schwimmen.«

Er nickte wortlos. Sie stand auf und sprang ins Wasser.
Er zog sich aus und folgte ihr. Sie schwammen schweigend
nebeneinanderher bis zu der kleinen Insel, wo sie sich ins
seichte Wasser legten. Irgendwann fragte Alex, weshalb sie
nicht gekommen war.

»Es war die Hitze«, antwortete Hanna. »Ich bin einge-schlafen.«

Alex nahm ihre Hand und zog sie näher zu sich.

»Das ist es nicht«, sagte er.

Wie hatte sie auch nur einen Moment annehmen können, ihm etwas vormachen zu können, dachte Hanna. Sie schüttelte den Kopf und antwortete: »Nein, das ist es nicht.«

»Willst du darüber reden?«

»Ich weiß nicht«, erwiderte sie. »Ehrlich gesagt, bin ich froh, dass ich gerade etwas Abstand gewonnen habe.« Sie wandte den Kopf und sah ihm in die Augen.

»So schlimm?«, fragte er.

Sie nickte. Einen Moment schwiegen beide. Irgendwann rückte er näher an sie heran, und seine Lippen suchten die ihren. Zuerst war sein Kuss zärtlich, schnell wurde er leidenschaftlicher. Sie genoss es, seine Nähe zu spüren. Sie wollte nicht reden, nichts erklären müssen. Alex verstand sie auch ohne Worte, er würde ihr zuhören, wenn sie etwas zu sagen hatte. Jetzt galt es nur noch, zu fühlen, sich der Leidenschaft hinzugeben und darüber alles andere zu vergessen. Das war das Einzige, was sie brauchte, sonst nichts.

ELF

Meine Hanna,

*fünfzehn Jahre sind vergangen. Doch die Gewohnheit treibt
mich noch immer jedes Jahr um diese Zeit an unseren See,
obwohl ich den Glauben daran verloren habe, Du könntest
zurückkommen und meine Briefe finden. Doch die Hoffnung auf ein Wiedersehen lässt sich vom Verstand nicht
vertreiben, weshalb ich auch heute auf unserem Steg sitze, um Dir einen Brief zu schreiben. Der heutige Tag ist so
von Licht und Sonne erfüllt, dass alles golden strahlt. Er erinnert mich daran, wie wir beide durch goldene Kornfelder
fuhren, die bis zum Horizont reichten. Du hast wunderschön ausgesehen, ich konnte kaum den Blick von Dir ab-
wenden. Dein offenes Haar fiel auf Deine braun gebrannten
Schultern. Du trugst kurze Shorts und Espadrilles, die sich
kurze Zeit später, nachdem Du mit ihnen durch einen Platz-
regen gelaufen warst, in ihre Bestandteile auflösten. Wir üb-
ten, freihändig zu fahren, und ich landete mitten im Kornfeld. Kichernd blieben wir einfach nebeneinander liegen,
schauten den Flugzeugen im Himmel nach und überlegten,
wohin sie wohl flogen. Wir träumten uns nach New York
und San Francisco, nach Hawaii und Australien. Ich fing
an, Scott McKenzie zu singen, und Du summtest die Melodie mit. Einfach so der Welt entfliehen, das wäre schön,*

hast Du gesagt. In ein Flugzeug steigen und alles hinter sich lassen. Und doch wären wir am liebsten für die Ewigkeit zwischen den Ähren liegen geblieben, denn dieser Moment war für uns das Beste, was wir uns vorstellen konnten.

Nun sind fünfzehn Jahre vergangen. Und ich frage mich, ob Du jemals wieder in einem goldenen Kornfeld gelegen und Flugzeuge beobachtet hast. Ob Du Dich jemals wieder so frei fühltest, wie wir es damals taten. Ich wünsche es Dir. So sehr, wie ich mir wünsche, dass Du eines Tages diesen Brief lesen wirst.

In Liebe
Dein Alex

*

AUGUST, 2016

Hanna mochte nicht alle Trends, die wiederkehrten. Aber bei einigen freute sie sich über das Wiedersehen. Dazu gehörten Espadrilles. Schon als Kind hatte sie die Schuhe mit den Hanfsohlen geliebt, obwohl sie selten einen ganzen Sommer hielten. Meist war sie irgendwann damit in den Regen gekommen, was ihr Ende bedeutete. Selbst Alex hatte sich in seinem letzten Brief daran erinnert, worüber sie hatte schmunzeln müssen. Seit einiger Zeit gab es die Schuhe wieder auf dem Markt. Ihr aktuelles Paar war weiß und mit bunten Streublümchen übersät. Es passte genau zu dem geblümten Sommerkleid, das sie für ihren heutigen Ausflug zum Tollwood-Festival gewählt hatte. Schnell noch das Haar am Hinterkopf zu einem Dutt hochbinden und die Wimpern tuschen, dann war sie fertig. Es war die Idee ihrer Mutter gewesen, zu dem beliebten Festival zu gehen, das die Besucher mit bunten Ständen und Live-Musik in den Münchner Olympiapark lockte. Sie hatte am Morgen davon in der Zeitung gelesen und es spontan vorgeschlagen. Gewiss würde der Ausflug ihre Stimmung etwas aufheitern, denn es gab Probleme mit der Renovierung des Hauses. Für einige ihrer Umbaumaßnahmen hatten sie keine Baugenehmigung bekommen. Der Dachgiebel sei zu hoch, der Anbau der Treppe so nicht durchführbar. Daraufhin war der Architekt mit den Bauplänen gekommen und hatte die Änderungen mit ihnen besprochen. Als er weg war, war die Stimmung am Boden gewesen. Um die Schwierigkeiten zu umgehen, müssten sie viel mehr Geld aufbringen als geplant. Bei einem Abendspaziergang hatte Gabi vorgeschlagen, doch nur das Dach, die Bäder und die Küche zu erneuern. Bisschen Innenausbau, gern neue Farbe an die Wände, andere Möbel. Dann musste sich Mannis Enkel eben eine andere Unterbringung suchen. So viel Platz brauchten sie doch gar nicht. Selbst nicht für Christina, von der niemand wusste, ob sie überhaupt in Griesing wohnen wollte. Hanna stimmte zu. Noch am Morgen hatten sie den Architekten angerufen, um ihm ihre Entscheidung mitzuteilen. Daraufhin war der Mann ausfallend geworden. Er hätte jetzt schon so viel Arbeit investiert. Das würde er ihnen in Rechnung stellen. Hanna hatte ihm daraufhin den Auftrag entzogen und aufgelegt. Jetzt standen sie ohne Architekt da und fingen wieder bei null an.

Hanna sah sich in ihrem Zimmer um. Das alte Fenster mit

den doppelten Fensterscheiben, der beigefarbene Teppich, die bunten Flickenteppiche, ihr Schreibtisch mit dem alten Ikea-Stuhl davor. Vertraute Gemütlichkeit, die ihr Sicherheit vermittelte. Vielleicht war es richtig, die Veränderungen noch eine Weile aufzuschieben. Oder vielleicht doch nicht? Sie hatte nicht geweint, als sie diesen Raum damals verlassen hatte. Vielleicht, weil alle Tränen bereits aufgebraucht waren. Dieses Zimmer barg so viele Erinnerungen voller Freude, aber auch voller Angst und Kummer. Es war ihr Rückzugsort in einer anderen Zeit gewesen. Jetzt galt es, sie endgültig hinter sich zu lassen. Die Vergangenheit konnten sie nicht ändern, und sie merkte, dass sie immer seltener an ihre Zeit in Hamburg dachte, auch an Maurice, was sich sonderbar anfühlte. Doch er war ein Teil eines Lebens, das nicht mehr wiederkehren würde. Wohin würde sie die Zukunft führen? Sie dachte an den Bauwagen. An Alex' Briefe, die sie zurück in die Vergangenheit entführten. Seine Gegenwart war noch immer spürbar. Am See, in seinen Briefen, wenn sie durch den Wald fuhr, jeder Winkel barg Erinnerungen an ihn. Er hatte an sie gedacht, hatte das Versprechen gehalten. Sie hatte die Briefe durchgesehen. Für jedes Jahr gab es einen, nur nicht für dieses. Er würde also noch kommen, um ihn zu bringen. Vielleicht würde sie genau in diesem Moment am See sein. Ein Wiedersehen, nach so langer Zeit. Der Gedanke zauberte ein Lächeln auf ihre Lippen.

»Verrätst du mir den Grund für deine Freude?«, fragte ihre Mutter, die plötzlich in der Tür stand. Hanna kam sich ertappt vor und senkte die Lider.

»Es ist nichts, ich meine …« Sie spürte, wie ihr die Röte in die Wangen stieg. Wie einem Teenager, kam ihr in den Sinn.

»Ich habe an Alex gedacht«, gestand sie.

»Oh«, erwiderte ihre Mutter.

Hanna überlegte, ob sie ihr von den Briefen erzählen sollte, verwarf den Gedanken jedoch wieder. Sie wollte ihrer Mutter nicht weh tun. Alex gehörte zu diesem schrecklichen Sommer, der alles veränderte. Sie sollte sich nicht daran erinnern müssen. Hier und jetzt gab es einen Neuanfang zwischen ihnen, und daran galt es festzuhalten. Gewiss hatte Alex inzwischen sein eigenes Leben und brachte nur aus Sentimentalität jedes Jahr einen Brief für sie. Allerdings mit einer bewundernswerten Hartnäckigkeit. Immerhin waren seine Briefe jahrelang nicht abgeholt worden.

»Er hat mich besucht«, sagte ihre Mutter plötzlich.

Hanna sah sie verwundert an und fragte: »Alex?«

»Ja, als ich aus der Klinik raus war. War irgendwann im Frühjahr, April oder so. Er wollte wissen, wie es mir geht. Sogar Schokolade hat er mitgebracht und Blumen. Er hat nach dir gefragt, wann du wiederkommst. Er war sehr nett, ein hübscher Kerl.«

Hanna konnte es nicht fassen. Alex war tatsächlich zu ihrer Mutter gegangen. Er hatte gehofft, sie würde zurückkommen. Und was hatte sie getan? Sie hatte ihn verlassen, war in Hamburg geblieben und hatte ihre Mutter und ihre Vergangenheit für tot erklärt.

»Du liebst ihn noch immer, nach all der Zeit«, stellte ihre Mutter fest.

»Unsinn«, tat Hanna die Feststellung ihrer Mutter ab. »Es ist eine Ewigkeit her, und wir hatten doch nur wenige Wochen …« Sie verstummte. Stimmte es, was ihre Mutter sagte? Tränen traten in ihre Augen. Sie wandte den Kopf ab, wischte sie hastig fort und versuchte, das Thema zu wechseln. »Wollen wir jetzt los? Sonst verpassen wir noch das ganze Fest.«

»Ich wollte ihn dir nicht wegnehmen«, ging ihre Mutter nicht auf Hannas Ablenkungsversuch ein. Sie trat neben ihre Tochter, legte die Hand auf ihren Arm. »Ich wollte das alles nicht.«

In Hannas Magen breitete sich ein warmes Gefühl aus. Sie legte ihre Hand auf die ihrer Mutter und drückte sie fest.

»Aber das weiß ich doch, Mama. Vermutlich hätte ich ihn sowieso irgendwann verloren. Ich meine, wer bleibt denn schon ein Leben lang mit seiner ersten großen Liebe zusammen?«

»Wenige«, erwiderte ihre Mutter. Ihr Blick wurde wehmütig. »Ich hätte es gern getan.« Hanna sah sie verwundert an.

»Ich wusste nicht …«

»Es ist nicht wichtig«, ließ ihre Mutter sie nicht ausreden. »Du hast recht mit dem, was du sagst. Auch bei uns hat die erste große Liebe nicht gehalten. Trotzdem hätte ich dir und Alex mehr Zeit gewünscht – und vielleicht, wer weiß, wäre es für die Ewigkeit gewesen.«

»Jetzt werd mal nicht kitschig«, sagte Hanna mit einem Lächeln.

»Vielleicht ein wenig. Ich mag Kitsch.«

Hanna lächelte. »Ich auch.« Erneut drückte sie die Hand ihrer Mutter.

»Und ich mag es bunt und farbenfroh«, sagte diese. »Deshalb lass uns jetzt endlich losziehen. Wird Zeit, dass wir diesem verschimmelten Loch mal für eine Weile entfliehen.« Sie ließ Hannas Hand los und trat in den Flur.

»Erinnere mich bloß nicht an den Schimmel«, rief Hanna ihr hinterher. Sie blickte ein letztes Mal prüfend in den runden Spiegel, der an den Rändern mit Muscheln beklebt war und ihrem Bett gegenüber an der Wand hing. Sie hatte ihn in der Schule gebastelt. War das in der achten oder neunten Klasse gewesen? Ihre Mutter ging schon die Treppe hinunter. Bevor Hanna ihr folgte, ließ sie noch einmal ihren Blick durchs Zimmer schweifen. Es war gut, wie es war. Heute tat die Vergangenheit nicht weh. Die Veränderungen konnte ruhig noch ein Weilchen warten. Sie folgte ihrer Mutter die Treppe nach unten.

Als sie kurz darauf das Haus verließen, deutete diese auf Hannas Schuhe. »Espadrilles. Die habe ich eine Ewigkeit nicht mehr gesehen.«

»Sie sind jetzt wieder in Mode«, sagte Hanna und hängte sich bei ihrer Mutter ein. Gemeinsam schlenderten sie die Straße hinunter.

»Wirklich? Dann muss ich mir auch welche kaufen. Ich fand die schon früher so hübsch. Leider hielten sie ja nie sonderlich lange. Ein Regenschauer, und vorbei war es mit der Schuhpracht. Vielleicht finde ich ja auf dem Tollwood-Festival welche.«

»Schuhe, auf dem Festival?«, hakte Hanna nach.

»Dort gibt es so viele schöne Dinge. Du wirst staunen«, antwortete ihre Mutter. »Und vielleicht auch Espadrilles.«

Sie erreichten den Bahnhof und sprangen rasch in die gerade haltende S-Bahn. Hanna sank ihrer Mutter gegenüber auf die Sitzbank und blickte lächelnd nach draußen, während sich die Bahn in Bewegung setzte. Die alte Linde und das Bahnhofshäuschen verschwanden aus ihrem Blickfeld. Ihre Mutter lehnte sich entspannt zurück. Wie gut sie aussah, dachte Hanna plötzlich. Gabi trug einen beigefarbenen Wickelrock und dazu ein hellblaues Top, das ihre noch immer schmale Taille betonte. An den Füßen hatte sie hübsche Sandalen, die nichts mit Rentnertretern gemein hatten. Diese Bezeichnung stammte von ihrer Mutter selbst. Sie hasste nichts mehr als Alte-Leute-Kleidung. Das hatte sie Hanna neulich gesagt, als sie in einem Bekleidungsgeschäft in Grafing gelandet waren, wo sie den Wickelrock anprobiert hatte, den sie heute trug. Die Verkäuferin hatte ihr, nachdem sie aus der Kabine gekommen war, um ihn Hanna zu zeigen, erklärt, dass dieser doch etwas zu jugendlich für sie wäre. Gabis Antwort war prompt gekommen. »Solche Röcke haben nichts mit dem Alter, sondern etwas mit der Trägerin zu tun«, hatte sie erwidert. »Bei Ihrem Gesicht würde ich einen Kartoffelsack empfehlen.« Danach waren sie rausgeworfen worden. »Elende Pflunzen«, hatte Gabi noch an der nächsten Ecke geschimpft. Was sich diese Einzelhandelsschicksen nur auf sich einbildeten. Wer bitte entschied, wer ab wann und mit welcher Figur was tragen durfte? Hanna war ganz ihrer Meinung. Ein Stück weiter hatten sie dann schon einen Lachkrampf bekommen. Wie diese aufgeblasene Ziege geguckt hatte. Einmalig. Den Rock hatte Hanna später mit zwei Klicks im Internet bestellt. Und ihre Mutter sah großartig darin aus. Es dauerte nicht lange, bis die S-Bahn den Marienplatz erreichte, wo sie in die überfüllte U-Bahn umstiegen. An einen Sitzplatz war hier nicht zu denken. Eingeklemmt zwischen den Menschenmassen wurde ihnen erklärt, dass es zusätzlich zum Festival heute noch ein Konzert in der Olympiahalle geben würde, was die Enge erklärte. Als sie kurz darauf am Petuelring vorbeikamen, wurde Hanna wehmütig. Sie dachte an den Tag zurück, als sie zu Max gefahren war, um mit ihm zu reden. Die WG im Souterrain. Wer wohl jetzt dort wohnte? Vielleicht gab es in der Wohnung auch heute eine chaotische Studentenbude. Einen zotteligen Mitbewohner, der komisch roch, bunt zusammengewürfelte Möbel. Sauberkeit war keine Stärke der Jungs gewesen. Sie erreichten den Olympiapark und wurden gemeinsam mit den anderen Menschen aus der U-Bahn gespuckt. Es ging die Treppe nach oben, wo sie heller Sonnenschein empfing. München verwöhnte sie mit einem strahlend blauen Sommerhimmel. Allerdings machte sich inzwischen auch die angekündigte Schwüle bemerkbar. Der Wetterbericht hatte für den Abend schwere Gewitter angekündigt. Sie sollten also auf der Hut sein, wenn sie noch nach Hause kommen wollten. Am Ende fuhr die S-Bahn wieder nur bis Kirchseeon. Hanna musste bei dem Gedanken lächeln. Kein Handy, kein Kleingeld fürs Telefon, aber Alex, der sie heldenhaft durch den Regen nach Hause gefahren hatte. Der Beginn ihrer Liebesgeschichte. Dem Himmel sei Dank, war sie damals auf diese doofe Party gegangen.

»Wie viele Leute heute unterwegs sind«, sagte ihre Mutter neben ihr. »Wenn ich gewusst hätte, dass heute auch noch ein Konzert stattfindet, hätte ich mir das noch einmal überlegt.«

»Ach, im Olympiapark ist doch immer irgendetwas«, sagte Hanna. »Ich weiß noch, wie ich mal mit Max hier war. Wir saßen oben auf dem Olympiaberg zwischen Hunderten Menschen und haben Simon & Garfunkel bei einem Konzert zugehört. Wenn er mich hochgehoben hat, konnte ich sogar ein wenig von der Bühne sehen. Gleichzeitig fand in der Olympiahalle noch ein Reitturnier statt. Die U-Bahn war ähnlich voll wie heute, doch alle Leute waren entspannt und gut gelaunt.«

»Das sind sie heute auch«, erwiderte Gabi und lächelte ein kleines Mädchen an, das seinen Mund mit Schokoladeneis verschmiert hatte. Die Kleine grinste verschmitzt zurück. Ihre Mutter holte bereits Taschentücher aus ihrer Handtasche. Auch sie wirkte entspannt. Junge Mädchen in knappen Shorts machten Selfies, eine Gruppe Japaner tat es ihnen gleich. Sie erreichten das Festivalgelände, und Hannas Augen weiteten sich. Unendlich viele bunte Stände reihten sich aneinander, und überall gab es Live-Musik-Bühnen und Bierbänke. Am Eingang empfing sie ein riesengroßer Wal, der aus Plastikflaschen gefertigt worden war, die aus dem Meer stammten. Er symbolisierte das diesjährige Motto des Festes, die Verschmutzung der Meere. Überall auf dem Gelände gab es zu dem Thema Kunstwerke zu bewundern. Sie liefen an unendlich vielen Ständen vorüber, an denen es Gerichte aus aller Welt gab. Die Essensgerüche vermischten sich zu einem großen Ganzen beeindruckender Sinneseindrücke. Ob Falafel, Bratwürstchen, Brez'n, selbstgebackene Kuchen, chinesische Nudeln, Kartoffelpfanne, türkische Spezialitäten, Paella, Pizza, Crêpe oder süße Waffeln, es schien nichts zu geben, was es nicht gab. Sie schlenderten durch die Reihen der Stände. Staunend blickte Hanna um sich. Immer wieder blieben sie an einem der Stände stehen. Es gab Kleidung, Schmuck in allen Formen und Farben, Hüte, Schnitzarbeiten, Glasschmuck, Vasen und Windlichter. Und sogar Espadrilles wurden verkauft, was Gabis Augen zum Strahlen brachte. Sie entschied sich nach langem Hin und Her für ein hellblaues Paar, und Hanna schenkte ihr ein weiteres in Gelb. Dazu kaufte sie dem Händler noch einen hübschen Sonnenhut ab, der mit Gänseblümchen aus Seidenstoff verziert war. Den behielt Hanna gleich auf. Irgendwann waren sie vom vielen Laufen, Bewundern und Anprobieren müde, auch Hunger machte sich bemerkbar. Nach einigem Zögern entschieden sie sich für Falafel, die Gabi noch nie gegessen hatte. Mit ihrem Essen und kühler Apfelschorle ergatterten sie einen schattigen Sitzplatz in der Nähe einer Live-Bühne, auf der gerade eine Musikerin namens Solly auftrat. Ihre Singer-Songwriter-Musik gefiel Hanna auf Anhieb. Nach einer Coverversion von *The First Cut Is The Deepest* stimmte sie einen ihrer eigenen Songs an, der Hanna mitten ins Herz traf. Der Titel war *Girl In The Middle,* eine Ballade, die eigentlich so gar nicht zum bunten Festivaltreiben passen wollte. Oder vielleicht doch? Um sie herum war es sonderbar ruhig geworden. Viele der vorbeilaufenden Leute blieben stehen, um der außergewöhnlichen Stimme der

Musikerin zu lauschen. Auch Hanna trafen die Worte des Textes tief im Innersten. Es war ein besonderes Lied, das die Menschen für einen Moment innehalten und zur Ruhe kommen ließ. Als sie den letzten Ton gespielt hatte, gab es großen Beifall. Das nächste Lied war ein Country Song, bei dem die Leute mitklatschten. Ein alter Mann begann ausgelassen dazu zu tanzen. Gabi beobachtete ihn lächelnd.

»Er sieht so fröhlich aus«, sagte sie irgendwann.

»Ja, das stimmt«, erwiderte Hanna. »Sie ist wirklich gut. Ich glaube, ich werde mir nachher eine ihrer CDs kaufen.«

Sie wollte noch einen Schluck Apfelschorle trinken, kam aber nicht dazu, denn plötzlich griff Gabi nach ihrer Hand und blickte ihr in die Augen.

»Es ist schön heute.«

Ihre Worte verfehlten ihre Wirkung nicht. In Hanna breitete sich ein warmes Gefühl des Glücks aus. Wie lange hatte sie nicht mehr so empfunden? Maurice' Tod hatte alle Freude betäubt. Noch vor wenigen Wochen hatte sie geglaubt, niemals wieder glücklich sein zu können. Doch jetzt war sie es. Inmitten dieser bunten Festivalwelt, die einem mit ihrer Ausgelassenheit und den vielen Eindrücken umfing. Der Schritt zurück in die Vergangenheit hatte sie tatsächlich zu etwas Neuem geführt.

»Es ist gut, dass du angerufen hast«, sagte Hanna.

»Das finde ich auch«, erwiderte Gabi. Beide lächelten. Die Musikerin beendete ihr Lied und kündigte eine Pause an. Hanna leerte ihre Apfelschorle. Keine von ihnen beiden sagte etwas. Der Moment fühlte sich so kostbar an. Sie wollten ihn nicht zerstören. Solly begann ein Gespräch mit dem alten Mann. Irgendwann stand Hanna auf und ging zu ihr hinüber. Gabi bekam einen Hustenanfall, während Hanna der Musikerin eine CD abkaufte und ihr sagte, wie wunderbar ihre Stimme war.

Als sie zum Tisch zurückkam, hatte sich ihre Mutter wieder beruhigt. Trotzdem musterte Hanna sie besorgt. Plötzlich wirkte sie erschöpft.

»Du solltest wegen des Hustens wirklich mal zum Arzt gehen«, sagte Hanna. »Ich habe den Eindruck, dass er immer schlimmer wird. Am Ende ist es noch etwas Ernstes.«

»Ich habe dir schon gesagt, dass es nichts ist«, widersprach Gabi. »Ein hartnäckiger Reizhusten, mehr nicht. Dazu kommen ab dem Frühjahr noch die Pollen. Das vergeht schon wieder.« Sie wühlte in ihrer Tasche herum, schob sich ein Bonbon in den Mund und fragte: »Und? Hast du eine der CDs gekauft?«

»Ja«, erwiderte Hanna und hielt ihre Eroberung in die Höhe. »Und stell dir vor: Bald spielt sie in Glonn in der Schrottgalerie. Wollen wir hingehen?«

»Gern«, antwortete ihre Mutter.

Hanna wollte etwas erwidern, wurde aber von einem dicken Wassertropfen unterbrochen, der vor ihnen auf dem Tisch landete. Irritiert blickten beide zum Himmel. Eine dunkle Wolke verdeckte genau in diesem Moment die Sonne, und es begann bedrohlich zu grummeln.

»Das gibt es ja nicht«, rief Gabi. Zu dem dicken Tropfen gesellten sich weitere. Sämtliche Besucher des Festivals flohen unter die Dächer der Stände und Bühnen. Auch Gabi und Hanna suchten sich einen Unterstand. Es donnerte erneut, diesmal noch lauter. Zu den Regentropfen kam ein böiger Wind, der an der Plane über ihnen rüttelte. Im nächsten Moment öffnete der Himmel endgültig seine Schleusen, und es begann zu hageln.

Als der Regen eine unendlich lange halbe Stunde später endlich nachließ, beschlossen viele Besucher, das Festival zu verlassen. Auch Hanna und Gabi entschieden, sich auf den Heimweg zu machen. Erneut reihten sie sich in eine Menschenschlange ein, die dieses Mal in die andere Richtung pilgerte und ihre gute Stimmung mit einem Schlag verloren zu haben schien. Noch immer regnete es leicht, in der Ferne grummelte es bedrohlich. Sie liefen die Treppe zur U-Bahn hinunter und zwängten sich erneut zwischen die vielen Menschen, die unterschiedlich durchweicht waren. Die Fahrt zum Marienplatz schien sich ewig zu ziehen. In der S-Bahn ergatterten sie dann wieder Sitzplätze. Hanna fror in dem klimatisierten Wagen. Ihr Blick fiel auf ihre nassen Schuhe

»Ich hoffe, die neuen Gummisohlen halten, was sie versprechen.«

»Sind eben Espadrilles«, antwortete ihre Mutter mit einem müden Lächeln. Erneut hustete sie und suchte in ihrer Handtasche nach ihren Kräuterbonbons. Ihre Hände zitterten, die Tasche fiel zu Boden. Hanna hob sie auf, suchte die Bonbons heraus und gab ihrer Mutter eines, das sie dankbar in den Mund steckte. Bald darauf erreichten sie Griesing. Der Regen hatte aufgehört, und sogar die Sonne lugte zwischen den Wolken hervor, während sie ins Dorf hinunterliefen.

»Hier scheint das Gewitter gar nicht viel getan zu haben«, bemerkte ihre Mutter. Sie bogen in die Gartenstraße ein. Hanna nickte. Straßen und Wege waren nur feucht.

»Die Gewitter bleiben ja oft in München hängen. Besonders im Westen, Richtung Starnberg raus, wütet es dann ganz scheußlich, und hier passiert gar nichts.«

Sie erreichten das Haus. Erna stand mit einer Gießkanne in der Hand in ihrem Vorgarten, winkte ihnen zu und rief: »Da seid ihr ja schon wieder. Ihr seht mitgenommen aus.«

»Es hat zu schütten angefangen«, antwortete Gabi.

»Wirklich? Hier waren es nur ein paar Tropfen, nicht der Rede wert. Aber das ist ja meistens so.« Erna goss ihre Geranien. »Wenn ihr wollt, könnt ihr noch zu mir rüberkommen. Manni will auch vorbeischauen. Wenn wir mehrere werden, lohnt es sich, den Grill anzumachen.«

»Das hört sich gut an«, antwortete Gabi. »Ich hab noch Würstchen im Kühlschrank, und Salat gibt der Garten genug her.«

»Fein«, erwiderte Erna. »Da wird sich Manni freuen. Dann radle ich schnell zum Metzger und hol ein paar Steaks.«

»Das kann ich doch übernehmen«, bot sich Hanna an.

»Wenn du magst.«

»Ich zieh mich nur schnell um, dann fahr ich los.«

»Und ich geh Salat ernten«, sagte Gabi. »Ich hab auch noch selbstgemachte Zitronenlimonade. Die bring ich mit.«

»Und zum Nachtisch gibt es Kekse.« Erna grinste.

Hanna lächelte. Erna ohne Kekse war und blieb unvorstellbar. Sie öffnete die Tür, stellte ihre Tasche im Flur auf die Kommode und eilte die Treppe nach oben, während ihre Mutter in die Küche ging und den Kühlschrank öffnete, um dessen Inhalt zu inspizieren. Sie hörte oben Hannas Tür klappen und lächelte. Sie genoss es, mit ihrer Tochter zusammen zu sein. Trotz des Regens war es ein schöner Tag gewesen. Sie räumte summend die Würstchen auf die Arbeitsplatte. Grillkohle müsste sie auch noch welche haben. Die bewahrte sie stets im Keller auf. Als sie in den Flur trat, um sie zu holen, klingelte es in Hannas Tasche. Sie blieb stehen und schaute sie einen Moment an. Sollte sie Hanna holen? Vielleicht war es wichtig? Es könnte Christina sein. Das Klingeln hörte nicht auf. Gabi blickte zur Treppe, doch Hanna kam nicht. Sie entschloss sich, das Handy herauszuholen. Wenn es das Mädchen war, könnte sie ihr ja sagen, dass Hanna zurückrufe. Das tat man ja bei Anrufen auf normalen Telefonen auch. Es war Christina, das konnte sie an dem Foto erkennen, das auf dem Bildschirm zu sehen war. Sie drückte darauf, doch nichts geschah. Immer wieder drückte sie darauf, doch es klingelte weiter. Endlich, nachdem sie mit dem Finger irgendwie darübergefahren war, poppte ein Bildschirm auf. Es war eine Art Video. Christinas Gesicht erschien, und sie fragte verdutzt: »Wer bist du denn?«

Gabi reagierte verunsichert. Was sollte sie sagen?

»Ich bin deine Oma Gabi aus Griesing«, antwortete sie ehrlich. Das Mädchen reagierte mit ungläubigem Blick.

»Du bist – wer?«, fragte sie.

»Deine Oma aus Griesing. Das ist bei München.«

»Ich habe keine Oma in Griesing«, erwiderte Christina. »Wer zum Teufel sind Sie? Und wo ist meine Mutter?«

»Die ist oben und zieht sich gerade um. Wir waren in München, und dann ist ein Gewitter aufgezogen.«

»München«, wiederholte Christina, dann überlegte sie kurz. »Du bist Oma Gabi aus München?«

»Genau. Deine Oma. Ich freu mich schon, dich bald kennenzulernen.«

»Das kann nicht sein. Mama hat gesagt, ihre Mutter sei gestorben, als sie ein kleines Kind war.«

Genau in diesem Moment kam Hanna die Treppe herunter.

»Ich wäre dann so weit. Möchtest du auch ein Steak ha...« Weiter kam sie nicht. Sie blickte auf ihre Mutter, dann aufs Handy. Alle Farbe war aus Gabis Gesicht gewichen. Sie sah ihre Tochter an.

»Ich bin also tot?«

Hanna riss erschrocken die Augen auf.

»Nein, ich meine ...« Sie hörte Christinas Stimme aus dem Handy. Verdammt noch mal, warum hatte sie die Tasche nicht mit nach oben genommen?

»Du hast allen erzählt, ich bin tot?«, wiederholte Gabi. Hanna wusste nicht, was sie erwidern sollte.

»Ich wusste nicht, ich meinte ...«

»Mama, was ist da los?«, hörte sie Christina fragen. »Stimmt das? Ist die Frau meine Oma?«

Gabi ließ das Handy sinken.

»Du hast deine eigene Mutter für tot erklärt.« Gabi war fassungslos.

»Du musst das verstehen. Damals …« Hanna unterbrach sich und setzte neu an. »Es war kompliziert, ich wollte nicht …«

»Was wolltest du nicht? Dass deine neuen Freunde in Hamburg erfahren, dass deine Mutter eine gottverdammte Säuferin ist?« Sie schleuderte das Handy auf die Kommode. »Du hast dich für mich geschämt, nicht wahr? Deshalb hast du dich auch nicht mehr gemeldet. Eine tote Mutter kann man nicht so einfach wiederauferstehen lassen.«

Hanna wusste nicht, was sie erwidern sollte.

»Ich muss hier raus.« Gabi lief an Hanna vorüber, riss die Terrassentür auf und stürmte in den Garten. Hanna folgte ihr fluchend. Unter den Kirschbäumen holte sie sie ein.

»Ich wollte das nicht. Es war dumm, ich weiß.«

»Alles war dumm«, erwiderte Gabi. Ihre Stimme wurde laut. »Ich war dumm. Verdammt bescheuert. Ich dachte, ich könnte es wiedergutmachen. Nach fünfundzwanzig Jahren anrufen und irgendetwas in Ordnung bringen.« In ihre Augen traten Tränen. »Ich hoffte, ich könnte dich wiederfinden.«

»Aber du hast mich doch wiedergefunden«, antwortete Hanna. »Es war eine Lüge, es war nicht richtig. Wir erklären das Christina, und alles ist wieder gut.«

»Wieder gut«, Gabi begann zu husten. »Du hast mich für tot erklärt, die eigene …« Weiter kam sie nicht mehr. Der Hustenanfall wurde schlimmer, und sie japste nach Luft. Hanna eilte zu ihr. Gabi wollte noch etwas sagen, schaffte es aber nicht mehr. Nach Atem ringend ging sie in die Knie und brach in Hannas Armen ohnmächtig zusammen.

Hanna schrie auf.

»Mama, nein! Mama, bitte nicht!«

Genau in diesem Moment tauchte Manni am Gartenzaun auf.

»Was ist denn passiert?«

»Schnell, ruf einen Krankenwagen«, rief Hanna ihm zu. »Sie ist zusammengebrochen.«

Manni zückte sofort sein altmodisches Handy und wählte den Notruf. Genau in diesem Moment eilte auch Erna herbei.

»Was ist hier los?«, rief sie aus und ging neben Hanna in die Hocke.

»Der Husten. Sie hat keine Luft mehr bekommen«, antwortete Hanna, ihre Mutter im Arm haltend.

»Dieser elende Husten. Ich sag ihr ständig, sie soll zum Arzt gehen. Aber sie will ja nicht hören«, sagte Erna.

Auch Manni war jetzt bei ihnen.

»Gleich kommt der Notarzt«, suchte er Hanna zu beruhigen. »Bestimmt geht es ihr dann schnell wieder besser.«

Seine Worte drangen kaum zu Hanna durch. Es konnte einfach nicht sein, dachte sie. Sie durfte ihre Mutter jetzt nicht verlieren, sie hatten sich doch gerade erst wiedergefunden. Beinahe für immer, hatte ihre Mutter gesagt. Es war nicht für immer gewesen. Jetzt war sie doch hier. Sie brauchten noch mehr Zeit. In der Ferne war das Martinshorn zu hören. Gleich würde alles wieder gut werden.

*

Hanna saß auf dem langen Klinikflur und starrte die Uhr an der gegenüberliegenden Wand an. Der Notarzt war gekommen und hatte sich um ihre Mutter gekümmert. Ein dunkelhaariger Mann, der sie behutsam, aber bestimmt zur Seite geschoben und gefragt hatte, was passiert sei. Keine zehn Minuten später waren sie im Krankenwagen. Hanna durfte als Tochter mitfahren. Auf der Fahrt hatte der Arzt Hanna ausgefragt. Wie lange ihre Mutter schon hustete? Ob sie öfter müde oder abgeschlagen gewesen sei? Er schien einen Verdacht zu haben, sprach diesen aber nicht aus. Und Hanna fragte nicht nach. Sie hielt die Hand ihrer Mutter, suchte sich selbst zu beruhigen und sah die Bilder des heutigen Tages vor sich, der so fröhlich begonnen hatte. Ihr Blick fiel auf ihre Füße. Sie hatte die feuchten Espadrilles gegen Sneaker getauscht. Espadrilles, die keinen Regen mochten, damals genauso wie heute. Trotz des Gewitters war es auf dem Festival wunderschön gewesen. Der bunte Markt der Ideen, die vielen Eindrücke und Menschen, die schöne Musik. Ihre Mutter trug noch immer den hübschen Wickelrock, der ihr so gut stand. Bestimmt würde es ihr bald wieder gutgehen. Vermutlich war es eine verschleppte Bronchitis oder etwas in der Art. Erna hatte recht. Sie hätte längst zum Arzt gehen müssen.

Hanna blickte den Flur hinunter und dachte daran, wie sie das letzte Mal hier gewesen war. Ihre Mutter hatte sich damals böse an der Hand geschnitten. Obwohl sie die Wunde gereinigt und verbunden hatten, hatte sie sich entzündet. Gleich dort vorn, in dem Raum hinter der großen metallenen Schiebetür war sie damals von einer netten Ärztin behandelt worden, die keine Fragen stellte. Vielleicht wäre es besser gewesen, wenn sie es getan hätte. Doktor Gerstner hätte anders reagiert, was zu diesem Zeitpunkt jedoch wenig gebracht hätte. Ihre Mutter selbst musste den Entzug wollen, nicht die Welt um sie herum. Hanna hatte sich damals vor dieser Entscheidung gefürchtet, vor Haar, der Klinik. Ihre Mutter war doch nicht geisteskrank gewesen. Sie war ins Wanken geraten, mehr nicht. Am Ende hatte Haar doch geholfen, während sie in Hamburg ein neues Leben begann. Weit fort von den Erinnerungen und der Angst. Weit fort von Alex, gefangen in ihrer Wut, schier verrückt werdend vor Liebeskummer. Wie viele Nächte sie durchgeweint hatte, konnte sie nicht mehr sagen. Fünfundzwanzig Jahre. Wenn ihre Mutter nicht angerufen hätte, wäre es für immer gewesen.

Die Tür der Notaufnahme öffnete sich. Eine Ärztin kam heraus, die auf Hanna zusteuerte. Sie stand auf.

»Sie müssen die Tochter von Frau Moser sein. Guten Abend.« Hanna nickte. Die Ärztin, blond, hager, wirkte unnahbar. »Wir konnten Ihre Mutter stabilisieren, würden sie aber gern für einige Tests hierbehalten.«

Hanna nickte. »Das ist gut. Ich meine, wegen des Hustens.« Sie verstummte. Der kühle Blick der Ärztin verunsicherte sie.

»Sie ist wach und wird gerade auf Station gebracht. Sie können zu ihr. Einen schönen Abend noch.« Die Ärztin ließ Hanna stehen und ging den Flur hinunter. Ihre Schuhe quietschten auf dem Linoleumboden. Erneut öffnete sich die Tür zur Notaufnahme, und ein junger Pfleger kam heraus, der ebenfalls auf Hanna zukam.

»Sie gehören zu Frau Moser?«, fragte er. Immerhin lächelte er. Hanna nickte.

»Ihre Mutter ist gerade auf Station vier gebracht worden. Sie hat nach Ihnen gefragt.« Er erklärte ihr, wie sie zur Station kam, und verschwand wieder hinter der Glastür. Hanna wandte sich ab. Sie musste zu den Aufzügen in der Eingangshalle. Der nächste Notfall wurde gebracht. Eine junge Frau mit Halskrause. Neben ihr lief die hagere Ärztin, die erste Informationen vom Notarzt erhielt. Es ging durch eine weitere Glastür, den nächsten Krankenhausflur hinunter bis zum Aufzug, vor dem sie ganz allein wartete. In der Eingangshalle war es sonderbar still. Der Blumenladen hatte geschlossen, genauso wie das kleine Café, in dem sich die Patienten oder Besucher aufhalten konnten. Sogar einen kleinen Zeitungsladen gab es. Hier vertrieben die letzten Kaffeedüfte des Tages den Geruch des Desinfektionsmittels. Helle Fliesen und hübsche Bilder an den Wänden sollten die kühle Klinikatmosphäre vertreiben, was nicht recht gelang. Der Aufzug kam. Es ging in den dritten Stock, weitere Flure entlang und durch eine Glastür. Eine Schwester brachte sie schließlich zu ihrer Mutter. Sie lag allein in einem Zweibettzimmer am Fenster.

»Sie können aber nicht lange bleiben. Ihre Mutter braucht Ruhe«, mahnte die Schwester und verließ den Raum.

Hanna trat an Gabis Bett. Sie hatte die Augen geöffnet und starrte an die Decke. Ohne ein Wort zu sagen, nahm sich Hanna einen Stuhl und setzte sich zu ihr. So saßen sie eine ganze Weile beieinander. Gabi war diejenige, die das Schweigen irgendwann brach.

»Ich glaube, ich hätte es an deiner Stelle auch so gemacht«, sagte sie. »Es gab damals viele Augenblicke, da wünschte ich mich tot.«

»Gott sei Dank bist du es nicht«, erwiderte Hanna und nahm Gabis Hand. »Du hast uns einen gehörigen Schrecken eingejagt.«

»Das wollte ich nicht. Dämlicher Husten.«

»Was sagen denn die Ärzte?«

»Sie wollen ein paar Tests machen. Die Blonde mag ich nicht. Ist eine arrogante Ziege.« Gabis Stimme klang rau.

»Schon wieder am Schimpfen«, antwortete Hanna lächelnd und fügte hinzu: »Ich mochte sie auch nicht.«

»Genau deshalb geh ich nicht zum Arzt«, erwiderte Gabi. »Wenn die erst einmal mit ihrer Sucherei anfangen, dann finden sie auch was. Erna sagt das auch immer. Wenn du zum Arzt gehst, bist du hinterher kränker als vorher.«

»Trotzdem lässt du die Ärzte diesmal ihre Arbeit machen«, antwortete Hanna. Sie hielt kurz inne, drückte die Hand ihrer Mutter und fügte hinzu: »Ich brauche dich nämlich noch.«

Gabi lächelte und erwiderte den Händedruck.

»Wenn du meinst. Aber wenn sie mich zu sehr ärgern, geh ich nach Hause.« Sie begann erneut zu husten, beruhigte sich aber schnell wieder. Hanna stand auf.

»Ich geh jetzt besser. Du musst dich ausruhen. Ich komme morgen wieder und bringe dir ein paar Sachen. Und du verlässt das Krankenhaus erst, wenn alle Untersuchungen abgeschlossen sind.« Sie hob mahnend den Zeigefinger. »Ich beruhige jetzt erst einmal Erna und Manni. Die beiden sind bestimmt in großer Sorge.«

»Wirst du auch Christina anrufen?«

Hanna nickte.

»Das muss ich wohl. Sonst steigt sie morgen in den nächsten Flieger. Bei dem Chaos, das wir angerichtet haben.«

Gabi lächelte.

»Das du angerichtet hast.«

Hanna nickte. »Wo du recht hast.« Sie nahm noch einmal die Hand ihrer Mutter und drückte sie. »Sie wird dich mögen.«

»Das hoffe ich«, antwortete Gabi. »Und jetzt verschwinde. Ich bin müde. Du hast die Schwester ja gehört.« Sie schloss die Augen. Hanna ließ ihre Hand los und verließ den Raum.

Ja, sie würde mit Christina reden, was nicht leicht werden würde. Über einen Ozean hinweg musste sie die Vergangenheit und die Gegenwart erklären. Hoffentlich würde Christina es verstehen. Wenigstens gab es Skype. Dann fühlte es sich ein bisschen so an, als würde man sich gegenübersitzen.

*

Zu Hause fand sie Erna und Manni in der Küche vor. Die beiden erhoben sich, als sie eintrat.

»Und? Wie geht es ihr?«, fragten sie gleichzeitig.

»Besser«, antwortete Hanna. »Sie schläft jetzt. Sie wollen noch einige Tests machen.«

Erna und Manni setzten sich wieder, während Hanna ein Glas aus dem Schrank holte und sich von der Zitronenlimonade einschenkte, die auf dem Tisch stand.

»Tests machen die immer«, sagte Manni. »Wenn die einen mal am Wickel haben, lassen sie einen so schnell nicht mehr los.«

»Ich weiß gar nicht mehr, wie oft ich ihr gesagt habe, dass sie mit dem Husten zum Arzt gehen soll«, meinte Erna und nahm sich einen der auf dem Tisch stehenden Kekse.

»Jetzt wird ihr ja geholfen«, erwiderte Hanna, nachdem sie ihr Glas in einem Zug geleert hatte.

»Ist bestimmt ein verschleppter Husten«, mutmaßte Manni. »Das hatte ich auch schon mal. Ich bin da nicht besser als Gabi. Zu viele Zigaretten, und Ärzte mag ich nicht. Zum Doktor Gerstner bin ich noch gegangen, aber seitdem er tot ist …« Er winkte ab.

»Doktor Gerstner ist tot?«, hakte Hanna nach.

»Schon lange«, erklärte Erna. »Herzinfarkt, während der Sprechstunde. Das ist schon über zehn Jahre her.« Sie wollte noch etwas hinzufügen, wurde aber durch das Läuten von Hannas Handy unterbrochen. Hanna sah sich um. Das Handy lag noch immer im Flur auf der Kommode. Sie hatte es gar nicht in die Klinik mitgenommen.

»Das Ding bimmelt und piepst andauernd«, sagte Manni.

Hanna nickte und stand auf. »Dann werde ich mal dafür sorgen, dass es aufhört. Es war lieb von euch, dass ihr gewartet habt. Morgen werden wir bestimmt mehr wissen. Gute Nacht.«

Erna und Manni erhoben sich und traten mit Hanna in den Flur. Beide umarmten sie noch einmal, dann verließen sie das Haus. Hanna schloss die Tür hinter ihnen und nahm ihr Handy zur Hand. Zwanzig Anrufe in Abwesenheit, zehn

WhatsApp-Nachrichten. Sie atmete tief durch, während sie die Treppe hinauflief und ihre Tochter bat, Skype einzuschalten.

Als sie wenig später Christinas Gesicht vor sich sah, traten ihr die Tränen in die Augen, und sie sagte: »Es tut mir leid. Ich wollte dich nicht belügen.«

Und dann begann sie zu erzählen, was sie irgendwann nicht mehr für Christina, sondern nur noch für sich selbst tat.

*

Nach dem Gespräch starrte Hanna noch lange auf den schwarzen Monitor ihres Laptops. Christina würde die Neuigkeiten erst einmal verdauen müssen. Heute Abend hatte sie eine ganz neue Mutter kennengelernt. Hanna wusste, dass ihre Tochter Zeit brauchen würde. Sie war schonungslos gewesen in ihrem Bericht. All die Erinnerungen, die Wut und die Verzweiflung waren nur so aus ihr herausgesprudelt. Es war erleichternd, darüber zu reden. Zum Abschluss hatte sie Christina versprochen, ihr Bilder vom Garten und vom Haus zu schicken, sogar von ihrem geliebten See, wenn sie es denn wollte. Dem Bauwagen, ihrem Rückzugsort.

Hannas Blick wanderte zum Fenster, vor dem Dunkelheit lag. Wie schön es jetzt wäre, Alex' Umarmung zu spüren. Er würde sie mit seiner ruhigen Art auffangen. Nicht reden. Im Zuhören war er gut gewesen. Sie fühlte sich wie erschlagen und war gleichzeitig hellwach. Die Gedanken würden sich in den nächsten Stunden nicht betäuben lassen. Sie schaute auf ihr Kopfkissen, zu dem Fleck an der Decke, der langsam wieder austrocknete. Der Eimer darüber erfüllte wieder seinen Zweck. Im Bauwagen könnte sie bei Kerzenlicht dem Zirpen der Grillen lauschen und Alex' Briefe lesen. Wenn er schon nicht da war, könnte sie sich wenigstens von seinen Zeilen in die Vergangenheit entführen lassen. Die Idee fühlte sich tröstend an. Sie beschloss, sie in die Tat umzusetzen, stand auf, holte einen seiner Briefe, es war ihr Lieblingsbrief, aus der Schatulle und verließ den Raum. Wenig später radelte sie den Feldweg hinunter.

Es war stockdunkel. Gespenstisch wirkte die schmale Mondsichel, die immer wieder zwischen den Wolken hervorkam. Es ging unter der Eisenbahnbrücke hindurch, ein Fuchs huschte durch den Lichtkegel ihrer Fahrradlampe, was sie zusammenzucken ließ. In der Ferne war Wetterleuchten zu erkennen, der Donner rollte. Sie erreichte den Wald und radelte schneller. Der Wind frischte auf und rauschte in den Baumkronen über ihr. Düster und wenig einladend lag bald darauf der See vor ihr. Sie radelte am Ufer entlang und schreckte eine Entenschar auf, die im Schilf gelegen hatte. Schnatternd flohen die Tiere aufs Wasser vor dem unbekannten Eindringling, der ihre Nachtruhe störte. Als sie am Bauwagen ankam, blitzte es. Die Helligkeit der Naturgewalt tauchte den See kurz in grelles Licht. Es folgte ein lauter Donnerschlag. Dieses Mal schien das Gewitter es bis zu ihnen zu schaffen. Als Hanna die Stufen zum Bauwagen hinauflief, traf sie ein erster dicker Regentropfen an der Wange. Sie öffnete die Tür, betrat den Raum und schaltete die Taschenlampenfunktion ihres Handys ein, um sich zurechtzufinden. Schnell waren die beiden Stumpenkerzen aufgestellt und entzündet, die sie im Wohnzimmerschrank gefunden hatte. Jetzt noch die beiden mitgebrachten Decken auf der Matratze ausbreiten, damit es gemütlich wurde. Erneut erhellte ein Blitz die Dunkelheit, der dazugehörige Donnerschlag ließ nicht lange auf sich warten. Endgültig öffnete der Himmel seine Schleusen. Regen trommelte aufs Dach, und der aufkommende Sturm rüttelte an den Fenstern ihres kleinen Zufluchtsortes. Das Kerzenlicht flackerte. Hanna holte den Brief hervor und faltete ihn auseinander. Was war es schön, seine Schrift zu sehen. Sie vertiefte sich in die Zeilen und tauchte in die Vergangenheit ein, die in diesem Augenblick die Gegenwart mit all ihren Sorgen vertrieb. Jetzt gab es nur noch Alex.

ZWÖLF

Hanna schlich vorsichtig um das Gipfelkreuz des Breitensteins herum. Die nur wenige Schritte entfernte Steilwand,
die fast senkrecht in den Abgrund fiel, jagte ihr Angst ein.
Dennoch war sie Alex bis ganz nach oben gefolgt, denn von
hier aus gab es die schönste Aussicht, und die wollte sie auf
keinen Fall verpassen, obwohl ihr das Herz vor Aufregung
bis zum Hals schlug und sie sich sicherheitshalber an seinem Arm festklammerte. Der Blick in die Ferne und zum
nahen Wendelstein hinüber belohnte sie jedoch für ihren
Mut, sich auf das unsichere Terrain zu wagen. Dazu kam
diese Stille, die es nur an Orten wie diesem gab. Gipfelkreu-
ze, die in den Himmel ragten und den Wanderer zum Innehalten brachten, waren besondere Plätze. Dafür hatte sich
der zweieinhalbstündige Aufstieg gelohnt. Sie setzte sich auf
einen breiten Stein unterhalb des Kreuzes und seufzte. Alex
sank neben sie, holte eine Wasserflasche aus seinem Rucksack und bot sie ihr an. Dankbar nahm sie sie entgegen,
trank gierig und gab sie ihm zurück. Er leerte die Flasche
endgültig. Alex hatte heute Morgen spontan angerufen und
gefragt, ob sie Lust auf eine Bergtour habe. Sie hatte sofort
zugesagt, denn heute musste sie nicht auf ihre Mutter achtgeben. Diese war bereits in den frühen Morgenstunden ge-

meinsam mit Erna zum Flohmarkt an der Donnersbergerbrücke aufgebrochen. Erna war süchtig nach Trödel, und
ihrer Meinung nach ließen sich die besten Stücke im Morgengrauen ergattern, wenn die Händler gerade ihre Stände
aufbauten. In ihrem Haus stapelte sich kitschiges Porzellan
in allen nur erdenklichen Farben und Formen in sämtlichen
Schränken. Dazu kamen Unmengen von Dekofiguren und
anderem Schnickschnack. Besonders gern hatte sie Main-
zelmännchen, die sie in einer Vitrine im Wohnzimmer aus-
stellte. Dazu kamen Porzellanpuppen und Steiff-Teddys, die
sich das Sofa teilten. Gewiss würden auch heute wieder jede
Menge neue Eroberungen den Weg in ihre Wohnstube finden. Nach dem Flohmarkt wollten die beiden noch ins Café
Luitpold, das sie wegen seines besonderen Flairs liebten.
Dann gönnten sie sich ein Stück Torte mit Cappuccino, der
hier eine Mark teurer war als anderswo, aber laut Ernas
Aussage sein Geld wert war.

»An die Höhe werde ich mich nie gewöhnen«, sagte Hanna.

»Gerade am Breitenstein ist die Steilwand aber auch wirklich beeindruckend«, antwortete Alex.

»Ja, beeindruckend nah«, erwiderte Hanna und zwang
sich zu einem Lächeln. »Aber trotzdem fühlt es sich gut an,
hier oben zu sein«, fügte sie hinzu. »In dieser Höhe scheint
man dem Herrgott ein ganzes Stück näher zu sein als da unten. Vielleicht hört er uns ja gerade zu.«

»Und freut sich über die Wanderer, die sein Werk zu
schätzen wissen. Wenn wir mal von der Steilwand absehen«,
feixte Alex.

»So war das nicht gemeint«, sagte Hanna.

»Du denkst an deine Mutter, oder?«

Hanna nickte.

»Etwas mehr Unterstützung von seiner Seite wäre wünschenswert.« Sie deutete zum Himmel.

»Hast du noch mehr von den kleinen Flaschen gefunden?«, fragte er.

»Nein, habe ich nicht.«

»Immerhin etwas.«

»Trotzdem werde ich heute Abend mit dem Leiter der Anonymen Alkoholiker darüber reden müssen. Sie belügt sich selbst mit diesen kleinen Trostspendern.«

»Ich weiß«, erwiderte Alex.

»Ich bete jeden Tag dafür, dass sie die Anstellung in München bekommt. Wenigstens haben wir bisher noch keine Absage erhalten.«

»Wie lange ist das Vorstellungsgespräch jetzt her?«

»Eine Woche«, antwortete Hanna. »Sie meinte, es sei gut gelaufen. Aber das sagte sie nach jedem Gespräch – und dann kam die Absage. Ich bin mir sicher, wenn sie wieder arbeitet, erledigen sich ihre Alkoholprobleme endgültig.«

»Das denke ich auch.« Alex legte seine Hand auf die von Hanna. Er kam sich so hilflos vor. Zu gern würde er bessere Worte der Ermutigung finden, mit dem Finger schnipsen und Hannas Sorgen verschwinden lassen. Doch das konnte er nicht. Er konnte nur bei ihr sein und ihr zuhören. Vor einer Weile hatte er mit seiner Mutter über das Thema gesprochen. Zuhören sei doch ein guter Anfang, hatte sie gesagt. Da sein, auffangen, ablenken und Mut machen. Das tat er heute. Hanna hatte lachen müssen, als er mit der roten Ente seiner Mutter vorgefahren war und breit grinsend erklärt hatte, dass die Limousine zur Abfahrt bereitstehe. Seit gut einem Jahr hatte das kleine Auto im Stall gestanden. Er selbst war lieber mit dem Rad gefahren, genauso wie seine Mutter, die mit der Ente mehrfach Pech gehabt hatte. Nicht nur einmal war sie mit dem in die Jahre gekommenen Gefährt auf der Landstraße liegen geblieben. Einmal sogar bei zehn Grad minus im Winter. Wie ein wandelnder Eiszapfen war sie an diesem Abend heimgekommen. Seitdem war die Ente für sie ein Unglücksauto, das nur Ärger mache und am besten auf den Schrotthaufen solle. Alex hatte trotzdem Siggi vor einer Weile dazu überredet, die Ente wieder flottzumachen, was ihnen mit der Hilfe vom Toni, einem Automechaniker aus Grafing, dann auch gelungen war. Mehr als achtzig fuhr das gute Stück allerdings nicht, was Alex nicht schlimm fand. Sie hatte heute ihre erste größere Bewährungsprobe mit der Fahrt nach Fischbachau mit Bravour bestanden. Und gewiss würde sie die Ente auch sicher nach Hause bringen. Für Alex hatten alte Autos nämlich Seele. Man musste ihnen nur gut zureden und ab und an über die Motorhaube streicheln. Dann ließen sie einen nicht im Stich.

Plötzlich schob sich eine Wolke vor die Sonne. Alex wandte sich um.

»Das sieht aber gar nicht gut aus.«

Auch Hanna blickte hinter sich. Die harmlosen Quellwolken von eben hatten sich innerhalb kürzester Zeit in dunkle Gesellen verwandelt, die bedrohlich wirkten.

»Wir sollten lieber zur Hubertushütte hinunterlaufen. Am Ende gibt es noch ein Unwetter.«

Alex stand auf und hielt Hanna die Hand hin, die sie dankbar ergriff. Vorsichtig schlich sie erneut ums Gipfelkreuz herum und trat auf den sicheren Trampelpfad, der den Berg hinunter und zu der nahen Ausflugshütte führte.

Als sie die Hütte erreichten, hatten sich die düsteren Quellwolken zu einer schwarzen Wand vereint, und der Wind frischte auf. Vor der Hütte saß ein älterer Wanderer, der die Hand um sein Bierglas gelegt hatte.

»Grüß Gott, mitanand«, grüßte er freundlich. »I glaub, des dauert nimma lang, bis des Weda losbricht.« Er deutete zum Himmel.

Alex grüßte zurück und stimmte ihm zu.

»Deshalb sind wir auch schnell vom Gipfel runter.«

Genau in diesem Moment blitzte es, und ein lauter Donnerschlag ließ Hanna zusammenzucken. Der Wind fegte die karierte Tischdecke zu Boden. Alex hob sie auf, und sie folgten dem Alten in das Innere der Alm, wo die Wirtin, eine dunkelhaarige Frau, Hanna schätzte sie auf Mitte fünfzig, hinter der Theke stand und Gläser wusch.

»Das ging aber jetzt schnell«, kommentierte sie das plötzliche Unwetter und drückte auf einen Lichtschalter hinter sich, der dafür sorgte, dass sämtliche Lampen im Raum angingen.

»Wird dann immer gleich so duster hier drin, gell, Sepp.«

Der alte Mann, der sich an dem Tisch direkt neben der Theke niedergelassen hatte, den ein Schild als Stammtisch auswies, nickte.

»Wird aber ned lang anhalten. In spädastens einer halben Stund scheint wieda die Sonne.«

Hanna und Alex suchten sich einen Platz am Fenster und bestaunten das Naturschauspiel. Blitze zuckten über dem Wendelstein, und der Sturm rüttelte an den Fensterläden. Sie bestellten eine Brotzeitplatte und Apfelschorle bei der Wirtin und hielten sich über den Tisch hinweg an den Händen. Die Tür öffnete sich, und es wehte zwei weitere Wanderer herein, die vollkommen durchnässt waren. Die beiden gesellten sich zu Sepp an den Stammtisch. Man kannte sich und war schnell in ein Gespräch vertieft. Nach einer Weile begann der alte Mann Zither zu spielen. Es herrschte eine besondere Stimmung im Raum, friedlich, ruhig, anheimelnd. Draußen tobte das Unwetter. Wie immer bei Gewitter musste Hanna an Ronja Räubertochter denken. Als das Mädchen zur Welt kam, tobte ein schreckliches Gewitter über der Burg und teilte diese mit einem Blitz in zwei Teile. Gewiss würde so etwas Schreckliches hier nicht passieren. Konnte ein Blitz einen Berg überhaupt teilen? Vermutlich nicht. Auch saßen sie nicht im Mattiswald von Astrid Lindgren, in dem schräge Gesellen ihr Unwesen trieben, sondern auf einer gemütlichen Alm, wo es gewiss keinen Höllenschlund geben würde.

»Du lächelst. Woran denkst du?«, fragte Alex.

»An Ronja Räubertochter«, antwortete Hanna.

»Das ist ja lustig«, erwiderte Alex. »Daran muss ich bei Gewitter auch immer denken. Diese Geschichte liebe ich bis heute. Früher konnte ich gar nicht genug vom Mattiswald und seinen Bewohnern bekommen.«

»Von den Druden, Unterirdischen und Rumpelwichten«, sagte Hanna lachend.

»Und den Höllenschlund, den Ronja überwunden hat.« Er hielt Hanna die Hand hin und sagte: »Für sie und Borka hat es ein Happy End gegeben.«

»Ich hoffe, das gibt es auch im echten Leben«, antwortete Hanna leise.

»Wenn der liebe Gott dort oben am Gipfelkreuz zugehört hat, dann mit Sicherheit.« Alex zwinkerte ihr zu. Hanna nickte. Es war so gut, ihn zu haben, kam ihr plötzlich in den Sinn. Hier mit ihm zu sitzen, seine Hand zu halten. Es schien, als wüsste er immer ganz genau, was sie brauchte. Sie dachten und fühlten gleich, waren sich in so vielem ähnlich und doch wieder grundverschieden. Sie wünschte sich, sie könnten für die Ewigkeit hierbleiben und die Zeit anhalten.

Genau wie Sepp es vorausgesagt hatte, wurde es draußen schon wieder heller. Dann überspannte ein Regenbogen das Tal, der sie staunen ließ, und die zurückgekehrten Strahlen der Sonne ließen das feuchte Gras vor der Hütte funkeln.

Schweigend bewunderten sie das Naturschauspiel, bis der Regenbogen verschwunden war. Keiner von ihnen beiden wollte den Moment zerstören, das tat erst die Wirtin, die an ihren Tisch kam und fragte, ob sie noch etwas zu trinken wollten. Alex verneinte und bat um die Rechnung.

»Ist besser, wenn ihr beiden zuseht, dass ihr runterkommt. Ich glaube, das war heute nicht das letzte Gewitter«, sagte sie, während sie abkassierte.

Hanna schaute erneut aus dem Fenster. Der Himmel war blau, nur wenige weiße Wolken waren zu sehen. In den Bergen konnte sich das jedoch schnell wieder ändern. Alex stand auf. Sie folgte ihm. Der alte Sepp verabschiedete sich mit einem Lächeln von ihnen und wünschte einen guten Abstieg ohne böse Überraschungen. Auch die beiden Wanderer an seinem Tisch baten jetzt um die Rechnung.

Alex öffnete die Tür, und sie traten in den Sonnenschein hinaus. Auf dem Weg ins Tal redeten sie nicht viel. Jeder hing seinen Gedanken nach. Es ging an der Kesselalm vorüber, die ein ganzes Stück unterhalb des Gipfels lag und ebenfalls ein beliebtes Ausflugsziel darstellte. Hanna lief langsam und blieb immer wieder stehen. Einmal streichelte sie ein Kälbchen, dann trank sie von einer Quelle. Sie wollte nicht, dass der Ausflug endete. In wenigen Stunden würde sie in Grafing bei den Anonymen Alkoholikern sitzen, um wieder einmal ihre Mutter zu unterstützen. Ihre Mutter, die kleine Fläschchen in Schubladen versteckte, der sie nicht vertrauen konnte. Ihre Familie brach entzwei, und es schien unaufhaltbar zu sein. Max hätte sie nicht hängen lassen dürfen. Aber er war schon immer ein Feigling gewesen. Das sagte jedenfalls Erna. Wenn es brenzlig wird, dann zieht er den Schwanz ein. Daran hat sich nichts geändert. Dieser Egoist. Aber sie würde nicht aufgeben. Das kleine Fläschchen war fort, weitere hatte sie nicht gefunden. Bestimmt kam eine Zusage für die neue Stelle. Dann hatte sie wieder eine Aufgabe und neue Motivation, ihren Alltag zu bewältigen. Gewiss würde bald alles wieder gut werden. Und vielleicht könnte sie mit ihrer Mutter dann einmal hierherkommen. Aber warum erst dann? Eigentlich könnte sie sie schon heute Abend fragen, ob sie mit ihr in die Berge fahren würde.

Früher war sie gern wandern gegangen. Es musste ja nicht gleich bis zum Gipfel sein. Bis zur Kesselalm würde sie es bestimmt schaffen. Mit einer guten Brotzeit in der Sonne zu sitzen und die Aussicht zu genießen, würde ihr gewiss gefallen. Die Berge hatten etwas Besonderes an sich. Dessen war sich Hanna heute mal wieder bewusst geworden. Sie erdeten einen auf ganz eigene Art.

Sie erreichten den Parkplatz, und Alex begrüßte die Ente, als wäre sie ein kleines Kind und kein Auto. Liebevoll tätschelte er ihr die Motorhaube und ermutigte sie, jetzt brav anzuspringen. Hanna schmunzelte. Er fing ihren Blick auf und grinste breit.

»Ist nur eine Vorsichtsmaßnahme. Immerhin ist das ihr erster Ausflug seit bald einem Jahr. Da muss man zu so einem alten Mädchen nett und freundlich sein.« Sie stiegen ein, und er ließ den Motor an.

»Schnurrt wie ein Kätzchen.«

»Das will ich hoffen.« Hanna schaute auf ihre Armbanduhr. »Ich muss zu Hause noch duschen, und dann müssen wir auch schon los. Die Zeit ist wie im Flug vergangen.«

»Das schaffen wir locker«, antwortete Alex und lenkte die Ente auf die Landstraße. Er schaltete das Radio ein, doch es rauschte nur, worauf er es wieder abdrehte.

»An der Antenne müssen wir noch arbeiten«, entschuldigte er sich.

Es ging an Bad Aibling vorbei. Mehrfach wurden sie von Autos und Motorradfahrern überholt. Irgendwann, es war auf der Höhe von Maxlrain, passierte es plötzlich. Der Motor begann zu stottern, und sie wurden langsamer.

»Was ist los?«, fragte Hanna nervös.

»Ich weiß es ehrlich gesagt nicht«, erwiderte Alex und trat aufs Gaspedal. »Komm schon, Ente. Jetzt nicht aufgeben. Wir haben es nicht mehr weit.«

Das Auto stotterte noch eine Weile weiter, irgendwann blieb es endgültig stehen, und der Motor ging aus.

»Na, bravo«, sagte Hanna. »Alte Autos und ihre Seele. Gut zureden und so. Und wie soll ich jetzt bitte schön pünktlich nach Hause kommen?«

»Vielleicht ist es ja nichts Schlimmes«, suchte Alex sie zu beschwichtigen. »Komm. Wir schieben sie erst einmal von der Straße runter, und dann schau ich mir mal den Motor an.«

Mit vereinten Kräften schafften sie die Ente in die Einmündung eines Feldwegs, und Alex öffnete die Motorhaube. Ungeduldig mit dem Fuß auftippend, lauschte Hanna den seltsamen Äußerungen und Geräuschen, die er von sich gab.

»Also, ähm. Ich weiß nicht recht. Vielleicht die Kühlung, aber dann müsste er dampfen. Der Keilriemen? Hm, ich glaube nicht.«

Irgendwann tauchte sein Kopf wieder auf, und er zuckte mit den Schultern.

»Ich kann es nicht sagen.«

»Und was jetzt? Ich muss nach Hause. Wenn ich sie heute versetze …« Hanna kam nicht dazu, den Satz zu beenden, denn ein Getränkehändler blieb neben ihnen stehen.

Der Fahrer, ein grauhaariger Mann mit buschigen Augenbrauen, öffnete die Beifahrertür und fragte mit südländischem Akzent: »Eine Panne?«

»Er gibt keinen Mucks mehr von sich«, antwortete Alex.

»Könnten Sie uns vielleicht abschleppen?«, fragte Hanna.

»Das nicht, denn ich muss noch meine Runde machen. Aber mitnehmen kann ich euch zwei. Wo müsst ihr denn hin?«

»Nach Griesing«, antwortete Hanna.

»Da fahr ich nicht hin. Aber Grafing ginge. Allerdings muss ich vorher noch zweimal Getränke ausliefern. Wenn euch das nichts ausmacht, könnt ihr gern mitfahren.«

Hanna schaute zu Alex. Er nickte, also stimmte auch sie zu. Grafing war besser als nichts. Sie könnte ja auch direkt zu den Anonymen Alkoholikern gehen und dort ihre Mutter abpassen. Dann hätte sie es wenigstens noch rechtzeitig geschafft. Duschen und saubere Klamotten wurden vollkommen überbewertet.

Sie kletterten also zu dem Fahrer, der sich als Antonio vorstellte, ins Auto, und es ging los. Die Fahrt endete allerdings schon nach einem kurzen Stück wieder an der Schlosswirtschaft Maxlrain. Alex und Hanna boten ihre Hilfe beim Ausladen an, damit es schneller ging. Antonio ließ sich dadurch jedoch nicht aus der Ruhe bringen. Er schwätzte mit dem Wirt und rauchte noch eine Zigarette, denn Pausen mussten schließlich sein. Hanna wurde erneut ungeduldig, und ihr Blick wanderte auf die Uhr. Selbst Grafing pünktlich zu erreichen, rückte inzwischen in weite Ferne. Sie sah schon jetzt die enttäuschte Miene ihrer Mutter vor sich. Diese dämliche Ente. Moni hatte recht, dass sie sie als Unglücksauto bezeichnete. Nach unendlich langen zehn Minuten bequemte sich Antonio endlich, weiterzufahren. Er schien Hannas Verstimmung nicht zu bemerken. Al Bano und Romina Power trällerten von Kassette, und er erzählte von seiner Familie. Fünf Kinder, drei Jungs und zwei Mädchen, habe er. Auch zwei Enkel gab es schon. Drei Geschwister hatte er auch noch zu bieten. Sie lebten in Italien. Jeden Sommer fuhren sie einige Wochen in die Heimat. Nirgendwo schmeckten das Olivenöl, der Käse und die Pizza besser als zu Hause. Alex warf ab und an ein Jaja ein, nahm irgendwann Hannas Hand und streichelte beruhigend mit dem Daumen über ihren Handrücken. Er schien zu spüren, dass sie vor Ungeduld beinahe platzte. Gewiss bereute er inzwischen, dass er sie mit der Ente abgeholt hatte. Nach Fischbachau hätten sie es auch mit dem Bus geschafft. Der Italiener lenkte den kleinen Lastwagen auf den nächsten Parkplatz einer Gaststätte. Erneut halfen Alex und Hanna beim Ausladen, wieder gab es eine Zigarette und einen Schwatz, diesmal sogar unendlich lange zwanzig Minuten, weil der Koch hinzukam, der auch Italiener war. Irgendwann ging es dann doch weiter, und sie erreichten Grafing, wo Antonio sie am Bahnhof absetzte.

»Und jetzt?«, fragte Alex.

»Muss ich mich beeilen«, sagte Hanna mit einem Blick auf die Bahnhofsuhr. »Die Stunde läuft bereits. Aber ich kann mich reinschleichen.«

»Es tut mir leid, dass alles so chaotisch gelaufen ist«, entschuldigte sich Alex. »Ich dachte wirklich, die Ente wäre zuverlässiger.«

»Jetzt sind wir ja hier«, antwortete Hanna. »Mama wird bestimmt darüber lachen können.« Sie stupste Alex auf die

Nase und hauchte ihm einen Kuss auf die Lippen. »Ich muss los. Später am See?«

»Ich werde da sein«, antwortete er, zwinkerte ihr zu und lief zur gerade einfahrenden S-Bahn.

Hanna schaute ihm noch kurz nach, dann machte sie sich auf den Weg zu dem Gemeindezentrum, wo die Treffen der Gruppe stattfanden. Als sie dort eintraf, wurde gerade die obligatorische Zigarettenpause gemacht. Man kannte sich. Hanna wurde von dem einen oder anderen freundlich gegrüßt. Sie schaute sich suchend um, konnte ihre Mutter aber nicht entdecken. Vielleicht war sie auf der Toilette? Sie betrat das Gebäude und schaute in die Damentoilette. Rief schließlich den Namen ihrer Mutter. Doch es kam keine Antwort. Sie lief die Treppe nach oben und betrat den Gemeindesaal. Wie immer stand in dessen Mitte ein Stuhlkreis. Irgendjemand hatte Kuchen mitgebracht. Vermutlich ein Geburtstag. Thomas Ludwigsen stand mit einer Flasche Wasser in der Hand am Fenster. Er begrüßte Hanna mit einem Lächeln.

»Hanna, wie schön. Seid ihr also doch noch gekommen.«

Hanna sah ihn verdutzt an und fragte: »Ist meine Mutter nicht hier?«

»Nein, sie ist leider nicht gekommen. Und das, obwohl Gerda heute ihren Geburtstag mit uns feiert.« Er deutete auf den Kuchen. »Die beiden verstehen sich doch so gut. Ich dachte nicht, dass sich Gabi das kleine Fest entgehen lässt.« Hanna hörte seine Worte kaum noch. In ihren Ohren begann es zu rauschen. Sie war nicht gekommen. Es musste etwas passiert sein. Himmel, diese dumme Ente. Sie hätte pünktlich sein müssen. Aber heute Morgen schien doch alles gut zu sein. Der Flohmarktbesuch, danach der Kuchen im Lieblingscafé. Hatte ihre Mutter nicht auch von Gerdas Geburtstag gesprochen?

»Ist alles in Ordnung?«, fragte Thomas Ludwigsen.

»Ja, ja«, erwiderte Hanna. »Ich war nur, ich meine …« Sie verstummte und fügte in Gedanken hinzu: Ich habe sie allein gelassen. »Ich muss jetzt gehen«, sagte sie laut und fügte einen knappen Abschiedsgruß hinzu.

Sie verließ den Raum, eilte die Treppe hinunter, durchquerte den Flur und lief an den rauchenden Teilnehmern vorüber. Der eine oder andere rief ihr etwas hinterher. Sie verstand die Worte nicht. Das Rauschen in ihren Ohren verstärkte sich. Sie rannte die Straße hinunter. Tränen traten in ihre Augen. Sie hatte ihre Mutter im Stich gelassen. Das hätte sie nicht tun dürfen. Aber sie war doch nicht allein gewesen, sondern mit Erna auf dem Flohmarkt … Pünktlich hätte sie sein müssen. Die Ente, das Unglücksauto. Sie erreichte die S-Bahn und musste zehn Minuten auf die Bahn warten, was ihr wie eine Ewigkeit vorkam. Als die endlich einfuhr, blieb sie neben der Tür stehen. Die Fahrt dauerte nur kurz, fühlte sich jedoch quälend lang an. Büsche, Bäume, bekannte Häuser und Bauernhöfe zogen an ihr vorüber. Hektisch riss sie die Tür auf, als sie in Griesing hielten. Sie rannte den Weg ins Dorf hinunter, die Straße entlang, an den Glascontainern vorüber. Als sie vor ihrem Haus eintraf, lag es friedlich im Schein der Abendsonne. Sie atmete tief durch, öffnete das Gartentor und holte ihren Schlüssel aus der Tasche. Zwei Stufen bis zur Eingangstür. Sie schaute zu Ernas Haus hinüber. Die Terrassentür war geöffnet, doch die Nachbarin war nicht zu sehen. Vielleicht war sie ja hier. Am Ende hatten sich die beiden einfach nur verquatscht, und ihre Mutter war deshalb nicht nach Grafing gefahren.

Hanna atmete tief durch, steckte den Schlüssel ins Schloss und trat in den Flur. Stille empfing sie. Keine Erna, keine Stimmen aus der Küche. Sie schaute in die Küche. Die war leer. Die Tür zum Wohnzimmer war nur angelehnt. Langsam schob sie sie auf. Ihre Mutter saß auf dem Sofa, eine Flasche Schnaps vor sich, die bereits zur Hälfte geleert war. Daneben lagen ein aufgerissener Briefumschlag, ein gefalteter Brief. Hanna konnte sich denken, was darin stand.

»Eine Absage«, sagte sie, ohne zu grüßen.

»Du bist nicht gekommen«, antwortete ihre Mutter.

»Wir hatten eine Autopanne.«

»Du hättest kommen müssen«, sagte ihre Mutter. »Ich habe auf dich gewartet.«

Hanna wusste nicht, was sie erwidern sollte. Sie blieb neben ihrer Mutter stehen und blickte auf das Häufchen Elend hinunter, das mit verschränkten Armen vor ihr saß und auf die Tischplatte starrte.

Eine Weile sagte keine von beiden etwas. Die Stille hatte etwas Beklemmendes an sich. Stille, die Angst machte, die nicht beherrschbar war. Sie sollte verschwinden und dem Lärm weichen. Schreien, wütend sein, endlich wieder lachen und lebendig sein dürfen. Keine Niederlagen, keine Einschränkungen mehr. Für sie beide.

»Woher hast du den Schnaps?«, fragte Hanna irgendwann.

»Ist das wichtig?«, fragte Gabi.

Hanna schüttelte den Kopf. Sie sank neben ihre Mutter auf das Sofa und legte den Arm um sie.

»So kann es nicht weitergehen.«

»Ich weiß«, erwiderte Gabi und lehnte den Kopf an die Schulter ihrer Tochter. »Jetzt bist du ja da.«

Sie roch nach Alkohol. Hanna unterdrückte die aufsteigende Übelkeit.

»Ja, ich bin da«, antwortete sie. »Und ich bleib es auch.«

»Ich bin müde«, sagte Gabi.

Hanna nickte.

»Dann solltest du jetzt schlafen. Komm. Ich bringe dich nach oben.« Hanna legte den Arm um die Taille ihrer Mutter und half ihr aufzustehen. Gemeinsam verließen sie das Wohnzimmer und liefen die Treppe nach oben. Hanna schaffte ihre Mutter aufs Bett, zog ihr die Schuhe aus, half ihr beim Hinlegen und deckte sie fürsorglich zu. Liebevoll strich sie zum Abschied über ihren Arm.

»Schlaf erst mal. Morgen sehen wir weiter.« Sie wollte aufstehen, doch Gabi hielt sie zurück.

»Es tut mir leid«, flüsterte sie. Tränen liefen über ihre Wangen.

»Das weiß ich«, erwiderte Hanna. »Mir tut es auch leid.« Sie ließ Gabis Hand los, verließ den Raum und schloss die Tür hinter sich. Im Flur blieb sie stehen und lehnte die Stirn gegen die gegenüberliegende Wand. Es durfte nicht sein. Sie durfte keinen Rückfall haben. Diese bescheuerte Absage. Wieso konnten sie kein Glück haben? Sie blinzelte die aufsteigenden Tränen fort und atmete tief durch. Jetzt nur nicht nachlassen. Dem Rückschlag durfte kein Raum gelassen werden. Durch Jammern wurde es nicht besser. Sie sollten einen Haken an diesen Unglückstag setzen. Hanna ging ins Wohnzimmer hinunter, nahm die Schnapsflasche und kippte deren restlichen Inhalt in die Spüle. Jetzt noch schnell das Absageschreiben vernichten. Sie überflog den Text, der die üblichen Floskeln enthielt. *Wir wünschen Ihnen für Ihre persönliche Zukunft alles Gute.* Idioten. Hanna zerriss den Brief und beförderte ihn in den Mülleimer unter der Spüle. Und was nun? Alex würde am See auf sie warten. Ihr Blick wanderte zur Treppe. Sie hatte versprochen hierzubleiben. Aber ihre Mutter schlief ihren verdammten Rausch aus. Nur ein paar Stunden mit Alex verbringen. Seine Nähe spüren, Kraft tanken, sich mit ihm gemeinsam fortträumen. Das brauchte sie jetzt, damit sie den morgigen Tag mit all seinen Schatten überstehen würde. Entschlossen öffnete sie die Tür, holte ihr Fahrrad aus dem Garten und radelte Richtung Wald davon.

*

Alex saß mit seiner Gitarre vor dem Bauwagen, als Hanna am See eintraf. Sie lehnte ihr Fahrrad an den Baum und trat näher. Er legte die Gitarre zur Seite und stand auf. Wie immer ließ sein Anblick ihr Herz einen Sprung tun. Einem inneren Impuls folgend, fiel sie ihm um den Hals, klammerte sich an ihm fest und sagte: »Liebe mich.«

Er verstand, schloss seine Arme um sie und begann sie zu küssen, lange und leidenschaftlich. Dann hob er sie in die Höhe, trug sie in den Bauwagen und legte sie auf die Matratze. Sie zog ihr Top und den BH aus. Er küsste sie erneut und hielt sie dabei fest umschlungen. Seine Hände schienen überall zu sein. Berührten ihren Rücken, streichelten ihre Schenkel, strichen sanft über ihre Brustwarzen. Nach einer Weile wanderte er mit seinen Lippen ihren Hals hinab, liebkoste ihre Brüste, ihren Bauch, landete in ihrem Schoß. Sie stöhnte auf und vergrub ihre Finger in seinem Haar, während er die Innenseite ihrer Schenkel küsste. Als er endgültig zu ihr kam, schloss sie die Augen. Seine Bewegungen wurden schneller, Schweiß lief zwischen ihren Brüsten hinunter. Immer wieder suchten seine Lippen die ihren. Den Höhepunkt erreichten sie gemeinsam. Hanna stöhnte auf, und ein unendliches Glücksgefühl breitete sich gemeinsam mit der vertrauten Wärme in ihr aus. Als er auf sie herabsank, öffnete sie die Augen wieder und vergrub ihre Finger in seinem verwuschelten, schweißnassen Haar. Keiner sagte ein Wort. Das helle Licht des Vollmondes fiel durch das kleine Fenster herein. Ihre Lippen schmeckten salzig vom Schweiß. Die Grillen zirpten. Sie genoss es, ihn bei sich zu haben. Langsam ließ sie ihre Beine sinken. Er rollte zur Seite und legte den Arm um sie. Eng schmiegte sie sich an ihn. Sie schwiegen, lauschten dem Konzert der Grillen und genossen den Augenblick. Hanna schloss die Augen und döste ein. Wenn sie könnte, würde sie für immer hierbleiben. Einfach die Zeit anhalten und diesen Moment niemals aufgeben müssen. Doch die Uhr lief unerbittlich weiter.

»Wollen wir nach draußen gehen?«, fragte Alex irgendwann.

Hanna stimmte zu. Nackt, wie sie waren, verließen sie den Bauwagen, gingen den Steg hinunter und setzten sich an dessen Ende. Das helle Licht des Vollmonds schimmerte im Wasser des Sees, der wie ein Spiegel vor ihnen lag. Wieder herrschte Stille. Es tat gut, die kühle Luft auf der erhitzten Haut zu spüren. Hanna wusste, dass sie nicht mehr lange bleiben würde können. Die Hilflosigkeit von eben schlich sich erneut an, um von ihr Besitz zu ergreifen. Sie legte ihren Kopf auf Alex' Schulter.

»Sie war nicht in Grafing.«

»Ich weiß«, antwortete er.

»Sie hat wieder getrunken.«

Er küsste ihr Haar, legte den Arm um sie und zog sie eng an sich heran. Hanna sprach weiter.

»Und ich dachte, der Herrgott hätte mir zugehört. Gerade eben war doch noch alles gut. Der Flohmarkt, Erna, ihr Lieblingscafé.«

»Ronja Räubertochter und der Mattiswald«, sagte er.

»So gern wäre ich jetzt dort. Sich in Ronjas Welt verkriechen und der Realität für immer entfliehen.«

»Obwohl der Mattiswald auch kein sicheres Plätzchen ist«, versuchte Alex zu scherzen.

»Stimmt auch wieder«, antwortete Hanna mit einem tiefen Seufzer.

»Was wirst du jetzt tun?«, fragte er.

»Wenn ich das wüsste.« Hanna zuckte mit den Schultern. »Vielleicht Thomas Ludwigsen um Rat fragen. Er kennt sich mit solchen Fällen aus. Vor einer Weile hat er mir während einer Pause davon erzählt, wie viele Menschen er bereits auf dem Weg aus der Sucht begleitet hat. Sogar er selbst war abhängig. Er meinte, es sei einfach ein langwieriger und harter Kampf und jeder müsse seinen eigenen Weg finden, die Sucht zu bekämpfen. Erst dann könne sie besiegt werden.« Hanna machte eine kurze Pause und fügte hinzu: »Ich glaube, sie weiß nicht, wie sie damit umgehen soll. Sie läuft blind durch die Gegend und findet sich nicht zurecht.«

»Und wenn ich meine Mutter mal bitte, bei ihr vorbeizuschauen?«, schlug Alex vor. »Sie kann gut mit Menschen umgehen, vielleicht kann sie ihr helfen.«

»Das ist lieb von dir. Aber ich glaube, es wird nicht viel bringen. Die neue Anstellung hätte den Durchbruch gebracht. Diese Niederlage gilt es erst einmal zu verkraften.«

Alex nickte.

»Ich muss jetzt auch los«, sagte Hanna.

»Ich wünschte, du könntest bleiben«, erwiderte er.

»Das wünschte ich auch. Aber ich will sie nicht länger als nötig allein lassen. Unsere Panne mit der Ente hat schon genug Schaden angerichtet.« Sie standen beide auf.

»Erinnere mich bloß nicht daran«, erwiderte er und winkte ab. »Meine Mutter hat sich kaputtgelacht, als ich ihr davon erzählt habe. Wie wir die Ente jetzt nach Hause bekommen, konnte ich auch noch nicht klären. Morgen werde ich Toni anrufen. Bestimmt können sie den Wagen abschleppen. Und wehe, er verlangt Kohle dafür. Immerhin hat er die Sache ja verpfuscht.« Sie liefen zum Bauwagen zurück, wo sie sich beide anzogen.

»Immerhin sieht die Ente hübsch aus«, sagte sie. »Ist eben eine Diva. So was soll unter Frauen weit verbreitet sein, hab ich mir sagen lassen.« Sie trat näher an Alex heran, legte die Arme um seinen Hals und küsste ihn.

»Ich bringe dich nach Hause«, sagte er nach dem Kuss. Er kam damit Hanna zuvor, die ihn ebenfalls um seine Begleitung hatte bitten wollen. Normalerweise machte es ihr nichts aus, durch den dunklen Wald zu fahren, den sie wie ihre Westentasche kannte. Doch heute brauchte sie das Gefühl von Sicherheit. Wie hatte sie auch nur eine Sekunde annehmen können, Alex könnte das nicht spüren? Er stupste ihr lächelnd auf die Nase, als würde er ihre Gedanken erraten, dann gingen sie zu ihren Fahrrädern. Sie radelten hintereinander den schmalen Weg am Ufer entlang. Glühwürmchen schimmerten zwischen den Bäumen, noch immer war das Konzert der Grillen zu hören. Auf dem Feldweg begannen sie kichernd Slalom zu fahren, beinahe wäre Hanna im Maisfeld gelandet.

Als sie bald darauf in der Gartenstraße eintrafen, lehnte Hanna ihr Fahrrad an den Zaun, ging zu ihm und küsste seine Wange. »Danke, dass du mich begleitet hast.«

»Dafür musst du dich doch nicht bedanken. Immerhin hat es heute nicht geregnet.« Er lächelte.

»Und ich musste auch nicht auf deiner Fahrradstange sitzen«, erwiderte Hanna mit einem Schmunzeln.

»Sag bloß, das hat dir nicht gefallen?«

»Doch, sehr sogar«, erwiderte sie. »Und sie ist zuverlässiger gewesen als so manche Ente.«

»Dafür aber weniger trocken.« Er zwinkerte ihr lächelnd zu, dann wurde seine Miene ernst.

»Ich hoffe, dass sie sich wieder beruhigt und alles gut ausgeht. Melde dich bitte. Und wenn du irgendetwas brauchst ...«

»Ich weiß.« Hanna brachte ihn zum Schweigen, indem sie ihm den Zeigefinger auf die Lippen legte.

»Morgen Abend wieder am See. Ich kann nicht genau sagen, wann ich komme. Aber ich werde da sein.«

»Ich auch«, antwortete er, griff nach ihrer Hand und küsste ihre Finger. »Und ich werde dich auch morgen wieder nach Hause bringen.«

DREIZEHN

Meine Hanna,

achtzehn Jahre ist es her, dass ich Dich verloren habe. Heute schreibe ich Dir nicht an unserem geliebten See, sondern auf dem Breitenstein. Seit achtzehn Jahren komme ich jedes Jahr an unserem Tag hier herauf. Ich weiß, dieser Tag ist für Dich nicht gut ausgegangen, die Panne mit der Ente, die Sorge um Deine Mutter. Doch für mich war es ein besonderer Tag, und ich werde ihn niemals vergessen. Die Ente stand noch lange in unserem Stall, bis sie ein Liebhaber kaufte, der meinte, alte Autos hätten eine Seele. Jetzt sehe ich Dich lachen. Im Gegensatz zu damals ist es heute trüb und kühl. Nachher werde ich in die Hütte hinuntergehen und einen warmen Tee trinken. Dann werde ich an genau demselben Tisch wie damals sitzen, nach draußen blicken und mir wünschen, Du wärst bei mir und wir würden miteinander reden, wie wir es immer getan haben, ganze Nächte lang. Egal, worüber wir sprachen, über uns, unsere Sorgen, unsere Träume oder auch die Bücher, die wir gelesen hatten – immer ergänzten wir uns, ein Wort gab das andere, und während wir doch immer an unserem See blieben, führten uns unsere Gespräche in neue, unbekannte Welten, die wir miteinander entdecken konnten. Nie wieder habe ich mich jemandem so nah gefühlt wie damals Dir.

Viele der Geschichten, über die wir damals sprachen, fanden ein glückliches Ende. Wird es das auch für uns geben? Vielleicht ein Wiedersehen. Denkst Du noch manchmal an uns? An die Zeit, als wir nachts durch Wälder radelten, nackt im See schwammen, unter Apfelbäumen tanzten, hier oben saßen und ins Tal blickten.

Ich hoffe so sehr, dass Du diese Zeilen eines Tages lesen wirst.

In Liebe
Dein Alex

*

AUGUST, 2016

Hanna saß in eine Strickjacke gehüllt mit einem Kaffeebecher in der Hand vor dem Haus auf der Terrasse und ließ ihren Blick über den Garten schweifen. Erster Bodennebel auf den Feldern kündigte den nahenden Herbst an. Den ersten Herbst seit Maurice' Tod. Morgen begann der September. Nicht mehr lange, und sein Todestag jährte sich zum ersten Mal. Sie würde diesen Tag nicht in Hamburg verbringen, nicht an seinem Grab stehen. Stattdessen suchte sie Zuflucht in einer Vergangenheit, die vor wenigen Wochen gar nicht mehr existiert, die sie für tot erklärt hatte. Bisher hatte das, gegen jede Annahme, ganz gut funktioniert. Doch die Vergangenheit wog schwer. Sie hatten alle Fehler gemacht. Wann heilten Verletzungen der Seele? Ihre Wunde hatte eine tiefe Narbe hinterlassen. Doch war ihre Mutter nicht auch verletzt? So viele Jahre, eine Ewigkeit voller Scham, Wut und Verzweiflung. Nun galt es, zu verzeihen und nach vorn zu blicken. Sie hatten einander wiedergefunden und mussten sich gegenseitig festhalten. So vieles war bereits verloren, das bisschen Glück der letzten Wochen sollten sie bewahren und die neu entdeckte Vertrautheit ausbauen. War es nicht das, was ihrem Leben fehlte, die Nähe zu jemandem, der sie auch ohne große Worte verstand?

Schritte ließen Hanna aufblicken. Erna trat näher, wünschte einen guten Morgen und sank neben sie auf die Bank. Sie trug eine dicke Strickjacke über ihrer karierten Kittelschürze, die wie ein Relikt aus einer anderen Zeit wirkte und doch zu ihr gehörte. Erna ohne ihre Kittelschürze war nicht Erna. Hanna atmete den vertrauten Geruch von Kölnisch Wasser ein, den sie verströmte.

»Sie wird bestimmt wieder«, sagte Erna nach einem Moment des Schweigens. »Sie war nie krank, selbst im kältesten Winter nicht. Bis der dumme Husten anfing.« Sie schüttelte den Kopf. »Bestimmt hat Manni recht, und es ist nur eine verschleppte Erkältung. Antibiotika, bisschen Ruhe, dann wird das schon wieder. Die in den Krankenhäusern mit ihren Tests machen einem immer gleich Angst. Ich hatte das mal vor ein paar Jahren. Da hat Frau Doktor Simmerl einen Knoten in meiner Brust entdeckt. So ein kleiner Knubbel, nix Besonderes. Ich hab ihr gleich gesagt, dass das nichts ist. Aber sie hat einen Riesenwirbel gemacht und von Verdacht auf Krebs gesprochen. Ganz hibbelig bin ich geworden. Krebs, ach du meine Güte. Dann haben sie so eine Biop... ach, mir fällt das Wort nicht mehr ein.«

»Biopsie«, half Hanna ihr auf die Sprünge.

»Ja, genau. So etwas haben sie gemacht. Am Ende war es kein Krebs, und die ganze Aufregung war umsonst. Seitdem war ich nicht mehr bei der Simmerl. Wär ich damals nur nicht hingegangen. Hätte mir eine Menge schlaflose Nächte erspart.« Sie winkte ab.

Hanna behielt für sich, Erna darüber aufzuklären, dass es auch anders hätte kommen können und mit der Untersuchung der Frau Doktor Simmerl und der Biopsie vielleicht ihr Leben gerettet hätte werden können, wenn es wirklich Krebs gewesen wäre. So war es nur ein kleiner Knubbel, der nicht der Rede wert gewesen war. Sie hoffte, später im Krankenhaus eine ähnliche Nachricht zu erhalten. Vielleicht konnte sie ihre Mutter gleich wieder mitnehmen.

»Ich hätte ihr sagen sollen, was in Hamburg war«, sagte Hanna.

»Was war in Hamburg?«

»Deshalb haben wir uns gestern gestritten. Ich war damals so verletzt. Ich habe allen erzählt, dass meine Mutter gestorben ist. Als die Lüge erst einmal in die Welt gesetzt war, ließ es sich nicht mehr stoppen. So erfand ich die Geschichte von einem Gehirntumor, und Bernie hat mitgemacht. Für ihn war sie schon viel länger tot. Es gab nichts zu erklären, nichts zu reden. Sie war fort, vergraben mit den Erinnerungen. Griesing, das alles hier«, Hanna machte eine weitläufige Handbewegung, »war ausgelöscht. In Hamburg hatte ich mir ein neues Leben erkämpft, und es war ein gutes Leben. Ein schönes Zuhause mit einem hübschen Garten, Maurice und Christina. Die perfekte Idylle – von der heute nichts mehr geblieben ist.« Sie sah zu Erna. In ihren Augen funkelten Tränen.

»Ach Mädchen«, sagte Erna. »Das war damals für uns alle ein schrecklicher Sommer. Die ganze Zeit haben wir gehofft, immer dieses Auf und Ab, das in Wut und Verzweiflung endete. Vielleicht hätte ich an deiner Stelle genauso gehandelt. Du warst sechzehn, ein halbes Kind, das jahrelang damit hatte leben müssen, die Tochter der Säuferin zu sein. Wir konnten es nicht aufhalten. Es muss so befreiend für dich gewesen sein, keine mitleidigen Blicke zu bekommen, sich nicht schämen zu müssen und ein ganz normales Leben zu führen.«

»Ich hätte es trotzdem nicht tun dürfen«, entgegnete Hanna. »Man erklärt seine Mutter nicht für tot, da mag es noch so schlimm sein. Der Tod bedeutet das Ende, da gibt es keinen Neubeginn, kein Wiedersehen mehr. Maurice ...« Sie brach ab. Endgültig liefen die Tränen über ihre Wangen. Erna legte den Arm um Hanna und zog sie eng an sich. Hanna lehnte den Kopf an ihre Schulter.

»Max hatte recht, dass sie diejenige war, die es in Ordnung bringen musste«, sagte Erna. »Sie hat es damals auch kaputtgemacht. Doch sie war all die Jahre zu feige. Es wundert mich, dass sie überhaupt noch angerufen hat. Vielleicht ja ...« Erna machte eine kurze Pause, dann setzte sie neu an. »Vielleicht hat sie gespürt, dass es dir schlecht geht. Mütter haben für so etwas einen siebten Sinn. Selbst ich, die ich doch ein rechter Trampel bin und in Erziehungsdingen immer ungeschickt war.« Erna lächelte. »Jetzt hat sie angerufen, und du bist hier. Das ist es doch, was zählt. Ihr seid wieder zusammen. Und so ein Streit reinigt die Luft. Das hat meine Oma, Gott hab sie selig, immer gesagt. Bestimmt hat sie sich inzwischen beruhigt. Wie ich sie kenne, ist sie längst aus dem Krankenhausbett gehüpft und wartet darauf, dass wir sie endlich aus diesem Gefängnis befreien.«

»Ich hab ihr gesagt, dass sie so lange dortbleiben muss, bis die Ärzte sie offiziell entlassen.«

»Und du denkst, daran wird sie sich halten?«

»Sie hat es mir versprochen.«

»Da kennst du deine Mutter aber schlecht. Bestimmt nutzt sie die erstbeste Gelegenheit, um sich vom Acker zu machen. Ich glaube, sie fürchtet sich seit ihrem Aufenthalt in Haar vor Ärzten und Krankenzimmern.«

»Dann ist es wohl besser, ich fahre gleich zu ihr, oder? Eigentlich wollte ich erst heute Nachmittag hin, um die Ergebnisse der Tests und Untersuchungen abzuwarten, aber wenn das so ist …« Hanna stand auf. »Ich muss noch ihre Sachen zusammenpacken.«

»Ist bestimmt besser.« Erna erhob sich ebenfalls. »Ich geh und hol dir etwas zu futtern für sie. Ich konnte nicht schlafen und hab schon vor Tagesanbruch einen Zwetschgendatschi gebacken. Den hat sie gern. Diesen Krankenhausfraß kann man doch nicht essen.«

Erna wollte gehen, doch Hanna hielt sie am Arm zurück.

»Du glaubst doch auch, dass es nichts Schlimmes ist, oder?«

»Gewiss nicht«, erwiderte Erna und tätschelte Hanna die Hand. »Außer dem Husten fehlt ihr doch nichts. Manchmal war sie bisschen müde, mehr nicht. Aber wer ist das nicht hin und wieder, besonders in unserem Alter. Da ist so ein Mittagsschläfchen eine feine Sache. Bestimmt ist sie morgen wieder hier, und ihr könnt neue Umbaupläne schmieden.« Sie lächelte. »Ich packe dir auch noch Zitronenlimo ein, und von den Keksen hab ich auch noch.«

»Ein richtiges Care-Paket also«, antwortete Hanna lächelnd.

»Was auch immer das ist«, erwiderte Erna. »Und kauf ihr Rätselhefte und Klatschzeitungen. Die hat sie gern.«

»Mach ich.«

Erna verabschiedete sich und verschwand hinter der Hausecke. Hanna sah ihr einen Moment nachdenklich hinterher. Erna war mit den Jahren Teil der Familie geworden. Niemals wieder schien es einen Mann im Leben ihrer Mutter gegeben zu haben. Oder vielleicht doch? Sie hatten nie darüber gesprochen. Vielleicht sollten sie das jetzt tun. Es gab so vieles, worüber sie noch nicht geredet hatten. Aber es blieb ja auch noch eine Menge Zeit. Hannas Blick wanderte die Hausmauer hinauf bis zum Dach. Bevor der Winter kam, sollte es dicht sein. Sie würden es sich am warmen Kachelofen gemütlich machen, Mama würde Christina kennenlernen, die überlegte, Weihnachten nach Hause zu kommen. Vielleicht läge dann sogar Schnee. Sie könnten eine Lichterkette an der kleinen Tanne vor dem Haus anbringen, gemeinsam in die Christmette gehen. Sie wären wieder eine Familie. Der Gedanke fühlte sich tröstend an. Eine Familie, auch wenn Maurice fehlte. »Es hätte dir hier gefallen«, sagte sie in die Stille und lauschte einen Moment, als würde er Antwort geben. Dann ging sie zurück ins Haus, um zu duschen und die Tasche ihrer Mutter zu packen. Sie war gerade fertig, als es an der Tür läutete. Es war Manni, der Rätselhefte und Klatschzeitungen brachte.

»Sie mag solche Sachen. Da dachte ich, ich besorge etwas und bringe es vorbei.« Er lächelte schüchtern. Hanna nahm sie ihm dankend ab. Genau in diesem Moment kam Erna mit einem gut gefüllten Korb voller Leckereien.

»Da kommt ja auch der Proviant«, begrüßte Hanna sie. Sie nahm den Korb entgegen und bedankte sich. Einen Augenblick standen sie sich schweigend gegenüber. Manni trat unsicher von einem Bein aufs andere. »Richte ihr doch bitte die besten Grüße aus. Und das Grillen holen wir nach.« Er verstummte.

»Und wenn ihr beiden einfach mitkommt?«, fragte Hanna spontan. »Mama würde sich bestimmt freuen.«

»Aber wird es dann nicht zu viel?«, fragte Erna. »Gleich drei Leute. Wie sieht das denn aus?«

»Papperlapapp«, erwiderte Hanna. »Wie es aussieht, ist doch völlig unwichtig.«

»Wo sie recht hat«, meinte Manni. »Obwohl ich Krankenhäuser ja nicht mag. Diese vielen Weißkittel und dieser seltsame Geruch. Aber für Gabi könnte ich eine Ausnahme machen.«

Hanna blickte zu Erna.

»Gut, ich komme auch mit. Es geht ja schließlich nicht um irgendjemanden, sondern um unsere Gabi. Ich geh nur schnell rüber und hole meine Tasche.«

*

Als sie am Krankenhaus eintrafen, hatte sich der Nebel des Morgens endgültig verzogen, und die Sonne lachte von einem blau-weißen Bilderbuchhimmel. Die Tische vor dem Café im Eingangsbereich waren gut besetzt. Erna war diejenige, die Gabi entdeckte. Sie stand unweit des Haupteingangs im Schatten einer Linde mit einer Zigarette in der Hand und unterhielt sich mit einer Frau mittleren Alters, die ihren rechten Arm eingegipst hatte und in einer Schlinge trug.

»Hallo Gabi«, rief Erna freudig winkend. Gabi blickte auf. »Habe ich mir doch gedacht, dass du schon wieder auf den Beinen bist.« Erna umarmte sie ungestüm. Manni, der sämtliches Gepäck trug, grüßte eher zurückhaltend. Hanna umarmte ihre Mutter nur kurz. Die Frau mit dem Gipsarm entfernte sich mit einem knappen Gruß.

»Ich hab dir einen Zwetschgendatschi gebacken«, redete Erna sofort los. »In diesen Krankenhäusern schmeckt das Essen doch immer scheußlich. Und für heute Abend habe ich dir von der Fleischwurst eingepackt, dazu das Bauernbrot vom Landbäcker. Und Manni hat dir Zeitungen und Rätselhefte besorgt, damit es dir nicht langweilig wird. Aber so gut, wie du schon wieder aussiehst, haben wir am Ende alles umsonst hergebracht. Was sagt denn der Arzt? Wann darfst du wieder nach Hause?«

»Zwetschgendatschi, wie schön«, ging Gabi nicht auf die Frage von Erna ein. »Und Fleischwurst. Das hört sich lecker an.« Sie hustete kurz, beruhigte sich aber schnell wieder. »Wollen wir drüben im Café Kuchen essen? Der Milchkaffee ist erträglich, und gerade ist ein Platz im Schatten frei geworden.«

Alle stimmten zu. Kurz darauf saßen sie um den Tisch bei Milchkaffee.

»Und? Was hat der Arzt denn nun gesagt?«, fragte Erna erneut.

»Noch gar nichts«, antwortete Gabi. »Heute Morgen kam so ein junger Bursche und hat mir Blut abgenommen.« Sie deutete auf ihren rechten Arm. »Seitdem tut mir alles weh. War ein Anfänger. Der Trottel hat fünf Anläufe gebraucht, bis er endlich eine Vene gefunden hat. Ich hab ihm gesagt, dass er sich bei der Treffsicherheit die Drogenkarriere abschminken könnte. Das fand er nicht so lustig. Später haben sie mich noch in eine Röhre geschoben, in der ich ganz still halten musste. Und das alles kurz nach dem Frühstück, das es schon um sieben gab. Ich hab ganz vergessen, was die in solchen Häusern für einen Stress machen. Schon in aller Herrgottsfrüh ist so ein junges Ding in mein Zimmer zum Bettenaufschütteln und Fiebermessen gekommen.« Sie nippte an ihrem Kaffeebecher.

»Also wirst du heute wohl noch nicht nach Hause dürfen«, sagte Manni.

»Vielleicht ja doch. Noch eine Nacht länger halte ich es hier kaum aus. Ich werde nachher die Stationsschwester fragen, ob sich heute noch einer bequemt, mir zu erklären, was los ist. Wegen einem Husten muss ich schließlich nicht in diesem Kasten sitzen.«

Wie aufs Stichwort näherte sich ihnen in diesem Augenblick eine junge Schwesternschülerin und fragte mit piepsiger Stimme: »Ich suche eine Frau Moser. Der Oberarzt möchte mit ihr sprechen.«

»Als ob er mich gehört hätte«, sagte Gabi und stand auf. Die anderen erhoben sich ebenfalls.

»Soll ich mitkommen?«, fragte Hanna.

Gabi wollte etwas erwidern, zögerte dann aber und wandte sich an die Schwesternschülerin. »Kann sie mitkommen? Sie ist meine Tochter.«

»Ja, das geht bestimmt, wenn sie eine Angehörige ist.« Hanna nickte. Die anderen beiden versprachen zu warten.

»Wir essen auch den Kuchen nicht auf. Versprochen«, versuchte Manni, einen Scherz zu machen. Es lachte niemand.

Hanna und Gabi folgten der Schwesternschülerin ins Gebäude. Es ging durch die Eingangshalle zum Fahrstuhl, der sie zurück in den dritten Stock beförderte. Die Schwesternschülerin führte sie zum Büro des Oberarztes, das auf der anderen Seite des Flurs neben einigen Untersuchungsräumen lag. Als Hanna und Gabi den Raum betraten, erhob er sich mit einem Lächeln, schüttelte beiden die Hand und bat sie, Platz zu nehmen. Hannas Hände zitterten, schon seitdem die Schwesternschülerin gekommen war. Sie wurde das dumme Gefühl nicht los, dass hier etwas ganz und gar nicht stimmte. Wegen einer Kleinigkeit wurde man nicht zum Oberarzt ins Büro gerufen. Sie blickte zu ihrer Mutter. Gabis Miene war ernst. Auch sie schien zu ahnen, dass es schlechte Neuigkeiten geben würde. Der Oberarzt setzte sich ihnen gegenüber und blätterte in einer Akte. Es kam Hanna so vor, als würde er Zeit schinden. Die Stille im Raum hatte etwas Beklemmendes.

»Es tut mir leid, Ihnen das sagen zu müssen, Frau Moser«, begann der Arzt, »aber bei den Untersuchungen heute

Morgen hat sich die Vermutung der Kollegin von gestern Abend bestätigt.«

Hanna hatte sofort die kühle blonde Ärztin vor Augen. In ihren Ohren rauschte es. Sie streckte die Hand aus, nahm die Hand ihrer Mutter und hielt den Atem an.

»Wir haben leider ein Lungenkarzinom bei Ihnen festgestellt.«

Hanna schloss für einen Moment die Augen. Krebs. Der Arzt sprach weiter. Seine Stimme schien von weit her zu kommen. »Wir können leider nicht operieren.«

Gabi sagte kein Wort. Sie saß wie versteinert da.

»Wir würden so bald wie möglich mit einer Chemotherapie starten. Damit haben wir bei Diagnosen wie Ihrer schon gute Erfolge erzielt. Was meinen Sie?«

Der Arzt schaute von Gabi zu Hanna. Beide schwiegen. Wie betäubt saßen sie, sich an den Händen haltend, da. Irgendwann wandte Gabi den Kopf zu Hanna.

»Ich hätte es in Hamburg genauso wie du gemacht. Letzte Nacht habe ich darüber nachgedacht. Ich hätte mich auch für tot erklärt.« In ihre Augen traten Tränen. Hanna drückte Gabis Hand. Ihre Finger waren eiskalt.

»Nein«, erwiderte sie. »Ich hätte das nicht tun dürfen. Es tut mir leid.«

»Du musst dich nicht entschuldigen. Mir tut es leid. Ich hätte eher anrufen sollen. Max hat all die Jahre recht gehabt, wenn er gesagt hat, dass ich es aus der Welt schaffen muss. Doch ich hab es einfach nicht fertiggebracht. Und dann verging die Zeit. Mit jedem Jahr wurde es schwieriger. Und jetzt …« Sie brach ab.

»… jetzt haben wir einander wiedergefunden«, sprach Hanna ihren Satz zu Ende.

»Ich möchte ja nicht unhöflich sein«, mischte sich der Arzt in ihr Gespräch ein. »Aber könnten wir erst einmal Ihre Therapie besprechen?« Er schaute auf seine Armbanduhr. »Vielleicht klären Sie Ihre Familienangelegenheiten später.«

Gabi blickte zu Hanna, die nickte.

»Dann bekämpfen wir diesen Scheißkrebs eben«, antwortete Gabi.

»Das wollte ich hören«, erwiderte der Arzt. Er erhob sich und reichte Hanna und Gabi um ein Lächeln bemüht die Hand, dann verließ er den Raum. Die Tür fiel laut hinter ihm ins Schloss. Hanna zuckte zusammen. Einen Moment herrschte Stille, dann sagte Gabi: »Ich hätte nicht Scheißkrebs sagen dürfen.«

»Wieso nicht? Es ist doch die Wahrheit.«

»Aber so etwas sagt man nicht zu einem Arzt.«

»Dann sag eben Scheißkarzinom, wenn dir das besser gefällt.«

Jetzt musste Gabi schmunzeln. Sie standen auf.

Hanna wollte die Tür öffnen, doch Gabi hielt sie am Arm zurück. Sie suchte den Blick ihrer Tochter und flüsterte: »Ich habe Angst.«

Hanna wusste nicht, was sie erwidern sollte. Wortlos nahm sie ihre Mutter in die Arme und drückte sie fest an sich.

*

Hanna lag in ihrem Bett auf der Seite und beobachtete, wie die ersten Sonnenstrahlen durch die Schlitze der Rollläden auf den Boden ihres Zimmers fielen. Sie lag schon lange wach, grübelte und ließ die Ereignisse des vorangegangenen Tages an sich vorüberziehen, die sie bis in ihre Träume verfolgt hatten. Lange hatte sie auf den Wasserfleck an der Decke gestarrt, der inzwischen komplett getrocknet war. Lungenkrebs. Sie hatte gestern Abend den Fehler gemacht und über die Krankheit im Internet recherchiert. Das hätte sie lieber bleiben lassen sollen. Meist wurde diese Krebsart zu spät entdeckt. Die Todesrate war hoch, die Symptome waren unterschiedlich, oft ähnelten sie jedoch denen ihrer Mutter. Am Nachmittag hatte sie den Oberarzt noch einmal auf dem Flur getroffen und ihn um seine ehrliche Einschätzung gebeten. Er sträubte sich, ihr eine Prognose zu geben, das sei immer ungewiss, tat es dann aber doch. Nach seiner Einschätzung standen die Chancen ihrer Mutter auf Heilung bei höchstens dreißig Prozent. Sie hätte eher kommen sollen. Mit diesen Worten hatte er sie stehen lassen. Eher kommen sollen. Hanna dachte an Ernas Worte. Sie war nie krank gewesen, nicht einmal im schlimmsten Winter. Seit damals hat sie Angst vor solchen Häusern. Ein kleiner Knubbel, mehr nicht. Irgendwie hatte Erna schon recht. Wenn sie erst einmal mit den Tests anfingen, dann begann der Ärger. Oder es fand sich ein Weg, um wieder gesund zu werden. Hanna dachte an den Moment, als sie die Tür öffnete und den beiden Polizisten entgegensah. Was hätte sie darum gegeben, wenn Maurice im Krankenhaus gewesen wäre. Hunderte Tests hätten die Ärzte machen dürfen, wenn er nur überlebt hätte. Würde ihre Mutter nächstes Jahr die Blütenblätter im Gras noch sehen? Sie schob den Gedanken beiseite und straffte die Schultern. Natürlich würde sie sie noch sehen, genauso wie das neu renovierte Haus. Jetzt galt es, nicht aufzugeben. Es war noch nicht zu spät. Sie hätten noch Zeit miteinander, und ihre Mutter würde wieder gesund werden. Wäre doch gelacht, wenn sie diesen Scheißkrebs, ja, ihre Mutter hatte sich schon richtig ausgedrückt, nicht besiegen könnten. Genau in diesem Moment klingelte ihr Handy, das auf dem Nachttisch lag. Christina. Sie hatte ihr gestern nur einen knappen Gruß gesendet. Jetzt kam ein Videoanruf von ihr rein. Hanna nahm das Gespräch an.

»Guten Morgen, meine Süße«, begrüßte sie ihre Tochter, die irgendwo in einem Garten oder Park zu sein schien.

»Guten Morgen, Mama. Ich wollte nur wissen, ob es dir gutgeht.«

»Aber sicher doch. Mir ging es nie besser«, schwindelte Hanna und lächelte. Christina ahnte gar nicht, wie gut ihr diese arglose Frage tat.

»Diese Sache mit Oma. Ich hab darüber nachgedacht.«

»Und?«, fragt Hanna.

»Ist schon okay. Ich meine, ich kann es ja eh nicht ändern, oder?«

»Nein, das kannst du nicht«, erwiderte Hanna.

»Ich hab mit Onkel Simon wegen Weihnachten geredet. Er würde mir sogar den Flug nach Hause zahlen. Ist das nicht nett von ihm?«

»Sehr nett. Aber du musst dann nach München fliegen. In Hamburg gibt es kein Zuhause mehr.«

»Ich weiß. Wie heißt das Kaff gleich noch?«

»Es ist kein Kaff«, verteidigte Hanna mit einem Lächeln ihr Heimatdorf. »Es ist ein hübsches Dorf, und es heißt Griesing.«

»Also dann Griesing. Gibt es da eigentlich Berge?«

»Aber natürlich. Nicht weit von hier. Wenn du magst, können wir mal einen Ausflug in die Berge machen.« Hanna dachte an den Breitenstein. Es war ihre letzte Bergtour gewesen.

»Warum nicht. Zum Skifahren oder so.«

»Gern. Ich weiß nur nicht, ob ich es noch kann«, erwiderte Hanna lächelnd.

»Dann lernen wir es eben gemeinsam. Und vielleicht kann Oma auch mitkommen. Oder ist sie dafür schon zu alt?«

»Gewiss nicht. Ich kann sie ja mal fragen.« Hanna überlegte kurz, ob sie Christina von der Diagnose erzählen sollte. Sie entschied sich dagegen. Vielleicht war bis Weihnachten alles wieder gut, und sie hätte umsonst die Pferde scheu gemacht. Sie wusste, dass sie sich selbst belog.

»Ich muss jetzt Schluss machen. Wir wollen in die Shopping Mall fahren. Grüß Oma von mir und sag ihr, ich freue mich schon darauf, sie bald kennenzulernen. Vielleicht skypen wir beim nächsten Mal gemeinsam?«

»Gern«, antwortete Hanna.

»Dann bis bald. Ich hab dich lieb.« Christina spitzte die Lippen zu einem Kuss, dann beendete sie das Gespräch.

»Ich hab dich auch lieb«, flüsterte Hanna, der in diesem Moment die Tränen in die Augen stiegen. Sie legte das Handy zurück auf den Nachttisch, und ihr Blick wanderte zu dem Kasten mit Alex' Briefen. Die Berge. Den letzten Brief, den sie von ihm gelesen hatte, hatte er auf dem Breitenstein geschrieben. Die chaotische Fahrt mit der roten Ente, dem Unglücksauto. Hanna lächelte bei der Erinnerung daran. Seit diesem Tag hatte sie eine Aversion gegen Al Bano und Romina Power. Damals hatte sie auf dem Gipfel des Breitensteins gehofft, der Herrgott könnte sie von dort besser hören. Es hatte nicht geklappt. Aber vielleicht funktionierte es ja heute, wenn sie um Hilfe für ihre Mutter bat. Plötzlich befiel sie die Sehnsucht nach den Bergen. Sie wollte durch die Natur laufen, ganz bei sich sein und Kraft sammeln, für alles, was kommen sollte. Sie beschloss, ihre Idee in die Tat umzusetzen, und stand auf. Wenn sie gleich aufbrach, wäre sie am Nachmittag wieder zurück und könnte ihre Mutter im Krankenhaus besuchen. Sie trat ans Fenster und zog den Rollladen hoch. Die Sonne schien von einem wolkenfreien Himmel. Heute sah es nicht danach aus, als müsste sie ein Gewitter fürchten. Trotzdem prüfte sie die Tagesaussichten noch einmal auf ihrer Wetter-App. Doch auch diese versprach einen trockenen und sonnigen Tag bei angenehmen Temperaturen.

Sie ging ins Bad, machte eine Katzenwäsche, duschen lohnte sich vor der Wandertour nicht, und schlüpfte in Jeansshorts und T-Shirt. Jetzt noch die Sportsocken raussuchen und die Turnschuhe aus dem Koffer ziehen, die für die Wandertour reichen mussten. Bergschuhe besaß sie keine mehr. In der Küche gönnte sie sich nur ein kleines Frühstück, das aus einem Marmeladenbrot und Orangensaft bestand. Sie packte Wasser, einen Apfel und ein paar von

Ernas Keksen in einen Rucksack, den sie im Garderoben-
schrank fand, griff nach dem Schlüssel, öffnete die Haustür
und wäre beinahe in Erna hineingerannt, die gerade klingeln
wollte.

»Hoppla«, rief Hanna aus. »Erna.«

»Wer sonst sollte um diese Uhrzeit bei dir auf der Matte
stehen? Ist ja gerade mal acht.«

Ernas Stimme klang säuerlich. Ihr Blick fiel auf den Rucksack, dann auf Hannas Schuhe.

»Wo willst du hin?«, fragte sie. »Ich dachte, wir könnten
nachher gemeinsam zu Gabi fahren. Vielleicht lassen sie sie
ja heute raus.«

Hanna senkte den Blick. Sie hatte ihrer Mutter gestern
versprechen müssen, Erna und Manni nichts von der Diagnose zu erzählen. Hanna hielt das für keine sonderlich gute
Idee, denn die beiden würden sicher bald bemerken, dass
irgendetwas nicht stimmte. Besonders Erna, die ihnen viel
zu nahe stand, um ihr etwas vorzumachen. Trotzdem war
Hanna dankbar gewesen, die schlechten Nachrichten nicht
überbringen zu müssen. Als Manni und Erna später noch
einmal zu ihrer Mutter ins Zimmer gekommen waren, hatte
sie ihnen erzählt, dass der Oberarzt zu einem Notfall musste. Das würde jedoch nicht erklären, dass man ihre Mutter
nicht langsam entließ. Wenn es nichts Ernstes war, müsste
sie spätestens morgen die Klinik verlassen.

»Ich habe Mama vorhin angerufen«, zauberte Hanna im
Eilverfahren eine kleine Notlüge aus dem Hut. »Sie sagte,
vor heute Nachmittag komme sie gewiss nicht raus. Eher
erst morgen.«

»Das machen die nur, damit sie mehr abrechnen können. Diese Gierschlunde«, schimpfte Erna. »Ich hab da mal einen Bericht im Fernsehen darüber gesehen. Krankenhäuser sind heutzutage auch nur noch Wirtschaftsunternehmen, die ihr Personal auf Kosten der Patienten ausbeuten.« Sie winkte ab. »Also denkst du, wir brauchen sie heute Vormittag noch nicht zu besuchen?«

»Ja, das denke ich. Ich wollte in die Berge fahren, um den Kopf freizubekommen. Wenn ich zurück bin, besuche ich sie. Wenn du magst, kannst du mitkommen.«

»Das wäre schön, ich hab schon einen Nusskuchen gebacken.«

»Das hört sich doch gut an.«

»Und vielleicht kann sie den ja dann schon zu Hause auf der Terrasse essen.« Ernas Stimme klang hoffnungsvoll.

»Ja, vielleicht«, erwiderte Hanna. »Aber jetzt muss ich wirklich los. Ich will auf den Gipfel des Breitensteins und zur Hubertushütte hinauf.«

»Oh, das ist eine hübsche Gegend. Wenn ich nur nicht das dumme Bein hätte. So gern würde ich auch einmal dort hinauf.« Sie seufzte.

»Vielleicht können wir das ja trotzdem mal einrichten«, sagte Hanna, der Erna leidtat. »Auf den Breitenstein nicht gerade, aber auf den Wendelstein könnten wir mit der Bahn hochfahren.«

»Meinst du?« Ernas Augen begannen zu strahlen.

»Aber sicher doch.«

»Das wäre herrlich. Aber das machen wir dann alle zusammen. Du, der Manni, die Gabi und ich.« Sie klatschte vor Freude in die Hände. »Ganz bald. Wenn die Gabi aus dem Krankenhaus raus und der Husten endlich besser ist. Im September ist doch die beste Wanderzeit.«

»Ja, das stimmt«, erwiderte Hanna, um Fassung bemüht. So schnell würde ihre Mutter nirgendwo mit einer Zahnradbahn hinfahren.

»Jetzt muss ich aber los«, sagte Hanna.

»Ich rede schon wieder zu viel«, erwiderte Erna. »Wenn du nur mal die Klappe hältst, sagt Gabi auch immer. Dabei weiß ich doch, wie gern sie es hat, wenn ich ihr was erzähle.«

Hanna grinste. Sie schloss die Tür ab und ging zu ihrem Twingo, der am Straßenrand geparkt war.

»Ich melde mich, wenn ich wieder zurück bin«, sagte Hanna. Was für ein überflüssiger Satz, kam ihr im selben Augenblick in den Sinn. Erna würde gewiss die nächsten Stunden damit verbringen, auf ihre Rückkehr zu warten.

»Gut. Dann bis später«, verabschiedete sich Erna.

Hanna schlug die Autotür zu und beobachtete im Rückspiegel, wie Erna zurück zu ihrem Haus humpelte. Schon wieder eine Lüge, dachte sie. Aber es war ja auch nicht ihre Krankheit, sondern die ihrer Mutter. Also musste sie auch entscheiden, wann sie ihren Freunden davon erzählen wollte. »Scheißkrebs«, murmelte Hanna, startete den Motor und fuhr los. Sie lenkte den Wagen aus dem Ort und auf die Landstraße. Nach einer Weile schaltete sie das Radio ein und summte die Melodie von Justin Timberlakes aktuellem Sommerhit mit. In den Nachrichten wurde von einem endlosen Stau auf der Ostumgehung Münchens berichtet, morgen sollte es erneut Regen geben. Es ging durch kleine Ortschaften, an Weilern und hübschen Bauernhöfen vorüber. Hier draußen schien es, als wäre die Zeit stehen geblieben. Als sie an der Schlosswirtschaft Maxlrain vorüberfuhr, musste sie schmunzeln. Ein Stück davon entfernt waren sie mit der Ente liegen geblieben. Tatsächlich entdeckte sie die Einmündung in den Feldweg, wo sie gestanden hatten. Sogar das Maisfeld gab es noch. Sie war so wütend gewesen. Dieses Unglücksauto, dann dieser redselige italienische Getränkelieferant. Vielleicht wäre alles anders gekommen, wenn sie es rechtzeig nach Hause geschafft hätte. Sie tat den Gedanken ab. Die Vergangenheit ließ sich nicht ändern.

Bald darauf erreichte sie Fischbachau und stellte ihr Auto auf dem Wanderparkplatz Birkenstein ab. Als sie ausstieg, blickte sie noch einmal prüfend zum Himmel hinauf. Noch immer war weit und breit keine Wolke zu sehen. Sie nahm ihren Rucksack vom Rücksitz und machte sich auf den Weg. Der Weg war steil, und es dauerte nicht lange, bis sie vollkommen außer Puste war. So anstrengend hatte sie den Aufstieg nicht in Erinnerung gehabt. Sie blickte auf die geschotterte Straße vor sich, die unerbittlich aufwärtsführte. Eine Gruppe Wanderer, die mit ihr am Parkplatz angekommen war, lief plaudernd voraus und verschwand hinter einer Kurve. Allesamt Rentnerinnen, bewaffnet mit Wanderstöcken, Rucksäcken und anständigem Schuhwerk. Hanna blickte auf ihre Turnschuhe hinab. Selbst wenn sie nicht wirklich für eine Bergtour geeignet waren, konnten die Schuhe nichts dafür, dass sie sich in letzter Zeit viel zu wenig bewegt hatte. Dennoch würde sie nach München fahren und sich anständige Bergschuhe kaufen, wenn sie zurückkam. Aber heute musste es so gehen. Bis zum Gipfel, das war ihr Ziel. Dann eben etwas langsamer. Vielleicht war sie zu schnell losgelaufen. Immer einen Fuß vor den anderen setzen, hatte ihr Vater zu ihr gesagt, als sie noch gemeinsame Bergtouren gemacht hatten. Kleine Schritte, sonst wird es zu anstrengend. Hanna setzte sich wieder in Bewegung und achtete darauf. Damals war sie mit ihren kleinen Schritten schnell zurückgefallen, waren sie doch nur halb so lang wie Bernies kleine Schritte gewesen. Außerdem fand sie es viel lustiger, immer wieder neben der langweiligen Schotterstraße zu laufen. Über die Grashügel zu klettern, Blumen zu pflücken, Wasser aus einem Bachlauf zu trinken. Einmal hatten sie eine Almwiese überquert, auf der Kühe standen. Da war sie in einen frischen Kuhfladen getreten, was ihnen eine größere Pause an einer Tränke eingebracht hatte, um den Schuh zu reinigen. Sie hatten viel gelacht, gesungen, auf einer Alm Brotzeit gemacht. Hanna wusste nicht mehr, welche es gewesen war. Es waren Sommerferien, daran konnte sie sich noch erinnern. Wieso ihre Mutter nicht dabei gewesen war, hatte sie vergessen. Vermutlich hatte sie arbeiten müssen oder sich um den Haushalt gekümmert. Nachdem ihr Vater ausgezogen war, ging sie kaum noch in die Berge. Hin und wieder bei einem Schulausflug, mehr nicht. Bis Alex kam. Einen ihrer Briefe hatte er hier oben verfasst. Sieben Jahre war das jetzt her. Er hatte in der Hubertushütte an ihrem Tisch gesessen und aus dem Fenster geblickt. Ob er wohl in diesem Jahr auch hier oben gewesen war? Oder hatte er damit aufgehört, auf diesen Berg zu klettern?

Wie es wäre, ohne ihn auf dem Gipfel zu sitzen? Schon der Aufstieg fühlte sich seltsam an. Niemand nahm ihre Hand, lachte und scherzte mit ihr. Sie musste daran denken, wie nah sie sich in ihren Gesprächen immer gewesen waren. Worüber auch immer sie mit ihm redete, immer hatte sie das Gefühl gehabt, dass Alex' Worte ihr halfen, die Dinge aus einer neuen Perspektive zu betrachten, dass sie ihr Trost und Ermunterung zugleich waren. Die Erinnerungen daran, das Sehnen nach einem so vertrauten Gesprächspartner, sie hatte es tief in ihrem Innern vergraben. Für sie hatte es kein glückliches Ende gegeben. Aber könnte ihr Leben nicht noch eine gute Wendung nehmen? Sie wusste es nicht. Irgendwann fiel ihr auf, dass sie nicht mehr schwer atmete. Sie hatte sich warm gelaufen. Der Weg führte aus dem Wald hinaus, und bald darauf kam die Kesselalm in Sicht. Dorthin hatte es die Rentnerinnentruppe verschlagen, die bereits auf den vor der Alm stehenden Bierbänken mit ihrem ersten Bier saß. Hanna ging tapfer weiter und schlug den Weg zum Gipfel ein. Ab hier verengte sich der Weg zu einem gewundenen Steig, und es wurde noch steiler, was ihr jedoch nichts mehr ausmachte. Sie genoss die Aussicht über die Berge, noch immer war der Himmel wolkenlos. Hin und wieder blieb sie stehen, um einen Schluck Wasser zu trinken. Hier oben begegneten ihr nur wenige Wanderer. Heute war Donnerstag, ein normaler Arbeitstag, da waren nicht viele Wanderer in den Bergen unterwegs. Sie erreichte die Hubertushütte, lief auch daran vorüber und erklomm die letzten Meter bis zum Gipfel. Dort angekommen, blieb sie hinter dem Gipfelkreuz stehen. Von hier aus waren es nur wenige Schritte bis zur Steilwand. Mindestens vierzig Meter ging es senkrecht nach unten. Erst jetzt wurde ihr wieder bewusst, wie sehr sie sich vor solchen Abgründen fürchtete. Selbst im Hamburger Hochseilgarten hatte sie mit den Knien geschlottert, als sie über Holzleitern von Baum zu Baum klettern sollte. Sie hatte es getan, um sich vor ihrer achtjährigen Tochter, die todesmutig jede Klettertour schaffte, nicht zu blamieren. Maurice war damals stets dicht hinter ihr gewesen. Er wusste von ihrer Höhenangst. Heute war sie allein. Es gab keinen Maurice und keinen Alex, der ihre Hand nahm, während sie um das Kreuz herumschlich, nah am Abgrund vorüber. Trotzdem wollte sie dort vorn sitzen. Sie nahm all ihren Mut zusammen und trat vorsichtig um das Kreuz herum. Mit zitternden Händen hielt sie sich an den Drähten fest, die es sicherten, und setzte sich auf genau dieselbe Stelle wie vor fünfundzwanzig Jahren. Es war geschafft. Sie war hier, und es fühlte sich großartig an. Der Ausblick belohnte sie für ihren Mut. Sie konnte weit ins Tal hinabblicken und zum nahen Wendelstein hinüber, und sie war stolz, sich überwunden zu haben und hier zu sitzen. Es stimmte, dachte sie. Die Berge gaben Kraft, erdeten einen und machten Mut. Hier oben war man dem Herrgott ein Stück näher, und vielleicht hörte er heute besser zu als damals.

»Du weißt, warum ich wieder hier bin«, sagte Hanna irgendwann und richtete den Blick gen Himmel. »Ich war schon einmal da. Es ist Jahre her. In deiner Welt ist das nur ein Wimpernschlag. In meiner Welt sind so viele Dinge passiert. Maurice ist jetzt bei dir. Er fehlt mir so.« Sie machte eine kurze Pause, unterdrückte die aufsteigenden Tränen und sprach weiter: »Du darfst mir meine Mutter nicht nehmen. Es ist noch nicht an der Zeit. Wir haben uns doch gerade erst wiedergefunden.« Sich nähernde Stimmen ließen Hanna verstummen. Ein älteres Ehepaar tauchte auf. Sie schienen mit der Steilwand keine Probleme zu haben. Mit ihren Wanderstöcken bewaffnet, liefen sie um das Kreuz herum, setzten sich neben Hanna auf die Steine und grüßten freundlich. Hanna seufzte. Das Ehepaar schien es sich gemütlich machen zu wollen und packte ein Picknick aus. Hanna bekam Apfel und sogar ein Wurstbrot angeboten, lehnte aber dankend ab. Immerhin das Wichtigste hatte sie gesagt. Sie stand auf, verabschiedete sich von den beiden, schlich um das Gipfelkreuz zurück auf sicheres Terrain und lief zur Hubertushütte hinunter. Vor der Hütte machten viele Wanderer auf Bierbänken verteilt in der Sonne Rast. Hanna blieb stehen. Es sah so anders aus. Nicht wie damals, als nur der alte Sepp vor der Hütte gesessen hatte. Das heutige Bild wollte irgendwie nicht zu ihrer Erinnerung passen. Wanderstöcke standen neben der Eingangstür, eine junge Bedienung im Dirndl brachte eine Portion Würstl mit Kraut an einen der Tische. Ob es noch dieselbe Wirtin war? Vermutlich nicht. Hanna entschied sich dagegen einzukehren. Was wollte sie hier oben eigentlich? Das alles hier war doch nur die Flucht vor der Realität. Es gab keinen Alex mehr. Der Bauwagen war alt geworden, die Farbe blätterte von ihm ab. Hintersgreuth mit all seinen eigentümlichen Bewohnern war verschwunden, Moni, Siggi mit seinem Marihuana, Kasimir, der halb blinde Haflinger. Ihr Blick wanderte zum wolkenlosen Himmel. Sie wandte sich um und ging den Weg zurück. Sie wollte nur noch fort von hier. Alex war nicht an ihrer Seite, niemals wieder würde er das sein. Sie hatte ihn verloren, genauso wie Maurice, dessen Todestag nahte. Und nun drohte sie auch noch ihre Mutter zu verlieren. Nur dreißig Prozent Überlebenschance. Sie durfte sie jetzt nicht allein lassen. Ihre Schritte wurden schneller. Vielleicht hätte es ihr geholfen, wenn ein Gewitter gekommen wäre. Sie sehnte sich nach Lebendigkeit, nach lautem Poltern und Rumpeln, irgendetwas Mächtigem, nur nicht diese gottverdammte Idylle. Das Leben ging weiter. Bei Maurice' Tod hatte es für Hanna damals stillgestanden. Er war für immer fort, von einem Tag auf den anderen. Ihre Mutter durfte noch nicht gehen. Tränen trübten ihren Blick. Sie lief trotzdem weiter, stolperte mehrfach über Wurzeln, fiel einmal hin und schlug sich das Knie auf. Es brannte, Dreck war in der Wunde. Sie ignorierte es. Sie musste von diesem Berg herunter. Als sie endlich an ihrem Auto ankam, blieb sie erschöpft stehen und atmete tief durch. Jetzt bloß nicht die Nerven verlieren, schalt sie sich selbst. Es musste weitergehen, sie musste stark sein. Jetzt war sie kein sechzehnjähriges Mädchen mehr, sie war eine erwachsene Frau. Warum fühlte es sich nur nicht so an? Die Hilflosigkeit von damals war zurückgekehrt. Nur war sie heute allein. Die Erkenntnis traf sie wie ein Schlag ins Gesicht. Anders als damals war heute kein Alex an ihrer Seite, der ihr beistehen konnte. Ihr Ruhepol aus der Vergangenheit, die große Liebe aus einer anderen Zeit, die sie nur wenige Wochen haben durfte, war nicht bei ihr. Sie musste es ohne ihn schaffen. Oder vielleicht doch nicht? Seine Briefe, seine Erinnerung. Er war nicht fort, war immer noch hier. Seine Gegenwart spürbar. Er unterschrieb jeden Brief stets mit demselben Satz:

In Liebe, Dein Alex

Liebte er sie also noch? Oder galt dieses Gefühl nur einer Erinnerung? Einer Hanna, die es längst nicht mehr gab. Auch sein Leben war weitergegangen. Vielleicht hatte auch er eine neue Liebe gefunden. Jemanden, der ihren Platz einnahm. Doch weshalb hinterließ er dann jedes Jahr einen Brief für sie? Sie dachte daran, wie sie den Schuhkarton vom Dachboden geholt und ihren Brief an ihn gefunden hatte. Vielleicht hätte sie ihn doch abschicken sollen. Am Ende wäre er angekommen. In dem Briefkasten am Ende des Sees. An dem Platz, der sich so unendlich vertraut anfühlte und auch heute noch ihr Zufluchtsort war. Sie atmete tief durch. Sie sollte zu grübeln aufhören. Es war spät geworden. Sie musste zurück nach Hause, duschen und dann ins Krankenhaus zu ihrer Mutter fahren. Erna wartete gewiss schon ungeduldig. Sie steuerte ihren Twingo zurück auf die Landstraße.

Diesmal hatte sie keine Panne, und sie kam bald darauf in Griesing an. Als sie vor dem Haus hielt, stand jemand vor ihrer Haustür. Es war Conny. Seufzend machte Hanna den Motor aus. Auf eine Begegnung mit Max' Witwe hatte sie im Moment wirklich keine Lust. Was wollte sie hier? Conny hatte sie bereits entdeckt, blieb aber vor der Tür stehen. Hanna stieg aus, ging zum Haus und begrüßte Conny.

»Du bist also noch hier«, sagte die Frau schroff.

»Wo sollte ich denn sonst sein?«, fragte Hanna.

»Na, wieder in Hamburg. Da wohnst du doch, oder?«

»Ich bleibe länger«, erwiderte Hanna, der nicht der Sinn danach stand, Conny aufzuklären, dass sie für immer zurückgekehrt war.

Conny nickte. Die Antwort schien ihr fürs Erste zu genügen. Sie fragte nach Gabi.

»Ist sie nicht da?«, spielte Hanna die Ahnungslose.

»Sieht so aus«, erwiderte Conny.

»Dann wird sie wohl unterwegs sein. Ich bin ihre Tochter, nicht ihr Kindermädchen.« Hanna ging an Conny vorbei und sperrte die Haustür auf. »Vielleicht solltest du beim nächsten Mal anrufen, bevor du vorbeikommst«, schlug sie vor.

»Ich war gerade in der Gegend«, entgegnete Conny und folgte ihr in den Hausflur. Sie trat ins Wohnzimmer und setzte sich aufs Sofa. »Vielleicht kann ich ja auf sie warten.«

»Leider nicht«, erwiderte Hanna, die ihr verblüfft nachsah. »Ich muss gleich wieder los, und ich kann nicht sagen, wann sie nach Hause kommt.« Das war jetzt nicht einmal gelogen, kam es ihr in den Sinn.

Genau in diesem Moment tauchte Erna auf. Sie hatte Hannas Auto gesehen und plapperte bereits los, als sie den Flur betrat.

»Da bist du ja endlich wieder. Ich dachte schon, du kommst gar nicht wieder. Wir müssen uns beeilen, sonst ist die Besuchszeit bestimmt vorbei. Du weißt doch, wie die in den Krankenhäusern sind.«

»Wieso Krankenhaus?«, frage Conny und stand auf. Hanna seufzte. Genau das hatte sie verhindern wollen.

Erna sah Conny erstaunt an. Dann schaute sie zu Hanna, und ihr Blick wurde reumütig.

»Mama hatte einen Schwächeanfall«, bemühte sich Hanna um Schadensbegrenzung.

»Eine verschleppte Bronchitis«, fügte Erna rasch hinzu. »Sie darf schon heute Nachmittag oder spätestens morgen wieder nach Hause.«

»Braucht dann aber absolute Ruhe.« Hannas Stimme klang bestimmt.

Conny sah Hanna giftig an.

»Und warum erfahre ich davon erst jetzt? Ich versteh schon. Das feine Fräulein Tochter ist wieder da und will sich jetzt kümmern. All die Jahre hat sie nichts von sich hören lassen, und mein armer Max hat sich kümmern müssen ...«

Da platzte Erna der Kragen. Diese Frau mit ihrem dummen Gerede sollte verschwinden und sie ein für alle Mal in Ruhe lassen.

»Wenn dein feiner Max damals nicht einfach abgehauen wäre, dann wäre alles anders gekommen«, blaffte sie Conny an. »Aber er war schon immer ein Feigling. Wenn es brenzlig wurde, dann hat er sich davongemacht. Er hat Hanna und Gabi sitzenlassen, als sie ihn am meisten gebraucht hätten. Erst als das Kind in den Brunnen gefallen war, hat er die Scherben zusammengekehrt. Aber dann war es längst zu spät. Und jetzt kommst du hier an und erdreistest dich, Hanna zu beleidigen. Sieh zu, dass du Land gewinnst.« Ihre Stimme war laut geworden.

Conny zog den Kopf ein. Ohne ein weiteres Wort lief sie

an Hanna und Erna vorüber und verließ das Haus. Laut fiel die Tür hinter ihr ins Schloss.

Erna atmete tief durch.

»Das hat gutgetan. Diese Ziege. Das wollte ich schon lange mal loswerden.«

Hanna wusste nicht, was sie erwidern sollte. Ernas Reaktion hatte sie überwältigt. Sie ging ins Wohnzimmer, ließ sich aufs Sofa fallen, vergrub das Gesicht in den Händen und begann zu weinen. Erna folgte ihr überrascht, blieb vor ihr stehen, sah sie hilflos an und fragte: »Aber was ist denn? Hab ich was falsch gemacht?«

»Nein, das hast du nicht«, erwiderte Hanna stockend. »Im Gegenteil. Ich habe einen Fehler gemacht. Ich hätte dir gleich die Wahrheit sagen sollen.«

»Welche Wahrheit?«, fragte Erna und sank neben Hanna aufs Sofa.

Hanna nahm Ernas Hand und suchte ihren Blick.

»Mama hat Krebs.«

VIERZEHN

Am nächsten Morgen schien es, als sei es plötzlich Herbst geworden. Dicker Nebel hing über dem Garten und dem Waldrand, als Hanna aus dem Fenster blickte. Gestern war es noch Sommer gewesen. Warm, blühende Blumen und summende Bienen, die heute eine graue Wand verstummen ließ. Wie sollte es jetzt weitergehen? Bald würde die Schule wieder beginnen, dann konnte sie nicht mehr auf ihre Mutter aufpassen. Sollte es zur Regel werden, dass sie Schränke, Schubladen, den Keller, Schuppen und Hausboden nach Alkohol absuchte? Vielleicht musste jetzt doch Schluss sein, und sie brauchten professionelle Hilfe. Sie schafften es nicht allein, die Krankheit ihrer Mutter war übermächtig. Bestimmt konnte ihr Thomas Ludwigsen weiterhelfen. Ihn würde sie später anrufen. Wenn nur Max geblieben wäre, dann hätten sie eine Chance gehabt. Hanna schaute auf die Terrasse, wo die halb verblühten Geranien die Köpfe hängen ließen. Sein Projekt. Immerhin das hatte er zu Ende gebracht. Sie hörte das Telefon läuten. Zweimal, dreimal, dann erklang die Stimme ihrer Mutter. Hanna horchte auf. Sie war wach und lag nicht wie sonst, wenn sie maßlos getrunken hatte, den ganzen Tag in ihrem Zimmer und bemitleidete sich selbst. Vielleicht war es also doch nur ein Ausrutscher? Ein einmaliger Rückfall, sonst nichts. Hanna öffnete die Tür und lauschte. Es schien kein Privatgespräch zu sein, so viel konnte sie hören. Es ging anscheinend um einen Termin. Eine Uhrzeit wurde vereinbart. Ihre Mutter legte den Hörer auf und rief keine Sekunde später lautstark nach ihr. Hanna zuckte zusammen. War das ein gutes Zeichen? Sie wollte ihr etwas sagen, also schien es das zu sein. Hanna ging zur Treppe und lugte hinunter. Ihre Mutter, die bereits angezogen war, wünschte ihr mit einem breiten Lächeln auf den Lippen einen guten Morgen und erkundigte sich, ob sie Pfannkuchen frühstücken wolle. Hanna bejahte erstaunt. Gabi wandte sich ab und verschwand summend in der Küche. Keine Sekunde später waren die Verkehrsmeldungen im Radio zu hören. Hanna lief die Treppe hinunter, betrat die Küche, setzte sich auf die Eckbank und beobachtete ihre Mutter ungläubig, wie sie Pfanne, Rührschüssel, Schneebesen und die Zutaten für Pfannkuchen aus den Schränken holte und mit der Zubereitung des Frühstücks begann.

»Du willst bestimmt wissen, wer eben angerufen hat«, sagte sie und stellte vor Hanna eine Tasse warmen Kakao auf den Tisch.

Hanna stimmte zu. Auch noch Kakao. Irgendetwas stimmte hier nicht. Oder vielleicht doch?

»Es war die Firma Hauser aus Taufkirchen. Da habe ich mich vor einer halben Ewigkeit beworben. Sie stellen Hausgeräte her und suchen eine Sachbearbeiterin. Zuerst nur als Vertretung für eine Schwangere, aber wer weiß, ob die wiederkommt.« Sie schlug die Eier in die Schüssel und fing an, zu rühren.

»Wo Schatten ist, ist auch Licht«, fuhr sie fort. »Das hat mein Vater früher immer zu mir gesagt, wenn ich traurig war. Schließt sich eine Tür, öffnet sich eine andere. Er war ein kluger Mann. Schade, dass du ihn nicht mehr kennenlernen konntest.« Sie beförderte ein Stück Butter in die Pfanne. »Die Personalsachbearbeiterin, eine Frau Sattler, entschuldigte sich bei mir dafür, dass sie sich so lange nicht gemeldet hätten. Sie hatte sich das Bein gebrochen und war für einige Wochen ausgefallen. Jetzt müsste es mit der Besetzung der neuen Stelle schnell gehen. Ich soll schon heute zum Vorstellungsgespräch kommen. Um ein Uhr hab ich den Termin.« Der erste Pfannkuchen wurde gebacken, landete auf einem Teller und vor Hanna, die noch immer nicht ganz glauben konnte, wie schnell sich alles wieder zum Guten gewendet hatte.

»Wenn sie so lange gebraucht haben, gibt es bestimmt nur noch wenige Mitbewerber«, sagte Hanna. »Wann hast du dich da beworben?«

»Vor zwei Monaten oder so«, antwortete ihre Mutter und legte den zweiten Pfannkuchen auf einen Teller neben der Herdplatte.

»Dann haben gewiss viele der Mitbewerber längst eine Stelle gefunden.« Hanna bestrich den Pfannkuchen großzügig mit Nussnougatcreme und rollte ihn zusammen.

»Das denke ich auch«, erwiderte ihre Mutter und trat in den Flur, wo sie vor dem Spiegel an ihren Haaren zupfte. »Vielleicht können sie mich beim Friseur noch reinschieben. Meine Dauerwelle ist rausgewachsen und sieht furchtbar aus. Und was soll ich nur anziehen?«

Sie kam zurück in die Küche, machte die restlichen Pfann-kuchen und setzte sich zu ihrer Tochter.

»Vielleicht das blaue Kostüm? Oder ist das zu bieder? Lieber den beigefarbenen Rock mit einer weißen Bluse, das wirkt sommerlicher. Obwohl«, ihr Blick wanderte aus dem Fenster, »Sommer heute wohl kein Thema ist.«

»Das klart bestimmt noch auf«, antwortete Hanna mit vollem Mund. »Ist doch bloß Nebel.« Sie spülte den Rest ihres Pfannkuchens mit dem Kakao hinunter. Ihre Mutter schenkte sich Kaffee ein, in den sie wie immer Unmengen von Zucker rührte. Hanna überlegte, ob sie die Vorkomm-nisse des Vorabends ansprechen sollte. Sie beschloss, es nicht zu tun. Damit würde sie die gute Stimmung mit einem Schlag vertreiben, und das wollte sie nicht.

»Willst du mitkommen?«, fragte ihre Mutter.

»Zu einem Vorstellungsgespräch?«

»Wieso nicht. Du kannst draußen auf mich warten.« Gabi nahm die Hand ihrer Tochter und suchte ihren Blick. »Ich weiß nicht, ob ich es allein schaffe.«

Hanna wusste nicht, was sie erwidern sollte. All die Eu-phorie und Freude über die guten Nachrichten schienen mit einem Schlag aus der Stimme ihrer Mutter verschwunden zu sein. Der gestrige Abend hatte also doch seine Spuren hin-terlassen.

»Ich komme gern mit«, stimmte Hanna zu. »Und du wirst das schaffen. Nein, nicht nur schaffen. Du wirst das wun-derbar machen und sie alle umhauen.« Sie drückte die Hand ihrer Mutter fest.

Gabi nickte. »Wegen gestern Abend …«

»Nicht«, fiel Hanna ihr ins Wort. »Es ist vorbei. Lass uns den Tag heute nicht mit dem belasten, was gestern war. Das liegt hinter uns. Jetzt zählt nur dein Termin, sonst nichts.«

»Du hast recht«, erwiderte ihre Mutter. »Was würde ich nur ohne dich machen, mein Schatz.« Sie umarmte Hanna und drückte ihr einen Kuss auf die Wange. Hanna genoss die Umarmung, sie fühlte sich nach Hoffnung an.

»Und jetzt gehe ich zum Friseur.« Entschlossen stand Gabi auf.

»Das schaffst du aber auch ohne mich, oder?«

»Gewiss doch«, antwortete Gabi.

»Gut so«, erwiderte Hanna. »Sonst würde ja keiner die restlichen Pfannkuchen aufessen. Was wirklich jammerschade wäre.« Sie nahm sich einen weiteren auf ihren Teller, während ihre Mutter lachend im Flur verschwand und kurz darauf mit ihrer Tasche das Haus verließ. Keine Minute später sah Hanna sie die Straße hinunterradeln. Sie würde mit der S-Bahn nach Grafing fahren, wo sie neuerdings zum Friseur ging. In Ursels Schnippelstube, die genau neben Roswithas Laden auf dem Marktplatz lag, setzte sie schon lange keinen Fuß mehr. Hanna aß den letzten Pfannkuchen auf, räumte den Tisch ab und spülte das Geschirr. Sie wusste, dass sie jetzt das Haus nach Alkohol absuchen müsste. Irgendwoher musste ihre Mutter die Schnapsflasche von gestern ja gehabt haben. Doch sie brachte es nicht fertig. Genau in diesem Moment bahnten sich die ersten Sonnenstrahlen ihren Weg durch den Nebel und fielen auf den Küchenboden. Heute war ein guter Tag. Und wenn sie Glück hatten, würde es sogar ein richtig guter Tag werden. Dieses Mal musste es einfach klappen. Und wenn sie dafür zu einem Vorstellungsgespräch nach Taufkirchen mitfahren musste, dann war das eben so. Am liebsten hätte sie Alex die guten Neuigkeiten erzählt. Aber Moni hatte kein Telefon. Ihrer Meinung nach brachten die vielen Leitungen nur negative Schwingungen mit sich, die die Menschen auf Dauer krank machten. Die Stromleitung sei schon schlimm genug. Wer telefonieren wollte, könnte ja zur Bushaltestelle am Ende der Straße laufen, wo es eine Telefonzelle gab.

Sie würde sich also bis heute Abend am See gedulden müssen. Hoffentlich waren es dann noch gute Neuigkeiten, die sie zu verkünden hatte.

*

Als sie einige Stunden später in Taufkirchen bei der Firma eintrafen, wirkte Gabi sichtlich nervös. Immer wieder zupfte sie an ihrem beigefarbenen Rock herum, der ihr ausgezeichnet stand und ihre schmale Figur betonte. Auch der Friseur hatte hervorragende Arbeit geleistet. Die Dauerwelle saß perfekt. Sie hatte sich die Augen geschminkt und einen Hauch Lippenstift aufgetragen. Auch Hanna hatte sich zurechtmachen müssen. Sie trug einen geblümten Rock mit dunkelblauem T-Shirt. Dazu neue Espadrilles, die ihr ihre Mutter vom Flohmarkt an der Donnersbergerbrücke mitgebracht hatte und die hoffentlich nicht so schnell nass werden würden. Bevor sie das schmucklose Verwaltungsgebäude betraten, atmete ihre Mutter tief durch. Die dunkelhaarige Empfangsdame, Hanna schätzte sie auf Mitte zwanzig, empfing sie mit einem höflichen Lächeln und bat sie, einen Moment Platz zu nehmen. Es folgten ein Telefonat und die Anweisung, den Aufzug in den dritten Stock zu nehmen. Dort gehe es nach rechts und durch eine Glastür, gleich das erste Büro links. Hanna und Gabi gingen zum Fahrstuhl. Im dritten Stock empfing sie muffige Luft. Teppichboden dämpfte ihre Schritte. Die meisten Bürotüren, an denen sie vorüberliefen, waren geöffnet. Der eine oder andere Mitarbeiter schaute sie kurz an. Zwei der Büros waren leer. Es war kurz vor eins. Gewiss machten viele gerade Mittagspause. Sie erreichten die Glastür und fanden Frau Sattlers Büro. Ihr Name stand auf einem Schild neben der Tür. Drei Stühle standen auf dem Flur. Hanna und Gabi nahmen Platz. Irgendwo lachte jemand, eine Tür klappte. Aus dem Büro von Frau Sattler waren Stimmen zu hören. Vermutlich war es eine weitere Bewerberin.

Hanna nickte ihre Mutter aufmunternd zu und flüsterte: »Bestimmt bist du gleich dran.«

Genau in diesem Moment öffnete sich die Tür, und die Bewerberin trat in den Flur. Hanna und Gabi erstarrten. Es war Sandra Gruber, die Tochter von Roswitha.

Als sie die beiden bemerkte, breitete sich ein gehässiges Grinsen auf ihren Lippen aus.

»Da sieh mal einer an: Die Säuferin bewirbt sich für eine Stelle.«

Frau Sattler, die hinter Sandra stand, schaute irritiert auf Hanna und Gabi. Sandra Gruber stöckelte von dannen, während Hanna und Gabi aufstanden. Abwartend blickte Frau Sattler von einer zur anderen. Da schüttelte Gabi den Kopf. »Ich kann das nicht. Es tut mir leid.« Sie drehte sich um und rannte davon. Hanna, die sich rasch bei Frau Sattler entschuldigte, folgte ihr auf dem Fuß. Es ging nicht zum Fahrstuhl zurück, sondern durchs Treppenhaus. Hanna wusste gar nicht, dass ihre Mutter auf Stöckelschuhen so schnell laufen konnte. Ihre Absätze klackerten auf den Treppenstufen.

»Mama, warte doch. Was soll das denn? Du kannst doch nicht einfach fortlaufen. Nur wegen dieser dummen Ziege.«

Sie erreichten den Eingangsbereich und hasteten an der Empfangsdame vorüber, die sich gerade eine Zigarette anzündete und ihnen verwirrt nachblickte. Erst auf der Straße holte Hanna ihre Mutter ein. Sie hielt sie an der Schulter fest und zwang sie, stehen zu bleiben.

»Dieses Miststück«, schimpfte Gabi los. »Ich bringe sie um. Genauso wie ihre bescheuerte Mutter.«

»Du hättest nicht weglaufen sollen«, sagte Hanna. »Wir hätten es erklären können.«

»Was willst du denn da noch erklären? Grüß Gott, ich bin die Säuferin, wie das Mädel gesagt hat? Stellen Sie mich besser nicht ein, ich verstecke meinen Flachmann in der Schreibtischschublade?«

»Dort nicht, aber in der Kommode«, rutschte es Hanna heraus. Sie biss sich auf die Zunge.

Ihre Mutter sah sie einen Moment überrascht an, dann machte sie auf dem Absatz kehrt und lief weiter.

Hanna folgte ihr mit hängenden Schultern. Wieso hatte sie nur so eine Dummheit gesagt?

Schweigend warteten sie wenig später auf die S-Bahn.

Auch die Rückfahrt verlief ohne ein Wort. Als sie zu Hause ankamen, ging Gabi ins Wohnzimmer und schlug die Tür hinter sich zu. Hanna blieb im Flur stehen. Sie wusste nicht, was sie jetzt machen sollte. Ihr folgen? Mit ihr reden? Worüber? Zuhören, trösten. Hannas Blick fiel auf das Telefon. Daneben lag der Zettel, auf den ihre Mutter den Termin notiert hatte. Gerade eben hatte sich dieser Tag noch gut angefühlt. Licht und Schatten, wie nah sie beieinanderlagen. Hanna entschloss sich, zu ihrer Mutter zu gehen, obwohl sie jetzt am liebsten etwas ganz anderes täte. Zum See fahren, in Alex' Armen die Realität ausblenden, für immer im Bauwagen bleiben und niemals wieder in das alte Haus am Ende der Straße zurückkehren. Doch das ging nicht. Hier war ihr Zuhause. Sie war die einzige Familie, die ihrer Mama noch geblieben war. Jetzt galt es stark zu sein, irgendetwas, sie wusste es nicht. Fortlaufen war keine Option. Sie betrat das Wohnzimmer und fand ihre Mutter mit einer Flasche Wodka in der Hand auf dem Sofa vor. Hanna fragte sich schon gar nicht mehr, wo sie die herhatte. Versteckt, im Schrank, hinter dem Sofa, am Ende sogar in der Luke des Kachelofens. Sie machte sich nicht mehr die Mühe, aus einem Glas zu trinken. Der Anblick ließ Hanna wütend werden.

»Was bildest du dir eigentlich ein?«, schrie sie ihre Mutter an und blieb mit verschränkten Armen vor ihr stehen. »Ich kann dein verdammtes Selbstmitleid nicht mehr ertragen. Ja, du bist verlassen worden, ja, du bist einsam. Aber das sind andere auch. Und fangen die etwa alle zu saufen an? Hast du irgendwann einmal darüber nachgedacht, was das alles mit mir macht? Wie einsam und verlassen ich bin – hier an deiner Seite? Schämen muss ich mich für meine alkoholkranke Mutter. Jeden Tag muss ich der gottverdammten Gerüchteküche aus dem Weg gehen und kann nur hoffen, dass du endlich wieder meine Mama wirst. Die richtige Mama und nicht dieser Haufen Elend, der sich an einer Wodkaflasche festklammert.« Hanna hatte sich in Rage geredet.

»Wenn du es nicht ertragen kannst, dann verschwinde doch«, blaffte ihre Mutter zurück. »Genauso wie dein Vater, wie Max, dieser Nichtsnutz. Lasst mich alle allein.« Gabis Stimme war jetzt ebenfalls laut geworden. Sie stand auf. »Was willst du noch hier? Ich weiß doch, wo du dich ständig herumtreibst. Bei dem Sohn dieser Kräuterhexe. Du hurst mit ihm am See herum, nicht wahr? Meine eigene Tochter eine Schlampe. Am Ende schleppst du mir noch ein Balg an.« Sie nahm einen Schluck aus der Wodkaflasche und lachte. »Eine Säuferin und eine Schlampe. Das passt gut zusammen.«

Hanna hatte alle Mühe, sich zusammenzureißen. Sie ballte die Fäuste und bemühte sich, die Wut unter Kontrolle zu bekommen.

»Du willst mich schlagen, nicht wahr?«, deutete Gabi richtig, was in Hanna vorging. »Dann tu es doch. Schlag auf deine Mutter ein. Genau hier, auf die Wange. Oder direkt auf die Lippe, damit sie schön zu bluten anfängt.« Sie nahm Hannas Hand und hielt sie an ihre Wange. Hanna begann zu weinen. Sie zitterte vor Verzweiflung und Wut.

»Du musst dir helfen lassen«, brachte sie heraus. »Such dir Hilfe, Mama.«

Gabi ging nicht auf Hannas Worte ein. Sie ließ ihre Hand los und wollte erneut die Wodkaflasche an ihre Lippen setzen. Doch Hanna hielt sie zurück. Sie griff nach der Flasche.

»Du hast ein für alle Mal genug.«

»Wann ich genug habe, entscheide ich«, sagte ihre Mutter und umklammerte die Flasche mit festem Griff.

»Ich habe gesagt, du hast genug«, wiederholte Hanna. Sie schaffte es, ihrer Mutter die Flasche zu entreißen, und taumelte nach hinten. Im nächsten Augenblick geschah etwas, womit sie nicht gerechnet hatte. Gabi holte aus und verpasste ihr eine schallende Ohrfeige. Hanna stolperte, fiel über den Zeitungsständer und konnte das Gleichgewicht nicht mehr halten. Sie fiel rückwärts in die geschlossene Terrassentür. Glas splitterte, ihr Handgelenk traf ein stechender Schmerz. Das Letzte, was sie wahrnahm, war das Läuten an der Tür, bevor alles um sie herum in Dunkelheit versank.

*

Als Hanna die Augen wieder öffnete, blickte sie in das Gesicht von Thomas Ludwigsen.

»Sie wacht auf«, drang Ernas Stimme an ihr Ohr.

Hannas Kopf dröhnte, und Ludwigsens Gesicht verschwamm vor ihren Augen.

»Mein Kopf«, sagte sie. »Wo ist Mama?« Sie wollte sich aufrichten.

»Das ist jetzt nicht wichtig«, antwortete Erna, während Ludwigsen sie wieder sanft zu Boden drückte.

»Ruhig liegen bleiben. Der Krankenwagen kommt gleich.«

»Krankenwagen!« Hanna schoss alarmiert in die Höhe, was sie in der nächsten Sekunde bereute. Stöhnend sank sie zurück auf den Boden. Ludwigsen hatte ein Kissen unter ihren Kopf gelegt, Erna eine Decke organisiert, damit sie nicht fror. Hanna lag noch immer auf der Terrasse. Erna hatte die Scherben notdürftig weggekehrt. Über ihr war der blaue Himmel. Eine Wolke zog vorbei, sie sah wie ein Elefant aus oder doch wie ein Nilpferd?

»Keinen Krankenwagen«, murmelte Hanna. »Wo ist Mama? Mama? Bist du hier?« In ihre Augen traten Tränen.

Ihre Mutter antwortete nicht. Sie saß nicht weit von ihr auf dem Sofa und starrte die Wodkaflasche an.

»Ich wollte das nicht«, murmelte sie wie ein Mantra immer wieder. Sie war leichenblass, ihre Hände zitterten. Sie hörte Hannas Rufe, doch sie reagierte nicht darauf. Eine Mutter schlug nicht im Suff auf ihre Tochter ein. Die Tür, das splitternde Glas. Hanna war gefallen und liegen geblieben. Sie hatte sie einfach nur angestarrt. Blut an ihrer Stirn, an ihrer Hand. Sie hatte zu ihr gehen und ihr helfen wollen, brachte es jedoch nicht fertig. Sie starrte sie nur an, unfähig, sich zu bewegen. Aber Mütter mussten doch helfen und trösten, wenn sich das Kind verletzt hatte. Genau in diesem Augenblick kamen Thomas Ludwigsen und Erna.

Es läutete erneut an der Tür. Sanitäter tauchten auf, die sich um Hanna kümmerten. Sie wurde auf eine Trage gehoben und über die Terrasse fortgeschafft. Gabi hörte sie weinen, was sie tief im Innersten traf. Hast du irgendwann einmal darüber nachgedacht, was das alles mit mir macht? Die Frage von Hanna ging ihr nicht mehr aus dem Sinn.

Hatte sie das jemals? War sie noch eine gute Mutter? Vermutlich nicht. Wochen, Monate, die gottverdammte Leere, die nicht weichen wollte. Ohne Hanna hätte sie längst aufgegeben. Die Kraft, sie fehlte.

Ludwigsen setzte sich neben Gabi aufs Sofa, seufzte schwer und schob die Wodkaflasche ein Stück zur Seite.

»Es war ein Unfall. Ich wollte das nicht«, stammelte Gabi.

»Du hast wieder getrunken«, sagte er.

In Gabis Augen traten Tränen.

»Ich weiß. Es war nur ...«

»Es ist immer ein nur«, ließ er sie nicht ausreden und legte seine Hand auf ihren Arm.

»Gleich kommt Doktor Gerstner. Wenn du zustimmst, wird er alles Notwendige für deine Einweisung in die Klinik in die Wege leiten.«

Gabi nickte und flüsterte: »Nach Haar.«

Ludwigsen nickte.

»Hanna wird mich dafür hassen.«

»Gewiss nicht«, antwortete er. »Sie wird es verstehen.«

»Nein, das wird sie nicht«, erwiderte Gabi. »Sie wird mich hassen, denn ich nehme ihr ihr Leben weg.« Sie hob den Blick und schaute Ludwigsen direkt in die Augen.

»Ich habe alles kaputtgemacht.«

Ludwigsen wusste nicht, was er antworten sollte. Er legte den Arm um Gabi und zog sie eng an sich. Sie lehnte ihren Kopf an seine Schulter und begann zu schluchzen.

Doktor Gerstner betrat durch die Terrassentür das Haus und blieb vor ihnen stehen. Erschüttert fiel sein Blick auf die Glasscherben. An einigen von ihnen klebte noch Hannas Blut. Ludwigsen suchte seinen Blick. Der Arzt schüttelte den Kopf.

»Es ist meine Schuld. Ich habe viel zu lange zugesehen.«

»Die Leute müssen es selbst wollen«, antwortete Ludwigsen.

Gerstner nickte, ging vor Gabi in die Hocke und sah ihr fest in die Augen.

»Ist es für Sie in Ordnung, wenn wir Sie jetzt nach Haar in die Entzugsklinik bringen lassen?« Er sprach langsam und deutlich, als richtete er sich an ein kleines Kind.

Gabi nickte. »Und was ist mit Hanna? Ich meine, ich muss doch zu ihr. Jemand muss sich um sie kümmern.«

»Erna ist mit ihr gefahren. Sollen wir einen der Angehörigen verständigen? Vielleicht Ihren Bruder Max. Er wohnt doch in der Nähe, oder?«

»Ja, Max muss angerufen werden«, antwortete Gabi. »Dieses Mal kann er nicht kneifen. Das ist er uns schuldig.« Sie sprach leise, der letzte Satz war kaum noch hörbar. Doktor Gerstner richtete sich auf und ging in den Flur, wo er das Telefon vermutete. Neben dem Apparat lag ein Adressbuch, in dem er Max' Nummer entdeckte. Zuerst bestellte er jedoch einen Krankenwagen für Gabi, der sie noch heute nach Haar bringen sollte. Danach rief er bei Max an, der aus allen Wolken fiel und zusicherte, sofort zu seiner Nichte ins Krankenhaus nach Ebersberg zu fahren. Doktor Gerstner erkundigte sich bei ihm auch nach Hannas Vater. Wie vermutet teilten sich die beiden das Sorgerecht. Auch er musste in diesem Fall verständigt werden. Gabi würde für mehrere Monate nicht hier sein, und Hanna war minderjährig. Als er auflegte, trat Gabi gemeinsam mit Thomas Ludwigsen in den Flur.

»Wir packen ein paar Sachen zusammen«, sagte Ludwigsen.

Doktor Gerstner nickte. Die beiden kamen nicht weit. Gabi war keine drei Stufen nach oben gelaufen, da klammerte sie sich schon am Geländer fest. »Mir ist ganz schummrig«, murmelte sie. Sie war leichenblass, ihre Hände zitterten, und sie sank auf eine der Stufen.

Doktor Gerstner eilte zu ihr und maß ihren Puls. »Der Kreislauf«, sagte er. »Es war alles zu viel.« Dann holte er seinen Arztkoffer aus dem Wohnzimmer, öffnete ihn und zog eine Spritze auf, die er Gabi verabreichte.

»Einfach ruhig sitzen bleiben«, befahl er. »Das Mittel wirkt gleich, dann geht es Ihnen besser. Kofferpacken ist jetzt nicht so wichtig. Die Sachen können Ihnen Erna oder Ihr Bruder nachbringen.«

Gabi deutete ein Nicken an. Ihr war übel, noch immer drehte sich der Flur. Nur langsam schien es besser zu werden.

»Hanna braucht auch Sachen im Krankenhaus«, murmelte sie.

»Darum wird man sich kümmern«, antwortete Doktor Gerstner. Er blickte zu Ludwigsen, dessen Miene ernst war. Er wusste, wie Gabi sich jetzt fühlte. Bei ihm war die Situation damals bei einem Streit mit seiner Ehefrau eskaliert. Er hatte sie fürchterlich verprügelt. Mit letzter Kraft war sie zu einer Nachbarin geflohen und hatte von dort aus die Polizei verständigt. Angezeigt hatte sie ihn später nicht, aber sie hatte ihn vor die Wahl gestellt – entweder Entziehungskur oder sie ginge zur Polizei. Immerhin war er Beamter, und mit der Entscheidung für die Klinik war ihm der Verlust seines Arbeitsplatzes erspart geblieben. Jetzt war er seit zehn Jahren trocken. Es hatte viele Momente gegeben, da hätte er gern wieder zur Flasche gegriffen. Doch er hatte es nicht getan. Seit acht Jahren engagierte er sich bei den Anonymen Alkoholikern. Gabi war leider nicht der erste Fall, bei dem er den Absturz nach ganz unten miterlebte. Schon gestern Abend, als Hanna allein aufgetaucht war, waren bei ihm die Alarmglocken angegangen. Irgendetwas war nicht in Ordnung. Er verfluchte sich selbst dafür, dass er nicht eher gekommen war. Es hätte wer weiß was passieren können. So schien es nur bei einigen Schnittwunden und einer leichten Gehirnerschütterung zu bleiben. Das hatte ihm jedenfalls der Notarzt gesagt, der Hanna untersucht hatte. Er konnte nur hoffen, dass im Krankenhaus nicht doch noch etwas Schlimmeres festgestellt wurde.

Das Läuten an der Tür riss ihn aus seinen Gedanken. Der Krankenwagen war da. Doktor Gerstner öffnete. Sie halfen Gabi die Treppe hinunter und legten sie auf eine vor dem Eingang stehende Trage. Gabi weinte so sehr, dass ihr ganzer Körper bebte. Die Sanitäter schoben sie in den Krankenwagen. Die Türen wurden geschlossen, und der Wagen setzte sich in Bewegung. Eben war doch noch alles gut gewesen. Hanna war mitgekommen, um ihr Mut zu machen. Ihre Tochter, die sie als Schlampe beschimpft hatte.

»Ich habe ihr Leben zerstört«, sagte sie laut. Die Tränen liefen ihre Wange hinunter und auf das Kissen der Trage.

Der Sanitäter tätschelte ihren Arm und sagte irgendetwas davon, dass alles wieder gut werden würde. Was wusste er schon, dachte Gabi.

Haar, die schreckliche Klinik. Bernie würde kommen und Hanna nach Hamburg mitnehmen. Sie würde ihr Zuhause verlieren. Und ihre eigene Mutter war schuld daran.

*

Hanna saß in dem Untersuchungsraum auf der Liege und starrte auf den Boden. Ihr war übel, ihr Kopf und ihre Hand schmerzten. Die Verletzung an ihrer Stirn hatte nicht genäht werden müssen, dafür die Schnittwunde an ihrer Hand. Max saß neben ihr auf einem Stuhl. Sie konnte seine Nähe kaum ertragen. Mit ihm sollte sie gleich nach Hause gehen. Sie warteten nur noch drauf, dass der Brief für den Hausarzt fertig wurde. Erna war schon vor einer Weile gegangen. Sie wollte zu Hause nach dem Rechten sehen, denn es ging niemand ans Telefon. Auch wollte sie etwas zu essen kochen. Als ob sie jetzt etwas essen könnte. Der Arzt, ein älterer Mann mit Nickelbrille, bestätigte die Diagnose des Notarztes. Eine leichte Gehirnerschütterung mit einigen Schnittwunden, nichts Dramatisches. Er hielt es nicht für notwendig, dass sie im Krankenhaus bliebe, wofür Hanna dankbar war. Sie wollte nach Hause und nach ihrer Mutter sehen. Aber war sie überhaupt noch dort? Am Ende hatten sie sie nach Haar geschafft. Sie musste Thomas Ludwigsen anrufen. Er war da gewesen, war anscheinend gekommen, um nach ihnen zu sehen. Er hatte geahnt, dass etwas nicht stimmte. Sie hätte sich so sehr gewünscht, dass er sie fröhlich feiernd vorgefunden hätte, weil ihre Mutter eingestellt worden war. Noch vor wenigen Stunden hatte sie geglaubt, dass es ein guter Tag wäre. Ihr Blick wanderte nach draußen. Bald würde es dunkel werden. Alex. Sie hatte ihm versprochen, heute Abend an den See zu kommen. Er würde umsonst auf sie warten und sich bestimmt Sorgen machen. Was würde sie darum geben, jetzt bei ihm sein zu können. Nicht im Bauwagen, sondern in Hintersgreuth. In Monis kuscheliger Wohnküche am warmen Ofen sitzen, sich mit Kräutertee verwöhnen lassen, in Alex' Arm Siggis Gitarrenspiel lauschen, zur Ruhe kommen. Sie warf Max einen kurzen Seitenblick zu. Er saß mit hängenden Schultern auf seinem Stuhl, seine Miene war ernst. Er sollte verschwinden und sie in Ruhe lassen. Wäre er nicht abgehauen, säßen sie jetzt nicht hier. Doch stimmte das wirklich? Hätte es tatsächlich einen Unterschied gemacht, wenn er geblieben wäre? Wer entschied, wie und wann wir für andere einstehen müssen? Ihre Mutter hatte nie wirklich mit dem Trinken aufgehört. All ihre Versprechungen waren nichts als Phrasen gewesen. Auch Max hätte das nicht verhindern können. Aber vielleicht wäre es durch seine Anwesenheit nicht derart eskaliert. Wenn ihre Mutter doch nur endlich eine Stelle finden würde. Nichts brauchte sie mehr als ein Erfolgserlebnis. Dann würde sie auch wieder mit dem Trinken aufhören.

»Heute hatte sie ein Vorstellungsgespräch in Taufkirchen«, sagte Hanna leise. Max blickte auf und sah sie an. Hanna spürte, wie ihr die Tränen in die Augen stiegen.

»Es hätte wirklich klappen können. Sie ist sogar extra zum Friseur gegangen. Doch dann kam Sandra, die Tochter von Roswitha, aus dem Raum der Personalreferentin und hat nichts Besseres zu tun, als Mama vor den Augen der Dame als Säuferin zu beschimpfen. Mama ist davongelaufen, und dann haben wir uns gestritten. Sie hatte wieder eine Flasche Schnaps, weiß der Himmel, woher.« Hanna machte eine kurze Pause und fügte hinzu: »Sie hat die ganze Zeit getrunken.«

Max nickte. »Danke, dass du es mir erzählst.«

Er nahm Hannas Hand und drückte sie.

»Wenn wir nach Hause kommen, rede ich mit ihr. So kann es nicht weitergehen. Sie muss eine Entziehungskur machen.«

Hanna nickte. Max sprach aus, was sie, was jeder im Umkreis ihrer Mutter wusste.

»Und was wird dann aus mir?«

»Wir werden eine Lösung finden. Solange sie fort ist, kann ich ja wieder nach Griesing ziehen. So eine Entziehungskur dauert nicht ewig.«

Seine Worte machten Hanna Mut. Vielleicht würde doch noch alles gut werden. Max nickte ihr aufmunternd zu.

Die Tür öffnete sich, und eine Schwester kam herein, die Hanna einen Briefumschlag in die Hand drückte und ihr erklärte, dass sie gehen konnte. Sie sollte sich schonen, anfängliche Übelkeit wäre normal. Um alles Weitere würde sich der Hausarzt kümmern. Hanna nickte. Die Frau verließ den Raum. Max half Hanna beim Aufstehen. Gemeinsam gingen sie langsam den Krankenhausflur hinunter. Hanna war froh darüber, sich an ihm festhalten zu können, denn noch immer war ihr schwindelig. Vor dem Krankenhaus standen Taxis, und Max entschied, eines von ihnen zu nehmen, da Hanna in ihrem Zustand unmöglich mit der S-Bahn fahren konnte. Er bugsierte Hanna auf den Vordersitz und nahm hinten Platz. Die Fahrt dauerte nicht lange. Als der Wagen vor dem Haus hielt, öffnete sich die Tür, und Erna trat nach draußen. Hanna freute sich, sie zu sehen. Sie kam ihnen entgegen, half Max, Hanna zu stützen, und redete sofort los.

»Geht es? Ist dir noch übel? Ich habe etwas für dich gekocht. Nach der ganzen Aufregung musst du etwas in den Magen kriegen.«

Im Hausflur geriet Hanna ins Schwanken und hielt sich am Türstock des Wohnzimmers fest. Ihr Blick fiel in den Raum. Die Terrassentür war geschlossen, die Scherben hatte jemand, vermutlich Erna, zusammengefegt.

»Wir müssen das Fenster noch abkleben«, sagte Erna. »Ich hab schon den Wildgruber angerufen. Der macht ja alle Fenster hier in der Gegend. Er will morgen vorbeikommen und sich den Schaden anschauen. Ist bestimmt keine große Sache, hat er gesagt. Weißt du, ob deine Mama eine Versicherung hat?«

Hanna kam nicht mehr zum Antworten, denn ihr Magen drehte sich plötzlich um. Die Autofahrt hatte ihr schon nicht gutgetan, jetzt auch noch die Essensgerüche. Sie spuckte in hohem Bogen auf den Wohnzimmerboden.

»Ach du meine Güte«, rief Erna.

»Das liegt bestimmt an der Gehirnerschütterung«, suchte

Max Hanna zu beruhigen. »Ich glaube, es ist besser, wenn du dich erst einmal hinlegst und dich ausschläfst.«

Er warf Erna einen bedeutungsschweren Blick zu. Sie nickte.

»Richtig. Schlafen ist eine gute Idee.«

Hanna lehnte am Türrahmen. Max hielt sie am Arm fest.

»Wo ist Mama?«, fragte sie.

»Darüber reden wir später«, antwortete Erna und blickte dabei Max an, der sich schon denken konnte, wo sie war.

»Aber ich will zu ihr«, antwortete Hanna mit Tränen in den Augen. »Es war ein Unfall. Sie kann nichts dafür. Das wollte ich ihr sagen.«

»Das weiß sie doch«, erwiderte Erna. Sie trat näher und strich Hanna liebevoll mit der Hand über die Wange. »Wir alle wissen das. Sie ruht sich aus, weißt du. Morgen früh werden wir weitersehen.«

Hanna nickte. »Sie schläft also.«

»Ja, sie schläft. Und das solltest du jetzt auch tun.«

Hanna nickte und sah zur Treppe, die vor ihren Augen verschwamm. Mit Max' Hilfe ging es langsam die Stufen nach oben.

Erna schaute ihnen nach, bis sie sie nicht mehr sehen konnte. Es war nur eine kleine Notlüge gewesen, sagte sie sich ein. Morgen früh, wenn es Hanna besser ging, konnten sie in Ruhe reden. Sie wusste inzwischen, dass Doktor Gerstner Gabi in die Klinik eingewiesen hatte. Auch Bernie in Hamburg war verständigt worden. Er wollte sofort kommen, was Hanna bestimmt nicht gefallen würde. Aber irgendjemand musste sich jetzt um sie kümmern. Und in Ernas Augen konnte das auf keinen Fall Max sein, auch wenn er sich Mühe gab. Sie ging zurück in die Küche und schaute auf die überdimensionale Portion Nudeln, die sie in ihrem Übereifer gekocht hatte. Vielleicht bekam Max später noch Hunger.

Max bugsierte Hanna in ihr Zimmer und setzte sie auf das ungemachte Bett. Hanna kippte stöhnend zur Seite. Er zog ihr die Schuhe aus, legte ihre Beine hoch, deckte sie liebevoll zu und schloss den Rollladen.

»Es wird bestimmt alles wieder gut«, sagte er, bevor er den Raum verließ. »Schlaf erst einmal.« Er schloss die Tür hinter sich und blieb noch einen Moment im Flur stehen. Dann ging er zurück zu Erna in die Küche, um sich anzuhören, was sich genau zugetragen hatte.

*

Als Hanna am nächsten Morgen aufwachte, saß Bernie vor ihrem Bett und wünschte ihr lächelnd einen guten Morgen. Hanna blinzelte, schloss die Augen und öffnete sie erneut. Doch er blieb. Ihr Kopf dröhnte, auch ihr Handgelenk schmerzte noch immer, doch die Übelkeit schien verschwunden zu sein.

»Was machst du hier?«, murmelte sie.

»Ich bin gestern von einem Doktor Gerstner angerufen und über die Probleme informiert worden. Da bin ich so schnell gekommen, wie ich konnte«, antwortete er.

»Doktor Gerstner. Hätte ich mir denken können.« Hanna setzte sich auf.

»Wie lange geht das schon so?«, fragte Bernie.

Hanna warf ihm einen bitterbösen Blick zu und schwieg. Was erdreistete er sich überhaupt, diese Frage zu stellen? Er war doch einer der Hauptgründe, dass alles den Bach runterging.

»Es ist nicht die erste Ehe, die in die Brüche geht«, erriet er Hannas Gedanken. Hanna wusste, dass er recht hatte. Trotzdem war sie wütend auf ihn. Er hatte sie verlassen und sich die letzten Jahre nicht mehr blicken lassen. Sie war ihm doch gleichgültig. Dem eigenen Vater, das musste man sich mal vorstellen. Kein Anruf, keine Briefe – nicht einmal an ihrem Geburtstag hatte er sich gemeldet. Und jetzt saß er plötzlich vor ihr, nur weil irgend so ein Dorfarzt ihn angerufen und Panik verbreitet hatte.

»Wo ist Mama?«, fragte sie, ohne auf seine Worte einzugehen.

»Sie ist eingewiesen worden«, antwortete er. »Deshalb bin ich hier.«

Hanna erstarrte.

»Eingewiesen, nach Haar?«

»Ja, wohl gestern schon«, erwiderte er und wollte nach ihrer Hand greifen. Hanna zog sie weg.

»Doktor Gerstner hat mir alles erklärt. Ich habe inzwischen mit dem Leiter der Anonymen Alkoholiker, einem Thomas Ludwigsen, gesprochen. Sie ist schon länger abhängig, nicht wahr?«

Hanna hätte jetzt am liebsten den Kopf geschüttelt. Sie hätte ihn am liebsten angebrüllt und gesagt, dass sie es allein schaffen würden und er sich zum Teufel scheren sollte.

Doch der gestrige Tag hatte auch ihr gezeigt, dass es so nicht weitergehen konnte.

»Es geht schon seit letztem Frühjahr«, gab sie zu. »Zuerst nur Wein, seit einer Weile auch härtere Sachen. Sie hat auch bei der Arbeit getrunken, weshalb sie ihre Stelle verloren hat.« Bernie nickte. »Aber wir hätten das wieder hingekriegt«, fuhr Hanna fort. »Ganz bestimmt. Wenn sie endlich eine neue Stelle gefunden hätte. Aber es hagelte nur Absagen.« Sie verschwieg Bernie, was beim letzten Vorstellungstermin vorgefallen war.

»Wir hätten das wieder hingekriegt«, wiederholte Bernie leise und schüttelte den Kopf. »Wenn ich das doch nur eher gewusst hätte. Du bist sechzehn, noch ein Kind. Du musst solche Dinge nicht hinbekommen. In deinem Leben sollte es andere Dinge geben. Schule, Freundinnen – vielleicht die erste Liebe.« Er wollte erneut ihre Hand nehmen. Diesmal ließ Hanna es zu. Sie überlegte, ob sie ihm von Alex erzählen sollte, ließ es jedoch sein. Bernie war der Vater, der sie verlassen hatte. Plötzlich tat er so fürsorglich und wollte sich kümmern. War es dafür nicht reichlich spät? Aber immerhin war er aus Hamburg gekommen. Und das ihretwegen.

Eine Weile sagte keiner von ihnen beiden etwas. Die Stille im Raum fühlte sich sonderbar schwer an. Sonnenlicht fiel durch die Schlitze des Rollladens auf den Boden.

»Max wartet unten«, sagte Bernie. »Er hat Semmeln geholt und im Garten den Tisch gedeckt. Hast du Hunger?«

Hanna zuckte mit den Schultern.

»Komm. Ein kleiner Happen wird dir guttun. Später können wir gemeinsam deine Mutter besuchen und beraten, wie es weitergehen soll. Max hat angeboten, fürs Erste hier einzuziehen, um sich um dich zu kümmern, bis deine Mutter zurück ist. Das hört sich doch gut an, oder?«

Hanna nickte. »Na siehst du.« Er stupste ihr mit einem Lächeln auf die Nase und fragte: »Soll ich dir beim Aufstehen helfen?«

Sie nickte und schlug die Decke zurück. Noch immer trug sie die Kleidung vom Vortag. Bernie nahm sie am Arm. Sie war noch etwas wackelig auf den Beinen, aber der Schwindel hatte aufgehört, und auch die Übelkeit schien verschwunden zu sein. Nur das Handgelenk schmerzte noch immer.

Bernie half ihr in die Schuhe, und sie verließen den Raum. Es ging die Treppe nach unten und ins Wohnzimmer, wo sie mit einem fröhlichen »Guten Morgen« vom Wildgruber begrüßt wurden, der mit Max die Terrassentür inspizierte.

Max begrüßte Hanna mit einem Lächeln und deutete auf einen aufgeschlagenen Ordner auf dem Tisch.

»Guten Morgen. Ist gut, dass Bernie da ist. Er kennt sich mit euren Unterlagen noch aus. Den Schaden übernimmt die Hausratversicherung.«

»Ist ein Standardmaß«, sagte Wildgruber. »Ich schau mal, was ich noch im Lager habe, und melde mich später. Heute habe ich nicht viele Termine. Wenn die Scheibe vorrätig ist, könnte ich sie später gleich einbauen.« Er schaute zu Bernie, der nickte.

»Wird schon wieder, Mädchen«, sagte Georg zu Hanna, schlug Max zum Abschied auf die Schulter und verschwand durch den Garten.

»Das geht ja fix«, sagte Max. Dann läutete es an der Tür,

und er verschwand und tauchte mit Erna im Schlepptau wieder auf.

»Guten Morgen. Ich habe gesehen, dass der Tisch im Garten gedeckt ...« Ihr Blick fiel auf Bernie, und sie brach abrupt ab. Bernie setzte ein einnehmendes Lächeln auf.

»Erna, schön dich zu sehen. Können wir dir etwas anbieten? Der Kaffee reicht auch für drei.« Er schaute zu Max.

»Aber sicher doch«, antwortete Max mit säuerlicher Miene. Auf Erna hätte er jetzt gern verzichtet. Erna sah zu Hanna. Sie wirkte mitgenommen. Bestimmt hatte Bernie ihr schon mitgeteilt, wo ihre Mutter war.

»Gehen wir doch in den Garten«, sagte Bernie nach einem Moment der Stille. »Sonst wird der Kaffee noch kalt.«

Wenig später saßen sie unter den Kirschbäumen. Hanna bekam von Erna Kakao eingeschenkt und eine Marmeladensemmel geschmiert.

»Wir müssen deiner Mama heute noch ein paar Sachen bringen«, sagte sie. »Magst mir nachher beim Packen helfen?«

Hanna wollte etwas erwidern, kam jedoch nicht mehr dazu, denn plötzlich kam ihre Mutter in den Garten spaziert.

Ernas Augen weiteten sich. »Gabi«, brachte sie heraus.

Max und Bernie, die mit dem Rücken zum Haus saßen, drehten sich um. Hannas Hände begannen zu zittern.

»Bernie«, sagte Gabi und blieb stehen. Mit weit aufgerissenen Augen starrte sie ihren Exmann an.

Bernie stand auf und ging ihr entgegen.

»Gabi, was machst du denn hier? Ich dachte, ich meine …« Er blieb vor ihr stehen, verstummte und setzte neu an. »Mich hat gestern Nachmittag ein Doktor Gerstner angerufen.«

»Wer auch sonst«, erwiderte Gabi trocken. »Dieser Quacksalber, der meint, dass so ein Irrenhaus der richtige Ort wäre, um wieder gesund zu werden. Ich sage euch: Das ist es nicht. Keine zehn Pferde werden mich dorthin zurückbringen. Du hättest dir also gar nicht die Mühe machen müssen, deine geliebte Dagmar, wenn es die überhaupt noch gibt, allein zu lassen.« Sie schaute zu Max. »Und mein feiner Herr Bruder traut sich auch mal wieder zu uns heraus. Da muss erst ein Unfall passieren, damit er sich bewegt.«

Ihre Stimme klang zynisch.

»Er hat nur geholfen«, versuchte Erna, Max zu verteidigen. »Wie wir alle.«

»Stimmt. Darin bist du gut, nicht wahr? Die feine Nachbarin, die wie eine Klette an uns klebt und ihre neugierige Nase nur deshalb in alles reinsteckt, weil sie ihr eigenes Leben nicht in den Griff bekommt. Ich denke, es ist besser, wenn ihr alle verschwindet. Hanna und ich, wir kriegen das allein hin. Nicht wahr, mein Mädchen?« Sie sah Hanna an. »Wir brauchen niemanden. Es tut mir leid. Ich wollte das gestern nicht. Es wird nie wieder vorkommen. Das verspreche ich dir.« Sie ging auf Hanna zu und streckte die Hand nach ihr aus, doch Hanna wich zurück. Ihre Mutter war ihr mit einem Mal sonderbar fremd. Wut stieg in ihr auf. Warum war sie hier? Es sollte doch jetzt alles wieder gut werden. Sie wollte es nicht mehr allein schaffen müssen. Sie wollte endlich sein dürfen, was ihr Vater gesagt hatte – ein normales Mädchen, das normale Dinge tat und sich nicht für ihre Mutter schämen musste. Aber ginge das in dieser Welt überhaupt noch? Könnte sie hier jemals wieder ein normales Leben führen?

Hanna ballte die Fäuste.

»Wieder mal ein Versprechen, das du nicht halten wirst«, antwortete sie, stand auf und kam hinter dem Tisch hervor.

»All die Monate. Die Besuche bei den Anonymen. Alles war umsonst. Die ganze Zeit hast du mich belogen. Und jetzt tust du es schon wieder. Du belügst mich und dich selbst. Natürlich wird so etwas wieder vorkommen. Bei der nächsten Absage, bei der nächsten Gehässigkeit von irgendwem, wenn du traurig bist oder dir Mut antrinken willst. Du hältst es doch ohne das Trinken gar nicht mehr aus.« Ihre Stimme war laut geworden. Tränen standen in ihren Augen. »Es wird nie aufhören. Niemals wieder. Du machst alles kaputt. Verstehst du das nicht?«

Sie lief an ihrer Mutter vorbei ins Haus, die Treppen nach oben in ihr Zimmer, schlug laut die Tür hinter sich zu und warf sich weinend aufs Bett. Ihre lauten Schluchzer waren bis in den Garten zu hören.

Gabi wusste nicht, wie ihr geschah. Mit dieser Reaktion ihrer Tochter hatte sie nicht gerechnet. Gestern hatte sie mit einem der Ärzte gesprochen, der ihr genau erklärte, welche Möglichkeiten sie zur Alkoholentwöhnung hatte. Kalter Entzug, danach ambulante Suchtbetreuung, mehr konnten sie ihr nicht anbieten. Aber brauchte sie überhaupt einen kalten Entzug? Schon allein der Begriff machte ihr Angst. So viel trank sie nun auch wieder nicht. Am Morgen hatte sie beschlossen, nach Hause zu gehen. Ambulante Betreuung fand sie in Grafing auch. Nachher würde sie Thomas Ludwigsen anrufen und sich bei ihm für seine Hilfe bedanken. Mit seiner Unterstützung fände sich gewiss ein Weg. Auf der Heimfahrt hatte sie sich Hannas Reaktion ausgemalt. Bestimmt freute sie sich, dass ihre Mutter wieder heimkam.

Doch jetzt war alles anders. Bernie war hier. Gabi schlug das Herz bis zum Hals, und ihre Hände zitterten. Seitdem er nach Hamburg umgezogen war, hatte sie ihn nicht mehr gesehen. Sein Haar durchzogen erste graue Strähnen, die Falten um seine Augen waren tiefer geworden, und ein leichter Bauchansatz war zu erkennen. Seine blauen Augen waren immer noch so schön wie einst. Das war das Erste, was sie beeindruckt hatte. Diese strahlend schönen Augen. Sie begriff, dass sie ihn noch immer liebte. Unsicher trat sie von einem Bein aufs andere, schaute zu Hannas Zimmer hinauf, dann wieder zu der kleinen Gruppe bekümmert dreinblickender Menschen, die ihr plötzlich wie Feinde vorkamen.

Bernie entschied sich nach kurzer Überlegung, die Flucht nach vorn anzutreten, legte den Arm um Gabi und bat sie, sich zu ihnen zu setzen. Zuerst zögerte sie, doch dann ließ sie sich von ihm zu dem gedeckten Frühstückstisch unter dem Apfelbaum führen. Erna, die Gabis verletzende Worte der Situation zuschrieb, schenkte ihr Kaffee ein, schwieg aber. Auch Max wusste nicht recht, was er sagen sollte.

Erna war diejenige, die das beklemmende Schweigen irgendwann brach.

»Wir wollten dich eigentlich später besuchen«, sagte sie.

»Hanna und ich wollten dir ein paar Sachen zusammen-suchen.«

»Das braucht ihr jetzt nicht mehr. Ist alles nicht so schlimm. Ich hab mit dem Arzt in der Klinik gesprochen. Er meinte, dass ich gar kein so schwerer Fall sei und es auch ambulant gehe.« Sie verschwieg die Sache mit dem kalten Entzug.

»Wenn das so ist …« Erna zuckte mit den Schultern.

»Ist es das wirklich?« Max sah seine Schwester ernst an. »Du verschweigst uns doch irgendwas.«

»Das tut sie ganz sicher«, stimmte ihm Bernie zu. »Du warst schon immer eine schlechte Lügnerin, Gabi.«

Gabi fühlte sich in die Ecke gedrängt und sprang auf.

»Dann glaubt es eben nicht. Mir doch egal. Ich gehe jetzt zu Hanna und rede mit ihr. Und ihr drei seht am besten zu, dass ihr so schnell wie möglich verschwindet. Ich habe ge-nug von eurer Heuchelei.« Sie lief ins Haus. Im oberen Flur klopfte sie an Hannas Tür und drückte mehrfach auf die Klinke. Doch Hanna hatte abgeschlossen.

»Hanna, bitte mach auf. Lass uns reden. Das haben wir doch immer gemacht. Ich trinke nicht mehr – versprochen. Gleich morgen gehen wir zum nächsten Treffen der Anony-men nach Grafing. Ich rufe Thomas an und erkläre ihm ge-nau, was gestern passiert ist. Bitte, mach auf.«

Gabi legte das Ohr an die Tür und lauschte. Es war nichts zu hören. Vielleicht war sie eingeschlafen?

Doch Hanna war längst nicht mehr im Raum. Sie hatte das Gespräch der Erwachsenen an ihrem Fenster stehend be-lauscht und war zu einem Entschluss gekommen. Sie musste fort von hier. So konnte und durfte es nicht weitergehen. Bernie hatte recht. Das hier war nicht das Leben, das ein Mädchen ihres Alters führen sollte. Sie sollte sich um nichts anderes kümmern müssen als die Schule, Freundinnen und all die neuen Gefühle, die sie empfand, wenn sie an Alex dachte. Der vergeblich am See auf sie gewartet hatte und sich bestimmt Sorgen machte. Vielleicht würde sie Bernie sogar von ihm erzählen, damit er sah, dass es trotz all der Schwierigkeiten auch Gutes in ihrem Leben gab. Ihr Vater mochte sich in den letzten Jahren nicht gekümmert haben, aber jetzt, in ihrer größten Not, war er da, und das rechnete sie ihm hoch an. Während ihre Mutter vor ihrer Tür stand und bettelte, war sie längst wieder im Garten und bat Bernie, ein Stück mit ihr übers Feld zu laufen.

Sie waren gerade außer Sichtweite des Hauses, als Gabi mit hängenden Schultern die Treppe nach unten lief und in die Küche trat, wo Erna und Max mit Aufräumen beschäftigt waren. Sie sank auf die Eckbank, und Erna stellte wortlos eine Tasse Kaffee vor sie. Gabi zündete sich eine Zigarette an. Max ging ohne Gruß, Erna folgte ihm nach einer Weile. Gabi konnte sich nicht erinnern, wann ihre Nachbarin zuletzt so schweigsam gewesen war. Sie zog an ihrer Zigarette und blies den Rauch in die Luft. Sie würden sich wieder beruhigen. Max würde verschwinden, wie immer. Und Erna würde spätestens heute Abend angekrochen kommen, um mit ihr zu reden. Aber was war mit Bernie? Sie würde mit ihm reden müssen. All die Jahre waren sie ihm egal gewesen. Und jetzt kam er wie ein heiliger Samariter herangeeilt und mischte sich ein. Sie nippte an ihrem Kaffee, drückte die Zigarette im Aschenbecher aus und sah sich in der Küche um. Wie sollte es jetzt weitergehen? Als Erstes musste sie all ihre Alkoholverstecke leer räumen. Ihr Blick fiel in den Flur. Die vierte Stiege knarzte. Sie ließ sich öffnen, was nur sie wusste. In ihr lagen zwei Flaschen Obstler. Im Keller hinter dem Regal gab es eine Nische, in der sie erst neulich eine Flasche Rotwein deponiert hatte. Kalter Entzug, dachte sie. So ein Unsinn. Sie würde es auch so schaffen. Sie musste nur endlich ehrlich zu sich selbst sein. Sie stand auf, ging in den Flur, öffnete die Treppenstufe, nahm die Schnapsflaschen heraus, ging damit in die Küche und kippte deren Inhalt in die Spüle. Nachher würde sie auch noch die restlichen Verstecke ausräumen und alle Flaschen fortbringen. Jetzt war endgültig Schluss mit dem Selbstmitleid und den Lügen.

*

Eine Weile liefen Bernie und Hanna schweigend nebeneinanderher. Bernie war derjenige, der irgendwann mit einem Lächeln sagte: »Auf diesem Weg hast du Fahrrad fahren gelernt.«

»Daran kann ich mich gar nicht mehr erinnern«, antwortete Hanna.

»Du warst früh dran«, meinte Bernie. »Vier oder fünf Jahre alt. Anfangs habe ich dich immer am Gepäckträger festgehalten. Wenn ich dich losgelassen habe, bist du Slalom gefahren, hast laut gequietscht und bist im Gras gelandet. Irgendwann hat es dann geklappt.« Er sah sie von der Seite an. »Du hattest ein rotes Fahrrad mit einer Micky-Maus-Klingel.«

»Die auch jetzt noch an meinem Fahrrad ist«, erwiderte Hanna.

»Stimmt. Die haben wir umgebaut. Sie war dein Glücksbringer.«

»Das ist sie heute noch«, murmelte Hanna und blieb stehen. Mit einem tiefen Seufzer blickte sie über das abgeerntete Maisfeld hinweg Richtung Berge.

»Wieso bist du gegangen?«

»Das kann ich dir gar nicht so genau sagen. Es gab nicht nur einen Grund, vieles spielte eine Rolle. Vielleicht war es auch einfach die Alltäglichkeit, die überhandgenommen hatte. Das Prickeln der Liebe war fort, mir schien alles so fade. Es ist schwer zu erklären.«

Hanna nickte. Obwohl es weh tat, diese Worte von ihrem Vater zu hören, verstand sie, was er meinte. Das Prickeln der Liebe, das einem den Verstand rauben konnte, einen vor Sehnsucht nach dem anderen fast zerspringen und das Herz höherschlagen ließ – sie konnte sich nicht vorstellen, es an Alex' Seite jemals zu verlieren. »Aber natürlich hätte ich sie nicht betrügen dürfen«, fuhr ihr Vater fort. »Heute weiß ich, dass ich von Anfang an mit offenen Karten hätte spielen sollen. Wir hatten uns auseinandergelebt, wie so viele, aber ich hätte anders damit umgehen müssen.«

Hanna nickte erneut. Sie gingen weiter und erreichten die Bahnunterführung. Nicht weit davon setzten sie sich auf eine Bank in den Schatten.

Hanna hob einige Kieselsteine vom Boden auf und ließ sie durch ihre Finger zurück auf den Boden rieseln.

»Ich habe verstanden, dass ich hier wegmuss«, sagte sie.

»Sie wird nie damit aufhören. Ich kann es einfach nicht mehr ertragen, die Tochter der Säuferin zu sein.«

»Das sehe ich genauso«, erwiderte Bernie. »Nur wohin willst du gehen? Zu mir nach Hamburg?«

Hanna zuckte mit den Schultern.

»Ich weiß nicht«, sagte sie leise und dachte an Alex. Wenn sie nach Hamburg ginge, würde sie ihn verlieren. Der Gedanke trieb ihr die Tränen in die Augen.

»Ich habe einen Freund«, flüsterte sie.

Bernie nickte. Liebevoll legte er den Arm um Hanna. Sie lehnte den Kopf an seine Schulter und ließ ihren Tränen endgültig freien Lauf.

Bernie sagte nichts. Hannas Frage machte ihn betroffen. Sie hatten sich auseinandergelebt. Was für eine belanglose Floskel dieser Satz doch war. Er war ein Feigling gewesen. Irgendwann einmal hatte er Gabi geliebt, aber das lag lange zurück. Dessen war er sich bewusst geworden, als sie vor ihm gestanden, als er sie berührt hatte. Seine Ehe, sein Leben in Griesing, das alles hier war Vergangenheit. Er hatte es hinter sich gelassen. Das jedenfalls hatte er gedacht. Doch Hanna war kein Teil einer Vergangenheit, die man einfach so hinter sich lassen konnte. Sie war seine Tochter, um die er sich zu kümmern hatte. Er würde Verantwortung übernehmen, sie nach Hamburg bringen und ihr das Leben zurückgeben, das sie verdiente.

Jetzt galt es, die nächsten Tage zu überstehen, die für Hanna die schwierigsten ihres Lebens sein würden. Sie würde ihr Zuhause und vermutlich auch ihre erste große Liebe verlieren.

FÜNFZEHN

Meine Hanna,

*zwanzig Jahre sind vergangen, seitdem Du fortgegangen
bist, und mein Weg hat mich erneut zu unserem See geführt. Heute ist ein sonniger und warmer Tag. Eben war ich
schwimmen. Ich habe mich im Wasser auf den Rücken gelegt und in den wolkenlosen Himmel geblickt, wie wir beide es so oft gemeinsam taten. Ich schloss die Augen, um mir
Dein Gesicht in Erinnerung zu rufen. Dein blondes Haar
klebte feucht an Deiner Stirn, Wassertropfen perlten von
Deiner Haut ab. Sommersprossen zierten Deine Nase. Du
lächeltest, Deine Augen strahlten. Wie sehr ich Dich liebte.
Hier am See konntest Du all Deinen Kummer hinter Dir
lassen. Jedes Mal, wenn Du kamst, trugst Du schwer an
ihm. Doch nach einer Weile schien er fort zu sein, und wir
waren frei, einfach nur wir beide. Weißt Du noch, wie wir
zum Gardasee fahren wollten? Mit Siggis Bus einfach losziehen. Wir hätten diesen fernen See gar nicht gebraucht,
denn das kleine Glück war unsere Welt. Ein wenig davon
spüre ich heute noch, wenn ich hier sitze und über das funkelnde Wasser blicke. Wir hatten unser Glück gefunden,
doch wir konnten es nicht festhalten. Zwanzig Jahre sind
es jetzt, und noch immer will ich die Hoffnung nicht aufgeben, dass Du eines Tages zurückkehren und diesen Brief*

lesen wirst. Und vielleicht spürst Du dann dasselbe wie ich. Das kleine Glück ist es, das unser Leben lebenswert macht. Ich habe es an dem Tag verloren, als Du gingst. Doch ich werde weiterhin darauf hoffen, es eines Tages wiederzufinden.

In Liebe

Dein Alex

*

SEPTEMBER, 2016

Hanna stand vor der Auslage des kleinen Cafés im Eingangsbereich des Krankenhauses und starrte auf einen Schokoladenmuffin. Sie dachte daran, wie sie beim Stadtbäcker in Hamburg gesessen und in den Regen geblickt hatte. Damals war sie davongelaufen, hatte es nicht ertragen. Aber indem sie vor dem einen Leben davongelaufen war, hatte sie ein anderes, hatte sie ihre Mutter wiedergefunden. Der Schmerz über den Verlust von Maurice war noch da, jedoch in den Hintergrund getreten. Niemals hätte sie vor einigen Monaten gedacht, dass ausgerechnet die Rückkehr in die Vergangenheit ihr helfen könnte, die Trauer zu überwinden.

Doch nun? Erneut stand sie vor einem Schokoladenmuffin, der Glück verhieß – und war dennoch unglücklich. Vielleicht sollte sie das Küchlein kaufen und ihrer Mama mitbringen. Sie könnte eine Extraportion Glück gebrauchen.

»Kann ich Ihnen helfen?«, riss die Verkäuferin, eine ältere Frau mit aschblondem Haar, sie aus ihren Gedanken.

Hanna entschloss sich, den Muffin mitzunehmen. Bestimmt würde sich ihre Mutter darüber freuen. Sie bezahlte und ging zum Aufzug, der sie in den fünften Stock beförderte, wo die Onkologie untergebracht war. Ihre Mutter teilte sich ein Zimmer mit einer Achtundsiebzigjährigen, die gern Volksmusik hörte und recht geschwätzig war. Hinzu kam noch, dass sie vier Töchter hatte, von denen immer eine in Begleitung von mal mehr, mal weniger Kindern anwesend war. Gabi war kinderlieb, und sie mochte alte Leute. Aber diese Frau und ihr Anhang, so hatte sie Hanna bei einem Spaziergang im Garten gesagt, würden sie irgendwann in den Wahnsinn treiben. Sie konnte nur hoffen, dass die optimistische Prophezeiung ihrer Zimmergenossin eintraf und sie nächste Woche tatsächlich entlassen werden würde.

Hanna öffnete die Glastür, die zur Abteilung führte, und wich einer Schwester aus, die mit einer Spuckschüssel in der Hand an ihr vorübereilte. Auf dem Flur lief ein älterer Herr mit Bademantel herum, der sie freundlich grüßte. Gabi wusste über ihn bereits Bescheid. Er hieß Wilhelm, genannt Willi. Hodenkrebs, gute Prognose. Hanna grüßte zurück und bemühte sich um ein Lächeln. Sie beschleunigte ihre Schritte. Bloß nicht mit ihm reden müssen. Ihre Mutter durfte gar nicht hier sein. In ihrem Leben sollte es keine alten Damen mit Volksmusik, Willis mit Hodenkrebs und Krankenschwestern mit Spuckschüsseln geben. Sie gehörte nach Hause, wo sie mit dem Architekten streiten, mit ihr das Gartenhaus streichen und Tapeten für das Wohnzimmer aussuchen musste. Nächste Woche würde der Küchenbauer kommen. Sie hatte einen Katalog dabei, damit ihre Mutter mit auswählen konnte. Dazu Stoffmuster des neuen Sofas, für das sie sich schon vor einer Weile entschieden hatten. Es gab also einiges zu besprechen, was Ablenkung bringen würde. Auch hatte Hanna den Laptop eingepackt, damit sie mit Christina skypen konnten. Immerhin gab es in diesem Krankenhaus kostenfreies WLAN.

Als sie das Zimmer ihrer Mutter betrat, waren beide Betten leer. Das der alten Dame war frisch bezogen, und ihre Sachen waren fort. Hanna entdeckte ihre Mutter im Badezimmer. Sie stand vor dem Spiegel und kämmte sich die Haare. Hanna grüßte und fragte nach der Zimmernachbarin.

»Sie haben sie heute früh verlegt.«

»Verlegt?«, fragte Hanna erstaunt. »Hattest du nicht gesagt, sie sollte bald entlassen werden?«

Gabi wickelte ihre Haare am Hinterkopf hoch und steckte eine Haarklammer hinein.

»Das war wohl gelogen. Sie ist in ein Hospiz gebracht worden. Das weiß ich von der Tochter. Sie hat noch die Sachen ihrer Mutter gepackt. Metastasen, überall. Ihr bleiben nur noch wenige Wochen.« Gabi öffnete ihre Haare wieder und strich sie mit den Händen glatt.

Hanna trat neben sie.

»Was machst du da eigentlich?«

»Ich habe heute Morgen den Oberarzt gefragt, ob mir die Haare ausgehen werden. Er meinte, wahrscheinlich schon. Es sei eine starke Chemo, die ich bekomme. Also überlege ich, ob ich sie nicht besser gleich abschneiden sollte. Was meinst du?«

»Ich weiß nicht«, antwortete Hanna unsicher. Die Über-

legung ihrer Mutter traf sie, obwohl sich das viele Krebs-
patienten fragten. Wer wollte schon sehen, wie sich ganze
Haarbüschel nach und nach verabschiedeten? Es war doch
so schon schlimm genug. Trotzdem hätte Hanna ihrer Mutter am liebsten gesagt, dass sie es lassen solle. Vielleicht gingen ihre Haare ja nicht aus. Solche Fälle gab es. Sie wusste,
dass sie sich selbst belog.

»Ich hatte noch nie kurze Haare«, sagte Gabi. »Halblang
ist gut. Aber kurz geht gar nicht. Dafür ist mein Kopf zu
rund.«

Hanna musterte das Gesicht ihrer Mutter im Spiegel.
Eingefallene Wangen, blasse Haut, ein spitzes Kinn. Hatte
ihre Mutter jemals einen runden Kopf gehabt?

»Doch, natürlich geht das«, widersprach Hanna ihr. »Du
wirst damit bestimmt wunderbar aussehen. Wenn du magst,
können wir zu dem Friseurladen unten gehen und dir einen
schönen Schnitt machen lassen.«

»Einen schönen Schnitt.« Gabi lachte auf. »Wir wissen
beide, dass selbst die kleinsten Stoppeln in ein paar Wochen
fort sein werden. Sogar die Augenbrauen werden dann aus-
fallen und die Wimpern. Wie lebt es sich ohne Wimpern?«

»Keine Ahnung«, erwiderte Hanna und zuckte mit den
Schultern. »Meine waren bisher immer da.«

Jetzt musste Gabi schmunzeln.

»Ich stelle bescheuerte Fragen, oder?«

»Nein, das tust du nicht«, erwiderte Hanna. Mit einem
Schlag war der Anflug von Spaß verschwunden. Einen Moment herrschte Stille, dann schlug Hanna vor: »Wenn dir
das lieber ist, schneide ich dir die Haare.«

»Das würdest du wirklich tun?«, fragte Gabi.

»Natürlich. Erwarte aber keine Wunder.« Hanna bemühte sich um ein Lächeln. Gabi wollte etwas erwidern, doch Hanna ließ sie nicht zu Wort kommen. »Ich weiß, ich weiß. Die letzten Stoppel fallen auch noch aus. Aber bevor wir zur Schere greifen, skypen wir mit Christina. Wir sind doch heute mit ihr verabredet. Und ihr willst du sicher noch ordentlich unter die Augen kommen, oder?«

»Schon. Offen oder hochgesteckt?«

»Offen«, entschied Hanna.

»Also gut.« Gabi wandte sich vom Spiegel ab und verließ das Badezimmer. Ihr Blick fiel auf den Berg von Krimskram, den Hanna auf dem Tisch abgelegt hatte. Küchenkataloge, Stoffmuster, die Bäckertüte, ihre Handtasche, die Laptop-Tasche und ein neuer Stapel Rätsel- und Klatschzeitungen, die Manni ihr heute Morgen gegeben hatte. Dazu eine Tüte frischer Äpfel von Erna und eine Tupperschüssel voller Kekse.

»Verhungern werde ich schon mal nicht«, meinte Gabi.

»Gewiss nicht«, versicherte Hanna. »Erna hat heute im Garten Zwetschgen geerntet. Ihre Bäume hängen so voll wie seit Jahren nicht. Jedenfalls behauptet sie das. Ich befürchte, es wird die nächste Zeit eine Menge Backwerk mit Zwetschgen geben.«

»Das ist gut«, erwiderte Gabi. »Besonders ihr Hefezopf mit Zwetschgenmus ist lecker. Wenn sie dir davon drei Stück bringt, musst du sie alle behalten. Man kann den Zopf hervorragend einfrieren, und besonders an nasskalten Novembertagen ist er zum Tee ein wahrer Segen.« Gabi zwinkerte Hanna zu.

»Das werde ich machen. Und selbstverständlich bringe ich dir auch welche, damit du ganz viel von dem Segen futtern kannst.«

»Behalt ihn lieber. Erna weiß, wie gern ich ihn habe. Wie ich sie kenne, wird sie mich die nächsten Wochen versorgen.« Gabi grinste. »Wenn sie etwas wirklich gut kann, dann ist es backen. Aber jetzt sollten wir den Computer anmachen.« Gabi deutete auf eine über der Tür hängende Uhr. »Es ist gleich zwei.«

Hanna nickte und klappte den Laptop auf. Sie stellten ihn auf den Tisch der Sitzgruppe. So sah der Hintergrund gar nicht nach Krankenhaus aus. Hanna wollte nicht, dass Christina sich Sorgen machte, was Gabi verstehen konnte. Es war früh genug, wenn sie Weihnachten erfahren würde, dass etwas nicht stimmte. Und vielleicht gab es bis dahin ja schon gute Ergebnisse. Gabi wusste, dass sie sich selbst belog. Der Arzt hatte etwas von mehreren Phasen gesagt. Mindestens ein Jahr Chemo, wenn nicht länger. Selbst Hanna hatte sie diese Prognose verschwiegen. Sie wollte ihr keine Angst machen. Es reichte, wenn eine von ihnen sich fürchtete.

Sie beobachtete, wie Hanna Skype öffnete. Smartphone, WLAN, Internet. Sie wusste, dass es immer schwieriger wurde, ohne diese Dinge klarzukommen. Online-Banking, Internetshops, Facebook und Streaming-Dienste. So viele neue Worte und Begriffe, die sie nicht verstand. Sie konnte allesamt nicht leiden. Doch das was Hanna da machte, gefiel ihr plötzlich. Sie konnte ihre Enkeltochter sehen und mit ihr reden, obwohl sie so weit weg war. Als Christinas

Gesicht auftauchte, schlug Gabis Herz höher, und ihre Hände zitterten.

Christina lächelte und begrüßte sie mit den Worten: »Hallo Oma.«

Jemand sagte Oma zu ihr. Es fühlte sich wunderbar an.

»Was macht ihr so?«, fragte Christina.

»Wir essen gleich Kekse«, antwortete Hanna. »Und dann wollen wir Küchenkataloge durchblättern. Das Haus muss renoviert werden. Bis du Weihnachten kommst, soll alles fertig sein.«

Christina nickte.

»Das hört sich super an. Aber ihr passt auf, dass es gemütlich wird, oder? Nicht so ein modernes Zeug. Tante Judith hat eine coole Küche. Sie ist riesig und hat eine Kochinsel in der Mitte. Landhausstil. Warte, ich zeige sie euch.« Christina stand auf, drehte den Laptop, und die Küche kam in Sicht. Sie sah unglaublich behaglich und wunderschön aus. Gabi war begeistert.

»Das sieht wunderbar aus. So eine will ich auch haben. Eine moderne Küche würde zu unserem alten Häuschen auch nicht passen. Ich hoffe, es gefällt dir, Christina.« Plötzlich sprudelten die Worte nur so aus ihr heraus. Sie erzählte davon, dass das Dach undicht war, vom Garten, den Kirsch- und Apfelbäumen, dem Waldrand und ihrem Gemüsebeet, in dem sich Brennnesseln und Giersch breitgemacht hatten.

Hanna freute sich, dass ihre Mutter keine Berührungsängste mit Christina zu haben schien. Dennoch unterbrach sie ihren Redefluss nun.

»Wir reden nur von uns. Wie geht es dir denn? Was machst du gerade so?«

»Wir fahren bald für drei Wochen weg. In ein Ferienhaus an die Küste. Dort wollen wir ein bisschen ausspannen. Onkel Simon hat mich schon vorgewarnt, dass das Netz schlecht sein wird. Also wenn du ab morgen länger nichts von mir hörst, liegt das daran.«

»An die Küste, wie schön«, sagte Gabi. »Ans Meer wäre ich auch gern mal gefahren. Hat aber nicht sollen sein.«

»Wie – du warst noch nie am Meer?«, hakte Christina nach.

»Es hat sich einfach nicht ergeben«, sagte Gabi.

»Dann holen wir das nach, wenn ich zurück bin. Nicht wahr, Mama? Wir packen Oma ein und fahren mit ihr nach Italien. Von München aus ist es doch gar nicht weit bis an die Adria. Vielleicht könnten wir sogar nach Venedig.«

»Das wäre wunderbar.« Gabi lächelte. »Da wollte ich schon immer mal hin. Oder an den Gardasee. So viele fahren da hin, wenn ein langes Wochenende ansteht. Aber auch dort bin ich nie gewesen.«

»Na, da haben wir ja eine Menge vor«, sagte Christina lächelnd. Plötzlich waren im Hintergrund Hundegebell und Stimmen zu hören. Eine andere Person kam ins Bild und sagte etwas auf Englisch. Christina antwortete, dann wandte sie sich ihnen wieder zu.

»Ich muss jetzt Schluss machen. Wir wollen noch ein paar Sachen einkaufen. Ihr hört von mir. Versprochen.«

»Bis bald«, verabschiedete sich Hanna, und im nächsten Moment war Christina fort.

Gabi ließ die Schultern sinken und lehnte sich zurück. Erst jetzt merkte sie, wie angespannt sie gewesen war.

Hanna klappte den Laptop zu.

»Du warst wirklich noch nie am Meer?«

Gabi schüttelte den Kopf. »Es ist einfach nie dazu gekommen.«

»Und wenn wir hinfahren?«

»Wann?«

»Na jetzt.«

»Wie – jetzt?«

»Es ist Freitagnachmittag. Wann fangen sie mit der Chemo an?«

»Am Montag.«

»Also haben wir ein ganzes Wochenende Zeit«, sagte Hanna.

»Der Arzt wird das niemals erlauben«, wandte ihre Mutter ein.

»Wieso nicht? Dir geht es doch im Moment gut. Wenn du erst einmal mitten in der Behandlung steckst, kannst du nicht mehr weg.«

»Das stimmt.«

»Ich rede mit ihm.« Hanna stand auf und ging entschlossen zur Tür. »Wenn er zustimmt, dann packen wir gleich zusammen und fahren los. Nach Venedig. Und dort trinken wir Kaffee auf dem Markusplatz.«

»Lieber nicht«, antwortete ihre Mutter lächelnd. »Da soll eine Tasse acht Euro kosten.«

»Dann eben ein Stück davon entfernt«, antwortete Hanna mit einem Lächeln und verließ endgültig den Raum.

Gabi blickte ihr kopfschüttelnd nach. Nach Venedig. Die Idee war vollkommen verrückt. Aber vielleicht fühlte sie sich gerade deshalb so gut an. Gabi berührte ihr Haar. Dann würde sie es eben erst nach ihrer Rückkehr abschneiden.

Es dauerte nicht lange, bis Hanna zurückkam.

»Und?«, fragte Gabi.

»Er war nicht begeistert, hat aber zugestimmt. Aber du musst Sonntagabend wieder hier sein.«

Gabi nickte erleichtert.

Hanna packte ihre Sachen auf dem Tisch zusammen und informierte die Stationsschwester, die etwas verwirrt dreinblickte, ihnen dann jedoch ein schönes Wochenende wünschte. Keine zehn Minuten später verließen sie das Krankenhaus und liefen zu Hannas Twingo, den sie nahe dem Krankenhaus in einer Seitenstraße abgestellt hatte, um die Gebühren des Krankenhausparkplatzes zu sparen. Jetzt galt es, rasch nach Hause zu fahren und das Notwendigste einzupacken. Vielleicht fand sich ja im Internet noch ein Zimmer für sie in Venedig oder in der Umgebung. In spätestens einer Stunde wollte Hanna auf der Autobahn sein.

Als sie zu Hause eintrafen, wurden sie selbstverständlich von Erna entdeckt, die sogleich angelaufen kam. Bereits während der Fahrt waren sie übereingekommen, sie auf keinen Fall mitzunehmen. Dieses kleine Abenteuer wollten sie allein unternehmen. Eine Mutter-Tochter-Reise.

»Gabi«, rief Erna. »Was machst du denn hier?«

»Sie hat das Wochenende freibekommen«, antwortete Hanna für ihre Mutter. »Wir wollen wegfahren.«

»Wie – freibekommen? Wegfahren?« Erna schaute Hanna erstaunt an.

»Du hast sie richtig verstanden«, sagte Gabi. »Wir wollen nach Venedig und ans Meer. Du wirfst doch ein Auge aufs Haus, oder?«

»Klar doch, ich meine …« Erna konnte es kaum glauben. »Und der Arzt hat euch einfach so gehen lassen?«

Hanna, die inzwischen den Kofferraum ausgeräumt hatte und bereits auf dem Weg zum Haus war, nickte.

»Die Behandlung fängt erst am Montag an.«

Gabi schloss die Tür auf, und sie betraten das Haus. Erna blieb im Vorgarten stehen. »Wenn das so ist. Aber ist Venedig nicht bisschen weit? Wenn irgendetwas schiefgeht. Ich meine, der Husten und der letzte Zusammenbruch …«

»Ich werde darauf achten, dass sie sich nicht aufregt«, erwiderte Hanna mit einem Lächeln. »Es tut mir wirklich leid, Erna, aber uns läuft die Zeit davon. Sonntagabend müssen wir zurück sein, und wir haben noch kein Zimmer.«

Erna verstand. »Wenn das so ist.« Ihre Stimme klang unsicher. »Dann wünsche ich euch eine gute Reise.« Ihr Blick war plötzlich traurig. Hanna tat sie beinahe leid. Und wenn sie vielleicht doch … Sie verwarf den Gedanken, noch bevor sie ihn zu Ende dachte. Die nächsten Tage sollten nur ihnen beiden gehören. Das musste Erna verstehen.

»Dann also bis Sonntag«, beeilte sich Hanna zu sagen und schloss die Tür. Ihre Mutter war schon nach oben gegangen, um ihre Sachen zu packen. Hanna beobachtete durchs Küchenfenster, wie Erna zu ihrem Haus hinüberhumpelte. Hanna wusste, dass es die Einsamkeit war, die sie immer wieder zu ihnen führte. Den ganzen Sommer über hatte sich Ernas Tochter nicht blicken lassen. Ob sie überhaupt jemals kam? Gabi war in all den Jahren Ernas Familie gewesen. Und jetzt drohte sie diese zu verlieren. Doch noch war es nicht so weit. So schnell würden sie sich nicht unterkriegen lassen. Der Krebs hatte noch nicht gewonnen.

Hanna wandte sich vom Fenster ab, griff nach ihrem Laptop und schaltete ihn ein. Schneller als gedacht wurde sie bei einem Online-Anbieter fündig. Tatsächlich gab es in der Nähe von Venedig noch ein Doppelzimmer in einem Hotel, das sogar direkt am Meer lag. Sie buchte sofort, rief aber vorsichtshalber noch in dem Hotel an, um ihre Ankunftszeit durchzugeben. Der Portier sprach sehr gutes Deutsch und versicherte, dass jemand vor Ort sein würde, um sie in Empfang zu nehmen. Zufrieden legte sie auf und klappte den Laptop zu. Was für ein Glück sie hatten. Sie lief die Treppe nach oben, um ihrer Mama die frohe Kunde mitzuteilen und zu packen. Sie fand Gabi in ihrem Schlafzimmer vor dem geöffneten Kleiderschrank. Unmengen von Kleidungsstücken lagen auf dem Bett. T-Shirts, Kleider, Röcke, Shorts, Badeanzüge und sogar ein Sonnenhut.

»Wir haben ein Zimmer mit Meerblick«, sagte Hanna.

»Oh, wie wunderbar«, erwiderte Gabi und blickte auf das Sammelsurium auf dem Bett. »Ich weiß gar nicht, was ich mitnehmen soll.«

»Auf keinen Fall alles«, erwiderte Hanna schmunzelnd. »Der Sonnenhut ist gut. Badesachen, bequeme Schuhe und Kleidung für den Stadtbummel. Haben wir noch Sonnencreme?«

»Im Badezimmerschrank, glaube ich«, antwortete ihre Mutter und griff nach einem weißen Top mit Streublümchen. »Vielleicht das hier mit dem dunkelblauen Rock?«

»Du musst entscheiden«, erwiderte Hanna, während sie im Bad nach der Sonnencreme suchte und fündig wurde. »Ich muss jetzt auch schnell packen. Wir müssen uns beeilen. In spätestens einer halben Stunde sollten wir im Auto sitzen.« Hanna lief in ihr Zimmer und holte ihre Reisetasche vom Schrank, in die sie wahllos Tops, T-Shirts, Shorts und Sommerröcke stopfte. Dazu noch ihr Bikini und die Espadrilles, die tatsächlich den Ausflug zum Tollwood-Festival überlebt hatten. Schnell noch das geblümte Sommerkleid für Venedig und die Toilettenartikel. Es war viel zu viel. Egal. Gerade so ging die Tasche zu. Ihre Mutter schleppte sogar einen großen Koffer aus ihrem Zimmer. Hannas Blick wanderte zum Bett. Es war leer. Sie sagte nichts. War sie selbst ja nicht viel besser, und sie mussten das Gepäck ja nicht über die Alpen tragen. Als Hanna die Koffer im Wagen verstaute, kam erneut Erna angelaufen. Sie hatte einen Korb mit Essen und Getränken dabei, den sie Hanna mit einem Lächeln überreichte.

»Damit ihr mir unterwegs nicht verhungert.«

Hanna bedankte sich, erleichtert, dass Erna ihnen nicht grollte.

»Ich wünsch euch eine wunderschöne Zeit in Venedig. Und vielleicht wäre es ja möglich, dass ihr mir eine von diesen tollen Masken mitbringt. So ein Original fehlt mir noch in meiner Sammlung.«

»Das machen wir«, versprach Gabi und drückte Erna zum

Abschied. Hanna überprüfte noch einmal, ob sie alles dabeihatten, setzte sich hinters Lenkrad und startete den Motor. Das Radio sprang an, und es lief ausgerechnet ein Lied von Eros Ramazzotti. Wenn das kein gutes Omen war.

Bald darauf waren sie auf der Autobahn. Ihre Mutter schlief irgendwann ein, und Hanna drehte das Radio leiser. Es war schön, mit ihr an der Seite durch die Nacht zu fahren. Spontan drauflosfahren, ein bisschen verrückt sein und alles hinter sich lassen. Die Realität konnte warten.

*

Gabi stand auf dem Balkon und atmete die salzige Luft tief ein. Vor ihr lag das Meer, über das sich ein unendlich blauer Himmel spannte. Das Kreischen der Möwen drang zu ihr herüber. Sie überlegte, sich eine Zigarette anzuzünden, ließ es dann aber bleiben. Die einzigartige Geruchsmischung, die nach Salzwasser, Pinien und Blüten duftete und sich wie eine Umarmung anfühlte, durfte nicht durch so etwas Profanes wie Zigarettenqualm zerstört werden. Wenn sie hier leben würde, hätte sie vermutlich gar nicht mit dem Rauchen angefangen. Rückblickend hätte sie es auch zu Hause bleiben lassen oder sich wenigstens abgewöhnen sollen. Vielleicht wäre es sinnvoller gewesen, sich eine andere Sucht zuzulegen. Schokolade vielleicht. Davon starb man nicht, sondern bekam höchstens Zucker. Stimmte das überhaupt? Wovon bekam man eigentlich Zucker? Sie verwarf den Gedanken wieder. Jetzt war nicht der Zeitpunkt, um sich über solche Dinge Gedanken zu machen. Im Augenblick galt es, mit allen Sinnen das Leben zu genießen. Sie wandte sich um und blickte auf Hanna, die halb zugedeckt im Bett lag. Ihr blondes Haar war über das Kissen gebreitet. Sie hatte es von ihrer Mutter geerbt. Weizenblondes Haar, das im Sonnenlicht sanft schimmerte. Erst jetzt wurde ihr bewusst, wie ähnlich Hanna ihr sah. Sie ging zurück ins Zimmer, trat ans Bett und beobachtete ihre Tochter im Schlaf. Was würde sie dafür geben, die Zeit zurückdrehen zu können. Doch die Uhr tickte unerbittlich weiter. Es ging voran, niemals zurück.

»Du hast mir so gefehlt«, flüsterte Gabi und berührte zärtlich Hannas Wange. Hanna öffnete die Augen, lächelte und sagte: »Du bist schon wach.«

»Schon seit einer Weile. Ich saß draußen.« Gabi deutete auf die geöffnete Balkontür. »Das Meer ist einzigartig. Noch viel schöner, als ich es mir erträumt hätte.«

Hanna lächelte, setzte sich auf und streckte sich gähnend.

»Dann muss ich es mir auch ansehen.«

»Nichts leichter als das«, erwiderte Gabi, trat ans Fenster und öffnete die Vorhänge. Sonnenlicht flutete den Raum, das Hanna zum Blinzeln brachte. Gabi trat erneut auf den Balkon. Hanna folgte ihr. Milder Wind begrüßte sie, der kaum spürbar ihre nackten Beine streichelte. Sanfte Wellen schlugen ans Ufer. Noch immer war der Strand menschenleer. Doch lange würde es nicht mehr dauern, bis sich die Liegen füllen und Kinder Sandburgen bauen würden.

»Ich wünschte, ich könnte für immer hierbleiben«, sagte Gabi. »Einfach hier oben stehen und diese einmalig schöne Aussicht genießen.«

»Das wäre aber schade«, antwortete Hanna und deutete

nach rechts. »Denn dort drüben liegt Venedig, das schon auf uns wartet. Und ich habe Hunger.«

»Was für schlichte Bedürfnisse du hast«, antwortete Gabi grinsend. »Also gut. Dann gehen wir also zum Tagesprogramm über.«

»Das schönste Tagesprogramm, das du dir vorstellen kannst.« Hanna zwinkerte ihrer Mutter zu, ging zurück ins Zimmer, öffnete ihre Reisetasche, legte das geblümte Sommerkleid aufs Bett und verschwand im Badezimmer. Kurz darauf war die Dusche zu hören. Gabi setzte sich auf einen weißen Plastikstuhl, atmete erneut die salzige Luft tief ein und beobachtete ein Schiff, das am Horizont aufgetaucht war. Wo es wohl hinfuhr? Vielleicht konnte sie ja irgendwann mit einem von ihnen um die Welt reisen. Ins ferne Amerika oder einfach nur durchs Mittelmeer. Sie seufzte. Wenn nur ihre Krankheit nicht wäre. Es konnte nicht sein, dass es jetzt schon zu Ende war. Gerade schien das Leben erst richtig zu beginnen. Ein Anruf, neue Wege, die sich vor einem auftaten – Hanna. In ihre Augen traten Tränen. Sie wischte sie hastig ab, stand auf und ballte die Fäuste. Sie würde kämpfen und diesem Scheusal in ihr die Stirn bieten. Das war sie ihrem Mädchen schuldig, sie brauchten noch mehr Zeit miteinander. Stimmen auf dem Nachbarbalkon ließen Gabi zusammenzucken. Eine Frau und ein Kind. Sie sprachen Englisch. Gabi ging zurück ins Zimmer, wo Hanna gerade in ein Handtuch gewickelt aus der Dusche kam und sie lächelnd darauf aufmerksam machte, dass das Bad jetzt frei wäre. Keine zwei Minuten später stand auch Gabi unter der Dusche und ließ das warme Wasser über ihren

Körper laufen. Noch ein letztes Mal die langen Haare waschen, dachte sie und griff nach dem Shampoo. Für Venedig und für einen Tag am Meer.

*

Einige Zeit später und nach einem kurzen, aber leckeren Hotelfrühstück erreichten sie die Lagunenstadt mit einer Fähre, die direkt am Markusplatz anlegte. Inmitten einer Horde von Touristen klapperten sie in den nächsten Stunden die wichtigsten Sehenswürdigkeiten ab. Markusplatz, Markusdom, Dogenpalast und Rialtobrücke. Schon bald waren sie von den vielen Eindrücken und Menschen ermüdet, und Gabi begann immer stärker zu husten. Inzwischen war es früher Nachmittag. Die Sonne schien unerbittlich auf die Stadt herab und verwandelte sie in einen Glutofen. Irgendwann verschlug es Hanna und Gabi in eine Sackgasse, die sonderbarerweise menschenleer war. An deren Ende öffnete sich nach einer Abbiegung der Blick auf den Canale Grande, was Gabi entzückte. Nur wenige Meter davon entfernt stießen sie auf eine kleine, unter einem Rundbogen gelegene Taverne, die sie durstig und ausgehungert ansteuerten. An den wenigen Tischen vor dem Lokal saßen nur zwei Pärchen, die sich lachend unterhielten. Tatsächlich schien dieser versteckte Winkel von den Touristenheerscharen bisher unentdeckt geblieben zu sein. Hanna und Gabi setzten sich an einen der Tische, bestellten Traubensaftschorle und Pasta und blickten über den romantisch anmutenden Innenhof hinweg zum nahen Canal Grande.

»So gefällt mir Venedig«, sagte Gabi. »Ruhig, friedlich und ohne Menschenmassen. Aber was für eine schreckliche Hektik im Rest der Stadt herrscht.«

»Es ist Hauptsaison«, erwiderte Hanna. »Im Februar sieht es hier bestimmt ganz anders aus.«

»Wahrscheinlich. Aber dann würden wir diesen wunderbar stillen Ort vermutlich nicht so zu schätzen wissen wie heute im Sonnenlicht.«

»Stimmt auch wieder«, antwortete Hanna lachend, während die Getränke serviert wurden.

»Lass uns darauf anstoßen.« Sie hob ihr Glas. »Auf diesen beschaulichen kleinen Ort, der ganz ohne Japaner, Engländer und sonstige Touristen auskommt.« Sie stießen lachend an. Gabi leerte ihre Schorle in einem Zug und orderte sogleich eine neue. Kurz darauf kam die Pasta, die wunderbar aromatisch schmeckte.

»Jetzt weiß ich auch, warum man das Leben hier Dolce Vita nennt«, meinte Gabi, nachdem sie alles aufgegessen hatte und sich selig lächelnd zurücklehnte. »Ich glaube, ich habe in meinem ganzen Leben noch nie so gute Pasta gegessen.«

Hanna lächelte. »Das hat Maurice auch gesagt.« Plötzlich klang ihre Stimme wehmütig. »Mit ihm war ich schon einmal hier.« Gabi schaute sie irritiert an.

»Er hat mir die Taverne damals gezeigt«, sprach Hanna weiter. »Beinahe hätte ich sie nicht wiedergefunden. Wir saßen gleich an dem Tisch neben dem Eingang und später vorn auf dem Holzsteg. Er mit einem Glas Wein, ich mit genau demselben Traubensaft, den wir heute trinken. Drei

Jahre ist das jetzt her, und es scheint mir, es wäre gestern gewesen.« Sie machte eine kurze Pause und fügte beinahe flüsternd hinzu: »In ein paar Tagen ist sein erster Todestag.«

Gabi wusste nicht, was sie erwidern sollte. Sie legte ihre Hand auf Hannas und drückte sie sanft.

In Hannas Augen schimmerten Tränen. Sie wischte sie fort und zwang sich zu einem Lächeln. »Entschuldige. Jetzt verderbe ich uns mit meinem dummen Gerede den schönen Moment.«

»Aber es ist nicht dumm, was du redest«, widersprach Gabi. »Du sollst darüber reden und weinen dürfen. Er war ein wichtiger Teil deines Lebens, und du hast ihn verloren. Niemand darf sich verbieten, traurig zu sein oder über seinen Kummer zu sprechen. Wenn du willst, können wir uns gern gemeinsam auf den Steg setzen, und du erzählst mir ein wenig von ihm. Oder wir schweigen und sehen den Booten zu.«

»Was würde ich nur ohne dich machen«, erwiderte Hanna. »Ich hab dich vermisst, weißt du. All die Jahre habe ich das getan und mich selbst belogen. Am schlimmsten war es nach Christinas Geburt. Noch im Kreißsaal habe ich überlegt, ob ich dich anrufen soll. Aber dann war da Maurice, und seine Eltern kamen. Die perfekten Großeltern mit Blumen, Luftballon und Schokoherzen. Wie hätte ich ihnen erklären können, dass du am Leben bist? Einfach so von den Toten auferstanden? Und dann war der kleine Augenblick Sehnsucht nach der eigenen Mutter auch schon vorüber.« Hanna sah Gabi mit Tränen in den Augen an.

Gabi nickte. Auch ihre Augen wurden feucht. Nur allzu

gern hätte sie jetzt geantwortet, wie sehr sie auf einen Anruf dieser Art gewartet hatte. Wie sehr sie sich gewünscht hatte, wieder ein Teil von Hannas Leben sein zu dürfen. Doch auch sie war feige gewesen. Sie hatte Hannas neues Leben nicht kaputtmachen wollen, das sie sich in ihrer Phantasie in den schönsten Farben ausgemalt hatte. Hanna sollte glücklich sein dürfen und sich niemals wieder mit der Sorge plagen müssen, die Tochter der Säuferin zu sein. Dieses Stigma war Gabi in Griesing nie losgeworden. In diesem verdammten kleinen Nest, aus dem sie nie herausgekommen war. Der vertraute Feind – Heimat. Sie hatte sich damit arrangiert.

»Wollen wir auf den Steg gehen?«, fragte sie, ohne auf Hannas Worte einzugehen. Hanna nickte. Sie bestellten noch einmal Getränke, bezahlten die Rechnung und setzten sich auf die hölzernen Planken, die sie ganz für sich allein hatten. Unter ihnen plätscherte das Wasser, Schiffe fuhren an ihnen vorüber, Kinder winkten ihnen fröhlich lachend zu.

Eine Weile sagte keine von beiden etwas. Gabi brach das Schweigen irgendwann.

»Damals, als du gegangen bist, habe ich im Wohnzimmer gesessen. Ich weiß nicht mehr, wie lange. Aus Stunden wurden Tage, Wochen. Ich hab getrunken und mich selbst dafür gehasst, mich bemitleidet, alle fortgejagt. Es war mein Kummer, mein verlorenes Leben. So habe ich jedenfalls gedacht. Max war derjenige, der mich irgendwann aus meiner Lethargie geholt hat. Er ist tatsächlich wieder bei mir eingezogen und hat sich um mich gekümmert. Er hat mich sogar angeschrien, einmal hat er mir sogar ins Gesicht geschlagen. Ohne ihn hätte ich niemals aufgehört.« Sie macht eine kurze Pause, dann fügte sie hinzu: »Ohne ihn hätte ich dich nicht angerufen.«

»Max«, sagte Hanna. »Er hat sich all die Jahre nicht bei mir gemeldet. Ich hatte es irgendwann einmal in seiner WG versucht, doch da wohnte er nicht mehr. Selbst die Auskunft konnte mir seine neue Nummer nicht geben. Ich war ihm anfangs böse. Doch irgendwann fand ich es sogar besser. Hamburg war meine Welt, dort konnte ich neu anfangen. Und Max gehörte zu jener alten Welt, die ich vergessen wollte.«

»Und was war mit Alex?«, fragte ihre Mutter. »Hast du ihn auch vergessen?«

Hanna schaute ihre Mutter überrascht an. »Kann man seine erste Liebe jemals vergessen?«, fragte sie zurück.

Gabi lächelte. »Nein, natürlich nicht. Meine war dein Vater. Und ich glaube, ich liebe ihn noch immer.« Sie verstummte. Hanna nickte. Schmerz lag in den Worten ihrer Mutter.

»Weißt du, wann Moni aus Hintersgreuth weggezogen ist?«, fragte Hanna.

»Das war gar nicht lange nachdem du fort warst. Zwei Jahre später, glaube ich. Ein Bauer aus dem Dorf hat den Hof übernommen und runtergewirtschaftet. Die letzten Jahre standen die Häuser leer.«

»Und jetzt gibt es sie nicht mehr«, sagte Hanna. »Ich war dort. Eine Neubausiedlung soll auf dem Gelände entstehen.«

»Ich weiß«, erwiderte Gabi. »Der Ausverkauf unserer kleinen Welt ist nicht aufzuhalten.« Sie zog eine Grimasse.

»Es war schön bei Moni. Sie war so herrlich verrückt. Und Siggi konnte wunderbar Gitarre spielen. Es hätte dir dort bestimmt gefallen.«

»Bei der Kräuterhexe. Ich weiß nicht.«

Hanna grinste.

»Besser eine freundliche Kräuterhexe als ein gemeiner Dorfladendrachen.«

»Wo du recht hast.« Gabi lachte laut auf, streckte sich und gähnte.

»Du bist müde«, stellte Hanna fest. »Wir sollten ins Hotel zurückfahren und den Abend am Strand ausklingen lassen.«

»Eine sehr gute Idee«, antwortete Gabi mit einem Lächeln. Sie standen auf, brachten ihre Gläser zur Taverne zurück und kämpften sich durch die Touristenmassen zum Fähranleger, wo zum Glück wenige Minuten später eine Fähre ablegte. An Deck beobachteten sie, wie Venedig immer kleiner wurde.

»Ich komme wieder«, sagte Gabi irgendwann leise.

»Wir kommen wieder«, sagte Hanna. »Und dann zeigen wir Christina unsere Taverne, wo es die beste Pasta der Welt gibt.«

Gabi nickte, doch es gelang ihr nicht zu lächeln. Die Angst in ihr war zurückgekehrt und ließ sich nicht mehr vertreiben. Bald schon würde ihre Reise enden, und sie musste der Realität ins Auge blicken. Sie berührte ihr vom Wind zerzaustes Haar und schob den Gedanken beiseite.

Jetzt galt es glücklich zu sein, mehr nicht.

*

Gabi ließ ihren Blick über die Berge schweifen, die in der Mittagssonne vor ihr lagen. Sie standen auf dem Parkplatz einer Gastwirtschaft in Südtirol, wo sie Pause gemacht hatten. Hanna wäre am liebsten noch nach Meran gefahren, aber dafür reichte die Zeit nicht. Dann würden sie sich die Stadt eben bei der nächsten Fahrt an die Adria ansehen.

»Ich weiß gar nicht, wie diese Berge heißen«, sagte Gabi. »Zu Hause kenne ich sämtliche Gipfel. Es wäre schön, all ihre Namen herauszubekommen und vielleicht einen von ihnen zu besteigen.«

»Ja, das wäre es«, stimmte Hanna zu. »Dann könnten wir auf einer Alm übernachten. Frühstücken in den Bergen. Das ist eine wunderbare Vorstellung. Aber jetzt sollten wir zusehen, dass wir weiterkommen. Der Wirt meinte gerade, dass sich das Wetter verschlechtern werde. In dieser Höhe könne es sogar in dieser Jahreszeit schneien, was hoffentlich nicht passiert, denn das Auto hat Sommerreifen.«

»Schnee.« Ihre Mutter warf Hanna einen ungläubigen Blick zu. »Was redet der Mann für einen Unsinn. Es ist doch sonnig und warm.«

»Was sich in den Bergen schnell ändern kann«, entgegnete Hanna. »Unser Twingo muss noch einige Höhenmeter nach oben klettern. Der Wirt kennt die Wetterverhältnisse in der Gegend bestimmt besser als wir.«

Gabi blickte seufzend auf den beschaulichen Berggasthof mit seinen rot-weiß karierten Gardinen vor den Fenstern und den hübschen Geranien auf dem Balkon.

»Am liebsten würde ich hierbleiben. Ein Zimmer mieten und diese Aussicht für eine Weile genießen.«

»Das wäre schön«, stimmte Hanna zu. »Allerdings ist die Aussicht gewiss nicht jeden Tag so malerisch wie heute. An einem grauen Herbsttag sieht man die Berge wahrscheinlich gar nicht.«

»Du Spielverderber«, entgegnete Gabi, zog eine Grimasse und ging zum Auto. »Dann lass uns weiterfahren. Damit wir dem Schnee entgehen.« Ihre Stimme klang zynisch.

Hanna erwiderte nichts. Während sie ins Auto stieg, fiel ihr Blick noch einmal auf die nahen Berggipfel. Erste Quellwolken tauchten über ihnen auf, die nichts Gutes verhießen. Sie startete den Motor und lenkte den Wagen vom Parkplatz zurück auf die Landstraße, die sie durch idyllische Dörfer und über Serpentinen immer weiter nach oben führte. Es dauerte nicht lange, bis die Sonne hinter den Wolken verschwand und sich auch die letzte blaue Lücke schloss.

»Der Wirt scheint recht gehabt zu haben«, meinte Hanna, als es zu regnen begann.

»Regen, aber kein Schnee«, erwiderte Gabi hoffnungsvoll. Mit dem Verschwinden der Sonne war es im Auto schlagartig kühl geworden, und Hanna schaltete die Heizung ein. Kurze Zeit darauf lenkte sie den kleinen Twingo erneut auf einen Parkplatz. Ein Unwetter ging nieder, und es fing zu hageln an. Innerhalb weniger Minuten wurde die Straße weiß. Hanna wollte das Schlimmste auf dem Parkplatz abwarten. Blitze zuckten über den düsteren Himmel, die Bäume bogen sich bedrohlich im Sturm um sie herum. Der Hagel hörte bald auf, doch der starke Regen blieb und prasselte unvermindert aufs Dach.

»Wenn das so weitergeht, schaffen wir es nicht mehr

rechtzeitig nach Hause«, sagte Hanna missmutig. »Dieses Unwetter können wir wirklich nicht gebrauchen. Zum Donnerdrummel noch mal.«

»Zum – was?«, hakte Gabi nach.

Hanna wurde bewusst, was sie gerade gesagt hatte. Sie lächelte. »Das ist aus Ronja Räubertochter«, erklärte sie. »Alex und ich haben bei Gewitter immer darüber gesprochen.«

Gabi wollte etwas erwidern, kam jedoch nicht mehr dazu, denn etwas anderes zog ihre Aufmerksamkeit auf sich.

»Schnee«, rief sie.

Tatsächlich. Zwischen den Regen mischten sich die ersten dicken Schneeflocken, die rasch dichter wurden.

»Na großartig«, sagte Hanna. »Wieso müssen einheimische Gastwirte eigentlich immer recht behalten?«

Der Regen ging innerhalb der nächsten Minuten komplett in Schnee über.

»Und was jetzt?«, fragte Gabi.

»Wenn ich das wüsste«, erwiderte Hanna. »Zu Weihnachten hab ich ihn gern, aber nicht Anfang September, wenn ich mit Sommerreifen fahre.«

»Vielleicht mag der Herrgott nicht, dass ich in dieses dumme Krankenhaus zurückgehe, und schickt uns deshalb einen Schneesturm.«

Hanna warf ihr einen Seitenblick zu, der alles sagte.

Gabi hob abwehrend die Hände.

»Schon gut. War ja nur eine Idee. Und wie geht es jetzt weiter?«

»Ich muss nachdenken«, erwiderte Hanna und starrte auf

die weiße Schneeschicht, die sich auf ihrer Windschutzscheibe bildete. »Es ist vermutlich besser weiterzufahren. Wenn es so weiterschneit, bleiben wir womöglich noch stecken. Ich fahre ganz langsam, dann müsste es gehen. Wir haben nicht mehr weit bis zum Reschenpass. Dahinter kommen wir bald in tiefere Lagen, wo es gewiss nur regnet.«

»Du bist die Fahrerin, also entscheidest du. Ich habe ja nicht einmal einen Führerschein.«

Hanna atmete tief durch, startete den Motor und lenkte den Wagen vorsichtig zurück auf die Landstraße.

Gabi versuchte, Hanna bei Laune zu halten. »Bei dem Wetter kommt man richtig in Weihnachtslaune. Was meinst du? Sollen wir einen großen oder kleinen Baum nehmen? All die Jahre habe ich keinen mehr aufgestellt. Für mich allein lohnte sich das nicht. Aber jetzt. Irgendwo auf dem Dachboden muss noch der Christbaumschmuck sein. Was isst Christina denn gern? Schweinebraten vielleicht? Oder doch besser Wild?«

»Sie ist Vegetarierin«, antwortete Hanna.

»Neumodischer Firlefanz«, sagte Gabi. »Was will sie dann an Weihnachten essen?«

»Die Beilagen«, erwiderte Hanna, den Blick konzentriert auf die Straße gerichtet.

»Dann bleibt mehr Fleisch für Manni. Den laden wir auch ein. Er ist an Heiligabend immer allein, der arme Kerl. Sein Sohn feiert lieber bei seiner Ex.« Gabi begann zu husten. Sie kramte eine Packung Hustenbonbons aus ihrer Tasche hervor, steckte sich eines in den Mund und bot auch Hanna etwas an. »Aber wer weiß, ob die mich Weihnachten überhaupt nach Hause lassen«, fuhr Gabi fort. »Am Ende muss ich im Krankenhaus bleiben. Was für eine schreckliche Vorstellung.«

»Das musst du bestimmt nicht«, sagte Hanna, die erleichtert war, dass sie in diesem Moment den Reschenpass erreichten und der Schnee wieder in Regen überging. »Ich glaube, das Schlimmste haben wir geschafft«, sagte sie.

»Das nächste Mal sollten wir vielleicht doch lieber über den Brenner fahren. Da fahren doch alle lang.«

»Und stehen im Stau«, sagte Hanna und schaltete das Radio ein.

»Auch wieder wahr«, antwortete ihre Mutter.

Der Regen hörte irgendwann auf, und hie und da blitzte sogar die Abendsonne durch die Wolken. Gabi wurde mit der Zeit immer stiller, irgendwann schlief sie ein. Hanna war ebenfalls müde, weshalb sie trotz ihrer schlafenden Mama das Radio etwas lauter drehte, um wach zu bleiben. Diese Fahrt hatte sie sich leichter vorgestellt. Doch um nichts auf der Welt wollte sie die letzten Stunden mit ihrer Mutter missen. Wenn sie erst gesund wäre, würden sie wieder an die Adria fahren, für Wochen bleiben, jeden Tag die beste Pasta der Welt essen und auf dem Rückweg die Berge Südtirols erkunden. Dann hoffentlich ohne Schnee.

Gabi erwachte wieder, als sie schon in Deutschland waren. Vertraute Berge und Landschaften zogen an ihnen vorüber, und der Wendelstein war umhüllt von einem atemberaubenden Abendrot.

Als sie wenig später vor dem Haus hielten und Hanna den Motor abstellte, war es endgültig dunkel.

»Und wenn ich doch erst morgen ins Krankenhaus zurückgehe?«, fragte Gabi.

»Sonntagabend, hat er gesagt.« antwortete Hanna.

»Ich weiß.« Gabi seufzte.

»Es wird alles gut gehen.« Hanna nahm die Hand ihrer Mutter und drückte sie. »Ich bin bei dir und gehe nicht mehr fort. Gemeinsam stehen wir das durch.«

Gabi nickte.

»Können wir das mit den Haaren noch hier erledigen?«

»Gewiss doch«, erwiderte Hanna und öffnete die Autotür. »Und ich werde mir alle Mühe geben, dass es gut aussieht.«

Als Hanna gerade die Koffer auslud, kam Erna angelaufen und begrüßte sie freudig.

»Da seid ihr ja wieder. Ich hatte euch früher erwartet. Gab es einen Stau?«

»Den gibt es doch immer irgendwo?«, entgegnete Gabi eine Spur zu schnippisch.

Hanna stellte das Gepäck auf die Straße und schloss den Kofferraum.

»Sei uns nicht böse, Erna, wenn wir dich nicht mehr hereinbitten. Wir sind spät dran, und Mama muss heute noch ins Krankenhaus zurück. Wir packen nur noch das Notwendigste zusammen und fahren dann weiter. Wir sehen uns morgen.«

Sie nahm das Gepäck und ging an Erna vorbei zum Haus. Gabi folgte ihr und wünschte Erna eine gute Nacht. Die blieb vor dem Gartenzaun stehen. Sie schien nicht so recht zu wissen, wie sie auf die Abfuhr reagieren sollte. Schließlich verabschiedete sie sich mit den Worten: »Selbstverständlich, dann bis morgen. Schön, dass ihr wieder da seid. Ich hab euch noch ein paar Kleinigkeiten in die Küche gestellt«, und ging nach Hause.

Wenig später stand Gabi vor dem Badezimmerspiegel und musterte ihr Gesicht. Wie sehr es sich doch über die Jahre verändert hatte. Falten um die Augen und die Mundwinkel, Pigmentflecken auf den Wangen, leichte Schlupflider. Es sah so erschöpft aus, wie sie sich fühlte. Im Wohnzimmer standen Bilder von früher auf der Kommode. Irgendwann war sie hübsch gewesen. Ein wenig wie Hanna hatte sie ausgesehen. Das Spiegelbild ihrer Tochter sah nicht müde aus. Oder vielleicht doch? Die Rückfahrt war anstrengend gewesen.

»Und ich soll es wirklich machen?«, fragte Hanna.

»Aber sicher. Ich möchte meine Haare lieber hier verlieren als in dem winzigen Krankenhausbad.«

Hanna nickte, hob die Schere und begann mit ihrer Arbeit. Die ersten Haarbüschel fielen ins Waschbecken und auf den Boden.

»Ein Glück, dass Erna nicht auch noch dabei ist«, sagte Gabi. »Sie hat uns regelrecht aufgelauert. Du hast gut reagiert. Ich dachte schon, wir werden sie nicht wieder los.«

»Damit hatten wir doch gerechnet. Genauso wie mit dem vielen Kuchen. Du hattest übrigens recht. Ihr Hefezopf schmeckt einmalig gut.«

»Und sie hat wieder fünf Stück davon gebracht.«

»Zusätzlich zu dem Blech Zwetschgenkuchen und den drei Gläsern Marmelade. Kleinigkeiten, dass ich nicht lache. Ich frage mich, ob sie in den letzten Tagen überhaupt geschlafen hat.« Hanna grinste. Über Ernas Back- und Einmachwut zu sprechen lenkte davon ab, dass Haarbüschel um Haarbüschel ins Waschbecken fiel und sich ihre Mutter veränderte. Hanna gab sich alle Mühe, die Haare gleichmäßig zu kürzen, und Gabi sah ihr im Spiegel dabei zu.

»Vor einigen Jahren habe ich mir mal den Kopf am Schrank gestoßen, und die Wunde musste genäht werden«, sagte sie. »Das hat damals Doktor Gerstner gemacht. Da haben sie ein Stück von den Haaren wegrasiert, und ich fand es ganz furchtbar, obwohl die Stelle wirklich kaum zu sehen war und das Haar schnell wieder nachgewachsen ist. Ich bin kein eitler Mensch, aber meine Haare bedeuten mir bis heute etwas. Obwohl sie inzwischen grau sind. Ich sollte sie färben.«

»Ich finde das Grau hübsch«, erwiderte Hanna. »Selbst ich habe bereits ein paar graue Haare. Jedenfalls meine ich, sie zu sehen. Eine Freundin von mir hat dunkelbraunes Haar. Sie färbt schon, seit sie Mitte dreißig ist. Manchmal hat es Vorteile, blond zu sein.« Sie lächelte, während ein weiteres Büschel ins Waschbecken fiel. Gabi berührte es mit den Fingerspitzen. Hanna glaubte, Tränen in ihren Augen zu erkennen. Sie ließ die Schere sinken.

»Es sind nur Haare«, tröstete sie. »Und irgendwann wird dein Haar wieder wie vorher sein. Schon bald werden sie wieder zu wachsen beginnen.«

»Meinst du wirklich?«, fragte Gabi. »Und wenn nicht? Wenn es schiefgeht? Die Heilungschancen bei Lungenkrebs sind oft schlecht, so viel habe ich verstanden. Das ist kein

Schnupfen oder so was. Was ist, wenn sie nicht mehr nach-wachsen?«

Hanna wusste, was ihre Mutter damit meinte. Sie dachte daran, was sie im Internet über den Krebs ihrer Mutter gelesen hatte. Die Prognose, von der der Arzt gesprochen hatte, war im Vergleich dazu noch optimistisch gewesen. Doch sie wollte den Gedanken nicht zulassen.

»Natürlich werden sie das«, antwortete sie und versuchte, ihrer Stimme einen fröhlichen Klang zu geben. »Wir müssen doch noch so viel gemeinsam erledigen. Keiner streitet so gut mit Architekten wie du.« Sie strich ihrer Mutter aufmunternd über die Schulter.

»Der erste war aber auch ein Depp«, meinte Gabi. »Dass er sich so aufgeregt hat, nur weil wir es dann doch anders wollten.«

»Hauptsache, wir bekommen das Dach noch vor dem Winter repariert«, erwiderte Hanna. Gabi nickte.

»Und das kriegst du auch ohne Architekten und deine Mutter hin.« Seufzend betrachtete sie ihren Kopf von allen Seiten.

»Ich glaube, auf der rechten Seite ist es ein Stückchen länger, oder?«

»Ich kürze es noch mal«, antwortete Hanna. »Aber dann müssen wir wirklich los. Du weißt, was der Arzt gesagt hat, und wir sollten nicht zu spät kommen.« Hanna hob die Schere und beendete ihr Werk.

Im Flur stand bereits Gabis neu gepackter Koffer, und in der Küche lag das aktuelle Proviantpaket von Erna bereit.

»Immerhin ereilt mich nicht der Hungertod«, kommentierte Gabi den gut gefüllten Korb. Kuchen, Kekse, sogar eine Salami hatte Erna eingepackt. Hanna verfrachtete das Gepäck in den Kofferraum, und sie fuhren los.

Diesmal parkte Hanna wieder auf dem Klinikparkplatz. Vor dem Gebäude standen einige rauchende Patienten. Auf Station nahm sie eine Schwesternschülerin in Empfang. In Gabis Zimmer war eine neue Patientin eingezogen. Sie hieß Simone und schien nicht viel älter als Hanna zu sein. Im Fernsehen liefen die Nachrichten. Hanna verstaute die Sachen ihrer Mutter, während sich diese aufs Bett setzte und aus dem Fenster in den dunklen Park blickte.

»Wir hätten einfach am Meer bleiben sollen«, sagte Gabi leise, nachdem Hanna fertig war. Hanna verstand nur zu gut, wie es ihrer Mutter erging.

»Wir fahren wieder hin, wenn das alles vorbei ist.« Sie nahm die Hand ihrer Mutter und drückte sie. »Versprochen.« Hanna hatte Mühe, die aufsteigenden Tränen zu unterdrücken. Ihre Mutter sollte nicht sehen, wie traurig sie plötzlich war.

»Es ist besser, wenn du jetzt gehst«, sagte Gabi. »Du bist müde. Schlaf dich aus, damit du morgen für den Küchenbauer fit bist.«

»Stimmt, den habe ich beinahe vergessen. Aber jetzt haben wir gar nicht die Kataloge angesehen. Du solltest doch mit aussuchen.«

»Du wirst das schon richtig machen«, antwortete Gabi. »Bloß nichts zu Modernes. Das passt nicht zu unserem alten Häuschen.«

»Nein, das tut es nicht«, erwiderte Hanna. In ihrem Heim in Hamburg war es anders gewesen. Aber das war Vergangenheit. Sie schob den Gedanken beiseite, umarmte ihre Mutter zum Abschied und versprach, am nächsten Nachmittag wiederzukommen.

Als sie zu ihrem Twingo ging, strahlte der Mond hinter den Wolken hervor. Es war ein milder Abend, vereinzelt war das Zwitschern einer Amsel zu hören. Sie sperrte das Auto auf, stieg ein und starrte eine Weile auf den Beifahrersitz, auf dem eben noch ihre Mutter gesessen hatte. Plötzlich kam es ihr so vor, als läge ihr Ausflug nach Italien eine Ewigkeit zurück. Der Blick ihrer Mutter, als sie auf dem Balkon gestanden und das Meer betrachtet hatte, ihre strahlenden Augen, als sie in Venedig die Fähre verließen und auf den Markusplatz traten – diese Reise war so wichtig gewesen. Trotz der Touristen überall, trotz des Gestanks des Sommers, der zu Venedig gehörte. Hanna wandte sich noch einmal zur Klinik um. Irgendwo hinter einem der vielen Fenster saß sie jetzt. Es würde gut ausgehen. Ein schlechtes Ende konnte das Schicksal nicht vorgesehen haben. Sie hatten sich doch gerade erst wiedergefunden. Der Weg zurück war gelungen. Das Gefühl, niemals wieder glücklich sein zu dürfen, verschwunden. Und vielleicht würde sie sogar Alex wiederbegegnen. Noch immer hatte es für dieses Jahr keinen Brief gegeben. Er würde ihn also noch bringen. Sie wagte kaum zu denken, dass es möglich sein könnte, ihn wiederzusehen. Wie es wohl wäre, ihm heute gegenüberzustehen? Welche Erinnerung er wohl in diesem Brief beschreiben würde? Plötzlich wusste sie, was zu tun war. Sie musste zum See fahren. Sie ließ den Motor an und fuhr los. Bis zum See würde sie mit dem Auto nicht kommen, aber ein Stück davon entfernt könnte sie es auf einem Feldweg abstellen. Von dort war es nicht weit zu laufen. Sie fuhr an Griesing vorüber und bog ein Stück hinter dem Ort von der Hauptstraße ab. Für alle Fälle hatte sie noch eine Taschenlampe im Wagen. Auch eine Wolldecke lag im Kofferraum. Jetzt kamen ihr die ewigen Ermahnungen ihres Schwiegervaters zugute. Selbst hier hörte sie noch auf ihn, obwohl er sie mit seiner preußischen Korrektheit oft in den Wahnsinn getrieben hatte. Wenn du mal eine Panne hast, wirst du mir dafür dankbar sein, immer eine Taschenlampe, eine Wolldecke und eine kleine Schneeschaufel im Auto zu haben.

Sie erreichte die Stelle am Waldrand, griff nach ihrer Tasche, holte ihr Handy hervor und musste feststellen, dass der Akku leer war. Ihr Blick wanderte zu dem schmalen Feldweg, der sich in der Finsternis des Waldes verlor. Sollte sie es wirklich wagen, völlig ohne Kommunikationsmittel in den Wald zu gehen? Was, wenn etwas passierte? Sie schob den Gedanken beiseite. Sie war ein Kind der Siebziger, in einer Zeit aufgewachsen, in der es keine Handys und keine ständige Erreichbarkeit gab. Hunderte Male war sie irgendwo in der Dunkelheit unterwegs gewesen, und niemals war etwas passiert. Wieso sollte ihr ausgerechnet heute Abend etwas zustoßen? Sie öffnete das Handschuhfach, beförderte das Handy hinein und holte die darin liegende Taschenlampe hervor, ebenso die Decke aus dem Kofferraum.

Sie ging ein kurzes Stück durch den Wald, dann erreichte sie den See. Am linken Ufer entlang lief sie zur anderen Seite hinüber. Um sie herum raschelte es im Unterholz, der Ruf eines Kauzes war zu hören. Der Mond stand am Himmel. Er war beinahe voll und tauchte den See in schimmerndes Licht. Es duftete herrlich nach feuchtem Schlick und Tannengrün. Der Bauwagen tauchte vor ihr auf. Mit klopfendem Herzen kontrollierte sie als Erstes den Briefkasten. Enttäuscht stellte sie fest, dass er leer war. Würde Alex dieses Jahr überhaupt kommen, um einen Brief zu bringen? Sie schloss den Briefkasten wieder und ging zum Seeufer und dort auf den Steg. An dessen Ende setzte sie sich und legte die Wolldecke über ihre Schulter. Inzwischen hatte sich die Luft abgekühlt. Der Sommer ging auf leisen Sohlen, und der Herbst schlich sich ins Land. Schon bald würden sich die Blätter verfärben und die Felder abgeerntet sein. Im Garten, den sie noch für den Winter vorbereiten musste, gäbe es dann wenig zu tun. Aber zuvor mussten die Gartenhütte gestrichen und die Äpfel geerntet werden. Kleine süße Früchte, von denen dieses Jahr Unmengen an den Bäumen hingen. Mama hatte gesagt, dass sie sie zu einem Safthersteller in der Nähe bringen könnten, wie Erna es immer tat. Pro Kilo gab es ein paar Euro, und den Saft konnten sie günstiger erwerben. Eigentlich eine schöne Sache, denn so viele Äpfel könnten sie niemals verbrauchen. Sie dachte daran, wie sie früher gemeinsam mit ihrer Mutter die Äpfel geerntet hatte. Damals hatten sie noch gehofft, ihre Alkoholsucht in den Griff zu bekommen. Wie oft sie ihr versprochen hatte, nicht mehr zu trinken, wusste Hanna nicht mehr. Anfangs hatte sie ihr geglaubt, dass alles wieder gut werden würde. Doch das war es nicht. Fünfundzwanzig Jahre, eine halbe Ewigkeit, waren sie getrennt gewesen, und es war der Alkohol, der alles zerstört hatte. Und jetzt lägen bald wieder Blütenblätter im Gras. Würde sie sie nächstes Jahr noch sehen? In Hannas Augen traten Tränen. Es musste so sein. Ihr nächster Geburtstag sollte im Garten unter den Kirschbäumen stattfinden. Mit Mama, Erna, Manni, Christina, Sonnenschein – und Blütenblättern im Gras. Und vielleicht sogar mit Alex. Wenn er nur endlich käme, um den Brief zu bringen. Sie wickelte sich noch fester in die Decke und bemühte sich, die Erinnerung an seine Züge in sich wach werden zu lassen, was ihr nicht recht gelingen wollte. Er war ihre erste große Liebe gewesen, und sie besaß kein einziges Bild von ihm. In einer von Smartphones erfüllten Welt war das kaum vorstellbar. Als Christina von ihrem ersten Freund verlassen worden war, hatte sie lange damit zu tun gehabt, die vielen Erinnerungsbilder aus ihrem Leben zu löschen. Hanna hingegen war nur eine vage Vorstellung davon geblieben, wie Alex aussah. Seine blauen Augen, ein Muttermal auf seiner Wange, hellbraunes, leicht strubbeliges Haar. Statt Handyfotos hielten damals handgeschriebene Briefe die Erinnerungen fest. Die Briefe eines Sommers, der alles verändert hatte. Aber war der Sommer dieses Jahres nicht auch ein Neubeginn? Nur dass niemand die Ereignisse aufschrieb. Vielleicht sollte sie es tun, um sich irgendwann daran erinnern zu können. An einen weiteren Sommer, der Veränderungen brachte und die Trauer vertrieben hatte, die sie fest im Griff gehalten hatte. Sie dachte an das Wiedersehen mit ihrer Mutter, wie sie den Gartenzaun gestrichen hatte, als Hanna wiederkam. An die Prilblumen auf den Küchenfliesen, die Roxette-Poster an den Wänden ihres Zimmers. Stefan Waggershausen im Kassettenrekorder.

Beim ersten Mal tut's noch weh, beim zweiten Mal nicht mehr so sehr.

Das war Unsinn. Es tat immer weh, der Verlust eines geliebten Menschen brachte einen schier um den Verstand, egal, wie oft man das erlebte. Ob Alex oder Maurice, jeder der beiden war auf seine Art ein Teil von ihr gewesen. Beide hatte sie am Ende eines Sommers verloren. Jetzt endete wieder einer. Sie dachte an ihre Mutter. Sie durfte nicht auch noch sie verlieren. Daran musste sie glauben. Gemeinsam würden sie den Krebs besiegen und noch viele gemeinsame Jahre in ihrem alten Haus am Ende der Straße verbringen. Und sie würde das Meer wiedersehen, noch viele Male. Sie sollte alle Meere dieser Welt kennenlernen dürfen. Zurück nach Venedig fahren, auf dem Holzsteg sitzend die Schiffe auf dem Canal Grande beobachten. Mutter, Tochter, Enkelkind. Sie waren eine Familie und mussten es unbedingt bleiben.

Ein aufkommender Wind ließ Hanna frösteln. Wolken zogen vor den Mond. Sie überlegte, zurück zum Auto zu gehen, verwarf den Gedanken jedoch wieder. Im Bauwagen gab es noch ihre Kerzen, außerdem lag dort noch eine weitere Decke. In ihrer Tasche war ein Notizbuch. Wenn nicht hier, wo sonst ließen sich Erinnerungen besser aufschreiben? Sie ging zum Bauwagen und tastete sich in dem dunklen Raum vor, bis sie die Zündhölzer neben den Kerzen fand und sie anzündete. Ihr warmes Licht hatte etwas Beruhigendes. Sie setzte sich auf die Matratze, wickelte sich in beide Decken, holte ihr Notizbuch hervor, überlegte kurz und begann zu schreiben.

Irgendwann schlief sie darüber ein.

*

Als sie wieder aufwachte, waren die Kerzen erloschen, und das erste Licht des Morgens drang durch das kleine Fenster herein. Sie setzte sich auf und streckte sich gähnend. Neben ihr lag das Notizbuch. Sie nahm es zur Hand und blätterte die Seiten durch. Sie hatte gestern viel geschrieben. Auf der ersten Seite hatte sie sogar das Datum des Tages notiert, an dem ihre Mutter angerufen hatte. Es war Christinas Abreisetag gewesen. Sie war zurückgeblieben mit der Aufgabe, wieder ins Leben zu finden. Es schien ihr tatsächlich gelungen zu sein. Wenn auch anders, als sie damals dachten. Sie ließ das Buch sinken und blickte zum Fenster. Über Nacht hatte es sich zugezogen. Es schien ein grauer Tag zu werden. Hanna stand auf und öffnete die Tür. Kühle, nach Regen riechende Luft drang in den Raum. Ihr Rücken schmerzte ein wenig. Sie war eindeutig nicht mehr in dem Alter, um auf alten Matratzen in einem Bauwagen zu schlafen. Sie trat nach draußen und blickte über den See. Es tröpfelte leicht. Einige Enten tummelten sich auf dem Wasser. Hanna fröstelte. Ein warmes Bad würde jetzt guttun. Oder wenigstens ein paar Minuten heiß duschen, doch der alte Boiler im Bad tat seinen Dienst nicht mehr richtig, so dass heißes Wasser ein seltener Luxus in dem alten Haus war. Noch eine Aufgabe, die sie angehen musste. Die nächsten Monate würden sie viele Nerven kosten. Die Heizung im Haus, eine alte Ölheizung im Keller, hatte gewiss seit Jahren keinen Fachmann mehr gesehen. Wenn das Geld knapp ist, spart man sich solche Dinge und hofft, es geht nichts kaputt. So hatte es ihre Mutter formuliert, als sie mit ihr nach einem besonders eisigen Erlebnis beim Duschen über das Problem des Boilers gesprochen hatte. Hanna schloss die Tür des Bauwagens, stieg die Treppe nach unten und machte sich auf den Rückweg. Eine Weile würde die alte Heizung noch funktionieren müssen. Gleich wenn sie zu Hause war, würde sie sich bei Erna nach einem guten Installateur und Heizungsbauer erkundigen und Termine vereinbaren. Sie schaute auf ihre Armbanduhr und fluchte. Es war gleich zehn nach acht. Der Küchenbauer war für halb neun bestellt.

Hanna erreichte ihr Auto und fuhr rasch zurück nach Griesing. Als sie zu Hause ankam, stand der Mann, der noch recht jung war, bereits vor der Tür. Mit einem Lächeln begrüßte sie ihn, bat ihn ins Haus und verschob in Gedanken die heiße Dusche auf später. Es dauerte geschlagene drei Stunden, bis sie mit ihm alles durchgesprochen hatte, dann hatte sie sich für eine eierschalenfarbene Landhausküche entschieden, die tatsächlich ein wenig der ihrer Schwägerin in Washington ähnelte. Bestimmt würde sie ihrer Mutter gefallen. Nachdem der Mann fort war, ging Hanna zurück in die Küche und blickte sich wehmütig im Raum um. Mit der Renovierung würden viele Erinnerungen verschwinden. Auch die an gute Zeiten. Plötzlich kam ihr in den Sinn, was Alex in seinem letzten Brief geschrieben hatte. Das kleine Glück. Oftmals nahm man es gar nicht richtig wahr. Umgeben von Alltäglichkeit, verlor man den Blick für das Wesentliche. Auch in diesem Raum hatte es viele glückliche Momente gegeben. Und weitere würden folgen. Hannas Blick blieb an der Arbeitsplatte hängen, wo drei weitere Portionen Hefezopf lagen. Sie beschloss, die drei Zöpfe in die Tiefkühltruhe zu verfrachten, wie es ihre Mutter empfohlen hatte, damit sie frisch blieben. Sie nahm die Kuchen, steckte sie in Tiefkühlbeutel und brachte sie in die Gefriertruhe, in der allerhand herumlag, das sich gar nicht mehr benennen ließ, und machte sich auf den Weg ins Badezimmer. Der Boiler schien heute einen guten Tag zu haben, es gab tatsächlich für mehr als zehn Minuten heißes Wasser. Noch unter der Dusche ging Hanna ihre Tagesplanung durch. Sie wollte zu ihrer Mutter ins Krankenhaus fahren, um die Stoffproben fürs neue Sofa auszuwählen, dann in den Baumarkt wegen der neuen Tapete fürs Wohnzimmer. Und sie musste Erna nach den Handwerkern fragen. Das könnte sie eigentlich als Erstes machen. Vielleicht wollte Erna sie ins Krankenhaus begleiten. Aber ob das eine gute Idee wäre? Hanna trat aus der Dusche und wickelte sich in ein Handtuch. Heute würde ihre Mutter die erste Chemo bekommen. Vermutlich lag sie längst am Tropf. Vielleicht war sie nach der Behandlung zu müde für Besuch. Ob man die Folgen einer Chemo gleich zu Beginn spürte, oder wurde es erst mit der Zeit schlimmer? Danach sollte sie sich beim Arzt erkundigen, damit sie sich darauf einstellen konnte. Sie griff gerade nach dem Föhn, als das Telefon läutete. Sie eilte die Treppe nach unten. Es war das Krankenhaus. Eine Schwester erklärte ihr in sachlichem Tonfall, dass ihre Mutter einen Schlaganfall erlitten habe und sie bitte sofort kommen sollte. Hanna wusste nicht, wie ihr geschah.

»Aber … das kann nicht sein«, stammelte sie. »Gestern ging es ihr noch gut.«

»Heute Morgen war sie ebenfalls noch wohlauf. Dann ist sie vor einer Stunde im Badezimmer zusammengebrochen, und ihr Zustand ist ernst. Der Arzt hat mich angewiesen, die Angehörigen zu verständigen.«

Hanna nickte und sank auf eine der Treppenstufen. Der Hörer rutschte ihr aus der noch feuchten Hand und fiel in ihren Schoß. Sie hörte die Stimme der Schwester wie von fern, in ihren Ohren begann es zu rauschen. Sie schüttelte den Kopf. Es durfte nicht sein. Nicht heute, nicht jetzt. Das war das Schicksal ihr schuldig. Sie hob den Hörer, sagte mit fester Stimme, dass sie auf dem Weg sei, legte ohne ein weiteres Wort auf und lief die Treppe wieder nach oben. Ihr Haar war noch nass, als sie wenig später ins Auto stieg, die winkende Erna am Straßenrand ignorierte und davonfuhr.

»Dieses Mal nicht«, murmelte sie und blinzelte die aufsteigenden Tränen fort. »Bitte, dieses Mal nicht.«

SECHZEHN

Als Hanna am See eintraf, saß Alex auf den Stufen vor dem Bauwagen. Er sprang auf und schloss sie in seine Arme.

»Ich bin so froh, dich zu sehen. Wenn du heute nicht aufgetaucht wärst, wäre ich zu euch gefahren.«

Hanna genoss seine Umarmung und atmete den vertrauten Geruch seines Rasierwassers ein. Sie blickte über seine Schulter hinweg zurück zum Feldweg, wo Bernie stand und ihr lächelnd zunickte. Er machte kehrt und ging davon. Sie hatten abgemacht, dass er in zwei Stunden wiederkommen solle. Am liebsten wäre sie die ganze Nacht mit Alex hiergeblieben. Doch das hatte Bernie ihr ausgeredet. Mit einer leichten Gehirnerschütterung schlief man nicht in einem abgelegenen Bauwagen. Er schlug vor, sie später mit nach München zu nehmen, wo er bei einem Arbeitskollegen und seiner Familie untergekommen war. Sie wohnten in einem großen Haus in Pasing und hätten bestimmt nichts dagegen, wenn er sie mitbrachte. Doch Hanna gefiel die Idee nicht. Gerade jetzt hatte sie kein Bedürfnis danach, fremden Menschen zu begegnen. Bestimmt konnte sie auch bei Alex auf dem Hof bleiben. Moni würde sie liebevoll mit allerlei Kräutertinkturen und Tränken umsorgen und etwas Leckeres kochen. Und Siggi würde sie, wenn er denn da wäre, damit aufheitern, ihre Lieblingslieder zu spielen. Dagegen konnte ihr Vater nichts haben.

»Was ist passiert?«, fragte Alex.

»Es war ein Unfall«, antwortete Hanna. »Ich bin über den Zeitungsständer gestolpert und durch die Terrassentür gefallen. Es sind nur Schnittwunden, und mein Kopf dröhnt ein bisschen.« Sie griff sich an die Stirn und bemühte sich um ein Lächeln. Alex nickte, legte den Arm um sie und wollte sie zur Treppe führen, doch Hanna wehrte sich dagegen. »Nicht in den Bauwagen. Lass uns zum Steg gehen.«

Sie gingen zum Ufer und durch das Schilf zum Ende des Stegs, wo sie sich setzten. Hanna blickte über den im Sonnenlicht funkelnden See hinweg bis zu der kleinen Insel. Alex sagte nichts. Wie sollte sie ihm erklären, dass sie fortzugehen plante? Aber wollte sie das wirklich? Es war doch noch gar nichts entschieden. Sie hatte mit Bernie darüber gesprochen, mehr nicht. Als sie von ihrem Spaziergang zurückgekommen waren, hatte es in der Küche wie in einer Schnapsbrennerei gerochen. Ihre Mutter war gerade damit beschäftigt gewesen, die leeren Flaschen in einen Korb zu stellen. Einen Moment hatten sie sich schweigend angesehen, dann hatte Hanna auf dem Absatz kehrtgemacht und war wieder gegangen. Bernie war ihr gefolgt. Auf der Straße hatte sie ihn darum gebeten, sie hierherzubringen. Sie musste nachdenken – und sie brauchte Alex.

»Sie hatte wieder ein Vorstellungsgespräch. Es sah wirklich gut aus. Doch dann kam Sandra Gruber und hat alles kaputtgemacht. Sie hat Mama bloßgestellt, und wir haben uns gestritten. Es kam eines zum anderen. Als ich wieder aufwachte, lag ich mitten in einem Scherbenhaufen.« Hanna lehnte den Kopf an Alex' Schulter. Er zog sie eng an sich und streichelte ihren Rücken. Sie genoss seine Nähe und Wärme. »Mama hat aufgegeben. Sie war schon in Haar, und dann ist auch noch mein Vater aufgetaucht. Er saß heute Morgen an meinem Bett. Spielt sich als sorgender Vater auf. All die Jahre hat er nicht nach mir gefragt, und jetzt will er mich nach Hamburg mitnehmen.«

»Nach Hamburg?«, wiederholte Alex und sah Hanna erschrocken an.

»Das hat er vorgeschlagen. Und …« Sie stockte. »Ich weiß nicht … ehrlich gesagt, sehe ich langsam keinen anderen Weg mehr für mich.« Sie wagte es nicht, ihn anzusehen. »Ich frage mich, ob ich sein Angebot annehmen sollte. Ob das für mich eine Chance sein könnte, neu anzufangen. Verstehst du, was ich meine?«

Er nickte. »Schon, ich meine …« Er brach ab und setzte neu an. »Was wird dann aus uns? Hamburg ist ja nicht gerade um die Ecke.«

Seine Worte trafen Hanna. Sie wollte nicht fortgehen, ihn nicht verlieren. Aufgeben war doch keine Option gewesen.

»Ich weiß«, antwortete sie zögernd. »Bernie hat es mir angeboten, aber vielleicht lässt sich ein anderer Weg finden. Ich weiß nur noch nicht, wie der aussehen soll.«

»Du könntest zu uns kommen«, schlug Alex vor. »Wir haben genug Platz, und meine Mutter hat bestimmt nichts dagegen. Sie hat dich gern. Dann könntest du die Schule zu Ende machen und weiterhin deiner Mutter zur Seite stehen. Und vielleicht fängt sie sich bald wieder.«

Hanna wusste nicht, was sie erwidern sollte. Alex' Vorschlag klang verlockend. Doch war er wirklich eine Lösung? Wie lange würde es dauern, bis sie wieder zu Hause einzog? Und ihrer Mutter gefiele es bestimmt nicht, wenn sie bei der Kräuterhexe wohnte. Sie ahnte schon, was die Leute reden würden. Hanna Moser, die Tochter der Säuferin, wohnt jetzt draußen bei der Kräuterfrau.

»Ich weiß es nicht«, antwortete Hanna ehrlich. »Es ist alles so verfahren. Ich wünsche mir doch nur, dass es wieder wie früher wird, mehr nicht. Ist das zu viel verlangt?« Hanna begann zu weinen. »Sie soll endlich damit aufhören und wieder meine Mama sein.«

»Ich weiß«, erwiderte er und drückte sie an sich. Hanna klammerte sich an ihm fest und ließ sich endgültig fallen. All die Verzweiflung und Hoffnungslosigkeit der letzten Stunden brachen sich Bahn, und sie schluchzte laut auf. Es dauerte eine ganze Weile, bis sie sich wieder beruhigte und sich aus der Umarmung löste.

»Und wenn wir einfach weitermachen?«, sagte sie. »Es war ein Rückschlag, den es ohne die Begegnung mit Sandra nicht gegeben hätte. Vermutlich hätte jeder an ihrer Stelle so reagiert. Sie hat eingesehen, dass sie so nicht weitermachen kann, und den Alkohol weggeschüttet. Vielleicht sollte ich einfach nach Hause gehen und mit ihr reden. Das wäre doch ein Anfang, oder?«

»Bestimmt«, antwortete er und nahm ihre Hand.

»Und wenn es schlimm ist, dann kommst du zu mir. Du bist nicht allein. Du hast mich, Erna und sogar Max, auch wenn er ein Feigling ist.« Er zwinkerte ihr lächelnd zu.

»Immerhin war er im Krankenhaus«, antwortete Hanna.

»Und nimm dir nicht zu sehr zu Herzen, was die Leute sagen. Ich bin der Sohn der Kräuterhexe. Man gewöhnt sich an das dumme Getratsche. Gib nichts darauf, was die Leute reden. Es geht doch nur darum, was die Menschen denken, die dir nahestehen – und was du selbst empfindest.«

»Aber manchmal weiß man eben selbst nicht, was man denken soll«, sagte Hanna und dachte, wie viel es ihr bedeutete, sich so mit Alex austauschen zu können. Seine aufmunternden Worte taten ihr gut. Vielleicht hatte sie tatsächlich alles zu schwarzgesehen. Durch ihren Sturz waren alle ein bisschen zu sehr in Panik geraten. Es war ein dummer Unfall gewesen, mehr nicht.

»Du wirst also erst einmal nicht nach Hamburg gehen?«, fragte er vorsichtig.

Hanna schüttelte den Kopf. »Nach Hamburg zu gehen bedeutet, den Glauben an meine Mutter aufzugeben.« In Gedanken fügte Hanna hinzu: Und den Glauben an uns. Aber das sagte sie nicht. »So weit sind wir noch nicht. Aber wir werden uns was überlegen müssen. Vielleicht sollten wir anderswo Hilfe suchen. Diese Gruppe in Grafing scheint nicht die Lösung gewesen zu sein. Irgendein Weg wird sich schon finden.«

Alex nickte.

»Aber bis dahin haben wir noch Zeit. Bernie holt mich erst in anderthalb Stunden ab.«

»Er holt dich wieder ab?«, fragte Alex.

»Er hat mich auch gebracht.« Alex sah zum Feldweg. Erst jetzt fiel ihm auf, dass Hannas Fahrrad nicht am Baum lehnte. »Mit einer leichten Gehirnerschütterung und einem verbundenen Handgelenk lässt es sich nicht so leicht Fahrrad fahren. Er meinte, es sei besser, wenn ich nicht in einem einsamen Bauwagen schlafen würde.«

»Als ob du hier allein wärst«, meinte Alex.

»Er scheint das Gefühl zu haben, jetzt besonders auf mich achtgeben zu müssen.« Sie verdrehte die Augen.

»Wenn du meinst«, erwiderte Alex. »Und jetzt muss ich dich dringend küssen, das wollte ich die ganze Zeit schon.«

Noch während er das aussprach, kam er näher, und seine Lippen berührten die ihren. Er umschloss sie mit seinen Armen, zog sie eng an sich und küsste sie. Nachdem sie sich voneinander gelöst hatten, liefen sie, einander an den Händen haltend, zum Bauwagen zurück. Alex küsste sie von neuem, noch leidenschaftlicher. Seine Hände wanderten unter ihr T-Shirt, und Hanna genoss seine Berührungen. Er zog ihr T-Shirt über den Kopf, öffnete ihren BH und entkleidete sich ebenfalls. Es war kühl in der Hütte. Hanna bekam eine Gänsehaut. Sanft drückte er sie auf die Matratze, wobei er sie unablässig küsste. Seine Lippen wanderten ihren Hals hinunter, bis zu ihren Brüsten und zu ihrem Bauchnabel. Er öffnete ihre Hose und zog sie herunter. Nur nicht nachdenken, nicht reden müssen. Nur noch fühlen und ihn spüren, sonst nichts. Als er in sie eindrang, stöhnte sie auf. Seine rhythmischen Bewegungen wurden intensiver. Er strich mit seinen Lippen über die ihren, berührte ihre Wange, küsste ihren Hals. Sein Atem ging schneller, er stöhnte. Irgendwann bäumte er sich auf, und das gewohnt warme Gefühl breitete sich in ihr aus. Nachdem er auf sie herabgesunken war, schloss sie die Augen. Es tat so gut, ihn bei sich zu haben. Wie hatte sie nur jemals auf den Gedanken kommen können, ihn zu verlassen? Sobald sie wieder zu Hause wäre, würde sie mit ihrer Mama reden und ihrem Vater klarmachen, dass sie nicht mit nach Hamburg kommen würde. Das hier war ihr Zuhause. Und sie würde alles dafür tun, um es nicht zu verlieren.

*

Eine knappe Stunde später saß Hanna wieder im Wagen ihres Vaters. Er hielt vor dem Haus, schaltete den Motor aus und sah Hanna mit ernster Miene an.

»Du willst also wirklich bei ihr bleiben?«

Hanna nickte.

»Und wenn wieder etwas passiert? Wenn sie sich nicht unter Kontrolle hat und beim nächsten Mal tatsächlich gewalttätig wird?«

»Es war ein Unfall«, entgegnete Hanna. Geflissentlich verschwieg sie die Ohrfeige. »Ich bin gestolpert. Sie hat mir nichts getan. Du hast doch gesehen, wie sehr es ihr leidtut. Bestimmt wird so etwas nicht mehr vorkommen. Nachher werde ich mit ihr reden. Es muss eine andere Lösung als die Anonymen hier in Grafing geben. Bestimmt finden wir etwas, das ihr hilft.«

»Du redest immer nur von ihr«, erwiderte Bernie. »Und was ist mit dir? Diese Sache macht auch etwas mit dir.«

»Sagt der Vater, dem seine Tochter noch vor drei Tagen vollkommen egal gewesen ist.« Hanna konnte nicht anders, als es endlich einmal offen auszusprechen. »Hast du je an mich gedacht, seit du in Hamburg bist? Kein Brief, kein Anruf am Geburtstag oder zu Weihnachten. Du bist abgehauen und hast mich zurückgelassen. Und jetzt kommst du hier wie der heilige Samariter angelaufen und denkst, du hättest das Recht, dich einzumischen.« Ihre Stimme war laut geworden. »Aber das hast du nicht. Wir werden das auch ohne dich hinkriegen. Fahr zurück nach Hamburg. Hier braucht dich niemand.«

Bernie wollte noch etwas erwidern, doch Hanna stieg wutentbrannt aus dem Auto, schlug die Tür lautstark hinter sich zu und ging zum Haus. Sie hörte, wie Bernie den Motor startete und sich das Auto entfernte. Es war befreiend gewesen, ihn anzuschreien. Er hatte es nicht anders verdient. Jetzt ging es ihr besser. Sie griff in ihre Hosentasche und bemerkte, dass sie keinen Schlüssel hatte, also klingelte sie. Doch es rührte sich nichts. Vielleicht war ihre Mutter im Bad und hörte deshalb die Klingel nicht. Hanna beschloss nachzusehen, ob die Terrassentür offen stand. Sie hatte Glück. Tatsächlich war die Tür, die bereits ein neues Glas erhalten hatte, nur angelehnt. Sie trat ins Wohnzimmer und rief nach ihrer Mutter. Es kam keine Antwort. Sie ging in die Küche, in der Licht brannte. Halb fertig geschälte Kartoffeln lagen auf der Arbeitsplatte. Hanna schaute ins Bade- und Schlafzimmer. Nirgendwo war sie zu finden. Wo steckte sie nur? Sie öffnete die Kellertür. Es brannte Licht. Sie stieg die Treppe hinunter und fand ihre Mutter. Sie saß auf einer alten Holztruhe mit einer Flasche Rotwein in der Hand vor dem Vorratsregal und starrte auf den Boden.

Hanna erstarrte. Sie wusste nicht, was sie sagen, wie sie

reagieren sollte. Wie naiv sie doch gewesen war. Niemals würde es wieder gut werden. Und da half es auch nichts, sich an immer wiederkehrende Versprechen zu klammern. Jedes Mal wieder wurden sie gebrochen.

»Er liebt mich nicht mehr«, sagte ihre Mutter, setzte die Flasche an die Lippen und trank. »Er hat es mir gesagt. Er meinte, er will dich mir wegnehmen. Aber das darf er nicht. Was soll denn werden ohne dich?« Sie hob den Kopf und schaute Hanna an. Hanna versuchte, die aufsteigende Wut unter Kontrolle zu bringen. Es hatte keinen Sinn, sie anzuschreien. Sie sank neben ihre Mutter auf die Truhe.

»Ach Mama. Wo hast du den Rotwein schon wieder her?«

»Irgendwo da hinten.« Gabi deutete Richtung Heizungskeller. »War teuer, glaub ich. Ein Geschenk. So was wirft man doch nicht weg, oder? Er wollte mit mir reden. Es war schön, ihn hier zu haben. Ich musste ihn nur ein Mal ansehen, und es war alles wieder da. Meine Gefühle für ihn. Wir saßen mit Kaffee auf der Bank vor dem Haus. Genauso wie früher. Ich hab ihm gesagt, dass ich ihn noch gernhab, dass ich ihn vermisse. Da hat er gelacht. Nach all den Jahren lacht er einfach. Er hat gesagt, dass ich Vergangenheit bin. Ich soll endlich akzeptieren, dass es vorbei ist. Aber er saß doch vor mir. Hier, in unserem Zuhause. Er muss mich doch noch lieben. So oft hat er es gesagt. Ich liebe dich. Ab wann hat er gelogen? War es irgendwann nur noch Gewohnheit, es mir zu sagen?« Sie nahm einen weiteren Schluck aus der Flasche. Hanna fragte sich, ob sie sie ihr wegnehmen sollte, ließ es dann aber bleiben. »Irgendwann haben wir zu streiten begonnen. Er hat mich angeschrien, dass ich alles kaputtmachen würde. Er hat gesagt, er würde dich mit nach Hamburg nehmen, damit du dich nicht mehr schämen musst. Aber du schämst dich doch nicht, nicht wahr? Ich weiß, die Leute reden. Aber was kümmern uns schon die Leute. Das sagst du doch immer: Lass sie nur reden, Mama. Die hören auch wieder auf. Gleich morgen gehen wir wieder zu den Anonymen Alkoholikern. Ich habe vorhin Ludwigsen angerufen. Wir haben lange gesprochen. Er war sehr nett und freut sich, wenn wir kommen.« Sie nahm erneut einen Schluck aus der Flasche, die schon fast leer war, und rückte ein Stück näher an Hanna heran. »Du gehst nicht mit ihm. Das lasse ich nicht zu. Du bist mein Mädchen. Ich verspreche dir, dass ab morgen alles anders sein wird.«

Hanna nickte. Der Atem ihrer Mutter roch nach Wein. Plötzlich kamen ihr die Worte ihres Vaters in den Sinn. »Diese Sache macht auch etwas mit dir.« Er hatte recht. Wieso in Gottes Namen musste er nur recht haben? Ihre Mutter legte den Kopf auf ihre Schulter und begann zu weinen. Hilflos strich Hanna ihr über den Rücken und dachte an Alex' Worte. »Ich bin der Sohn der Kräuterhexe. Man gewöhnt sich an das dumme Getratsche«, hatte er gesagt. Es war nicht dasselbe. Es war nicht das Getratsche, das es unerträglich machte. Es war dieser sinnlose Kampf, die ständigen Lügen und Misserfolge. Es waren Momente wie dieser. Niemals würde das aufhören oder wieder gut werden. Das ständige Hoffen und Bangen, Niederlage um Niederlage. Ihr Blick fiel auf ihre verbundene Hand. Gestern war es noch ein Unfall. Was wäre es beim nächsten Mal? Würde ihre Mutter sie irgendwann verprügeln?

»Sag mir, dass du nicht fortgehen wirst«, sagte ihre Mutter. »Versprich mir, dass du bei mir bleibst.« Sie nuschelte nur noch. Hanna hegte den Verdacht, dass es nicht nur Wein war, den sie getrunken hatte.

»Du bist müde, Mama«, wich sie ihrer Frage aus, nahm ihr behutsam die Flasche aus der Hand und stellte sie auf den Boden. »Komm, ich bringe dich ins Bett.«

»Versprich es mir«, wiederholte ihre Mutter.

Hanna nickte und murmelte etwas Zustimmendes, das ihr nur schwer über die Lippen kam. Sie half ihrer Mutter beim Aufstehen, und sie verließen den Keller. Auf der Treppe gerieten sie ins Schwanken. Hannas Kopf hatte wieder zu dröhnen begonnen, und der Raum begann sich zu drehen. Sie schloss für einen Moment die Augen und atmete tief durch, dann ging es weiter. Oben verfrachtete sie ihre Mutter ins Bett, deckte sie liebevoll zu und setzte sich auf die Bettkante. Gabi hatte die Augen geschlossen, noch immer waren ihre Wangen von den Tränen feucht. Hanna betrachtete sie wehmütig. In diesem Moment wusste sie, was zu tun war. Sie würde mit ihrem Vater nach Hamburg gehen und dort ein neues Leben beginnen. Auch wenn das bedeutete, Alex zurückzulassen. Sie würde an all dem kaputtgehen, sie musste hier raus, irgendwohin, wo sie neu anfangen, wo sie wieder klar denken konnte.

»Es tut mir leid, Mama«, flüsterte sie und drückte ihr einen Kuss auf die Wange. »Aber ich kann nicht mehr.«

Hanna stand auf und verließ den Raum. In ihrem Zimmer begann sie zu packen. Als sie fertig war, setzte sie sich an ihren Schreibtisch und holte Zettel und Stift hervor.

Liebe Mama,

es tut mir leid, aber es geht nicht mehr.

Tausend Küsse und eine Umarmung
Deine
Hanna

Hanna schaute auf die wenigen Worte hinab. Hatte ihre Mama wirklich keine längere Erklärung verdient? Sollte sie nicht mehr schreiben, es besser erklären, irgendetwas? Nein, alles war gesagt. Sie nahm das Papier, griff nach ihrer Tasche, löschte das Licht und verließ den Raum. Vor der nur angelehnten Tür des Schlafzimmers blieb sie stehen. Sollte sie noch einmal nach ihr sehen? Sie entschied sich dagegen, lief die Treppe nach unten, legte die Nachricht auf den Küchentisch und verließ das Haus, ohne einen Schlüssel mitzunehmen. Auf dem Weg zum Bahnhof lief sie an den Glascontainern vorüber. Niemals wieder, so schwor sie sich, wollte sie hören, wie eine Flasche in ihrem Inneren aufschlug.

Als wenig später die S-Bahn in Kirchseeon hielt, blickte sie wehmütig auf den Fahrradunterstand. Dort hatte alles mit Alex und ihr begonnen. Am Taxistand wartete ein einsamer Wagen auf Kundschaft. Ihr Geld könnte bis Hintersgreuth reichen. In diesem Moment setzte sich die Bahn in Bewegung. Nicht jetzt, nicht heute. Vielleicht morgen. Er hatte es verdient, dass sie sich verabschiedete. Es würde bestimmt kein Lebewohl werden. Daran musste sie glauben. In ihre Augen traten Tränen. Wenig später erreichte sie den Marienplatz, wo sie in die U-Bahn umstieg. Bald wäre sie bei Max. Er würde ihr bestimmt weiterhelfen. Immerhin jetzt schien er Verantwortung zu übernehmen. Sie lehnte den Kopf gegen die Scheibe und schloss die Augen. Noch immer war ihr schwindelig, und ihre Hand schmerzte. Gleich könnte sie sich ausruhen. Am Petuelring stieg sie aus der U-Bahn und taumelte bis zu seinem Haus. Jetzt noch die wenigen Stufen ins Souterrain hinunter, dann war es geschafft. Es war Marc, der ihr öffnete, sie hereinwinkte und etwas von Essen und Besuch faselte. Als Hanna die Küche betrat, saß ihr Vater am Tisch. Sein Anblick war endgültig zu viel für sie. Es fühlte sich an, als würde sich der ganze Schmerz in ihr zusammenkrampfen, und sie schluchzte laut auf. Sofort eilte er zu ihr, nahm sie in die Arme und drückte sie an sich. Er sagte nichts, doch er verstand, dass sie sich entschieden hatte.

*

Als Hanna die Augen öffnete, brauchte sie einen Moment, um sich zu erinnern, wo sie war. Dann kamen die Erinnerungen an den Vortag zurück. Ihre Mutter im Weinkeller, sie hatte ihre Sachen gepackt, die Fahrt mit der S-Bahn. Ihr Vater. Ihr Blick fiel auf ihre Sporttasche, die neben der nur angelehnten Tür auf dem Boden lag. Das Radio dudelte, gedämpfte Stimmen waren zu hören. Die Uhr auf dem Nachttisch zeigte bereits halb elf an. Meine Güte, hatte sie lange geschlafen. Sie setzte sich auf. Der Schwindel und die Kopfschmerzen waren fort, und auch der pochende Schmerz der Hand hatte nachgelassen. Sie verspürte Hunger, was sie für ein gutes Zeichen hielt. Sie schlug die Decke zurück, stand auf und ging in die Küche. Max, der gerade die Zeitung las, begrüßte sie mit einem Lächeln.

»Ausgeschlafen?«, fragte er. »Hast du Hunger? Ich habe Croissants geholt.«

Er deutete auf einen auf dem Tisch stehenden Brotkorb, der gut gefüllt war. Hanna nickte und setzte sich. Max legte die Zeitung zur Seite und stand auf.

»Möchtest du einen Tee oder lieber Kakao?« Hanna wählte Letzteres, nahm sich ein Croissant und brach es in zwei Teile. »Schmecken mit Nutella immer noch am besten«, sagte Max und schob Hanna das Glas zu. »Obwohl es ja eine Sünde ist. Am Ostbahnhof verkaufen sie morgens immer Schokocroissants. Die riechen phantastisch. Manchmal kaufe ich mir eines. Warm, weich und unsagbar süß.« Er bekam einen seligen Gesichtsausdruck.

»Wo ist Bernie?«

»Er kommt später. Nachdem du gestern eingeschlafen bist, ist er aufgebrochen, meinte, er müsse ein paar Dinge erledigen. Vorhin hat er angerufen.« Max schaute auf seine Armbanduhr. »Eigentlich müsste er bald wieder auftauchen. Er wollte wohl Zugtickets besorgen und seinen Leihwagen zurückbringen.«

Hanna nickte. Für einen Augenblick herrschte Stille, dann fragte sie: »Denkst du, es ist das Richtige?«

Max wusste, was sie meinte, und nickte. Er nahm ihre Hand und drückte sie.

»Sie muss es ohne uns und aus eigener Kraft schaffen. All die Lügen, der versteckte Alkohol, die leeren Versprechungen. Selbst jetzt, nachdem dieser Unfall passiert ist, will sie es noch nicht einsehen. Ich sehe das genauso wie Bernie. Du musst jetzt an dich denken. Sie tut dir nicht gut.«

»Aber was wird aus ihr? Sie ist jetzt ganz allein.«

»Nein, das ist sie nicht. Ich werde mich um sie kümmern. Aber nur, wenn sie es möchte. Sie muss selbst damit aufhören wollen, und so weit ist sie noch nicht. Wir kriegen das wieder hin. Sie muss begreifen, dass sie mehr braucht als einmal in der Woche ein Gespräch bei den Anonymen Alkoholikern. Und das kann sie nicht, wenn du bei ihr bleibst.«

»Ich weiß«, erwiderte Hanna. »Es ist nur …« Sie geriet ins Stocken und setzte neu an. »Ich fühle mich schuldig.«

»Das solltest du nicht. Fahr nach Hamburg, und beginne dort ein neues Leben. Und wenn sie so weit ist, kommst du wieder. Bis dahin werde ich auf sie achtgeben. Das verspreche ich dir.«

Hanna nickte. Sie wusste nicht, ob sie ihm glauben konnte, wollte es jedoch mehr als alles andere auf der Welt. Max wollte noch etwas sagen, wurde jedoch durch die sich öffnende Haustür und Stimmen im Flur davon abgehalten. Marc und Bernie tauchten in der Küche auf.

»Ich hab ihn auf der Straße aufgelesen und dachte, ich könnte ihn mitbringen«, scherzte Marc zur Begrüßung. Er kam von seiner Joggingrunde im Olympiapark und war verschwitzt. »Oh, es gibt Croissants. Das hätte es aber nicht gebraucht.«

Marc nahm sich ein Croissant, biss genussvoll hinein, nahm sich Kaffee und verschwand in seinem Zimmer. Bernie setzte sich neben Hanna an den Tisch und nahm Max' Kaffeeangebot dankend an.

»Ich habe gehört, dass du Tickets für die Bahn kaufen wolltest«, sagte Hanna.

»Ja, für den Nachtzug«, bestätigte er. »Im Schlafwagen. Eine Nacht, und dann sind wir in Hamburg. Du wirst staunen. Es ist eine beeindruckende Stadt. Der Hafen, die Speicherstadt, die Alster. Ich werde dir alles zeigen. Und ich habe mit Monika, einer Bekannten von mir, gesprochen, die bei der Jugendfürsorge arbeitet. Sie hat mir zugesichert, dir ein Zimmer in einem Wohnheim zu besorgen. Klingt das nicht gut?« Er lächelte sie strahlend an.

Hanna nickte, schaffte es jedoch nicht, sein Lächeln zu erwidern. Im Gegenteil. Sie war kurz davor, in Tränen auszubrechen. Er organisierte schon ihr neues Leben, während sie doch noch dabei war, sich von ihrem alten zu verabschieden. Bernie schien zu bemerken, dass er übers Ziel hinausgeschossen war.

»Entschuldige. Ich wollte nicht …«

»Ist schon gut«, erwiderte Hanna. »Ich muss mich erst daran gewöhnen. Plötzlich geht alles so schnell.«

»Aber es war deine Entscheidung.«

»Ich weiß, aber es ist schwierig. Ich meine, es ist für mich nicht leicht. Und ich muss mich von Alex verabschieden. Er weiß noch gar nicht, dass ich nach Hamburg gehen werde.«

»Du kannst ihn anrufen«, meinte Max.

Hanna verneinte. »Sie haben kein Telefon.«

Max schaute sie erstaunt an.

»Es ist Moni. Du weißt schon. Sie ist etwas esoterisch. Sie glaubt, ein Telefon brächte schlechte Schwingungen ins Haus.«

»Dann also kein Anruf.«

»Ich muss es ihm persönlich sagen.« Ihr Blick wanderte zum Fenster. »Am See. Anders geht es nicht.«

»Und wie willst du dorthin kommen?«, fragte Bernie.

»Ich habe gerade meinen Leihwagen abgegeben.«

»Max könnte mir sein Rad leihen.«

»Mit dem Rad. Mit deiner verletzten Hand.« Bernies Stimme klang zweifelnd.

»Es ist ja keine Weltreise. Nur von der S-Bahn in Kirchseeon zum See. Die Hand tut auch gar nicht mehr weh, und schwindelig ist mir auch nicht mehr.«

Bernie sah zu Max, der ein Nicken andeutete. Er stieß einen Seufzer aus.

»Meinetwegen. Unser Zug geht erst um neun Uhr heute Abend. Es wäre mir aber lieb, wenn du gegen sechs wieder hier wärst, damit wir noch in aller Ruhe etwas essen gehen können. Max kommt bestimmt auch mit, oder?«

»Sehr gern«, stimmte Max zu.

Hanna wollte aufstehen, doch Max hielt sie zurück.

»So kommst du mir nicht weg, Mädchen. Du isst jetzt noch mindestens eine Semmel und trinkst deinen Kakao.«

Hanna sank zurück auf ihren Stuhl und stimmte grummelnd zu. Bernie nippte grinsend an seinem Kaffee. Erst jetzt wurde ihm richtig bewusst, wie sehr er seine Tochter vermisst hatte. Er wusste, dass ihre Annäherung auf dünnem Eis stattfand und dass es auch in Hamburg nicht leicht werden würde. Aber dem würde er sich stellen.

*

Drei Stunden später lehnte Hanna das Fahrrad ihres Onkels an den Baum neben dem Bauwagen, lief zum See hinunter und setzte sich auf den Steg. Die Sonne schien von einem wolkenlosen Himmel und malte funkelnde Sterne auf die Wasseroberfläche. Hanna betrachtete den glitzernden See wehmütig. Wie sollte sie zukünftig ohne diesen Ort, der ihr so viel bedeutete und an dem sie die schönsten Momente ihres Lebens erlebt hatte, zurechtkommen? Hätte sie überhaupt eine Chance, ohne all das, ohne Alex, glücklich zu werden? So vieles würde ihr fehlen. Ihr Zuhause mit seinem verwunschenen Garten voller Kirsch- und Apfelbäume, mit dem wackeligen Gartenhaus und dem Unkraut im Gemüsebeet. Vermutlich würde es etwas Ähnliches in Hamburg nicht geben. Ein Platz in einem Wohnheim. Aber vielleicht lag es ja im Grünen. Und Gemüsebeete machten sowieso nur Arbeit. Sie konnte sich noch überhaupt nicht vorstellen, morgen früh in Hamburg aufzuwachen. Sie ließ ihre Heimat hinter sich, um in eine unbekannte Stadt zu gehen. Ob sie die Hamburger überhaupt verstehen würden? Das bayerische Mädchen vom Dorf, das nur leidlich Hochdeutsch konnte. Die Sprache verändert sich schnell, hatte Bernie gesagt. Irgendwann redest du wie all die anderen, ohne dass es dir auffällt. Sie wollte es sich noch nicht recht eingestehen, aber seine Fürsorge gefiel ihr. Endlich musste sie nicht mehr die Starke sein, sondern durfte die Erwachsenen ihre Aufgaben erfüllen lassen.

Ihr Blick wanderte zu der kleinen Insel in der Seemitte. Zwei Schwäne schwammen nahe der Stelle, zu der sie im Sommer so gern mit Alex geschwommen war. Dort hatten sie sich im warmen Wasser geliebt, den Mond betrachtet, gemeinsam geschwiegen, geredet und gelacht. Wenige Wochen, ein Sommer, der sich doch wie eine Ewigkeit anfühlte. Jetzt endete er, und auch die Schule würde schon bald wieder beginnen. Der Gedanke, nicht in ihr altes Klassenzimmer zu gehen, fühlte sich seltsam an. In Hamburg hatte der Unterricht bereits begonnen. Dort wäre sie die Neue. Diejenige, die neugierig beäugt würde. Hamburg, die fremde Welt, die ganz anders wäre als alles hier. Wollte sie wirklich das Gewohnte hinter sich lassen? Jetzt könnte sie noch zurück und wieder nach Hause gehen. Sie sah ihre Mutter vor sich. Gewiss hatte sie ihre Nachricht bereits gefunden. Hanna wusste, wie sie darauf reagieren würde. Selbstmitleid, Alkohol – wahrscheinlich saß sie gerade jetzt wieder im Keller.

»Hanna. Du bist schon hier?«, riss Alex' Stimme sie aus ihren Gedanken.

Hanna wandte sich um. Er kam den Steg heruntergelaufen, setzte sich neben sie und drückte ihr zur Begrüßung einen Kuss auf die Wange.

»Das ist aber nicht dein Fahrrad.« Er deutete zum Baum.

Hanna verneinte und senkte den Blick.

»Es ist etwas passiert«, sagte er.

Hanna nickte. Plötzlich hatte sie Mühe, die aufsteigenden Tränen zu unterdrücken. Wie sollte sie ihm erklären, dass sie jetzt doch nach Hamburg gehen würde? Wie könnte sie ihn verlassen?

»Du wirst fortgehen«, erriet er, was sie sagen wollte.

Hanna nickte. Endgültig liefen die Tränen über ihre Wangen.

»Sie saß gestern mit einer Flasche Rotwein im Keller, als ich nach Hause gekommen bin. Sie liebt meinen Vater noch immer, was er natürlich nicht erwidert. Sie erträgt ihr Leben nicht.« Hanna verstummte und fügte nach einem Moment der Stille leise hinzu: »So wie ich es nicht mehr ertragen kann.«

Alex legte den Arm um sie, zog sie eng an sich.

»Es ist anders als bei mir, oder? Es geht dir überhaupt nicht um das Gerede der Leute.«

»Nein, das ist es nicht. Oder vielleicht auch. Ach, ich weiß es nicht. Es geht um alles. Ihre Versprechen, ihre Verzweiflung, immer wieder mache ich mir Hoffnungen und werde enttäuscht. Und dann bekomme ich Angst, es könnte niemals wieder gut werden. Ich kann das nicht mehr. Das habe ich gestern verstanden, während ich neben ihr im Keller saß und ihr wieder einmal dabei zusehen musste, wie sie getrunken hat.«

»Ich verstehe«, erwiderte Alex.

Hanna sah ihn von der Seite an. Alex’ Blick war auf den See gerichtet, seine Miene war ernst.

Einen Moment schwiegen beide.

»Ich liebe dich«, sagte Hanna irgendwann.

»Und ich dich noch viel mehr.« Er bemühte sich um ein Lächeln, was ihm deutlich misslang.

»Und was soll nun werden?«

»Ich weiß es nicht«, antwortete Hanna, die wusste, was er eigentlich fragen wollte.

»Wirst du wiederkommen?«

»Vermutlich. Irgendwann.« Sie überlegte, ob sie etwas von

einem Jahr sagen sollte. Nach dem Schulabschluss, zur Ausbildung bin ich wieder hier. Sie sprach die Worte nicht aus. Was in einem Jahr sein würde, wusste niemand. Würde ihre Mutter dann noch trinken? Sie kannte die Antwort nicht.

»Wir könnten telefonieren.«

»Ihr habt kein Telefon.«

»Dann laufe ich eben zur Zelle.«

»Von hier in Hamburg anzurufen ist ein Ferngespräch. Das könnte teuer werden.«

»Dann eben schreiben. Erzähl mir, wie es dir dort oben geht.«

»Willst du das wirklich wissen?«

Er überlegte und schüttelte den Kopf.

»Nein, eigentlich nicht. Ich will einfach dich und das, was wir sind, nicht vergessen.«

»Was sind wir denn?«, fragte Hanna.

»Zwei, die zusammengehören.«

Hanna lächelte.

»Das waren wir für einen Sommer.«

»*Waren*«, antwortete er. »Das klingt schrecklich. Wie etwas Vergangenes, etwas, das aufgehört hat. Aber das mit uns soll niemals aufhören müssen. Ich wünschte, wir könnten unsere Zeit miteinander für immer festhalten.«

»Dann lass uns doch darüber schreiben. Lass uns in unseren Briefen die Erinnerungen an unseren Sommer hochhalten, damit sie nicht verblassen.«

»Und wir hinterlegen die Briefe hier. Denn das ist unser Ort. Es waren unsere Tage am Ende des Sees. Also gehören sie hierher. Wir versprechen uns hier und jetzt, dass jeder versuchen wird, einmal im Jahr einen Brief für den anderen in den alten Briefkasten neben dem Bauwagen zu bringen.« Hannas Blick wanderte zu dem silbernen Briefkasten, der schon etwas Rost angesetzt hatte und leicht schief stand. Er war ein amerikanisches Modell, für das man keinen Schlüssel benötigte. Die Idee gefiel ihr. Sie war so romantisch. Nur wusste sie auf Anhieb nicht, wie sie es anstellen sollte, einen Brief von Hamburg hierherzubekommen. Aber dafür würde sich gewiss eine Lösung finden lassen. Alex hatte recht. Die Briefe gehörten nirgendwo anders hin, nur hierher. An den schönsten und friedlichsten Ort der Welt, den sie mit jeder Faser ihres Körpers vermissen würde. Genauso wie ihn.

»Dann soll es so sein«, antwortete sie. Und dann fing sie doch zu weinen an. »Jedes Jahr eine Erinnerung im Briefkasten.« Sie glaubte, auch in seinen Augen Tränen schimmern zu sehen. »Es ist kein Lebewohl. Wir sagen nur bis bald«, sagte sie, beugte sich zu ihm hinüber, suchte seine Lippen und küsste ihn. Er nahm sie in seine Arme und drückte sie fest an sich. Hanna schloss die Augen und ließ sich fallen. Noch einmal bei ihm sein, seine Nähe spüren und seinen Geruch einatmen dürfen. Sie musste sich alles einprägen, durfte es nicht vergessen. Sie würden sich wiedersehen. Einen anderen Gedanken wollte sie nicht zulassen.

SIEBZEHN

Meine Hanna,

vierundzwanzig Jahre bist Du jetzt fort, und heute schreibe ich diesen Brief an Dich. Ich sitze im strömenden Regen an der S-Bahn-Station in Kirchseeon und blicke auf den Fahrradunterstand, wo wir uns zum ersten Mal gegenüberstanden. Du sahst so hilflos aus. Auf Anhieb spürte ich, dass zwischen uns etwas war. Als wir durch den Wald fuhren, fühlte ich Deine Nähe, hörte Dein Lachen, atmete Deinen Geruch ein. Und dann kamst Du am nächsten Tag tatsächlich zum See. Wir wussten es beide, nicht wahr? Wir wussten beide, dass wir zusammengehören. Damals, als unser Sommer endete und Du fortgehen musstest, da wünschte ich mir, das mit uns würde niemals aufhören. Und das hat es nicht, zumindest für mich nicht.

Du hast mir nie geantwortet. Aber vielleicht denkst Du dennoch manchmal an mich. Wir beide, unser Sommer, das war eine Liebe für die Ewigkeit. Ich will den Gedanken nicht zulassen, dass es Dir anders ergeht als mir. Ich will nicht damit aufhören, jedes Jahr einen Brief zu schreiben. Ich will unsere Erinnerungen nicht gehen lassen. Und ich hoffe noch immer, dass Du eines Tages zum See kommen und diese Zeilen lesen wirst.

In Liebe
Dein Alex

Hanna stand im Zimmer ihrer Mutter auf der Intensivstation und blickte aus dem Fenster auf den Parkplatz hinunter, auf dem nur wenige Autos standen. Von hier aus gab es keine Sicht auf die hübsche Grünanlage mit ihren Blumenbeeten und dem kleinen Teich, auf dem sich Enten tummelten. Hinter dem Parkplatz führte die Straße entlang, dahinter lagen Häuser im Dunkeln, in denen Menschen dem neuen Tag entgegenschliefen. Ein Krankenwagen bog mit Blaulicht um die Ecke. Sein flackerndes Licht erhellte die Finsternis und verschwand um die Hausecke. Hanna wandte sich vom Fenster ab und blickte auf ihre Mutter, die umgeben von blinkenden Apparaten und Schläuchen sonderbar klein und verloren wirkte. Sie sank zurück auf den Stuhl neben dem Bett und registrierte aus dem Augenwinkel, wie eine Krankenschwester den Raum betrat. Die Frau trat näher, kontrollierte den Tropf und sprach Hanna an.

»Es ist vier Uhr morgens. Ich denke nicht, dass sich in den nächsten Stunden etwas verändern wird. Möchten Sie nicht lieber nach Hause gehen und ein wenig schlafen? Sollte doch etwas sein, rufen wir Sie an. Eigentlich dürfte ich Sie gar nicht hierlassen …«

»Ich weiß«, ließ Hanna sie nicht ausreden und legte ihre Hand auf die ihrer Mutter. »Aber sie braucht mich. Ich kann nicht gehen. Verstehen Sie? Ich bin schon einmal gegangen. Dieses Mal werde ich bei ihr bleiben.« Hanna sah die Schwester bestimmt an. Die Krankenschwester nickte mit einem Seufzer.

»Also gut«, gab sie nach. »Immerhin ist es gerade für Komapatienten wichtig, einen Angehörigen um sich zu haben.«
Sie bemühte sich um ein Lächeln, kontrollierte noch einmal die Einstellung der Apparaturen und verließ den Raum. Komapatienten. Was für ein schreckliches Wort. Gestern Morgen war ihre Mama noch Krebspatientin gewesen. Und am Vortag Touristin in Venedig. Ihre Reise schien Jahre zurückzuliegen. Wie sie auf dem Balkon gestanden und das Meer gesehen hatten.

»Du musst wieder aufwachen«, sagte Hanna und berührte die Hand ihrer Mama. »Wir wollten doch wieder zu unserer Taverne gehen. Auf dem Holzsteg mit Traubensaft sitzen und die Schiffe auf dem Canal Grande beobachten. Christina sollte beim nächsten Mal dabei sein. Deine Enkeltochter, die du bald kennenlernen wirst. Sie freut sich schon auf ihre Oma.« In Hannas Augen traten Tränen. »Ich fange an zu heulen. Und das nur, weil du solchen Unsinn machen musst. Eigentlich sollte ich gar nicht hier sein. Wie die Menschen in den Häusern dort drüben sollte ich in meinem Bett liegen und schlafen. Auch du siehst aus, als würdest du nur schlafen. Gewiss träumst du gerade davon, wieder nach Hause zu kommen, in unser neues gemeinsames Zuhause. Wir könnten, wenn alles fertig umgebaut ist, eine Einweihungsfeier machen. Mit Erna und Manni, vielleicht ist Christina dann schon wieder bei uns. Sie wird unser altes Häuschen lieben. Wer würde es nicht gernhaben?« Sie nahm die Hand ihrer Mutter und drückte sie. »Du musst mir versprechen, wieder nach Hause zu kommen. Wir wollten dort doch gemeinsam neu anfangen. Das schaffe ich nicht allein. Und es gibt noch

so vieles zu erzählen. Damals in Hamburg, nach Maurice'
Tod, da wusste ich nicht weiter. Alles war gleichgültig. Zeit
und Raum waren ein einziger grauer Nebel. Stunden und
Tage wurden zu Wochen und Monaten. Bis zu dem Tag, als
du angerufen hast. Du hast mich gerettet, hast mich wach-
gerüttelt und aus meiner Traurigkeit geholt. Ich bin wieder
zu Hause angekommen. Und ich brauche dich. Du darfst
mich jetzt nicht allein lassen.«

Plötzlich hatte sie das Gefühl, ihre Mutter würde den
Druck ihrer Hand erwidern.

»Mama?« Hanna stand auf und schaute ihr prüfend ins
Gesicht. »Bist du wach? Hörst du mich? Wenn du mich verstehst, dann drück noch einmal meine Hand.« Sie wartete ab, doch nichts geschah. Hanna sank zurück auf ihren
Stuhl, ließ Gabis Hand jedoch nicht los. »Du hörst mich. Ich
hab mir das eben nicht eingebildet. Ich weiß, du bist müde.
Ich bin auch müde. Wollen wir ein wenig gemeinsam schlafen? Bis die Sonne aufgeht?« Erneut hatte sie das Gefühl, als
würde sich Gabis Hand bewegen. Oder bildete sie sich das
nur ein? Genau in diesem Moment betrat die Schwester wieder den Raum. Sie wurde vom diensthabenden Arzt begleitet. Hanna stand auf, als die beiden näher traten. Der Arzt
schien sie nicht wahrzunehmen. Er blätterte in einer Akte
und brummte hin und wieder.

»Ich glaube, sie hat meine Hand gedrückt«, sagte Hanna
zögernd.

Der Arzt sah verwundert von ihr zur Schwester.

»Eine Angehörige auf der Intensivstation um diese
Zeit?«

»Sie wollte nicht gehen, und da Frau Moser im Moment allein …«

»Sie kennen die Regeln, Frau Schulz.« Seine Stimme klang kalt. Die Krankenschwester senkte schuldbewusst den Blick. Der Arzt wandte sich Hanna zu.

»Ihre Mutter liegt in einem tiefen Koma. Sie hat durch den Schlaganfall starke Hirnschädigungen erlitten. Ich denke nicht, dass sie in der Lage ist, ihre Hand zu drücken.«

Seine kühl ausgesprochenen Worte trafen Hanna bis ins Mark.

»Sie wird doch nicht etwa … Ich meine, sie wird doch nicht sterben?« Hanna spürte ihren schneller werdenden Pulsschlag in der Kehle pochen, in ihren Ohren begann es zu rauschen.

»Liebe Frau. Wie ich dieser Akte entnehme, hat Ihre Mutter ein weit fortgeschrittenes Lungenkarzinom, das, so vermuten wir aufgrund der aktuellen Entwicklungen, bereits bis in das Gehirn gestreut hat. Es stellt sich uns also nicht die Frage, ob sie sterben wird, sondern wann. Und wenn Sie mich fragen, reden wir hier von wenigen Tagen.«

»Wenige Tage?«, wiederholte Hanna. »Aber Ihr Kollege meinte, sie könne wieder aufwachen.«

»Das war vor dem zweiten Schlaganfall. Waren Sie nicht anwesend, als das passierte?«

Hanna sah ihn ungläubig an.

»Ich glaube, Doktor Simon ist nicht mehr dazu gekommen, die neue Situation mit ihr zu besprechen«, klärte die Krankenschwester die Situation auf. »Er ist kurz danach zu einem Notfall gerufen worden. Wir wollten die Patientin gerade hochbringen, als es passierte«, wandte sie sich Hanna zu. »In diesem Augenblick haben Sie mit Doktor Simon gesprochen.«

Hanna erinnerte sich. Sein Pieper war angesprungen, und er hatte sich rasch entschuldigt, wollte später noch einmal vorbeischauen, was er jedoch nicht mehr getan hatte. Und jetzt stand sie diesem Arzt gegenüber, der so viel Mitgefühl wie ein Eiszapfen hatte.

»Dann hätten wir ja alle Unklarheiten beseitigt. Ich muss Sie jetzt trotzdem bitten, zu gehen. Sollte etwas sein, werden die Schwestern Sie benachrichtigen.«

»O toll, dann werde ich angerufen.« Hanna war empört. »Und Sie glauben ernsthaft, ich werde jetzt gehen? Meine Mutter liegt, wie ich gerade erfahren habe, im Sterben, und Sie wollen, dass ich Sie allein lasse?«

Der Arzt blickte von der Krankenschwester zu Hanna, dann auf Gabi und atmete tief durch.

Die Schwester sprang Hanna bei.

»Also ich glaube, in diesem Fall können wir eine Ausnahme machen. Frau Becker trägt ja Schutzkleidung, und heute Nacht ist es sehr ruhig.« Sie sah auf ihre Armbanduhr. »In knapp zwei Stunden kommt die Frühschicht. Ich kann bei der Übergabe alles klären.«

»Meinetwegen«, sagte der Arzt. »Dann soll sie eben hierbleiben.« Er klappte die Akte zu und rauschte aus dem Raum.

Hanna ließ erleichtert die Schultern sinken und bedankte sich bei der Schwester für ihre Hilfe.

»Keine Ursache. Es tut mir leid, dass versäumt wurde, Sie richtig zu informieren.« Sie berührte kurz Hannas Schulter.

»Und ich glaubte wirklich, Sie hätte meine Hand gedrückt.«

Die Schwester nickte.

»Vielleicht hat sie es ja tatsächlich getan. Ich bin sicher, sie spürt Ihre Anwesenheit.« Die Schwester wollte noch etwas hinzufügen, doch ein piependes Geräusch, das vom Flur hereindrang, hielt sie davon ab. »Ich muss gehen.« Sie ließ Hanna stehen und eilte aus dem Raum. Hanna schaute ihr kurz nach, dann sank sie wieder auf den Stuhl neben dem Bett.

»Und jetzt? Findest du das richtig? Dich einfach so davonzumachen?« Hanna strich zärtlich über die Wange ihrer Mutter. »Wir haben es versucht.« Sie blinzelte die aufsteigenden Tränen weg. »Erna und Manni wissen noch gar nicht, was passiert ist. Ich sollte sie anrufen.« Hanna verstummte und blickte zum Fenster. Es würde noch dauern, bis der neue Tag anbrach. Tage, hatte der Arzt gesagt. Vermutlich würde ihre Mutter nicht mehr aufwachen. Niemals wieder würde Hanna ihre Stimme hören. Sie dachte an den Moment zurück, als sie den Anrufbeantworter abhörte. Ihre Unsicherheit, die wenigen Worte.

»Alex hat mir geschrieben«, sagte sie. »Was er und ich damals füreinander empfunden haben, werde ich nie vergessen.« Hanna blickte auf das Gesicht ihrer Mutter. »In dem Sommer, in dem ich zum ersten Mal verliebt sein durfte.« Sie lächelte kurz, doch gleich darauf wurde ihre Miene wieder ernst.

»Ich hätte mich früher melden müssen. Wir hätten viel mehr Zeit gebraucht. Manchmal braucht man viel zu lange, um zu verstehen, was einem im Leben etwas bedeutet.«

Hanna verstummte und trat erneut ans Fenster. In einigen Fenstern auf der anderen Straßenseite brannte jetzt Licht. Gerade fuhr ein Wagen auf den Parkplatz. Hanna gähnte. Plötzlich fühlte sie sich wie erschlagen. Kaffee wäre jetzt gut. Vielleicht konnte sie ja bei der Schwester einen erbetteln. Sie blickte noch einmal auf ihre Mutter und verließ den Raum. Die Schwester saß, gemeinsam mit einem Kollegen, hinter einer Art Tresen, von wo aus sie alles im Blick hatten. Genau in dem Moment, als Hanna nach einem Kaffee fragen wollte, begann es hinter ihr laut zu piepen. Sie drehte sich erschrocken um. Das Geräusch kam aus dem Zimmer ihrer Mutter. Sofort sprangen die Schwester und ihr Kollege auf und rannten zu ihr. Auch der Arzt kam angelaufen. Hanna lief ihm hinterher, blieb aber in der Nähe der Tür stehen.

»Was ist los? Was ist passiert?«, hörte sie sich selbst wie durch eine Wand fragen. Die Geräte piepten unvermindert weiter. Der Arzt setzte zu einer Herzmassage an und blickte auf den Monitor. Irgendein Medikament wurde ihrer Mutter in den Zugang gespritzt. Hanna spürte ihren Pulsschlag am Hals, in ihren Ohren dröhnte es. Wie betäubt beobachtete sie, wie der Arzt nach einer Weile mit der Herzmassage aufhörte und den Kopf schüttelte. Das Piepen ging in einen gleichbleibenden Ton über.

»Nein«, sagte Hanna. »Nein«, wiederholte sie. Plötzlich sah sie die beiden Beamten vor sich, ihre Worte, die kaum zu ihr durchdringen wollten. Sie taumelte rückwärts und hielt sich am Türrahmen fest. Der Pfleger schaltete die Apparate aus. Die Schwester kam auf sie zu und sagte irgendetwas. Sie verstand ihre Worte nicht. Wie hypnotisiert beobachtete sie, wie der Arzt den Beatmungsschlauch entfernte.

»Ich war nur eine Sekunde draußen«, murmelte Hanna irgendwann. »Ich habe sie allein gelassen. Ich hätte nicht rausgehen dürfen. Sie hat mich doch gebraucht.«

»Sie trifft keine Schuld«, hörte sie die Krankenschwester wie von fern sagen. »Ganz sicher wäre das hier genauso passiert, wenn Sie im Zimmer geblieben wären. Es hätte nichts geändert.«

Hanna nickte und machte vorsichtig einen Schritt auf das Bett zu.

Selbst der Arzt hatte jetzt einen mitleidigen Blick für Hanna übrig.

»Für Ihre Mutter ist es so besser«, sagte er. »Selbstverständlich können Sie noch eine Weile bei ihr sitzen.« Er bedeutete dem Pfleger, der gerade die Zugänge entfernt hatte, ihm nach draußen zu folgen. Diskret schloss die Krankenschwester nun die Tür, die bisher stets geöffnet gewesen war. Hanna blieb vor dem Bett stehen und betrachtete ihre Mutter. Sie sah jetzt anders, irgendwie friedlicher aus. Hanna setzte sich neben sie auf die Bettkante und berührte ihre Hand. Sie war noch warm. Wie lange würde es dauern, bis sie sich kalt anfühlte?

»Vielleicht kannst du mich noch hören«, begann sie nach einer Weile zu sprechen. »Es war schön, weißt du. Unser Sommer. Ich werde ihn nie vergessen, das verspreche ich dir. Nachher, wenn ich nach Hause komme, werde ich damit fortfahren, diesen Sommer aufzuschreiben. Jede Kleinigkeit werde ich notieren. Und ich verspreche dir, es wird dieses Jahr ein großer Weihnachtsbaum werden.« Tränen liefen über ihre Wangen. Irgendwann beugte sie sich über ihre Mutter und drückte ihr einen Kuss auf die Wange.

»Auf Wiedersehen, Mama. Danke, dass du angerufen hast.«

Zärtlich berührte sie noch einmal ihre Hand und verließ dann den Raum. Das Schwesternpult war leer. Sie ging daran vorüber zum Ausgang. Der Aufzug kam und beförderte sie ins Erdgeschoss. Als sie ihr Auto erreichte, blieb sie davor stehen. Im Osten war bereits ein heller Lichtstreifen zu erkennen. Bald würde der neue Tag anbrechen. Der Todestag ihrer Mama. Sie war im Dunkeln gegangen, irgendwo zwischen Tag und Nacht hatte sie diese Welt verlassen. Hanna setzte sich hinters Steuer und blickte zurück auf das Klinikgebäude mit seinen hell erleuchteten Fenstern. Dreißig Prozent, hatte der Arzt gesagt. Daran hatte sie sich festgeklammert. Die siebzig Prozent waren jetzt bittere Realität geworden. Schneller als gedacht waren sie wie ein Sturm über sie hereingebrochen. Hanna dachte an die Worte des Arztes. Metastasen im Gehirn. Vermutlich hätten sie sowieso verloren. Aber dann hätte sie sich vielleicht verabschieden können. Aber sie hatte ihre Hand gedrückt. Es war keine Einbildung gewesen. Vielleicht war es ihre Art gewesen, Lebewohl zu sagen. Hanna straffte die Schultern und ließ den Motor an. Das Radio sprang an. Gerade liefen die Sechs-Uhr-Nachrichten. Sie legte den Rückwärtsgang ein und fuhr vom Klinikgelände. Auf dem Heimweg begann sie die Müdigkeit zu spüren. Sie kroch in ihren Körper und ließ ihre Augenlider schwer werden. Gott sei Dank dauerte die Fahrt nicht lange. Als sie vor dem Haus hielt, schaltete sie den Motor aus und blickte zum Eingang. Dämmriges Tageslicht vertrieb die Dunkelheit, vereinzelt war das Zwitschern eines Vogels zu hören. Wie würde es sich anfühlen, das Haus zu betreten? Wäre es wie damals in Hamburg, würde die Traurigkeit zurückkehren?

»Nein«, sagte sie laut zu sich selbst. »Dieses Mal wirst du dich nicht verkriechen. Das würdest du nicht wollen, nicht wahr?«, fragte sie in die Stille. »Du willst, dass ich weitermache. Das weiß ich bestimmt. Ich bin wieder zu Hause …« Hanna kam ins Stocken. Erneut kämpfte sie mit den Tränen. Sie blickte noch einmal zum Haus, die Straße hinunter Richtung Waldrand, zog den Schlüssel ab und öffnete die Autotür, die sie leise schloss, denn in Ernas Küche brannte bereits Licht. Gewiss war sie wieder mit Backen beschäftigt. Hanna hatte längst verstanden, dass sie damit die Einsamkeit betäubte. Mit Sicherheit würde sie bald wieder bei ihr auftauchen und mit ihr in die Klinik fahren wollen. Hanna öffnete das Gartentor, das leise in den Angeln quietschte, hob die auf der Fußmatte liegende Zeitung auf, öffnete die Tür und trat in den Flur. Stille empfing sie. Wehmütig schaute sie in die Küche. Um diese Zeit saß ihre Mama meist schon Zeitung lesend mit ihrem Kaffee auf der Eckbank. Hanna betrat den Raum und knipste das Licht an. Bald schon würden die orangenfarbenen Küchenmöbel und die altmodische Eckbank verschwunden sein. Sie setzte sich, legte die Zeitung auf den Tisch und ließ ihren Blick durch den Raum schweifen. Im Abtropfkorb lag Geschirr. Eine Spülmaschine gab es nicht. Die Blümchentapete war vergilbt. Ein Hauch Kaffeeduft hing noch in der Luft. Hanna schaute auf die geblümte Kanne mit dem Filteraufsatz. Sie hatte bereits eine neue Maschine bestellt, eine, die die Bohnen selbst mahlte und von Cappuccino bis Espresso alles zubereiten konnte. Sie hatte ihre Mutter damit überraschen wollen. Jetzt fühlte sich diese Idee nicht mehr gut an. Kaffee blieb doch Kaffee, egal, wie er aufgebrüht wurde. Ihr Blick wanderte zu der auf dem Tisch stehenden Zuckerdose. Sie griff danach und öffnete sie. Kandiszucker, der zu ihrer Ersatzdroge geworden war. Hanna nahm ein Stück, schob es in den Mund und genoss die Süße auf der Zunge. Sie sollte schlafen gehen. Bevor sie aufstand, schlug sie noch die Zeitung auf und schob sie an die Stelle des Tisches, wo sie immer gelegen hatte.

Dann verließ sie den Raum, ohne das Licht zu löschen. In ihrem Zimmer ließ sie sich komplett angezogen aufs Bett fallen und schlief erschöpft ein.

*

Es war hartnäckiges Läuten, das sie einige Stunden später weckte. Hanna öffnete verschlafen die Augen und sah auf den Radiowecker. Kurz nach elf. Bestimmt war es Erna, die den Klingelknopf malträtierte. Wenn sie so weitermachte, würde das in die Jahre gekommene Ding abfallen. Hanna schälte sich grummelnd aus dem Bett, lief die Treppe nach unten und öffnete die Tür. Erna stand davor.

»Du bist ja da. Ich hatte schon gedacht, du hättest mich vergessen. Wir wollten doch um elf losfahren.«

Das hatte Hanna tatsächlich vergessen. Irgendwann, bevor der Anruf der Klinik gekommen war, hatte sie kurz mit Erna gesprochen.

»Du siehst zerknautscht aus«, bemerkte Erna. »Hast du etwa noch geschlafen?«

Hanna nickte und schob die Tür auf.

»Komm erst mal rein.«

»Ist gestern Abend spät geworden, gell. Ich hab dich gar nicht heimkommen sehen.«

»Magst einen Kaffee?«, fragte Hanna und ging in die Küche.

»Wenn du den auch ohne Koffein hast. Ich hatte heute Morgen schon einen, und wenn ich zu viel von dem Zeug trinke, kriege ich Herzrasen.«

»Ich weiß nicht«, antwortete Hanna unsicher.

»Normalerweise ist bei euch immer einer im Haus. Gabi kennt meine Probleme. Schau mal in die linke Tür oben.«

Hanna folgte der Anweisung und entdeckte hinter einer Packung Haferflocken tatsächlich eine Dose mit entkoffeiniertem Kaffeepulver.

»Du kennst dich wirklich gut aus«, bemerkte sie, während sie Wasser aufsetzte und den Kaffeefilter auf die Kanne legte.

»Ich habe Gabi so oft dabei beobachtet, wie sie Kaffee gemacht hat«, erwiderte Erna und setzte sich auf die Eckbank. »Da liegt ja die Zeitung. Genau an der Stelle, wo Gabi sie immer liest.«

Ernas arglose Worte ließen Hanna zusammenzucken.

»Ich habe sie dorthin gelegt«, sagte sie leise und setzte sich Erna gegenüber an den Tisch.

Hanna suchte Ernas Blick. Sie spürte die aufsteigenden Tränen, während sie ruhig zu erklären begann.

»Als ich gestern wegfuhr, bin ich in die Klinik gefahren. Sie hatten angerufen. Mama hatte einen Schlaganfall.«

»Aber, ich meine … Sie war doch, ihr wart doch … in Venedig«, stammelte Erna.

»Sie ist heute früh gestorben.«

»Nein«, sagte Erna und schüttelte den Kopf. Hanna nickte unter Tränen und nahm Ernas Hand.

»Sie ist nicht mehr zu sich gekommen. Die Ärzte vermuten, dass der Tumor bereits ins Gehirn gestreut hatte.«

»Gestorben«, wiederholte Erna. Sie war mit einem Mal leichenblass. »Aber das kann doch gar nicht sein. Was soll denn werden ohne sie?«

Erna sah Hanna hilflos an.

»Ich weiß es nicht«, antwortete Hanna.

Erna nickte und stand auf. Sie wirkte hilflos, schwankte leicht und hielt sich am Türstock fest.

»Ich muss gehen und es Manni sagen«, stammelte sie. »Er kommt gleich und bringt Prospekte. Heute ist doch Dienstag, oder?«

»Ja, so ist es«, antwortete Hanna etwas hilflos.

Erna öffnete die Tür und verließ ohne ein weiteres Wort das Haus. Hanna zuckte zusammen, als die Tür hinter ihr ins Schloss fiel. Sie beobachtete, wie Erna zu ihrem Haus hinüberlief. Tatsächlich kam in diesem Moment Manni mit seinem Rollwagen voller Prospekte an. Erna redete auf ihn ein, und er nahm sie in den Arm. Hanna wandte den Blick vom Fenster ab, schaute auf die aufgeschlagene Zeitung und zur Kaffeekanne mit ihrem altmodischen Aufsatz. Sie musste hier raus, irgendwohin, wo sie durchatmen und für sich sein konnte. An den See, zum Bauwagen, auf dem vertrauten Steg sitzen, zur Ruhe kommen und nachdenken. Erneut schaute sie aus dem Fenster. Erna und Manni standen noch immer auf dem Gehweg. Sie beschloss, durch den Garten zu verschwinden. Jetzt noch einmal alles Manni zu erklären, würde sie nicht fertigbringen. Sie ging ins Wohnzimmer, schlüpfte durch die Terrassentür und zog diese hinter sich zu. Ihr Fahrrad lehnte am Gartenzaun, über den sie wie eine Einbrecherin kletterte. Trotzdem wurde sie bemerkt. Sie hörte Erna ihren Namen rufen. Doch sie reagierte nicht, sondern schwang sich in den Sattel und radelte davon.

Die Fahrt mit dem Rad beruhigte sie. Der vertraute Feldweg, der im hellen Licht der Mittagssonne vor ihr lag. Sie fuhr an abgeernteten Feldern vorüber. An Apfelbäumen, die schwer an ihrer Last trugen. Auf einer Weide grasende Kühe beäugten sie neugierig. Es ging unter der Bahnunterführung hindurch. Das dahinterliegende Maisfeld wurde gerade abgeerntet. Staub wirbelte durch die warme Luft und in Hannas Augen, die zu tränen begannen. Kurz darauf erreichte sie den Wald, und es ging den schmalen Feldweg entlang bis zum hinteren Teil des Sees. Ab hier wurde der Weg noch schmaler und war kaum noch zu erkennen. Hanna radelte am Ufer entlang. Die hohen Bäume warfen Schatten auf die funkelnde Wasseroberfläche, der vertraute Geruch des Sees stieg ihr in die Nase, es raschelte im Unterholz. Sie erreichte den Bauwagen und lehnte ihr Fahrrad an den Baum. Doch dann registrierte sie, dass etwas anders war. Die Tür des Bauwagens stand offen. Sie war sich sicher, dass sie sie nach ihrem letzten Besuch geschlossen hatte. War es möglich? Sie öffnete den Briefkasten. Und tatsächlich lag ein Brief darin. Ihr Herz schlug höher. Sie holte den Brief heraus und blickte auf seine Schrift. Er war tatsächlich hier gewesen und hatte den Brief für dieses Jahr gebracht. Sie konnte es nicht fassen. Langsam ging sie mit dem Brief in der Hand zum Seeufer hinunter und durch das Schilf zum Steg. Erst jetzt bemerkte sie die Gestalt, die ganz vorn saß und über das Wasser blickte. Ihr Herz klopfte. Alex. Sie ging auf ihn zu, blieb dann aber ein Stück von ihm entfernt stehen und fragte vorsichtig: »Alex?«

Er drehte sich um und lächelte.

»Alex«, wiederholte Hanna und spürte das vertraute Glücksgefühl in sich. Er war es tatsächlich. Dieselben wuscheligen Haare, dasselbe Lachen. Er sah unverändert aus. Als wäre die Zeit stehen geblieben. Sie ging auf ihn zu und setzte sich neben ihn, genau so, wie sie es früher getan hatte. Einen Moment lang sagte keiner von beiden etwas. Sie schauten einander nur in die Augen. Hanna konnte es kaum glauben. Er war hier, heute und jetzt.

»Ich hab deine Briefe gefunden«, sagte Hanna. »Es tut mir leid, dass ich …«

Er brachte sie damit zum Schweigen, indem er ihr den Zeigefinger auf die Lippen legte.

»Es ist gleichgültig. Jetzt bist du hier. Mehr gibt es nicht zu sagen.«

Hanna nickte mit Tränen in den Augen und ließ zu, dass er sie in seine Arme zog und küsste.

DANK

Wie immer möchte ich zuerst meinem Mann Matthias danken, der sich mit viel Geduld wieder einmal eine neue Idee von mir bei einem unserer Waldspaziergänge anhörte, die ich nicht missen möchte.

Dann meiner Agentin Franka Zastrow, die sich sofort für die Geschichte begeistern ließ. Mein besonderer Dank geht auch an meine Lektorin Stefanie Werk, die es mir ermöglicht hat, diese Geschichte zu erzählen.

471 Seiten. Broschur. ISBN 978-3-7466-3289-6.
12,99 € (D). Auch als E-Book erhältlich

KAPITEL EINS

Anni blickte aus dem Fenster der kleinen Laubhütte in den idyllischen Garten, der gleich hinter der Synagoge begann und den Lärm der umliegenden Großstadt vollkommen fernzuhalten schien. Durch das laubbedeckte Dach der Hütte drangen einzelne Sonnenstrahlen zu ihr hinein. Kastanienketten, von fleißigen Kinderhänden gefertigt, hingen von der Decke, Nüsse und Äpfel lagen auf den Tischen neben Herbstblumen in kleinen Vasen. Eine Handvoll Frauen aus der Nachbarschaft hatte sich heute in der Laubhütte zusammengefunden. Es gab Kaffee, dazu selbstgebackenen Kuchen und Kekse. Anni war mit Marlene, ihrer Nachbarin, gekommen, kannte aber auch einige der anderen Frauen. Susanne Hofmann, die in einer großen Wäscherei im Westend arbeitete. Michaela Geigers Sohn war mit ihrer Tochter Ruth in den Kindergarten gegangen, und Simone Gärtner arbeitete im Lebensmittelgeschäft an der Ecke. Letztere war, wie sie selbst, Protestantin, einige der anderen Frauen waren Jüdinnen. Wer welchen Glauben hatte, war hier jedoch unwichtig, wenngleich der Anlass ihres Zusammentreffens, das Laubhüttenfest, ein jüdischer war.

Die Tradition, der Hütten als Zufluchtsort des jüdischen Volkes zu gedenken, erinnerte Anni an lang vergangene Erlebnisse ihrer Kindheit. Sie war zwei Jahre alt gewesen, als ihre Eltern zum evangelischen Glauben konvertierten. Ihr Vater war damals Klavierlehrer am berühmten Hoch'schen Konservatorium in Frankfurt. Vor allem seine Beschäftigung mit der christlichen Kirchenmusik hatte ihn irgendwann dazu bewogen, zum Protestantismus wechseln zu wollen. Annis Mutter war es nicht leichtgefallen, ihre jüdischen Wurzeln aufzugeben. Sie stammte aus Krakau, wo sie eine klassische Gesangsausbildung genossen hatte. Dennoch hatte sie in Frankfurt an keinem Theater Fuß fassen können, weshalb sie Gesangsstunden gab und sich um die musikalische Ausbildung ihrer Tochter kümmerte, wofür Anni ihr heute dankbar war. Ohne die Unterstützung ihrer Mutter wäre sie niemals zu der Sopranistin geworden, die sie heute war. Im Frühjahr jährte sich der Todestag ihrer Eltern zum achten Mal. Auf dem Weg zu einem Auftritt in Berlin waren sie beide bei einem Zugunglück ums Leben gekommen.

»Anni, hörst du überhaupt zu?«

Anni schaute hoch. Sämtliche Blicke der Frauen waren auf sie gerichtet. »Entschuldigt bitte, ich war in Gedanken. Was habt ihr gesagt?«

»Es geht um ein Geburtstagsfest in der jüdischen Gemeinde«, wiederholte Michaela Geiger. »Unser Rabbi, David Silberstein, wird sechzig Jahre alt. Wir haben gerade darüber gesprochen, für die Feier eine musikalische Darbietung zu organisieren, denn er liebt klassische Musik, ganz besonders die Oper. Marlene meinte, du würdest uns bestimmt den Gefallen tun und etwas für ihn singen.« Abwartend sahen die Frauen sie an.

»Warum nicht?«, meinte Anni. »Allerdings geht das nur,

wenn sich das Fest nicht mit einem meiner Auftritte über-
schneidet. Welche Oper bevorzugt er denn?«

Die Frauen sahen sich fragend an.

»Das wissen wir gar nicht«, erwiderte Susanne. »Aber das
lässt sich ohne Probleme in Erfahrung bringen. Ich werde
gleich nachher seine Frau anrufen. Er wird sich bestimmt
freuen.« Sie klatschte vor Begeisterung in die Hände.

Ein Geburtstagsständchen für einen Rabbi, dachte Anni.
Wäre nicht jiddische Musik passender? Ihre Mutter wäre
davon ausgegangen. Zuerst ein schnelles Lied zum Mitklat-
schen, dann ein trauriges für die Wehmut und am Ende etwas Fröhliches, um den Jubilar hochleben zu lassen. Jiddische Musik hat Seele, hatte ihre Mutter immer gesagt.
Ach, wie sehr Anni sie doch vermisste. Besonders in den
letzten Jahren hätte sie sich die geliebte Mutter an ihre Seite
gewünscht, denn der frühe Tod ihres Mannes Johann war
ein schwerer Schlag gewesen, von dem sie sich nur langsam erholte. Ihre Mutter hätte ihr in dieser schweren Zeit
Kraft gegeben und Mut gemacht. Oftmals führte Anni auch
jetzt noch stumme Zwiesprache mit ihr. Trotz ihres Über-
tritts zum evangelischen Glauben hatte ihre Mutter niemals
aufgehört, an jüdischen Traditionen festzuhalten und jiddische Lieder zu singen. Als junges Mädchen war sie in Krakau mit einem gewissen Mordechaj befreundet, der tagsüber Tischler, nachts Liederschreiber gewesen war. Ihre
Mutter hatte viele seiner Lieder gesungen, eines jedoch hatte Anni über all die Jahre nie vergessen. Ein Schlaflied mit
dem Titel »Shlof shoyn mayn jankele«. Sie konnte es aus-
wendig, verstand den Text zwar nicht vollständig, doch das
war nicht wichtig. Die jiddischen Worte klangen für sie so

vertraut wie eine zärtliche, Trost spendende Umarmung. Jeden Abend vor dem Einschlafen hatten sie das Lied gemeinsam gesungen. Es war ein wunderbares Ritual zwischen Mutter und Tochter gewesen, das sie heute an ihre kleine Tochter Ruth weitergab, die vor der Hütte mit den anderen Kindern fröhlich über den Rasen sprang. Anni beobachtete sie wehmütig. Auch in Ruths Grundschulakte war der Vermerk *Jüdin* eingetragen worden. Nun musste Ruth gemeinsam mit zwei weiteren Kindern in der hintersten Ecke des Klassenzimmers sitzen. Als wie grausam würde sich diese Welt erweisen, fragte sich Anni, wenn schon bei den Kindern solche Unterschiede gemacht wurden? Auch in ihrer Personalakte der Städtischen Bühnen war ihre jüdische Herkunft vermerkt worden, wobei man ihr zugesichert hatte, dass dies keine Auswirkungen auf ihre Arbeit haben würde. Sie war eine gesetzte Größe an der Frankfurter Oper, und so würde es auch bleiben. Einige Vorkommnisse an den Bühnen sprachen allerdings eine andere Sprache und ließen Zweifel in ihr aufkommen. Bereits mehrere ihrer Kollegen waren aufgrund ihrer jüdischen Herkunft entlassen worden. Wenn sie ihren Arbeitsplatz verlöre, wüsste Anni nicht, wie es weitergehen sollte. Ihre Arbeit an der Oper war ihr Leben, zu singen alles, was sie konnte. Doch sie schob den Gedanken beiseite.

Als hätte Marlene erraten, was in ihr vorging, wandte sie sich ihr zu und sagte: »Anni, du wirst uns doch auch jetzt eine Kleinigkeit vorsingen, oder? Es ist immer ein solcher Genuss, deine Stimme zu hören.«

Erneut waren sämtliche Blicke im Raum auf sie gerichtet.

»Ich weiß nicht«, sagte Anni zögernd. »Eigentlich wollte

ich langsam aufbrechen. Ich muss noch in das Fotoatelier von Nini und Carry Hess wegen der Aufnahmen für das neue Programmheft.«

»Bitte. Für ein Lied bleibt doch immer Zeit«, bettelte Marlene.

»Ja, Mama. Sing«, erklang nun auch Ruths Stimme. Sie stand mit einem Keks in der Hand in der Tür. »Unser Lied. Das mit dem Jankele.«

»Meinetwegen«, gab Anni nach. Nini und Carry würden es ihr nachsehen, wenn sie sich etwas verspätete. Ruth kam lächelnd auf sie zu und kletterte auf ihren Schoß. Anni schlang die Arme um ihre kleine Tochter, die so herrlich süß duftete, und begann zu singen. Die Melodie des Liedes war voller Sehnsucht. Die jiddischen Worte machten aus der kleinen Laubhütte einen Ort des Friedens. Anni drückte Ruth fest an sich und genoss die Wärme ihres kleinen Körpers. Ihr Mädchen war der wichtigste Mensch ihres Lebens, die einzige Familie, die ihr geblieben war. Sie musste sie beschützen, sich kümmern, für sie da sein. Die Welt dort draußen hatte sich auf grausame Art und Weise verändert. Doch gewiss war alles nur ein Strohfeuer, und bald würden wieder bessere Zeiten kommen. An dieser Hoffnung galt es festzuhalten. Sie sang die letzte Strophe mit geschlossenen Augen. Ihre Stimme wurde leiser, weicher.

»Nu shlof zhe mir, mayn kluger khosn bokher,
dervayl ligstu in vigele bay mir.
s'vet kostn fil mi un mame's trern,
bizvanen s'vet a mentsh aroys fun dir!«

Als sie verstummte, war es mucksmäuschenstill um sie herum.

»Wunderschön«, murmelte irgendwann eine der Frauen. »Diese Musik ist so voller Seele.«

»Das finde ich auch«, stimmte Anni zu. »Dieses Stück hat ein jiddischer Liedermacher aus Krakau geschrieben.«

»Den kenne ich«, sagte eine andere Frau. »Sein Name ist Mordechaj Gebirtig, nicht wahr?« Anni nickte. »Mein Vater hat eine Platte mit seinen Liedern. Ich kann mich jedoch nicht entsinnen, dein wunderschönes Schlaflied darauf gehört zu haben. Es ist wirklich zauberhaft.«

»Das ist es«, stimmte Anni zu. Sie spürte in sich den Schmerz der Erinnerung aufsteigen und sah das Gesicht ihrer Mutter vor Augen, glaubte, ihre Nähe zu spüren. Erneut hüllte Stille den Raum ein. Mordechajs Melodie hatte alle Anwesenden tief im Innersten berührt. Anni bemerkte, dass Ruth in ihrem Arm eingeschlafen war. Sie blickte zu Marlene, die ohne Worte verstand. Behutsam nahm sie Ruth von Annis Schoß, legte sie auf ein kleines Kanapee in der Ecke und deckte sie mit einer bunten Flickendecke zu.

»Ich komme sie später bei dir abholen«, flüsterte Anni Marlene zu. Marlene nickte.

»Natürlich. Bestimmt wird Walter mit ihr Klavier spielen. Das mag sie. Sie kann auch mit uns essen.« Dankbar drückte Anni die Hand ihrer Freundin, dann verabschiedete sie sich von den anderen und verließ den Raum.

Nur wenige Schritte weiter war Anni sofort vom Lärm der Großstadt und von dahineilenden Menschen umgeben. Als sie kurz darauf in der Straßenbahn am Fenster Platz nahm, lehnte sie den Kopf gegen die Scheibe und blickte zum Himmel. Die Sonne kam hinter einer Wolke hervor, und ihre hellen Strahlen fielen warm auf ihre Wangen. Sie schloss die Augen und suchte in sich die Geborgenheit, die sie eben in der Laubhütte noch empfunden hatte. Doch vergebens. Sie öffnete die Augen wieder. Die Straßenbahn hielt, und eine Gruppe SA-Männer stieg ein. Ihre Hände begannen zu zittern. Sie durfte die Angst nicht Oberhand gewinnen lassen, denn sie war ein schlechter Begleiter. Gewiss war der Anblick dieser Männer in der Stadt nur vorübergehend, schon bald würde alles wieder wie früher sein. Die Straßenbahn erreichte den Börsenplatz, und sie stieg gemeinsam mit den SA-Männern aus, die sie höflich grüßten. Mit Sicherheit hätten sie das nicht getan, wenn sie wüssten, dass sie Jüdin war, dachte Anni und überquerte ein Stück von ihnen entfernt die Straße. Aus dem Augenwinkel nahm sie noch wahr, wie sie einer alten Dame behilflich waren, deren Einkaufstüte gerissen war. Sie hoben Lebensmittel von der Straße auf, kümmerten sich darum, sie zu verstauen, lächelten freundlich. Wären nicht ihre respekteinflößenden Uniformen gewesen, hätte man sie für nette junge Burschen halten können. Leider waren sie es nicht. Mit Grausen dachte Anni an den Tag im April zurück, als genau dieselben jungen Männer die jüdischen Geschäfte beschmiert und beschädigt und ihre Besitzer mehr als nur beleidigt hatten. Auch das Fotoatelier von Nini und Carry Hess, das Anni jetzt erreichte, war attackiert worden. Nini und Carry hatten sich an diesem Tag in ihrem Atelier verschanzt und hinter der verrammelten Tür tausend Tode ausgestanden. Sie waren glimpflich davongekommen. Nur die Eingangstür war aufs Übelste beschmiert worden. *Drecksjuden* und *Talmudgauner* hatte darauf gestanden, was Nini einige Tage später abgewaschen hatte. Aufgeben liegt mir nicht, hatte sie zu Anni eine Weile nach den schrecklichen Vorkommnissen gesagt. Sie hatte entschlossen geklungen, doch Anni hatte sich nicht täuschen lassen. Nini Hess hatte Angst, genauso wie sie selbst, wie so viele in dieser Stadt.

Anni schob die Eingangstür auf und trat ins Treppenhaus, wo sie die vertraute Mischung von Parfüm und Bohnerwachs empfing. Sie eilte die steinernen Stufen hinauf. Fotografien, die größtenteils Künstler der Städtischen Bühnen zeigten, hingen an den Wänden. Als sie das Atelier betrat, wurde sie wie gewohnt von Nini in Empfang genommen.

»Anni, meine Liebe. Wie schön, dass du es einrichten konntest.« Sie umarmte Anni flüchtig und nahm ihr den Mantel aus der Hand.

»Es tut mir leid, dass ich mich verspätet habe«, entschuldigte sich Anni. »Marlene, unsere Nachbarin, hat mich in die Laubhütte bei der Synagoge mitgenommen und …«

»Dort hast du dich verquatscht«, ließ Nini sie nicht ausreden. Sie bedeutete Anni, ihr in den Schminkraum zu folgen, in dem bereits ihr Bühnenkostüm bereitlag. Heute sollten Aufnahmen für einen Sonderteil des neuen Programmheftes entstehen. »Ein Wunder, dass du überhaupt noch gekommen bist. Ich an deiner Stelle hätte den Termin bestimmt vergessen. Diese Hütte ist so ein wunderbarer und friedlicher Ort, selbst noch in heutiger Zeit.« Nini ließ Anni vor dem Schminkspiegel Platz nehmen. »Dort habe ich immer das Gefühl, es hätte niemals irgendwelche Veränderungen gegeben. Erst wenn man wieder in die Welt außerhalb der behüteten Mauern tritt, wird einem bewusst, dass man den Lauf der Geschehnisse nicht aufhalten kann. Wir leider auch nicht.« Sie seufzte. »Unsere Sorgen stehen vor der Tür und klopfen schon lautstark an. Bestimmt ist es nur noch eine Frage der Zeit, bis uns die Städtischen Bühnen die Verträge aufkündigen werden. Wie es dann weitergehen soll – daran will ich lieber gar nicht denken.« Sie winkte ab.

»Das glaube ich nicht«, suchte Anni sie zu beruhigen. »Eure Zusammenarbeit mit den Bühnen war doch immer gut. Eure Fotos sind in ganz Europa bekannt.« Anni nahm Ninis Hand und drückte sie. Sie wusste, dass Ninis offene Worte nicht selbstverständlich waren. Nur bei wenigen ihrer Kunden sprachen Nini und Carry ihre Ängste aus, was Anni als Vertrauensbeweis ansah. Ihre Beziehung war mehr als nur geschäftlich. Über die Jahre hatte sich eine Freundschaft entwickelt. Bei einem Treffen im Januar hatte Nini schon einmal ihre Besorgnis zum Ausdruck gebracht. Damals hatte Anni ebenfalls zu beschwichtigen versucht. Doch nach den Geschehnissen der letzten Monate hörten sich ihre Worte wie leere Phrasen an.

»Ich denke, die neuen Machthaber sehen das anders. Für sie sind es Bilder von Juden, nicht mehr und nicht weniger«, erwiderte Nini mit einem Achselzucken. Anni hätte ihr zu gern widersprochen, aber ihr fiel kein Gegenargument ein.

Nini griff zur Bürste, kämmte Annis Haar nach hinten und setzte ihre Rede fort: »Am Theater haben sie schon damit begonnen, die jüdischen Mitarbeiter rauszuwerfen. Hermann, einer der Bühnenbildner, hat mir davon erzählt.«

»Ja, leider«, stimmte Anni zu. In ihrem Hals bildete sich ein dicker Kloß. Sollte sie Nini davon erzählen, dass auch sie jüdische Wurzeln hatte? Sie verwarf den Gedanken, wofür sie sich innerlich schämte. Nini und Carry hatten Ehrlichkeit verdient. Sie dachte an jenen schlimmen Moment im Personalbüro zurück, als ihre jüdische Abstammung in ihre Akte eingetragen wurde. Den abfälligen Blick der Sekretärin würde sie niemals vergessen. Ihr, genauso wie ihrer über zehn Jahre älteren Kollegin Magda Spiegel, ebenfalls jüdischer Herkunft, war versichert worden, dass ihre Verträge erfüllt, wahrscheinlich auch verlängert wurden. Sie waren die Stars an der Frankfurter Oper. Magda eine Altistin, die man auf der ganzen Welt kannte, sie selbst eine herausragende Sopranistin. Doch ein fader Beigeschmack blieb. Keine von ihnen hatte im Ensemble über ihre Abstammung gesprochen. Offiziell war Anni Kluger Protestantin ebenso wie Magda Spiegel. Niemand außer der Verwaltung sollte etwas über ihre Herkunft erfahren. Wie lange es jedoch dauern würde, bis die ersten Gerüchte durch die Gänge zogen, war schwer zu sagen. Sie wusste, dass Nini verschwiegen war und nichts ausplaudern würde, doch wie oft kam es vor, dass man sich in einem Gespräch verplapperte. Nicht auszudenken, was geschehen würde, wenn jeder im Theater über ihre Abstammung Bescheid wüsste.

Nini machte sich ans Werk. Sie steckte Annis Haar am Hinterkopf fest und fing an, sie zu schminken. Innerhalb weniger Minuten schaffte sie es, Anni in einen komplett neuen Menschen zu verwandeln.

»Noch etwas Rouge«, sagte sie. »Und es ist perfekt.« Verblüfft betrachtete Anni ihr Antlitz im Spiegel. »Du bist und bleibst eine Zauberfee, Nini.«

Nini legte den Pinsel zur Seite und platzierte die rote Perücke auf Annis Kopf, rückte sie zurecht, zupfte an den Locken und musterte das Ergebnis im Spiegel.

»Perfekt. Du wirst das Publikum wie immer betören.« Sie lächelte. Vielleicht würde sich ja alles zum Guten wenden, dachte Anni. Viele waren davon überzeugt, dass sich ihr Leben in den nächsten Monaten wieder normalisieren und auch der Hass gegen die Juden abnehmen würde. Daran sollte sie glauben und nicht den Teufel an die Wand malen, auch wenn es schwerfiel.

»Dann sehen wir mal zu, dass wir dich in das wunderschöne grüne Seidenkleid bekommen.« Nini nahm das Kleid vom Bügel, während sich Anni erhob und ihre Bluse aufknöpfte. Genau in diesem Moment betrat Carry mit einem strahlenden Lächeln den Raum.

»Anni, meine Liebe. Wie schön, dich zu sehen.« Küsschen rechts, Küsschen links auf die Wange, der schwere Geruch ihres Parfüms in der Nase. Carry, die eigentlich Cornelia hieß, war eine beeindruckende Frau, die einen mit ihrer lebensfrohen Art und ihrer klassischen Schönheit sofort in ihren Bann zog. Ihr dunkelbraunes Haar war in sanfte Wellen gelegt und saß perfekt. Die rehbraunen Augen strahlten Wärme aus. Im Gegensatz zu ihr wirkte die aschblonde Nini, die durchaus hübsch anzusehen war, beinahe farblos. Sie waren grundverschieden und bildeten doch eine Einheit.

Anni schlüpfte in den grünen Seidentraum voller Spitze, den sie schon bald auf der Bühne tragen würde. Nini schloss den Reißverschluss im Rücken.

Anni betrachtete sich in einem bodentiefen Spiegel, der neben einem Paravent an der Wand hing, von allen Seiten.

»Wie sehr ich die Verwandlungen des Theaters liebe«, sagte sie. »Heute bist du eine Königin, morgen deren Dienerin und in zwei Wochen eine Bettlerin. Ich will das alles niemals aufgeben.«

Nini blickte sie erstaunt an. Anni biss sich auf die Lippen. Jetzt war sie selbst diejenige gewesen, die sich verplappert hatte.

»Wieso solltest du deine Arbeit denn aufgeben müssen?«, fragte Nini. Anni sank zurück auf den Stuhl vor dem Schminktisch.

»Weil ich nicht viel besser dran bin als ihr. Wahrscheinlich ist es auch bei mir nur noch eine Frage der Zeit, bis sie mich vor die Tür setzen«, gestand sie.

»Aber wieso sollten sie das tun?«, fragte Nini.

»Weil sie Jüdin ist«, beantwortete Carry für Anni Ninis Frage. Ninis Augen weiteten sich.

»Aber, du bist doch … Ich meine, sagtest du nicht, du wärst evangelisch? Der Ärger mit deiner katholischen Schwiegermutter …«

»Richtig. Ich bin evangelisch. Meine Eltern sind konvertiert, als ich ein Kleinkind war«, führte Anni ihren Gedanken fort.

»Damit bist du Jüdin ersten Grades«, stellte Carry fest.

»Das sind ja interessante Dinge, die man hier einfach so nebenbei erfährt«, war plötzlich eine spitze Frauenstimme zu hören, die sie alle drei zusammenzucken ließ. In der Tür stand Leni Baumgartner und grinste hämisch. Anni erstarrte. Leni war erst vor einigen Monaten aus Wien nach Frankfurt gekommen und hatte schon bald klargemacht, dass sie eine ernsthafte Konkurrentin für Anni sein würde.

Im neuen Stück war sie zuerst als ihre Zweitbesetzung gehandelt worden, hatte sich dann aber mit einem Platz im Chor begnügen müssen. Anni befürchtete, dass sich Leni mit dieser Entscheidung des neuen Generalmusikdirektors Bertil Wetzelsberger nicht lange zufriedengeben würde. Wie hatte sich Magda erst neulich äußerst treffend ausgedrückt: »Die Sorte Kollegin kenne ich. Geht über Leichen, wenn es sein muss.« Anni wusste, was Magda meinte. Unter Hans Wilhelm Steinberg, Wetzelsbergers Vorgänger, hätte es eine Diva wie Leni ohne Zweifel schwer gehabt. Jedoch war dieser vor einigen Wochen aufgrund seiner jüdischen Abstammung entlassen worden. Er hätte Leni, deren Gesangstalent sich in Grenzen hielt, sofort in ihre Schranken gewiesen. Wetzelsberger schien das anders zu sehen, was eher mit persönlichem Gemauschel als mit Talent zu tun haben mochte. Überlegenheit blitzte in Lenis Augen auf.

»Was für Neuigkeiten. Unsere Anni eine Jüdin. Stell sich das einer vor. Gerade eben konnte ich miterleben, wie eines der Orchestermädchen seine Kündigungspapiere erhielt. Das arme Ding hat schrecklich geheult.«

In ihrer Stimme lag kein Hauch von Mitleid. Anni wusste, dass sie mit einem alten Schulkameraden des neuen Generalintendanten Hans Meissner verlobt war, dem seine Stellung an der Oper von keinem Geringerem als dem Oberbürgermeister Friedrich Krebs verschafft worden war. Was aus diesen Kreisen zu erwarten war, wusste jeder.

Carry war die Erste, die sich von dem Schrecken erholte.

»Entschuldigen Sie bitte«, wandte sie sich an Leni. »Ich habe Ihren Namen leider nicht verstanden. Haben Sie einen Termin für heute?«

Leni wandte den Blick nicht von Anni ab, während sie antwortete:

»Leni Baumgartner. Ich bin die neue Zweitbesetzung von Anni Kluger.« Annis Augen weiteten sich. »Es sollen Bilder für das Programmheft angefertigt werden, wenn möglich im Kostüm.«

Endgültig begann es in Annis Ohren zu rauschen. Das konnte und durfte nicht sein. Sie hatte Verträge, feste Zusagen. Dieses gottverdammte Weibsbild. Wie hatte Anni auch nur einen Moment annehmen können, dass sie im Chor bleiben würde? Doch sie würde kämpfen. So leicht würde sie sich nicht vertreiben lassen. Sie war Anni Kluger, die gefeierte Sopranistin der Frankfurter Oper. Sie spürte Ninis Hand auf ihrer Schulter und blickte zu Carry. Ihre Miene war ernst. Anni ahnte, was die Fotografin dachte. Nichts galten gute Fotografinnen oder eine herausragende Sängerin in dieser neuen Welt, wenn sie jüdisch waren.